源氏物語を知る事典

新装版

西沢正史【編】

東京堂出版

『源氏物語を知る事典』をお使いになるにあたって

日本古典文学の最高峰に位置する『源氏物語』は、五十四帖に及ぶ壮大な長編の物語であり、物語のストーリーや人物関係がすこぶる複雑多岐にわたっており、そのうえきわめて難解で奥深い文章で連綿と綴られた物語である。

したがって、相当に意欲的な読者でも、〝須磨返り《すまがえ》〟という言葉があるように、途中でダウンしてしまい、『源氏物語』全巻を読み通すのは容易なことではないようである。まして、初めて『源氏物語』を読もうとする読者にとっては、全巻読破は、おそらく至難のわざといってよいであろう。

さらに、『源氏物語』は、われわれの生きる現代から遠く隔った、千年もの昔である平安朝時代に書かれた物語であるから、それを本当に理解するためには、歴史的・政治的・社会的な予備知識が必要であり、また複雑な人間関係をうまく把握しておかなければならないのである。

そこで、壮大で複雑な物語である『源氏物語』の世界に立ち入り、勉強（研究）しようとする人たちのために、さまざまな入門案内書・ガイドブック（ハンドブック）・啓蒙書などが、まるで雨後《うご》の筍《たけのこ》のように次々と出版されてきた。が、これらの『源氏物語』の入門的ガイドブックは、初歩的な読者や一般読者にとっては、本当の意味で、物語の世界を手早く知るためのガイドブックとしての意味を果たしてきたとは必ずしも言いがたいようである。その執筆者の大部分は、常日ごろ、研究論文を書くにあたって、『源氏物語』の文章以上に、晦渋《かいじゅう》で独善的な文章を弄《ろう》している〝研究者〟たちであり、平易なことをわざわざ難解な表現によってかえってわかりにくくしている〝酔い痴《し》れた古典学者〟たちだからである。

たとえば、最近出版された『源氏物語ハンドブック』（新書館）は、行き届いた項目の立て方などをみても比較的よく出来た入門的ガイドブックのようであるが、項目（執筆者）によっては、文章の晦渋さ・専門的すぎる内容などからいっても、必ずしも初歩的・一般的な読者に役立つものとはいえないだろう。私が出講しているあるカルチャー文学講座の会員（六十代の女性）が『源氏物語ハンドブック』を読んで、そのあまりにも難解で専門的な内容にとてもついてゆけないと嘆いていた。大学院生以上の研究者をターゲットとしているならば、〝ハンドブック〟という一般向きの命名はふさわしくないのではないだろうか。

そこで、本事典は、従来の入門的ガイドブックがあまりにも研究者中心主義、研究者独善主義に毒されてきたことを反省し、できるだけ研究者の狭隘《きょうあい》な世界から脱することを試みようとして、編纂・執筆したものである。

本事典は、右のような新しい発想のもとに、『源氏物語』を、初めて読もうとする人、もう一度読み直そうとする人、学校（高校・短大・大学）の授業をもっと深めたい人（学生）、『源氏物語』を教えようとする人（教師）たちのために、従来の類書とは異なった、わかりやすくおもしろい内容、読みやすい文章などによって編集・執筆したものである。

この事典の主な特色は次のとおりである。

1　最初に、従来の入門的ガイドブックにはほとんど書かれていない、物語の全体像の把握の方法、人物系図・女性関係図の読み方、人物関係のとらえ方などを、わかりやすく説明した。

2　次に、『源氏物語』は女性の物語であるから、登場する主要な女性たちの物語を、伝記物語風におもしろく説明し、各物語ごとに女性像を考えるためのポイント（重要事項の摘記）を掲げ、わかりやすく役立つような方法をとった。

3　『源氏物語』を読解するための基礎知識として、作者紫式部の人生、物語の関連作品、歴史的背景などについて、くだくだしさを避け、難解にならないように、できるだけポイントを整理してわかりやすい一般性をもたせて書いた。

4　『源氏物語』のゆかりの地を旅する人のための予備知識として、物語に関連する重要な場所について、歴史的背景や現在の状況などを織り交ぜながら、実際に行ってみたくなるように、おもしろく説明した。

5　一般的に、事典というものはわからない点を調べるものであるが、本事典は、調べる事典であるとともに、〝読む事典〟として、わかりやすくおもしろく書いたもので、『源氏物語』を初めて読もうとする人は、第三章の「光源氏を愛した女性たち」、第八章の「源氏物語ゆかりの旅」あたりから読みはじめてほしい。

なお、本事典は、第一章・第三章・第五章・第七章を編者（西沢）が書き、第二章を濱橋顕一氏、第四章・第六章・第八章を熊谷義隆氏に、それぞれ原稿を書いてもらい、それをもとに編者が総括し、本書の性格を生かすために修整を加えたものである。

平成十年三月三日　桃の節句の日に

編者　西沢正史

＊この文章は、平成十年の本書刊行当時に書かれたものを、再掲しています。

源氏物語を知る事典　目次

Contents

光源氏を愛した女性たち

文学史の中の『源氏物語』

物語の舞台：平安時代を知る

『源氏物語』ゆかりの旅

解説文中に＊の付してあるものは、下段に補注的解説があることを示す。ただし、前後のページに置かれている場合もある。

源氏物語を知る事典

『源氏物語』の全体をとらえる

『源氏物語』の書名・巻名の由来

『源氏物語』の書名の由来

『源氏物語』という名称は、一般的に広く使われているが、作者自身も『源氏の物語』と呼んでいたらしく、また『更級日記《さらしなにっき》』や『今鏡《いまかがみ》』にも同様の名称が使われていることからも、物語成立以後、平安時代末期ぐらいまで、最も一般的な名称であったといえよう。

ところが、鎌倉時代になると、『光る源氏の物語』という名称も使用されるようになり、さらに『源氏』『光源氏』『源語《げんご》』などの略称、『紫文《しぶん》』『紫の物語』などの異称も見られるが、必ずしもそれらが一般的な書名であったとはいえないようである。

ちなみに、『源氏の物語』という場合の〝源氏〟とは、藤原氏などの氏族に対する皇族（王族）の総称であるが、『源氏物語』の場合は固有名詞である。また「光源氏」の〝光る〟とは、光り輝く人、つまり理想的ですばらしい人という意味である点で、[*1]かぐや姫の文学的系譜に連らなる意義をもつ美称である。

『源氏物語』の巻名の由来

次に、『源氏物語』五十四帖の巻名は、いずれも優雅なイメージをもっており、かつては[*2]〝源氏名《げんじな》〟として親しまれたこともあった。その巻名の由来は、次のような三つのパターンに分けられる。

(1) その巻中の重要な和歌によるもの＝帚木・空蟬・夕顔・若紫・末摘花・葵・賢木・花散里・須磨・明石・澪標・松風・薄雲・朝顔・少女・玉鬘・初音・胡蝶・蛍・常夏・篝火・行幸・藤袴・真木柱・藤裏葉・若菜(上)・若菜(下)・柏木・横笛・鈴虫・夕霧・御法・幻・竹河・橋姫・椎本・総角・早蕨・宿木・東屋・浮舟・蜻蛉

(2) その巻中の重要な事件によるもの＝紅葉賀・花宴・絵合

(3) その巻中の重要な語句によるもの＝桐壺・蓬生・関屋・野分・梅枝・匂宮・紅梅・手習・夢浮橋

右の中では(1)の和歌によるものが多いことが注目される。

なお、巻名の問題として、第四十一巻「幻《まぼろし》」の次に「雲隠《くもがくれ》」の巻があるが、巻名だけが伝えられていて、内容（本文）を欠いている。主人公光源氏の死を暗示した「雲隠」の内容が伝わらなかった点については諸説あるが、光源氏の死があまりにも悲しく描かれていたので破棄されたという説よりも、最初から書かれなかったのであろうという説の方が真実性があるように思われる。

[*1] **かぐや姫**　『竹取物語』の主人公〝かぐや姫〟は〝光かがやく人〟という意味で、理想的なすばらしい人間である。

[*2] **源氏名**　女官・奥女中・遊女などが『源氏物語』五十四帖の巻名になぞらえて付けた愛称。

『源氏物語』の巻名と構成

第一部　光源氏の青春と栄華〈誕生〜三十九歳〉　三十三帖

1○桐壺《きりつぼ》　2＊帚木《ははきぎ》　3＊空蝉《うつせみ》　4＊夕顔《ゆうがお》　5○若紫《わかむらさき》
6＊末摘花《すえつむはな》　7○紅葉賀《もみじのが》　8○花宴《はなのえん》　9○葵《あおい》　10○賢木《さかき》
11○花散里《はなちるさと》　12○須磨《すま》　13○明石《あかし》　14○澪標《みおつくし》　15＊蓬生《よもぎう》
16＊関屋《せきや》　17○絵合《えあわせ》　18○松風《まつかぜ》　19○薄雲《うすぐも》　20○朝顔《あさがお》
21○少女《おとめ》　22＊玉鬘《たまかずら》　23＊初音《はつね》　24＊胡蝶《こちょう》　25＊蛍《ほたる》
26＊常夏《とこなつ》　27＊篝火《かがりび》　28＊野分《のわき》　29＊行幸《みゆき》　30＊藤袴《ふじばかま》
31＊真木柱《まきばしら》　32○梅枝《うめがえ》　33○藤裏葉《ふじのうらば》

（○印は紫の上系の巻、＊印は玉鬘系の巻）

第二部　光源氏の晩年と悲劇〈三十九歳〜五十二歳〉　八帖

34　若菜《わかな》(上)　35　若菜《わかな》(下)　36　柏木《かしわぎ》　37　横笛《よこぶえ》　38　鈴虫《すずむし》
39　夕霧《ゆうぎり》　40　御法《みのり》　41　幻《まぼろし》　（雲隠《くもがくれ》）＝巻名のみ

第三部　薫君の青春と愛の悲劇〈薫君　十一歳〜二十八歳〉　十三帖

（「橋姫」以下の十帖を「宇治十帖」という）

42　匂宮《におうのみや》　43　紅梅《こうばい》　44　竹河《たけかわ》　45　橋姫《はしひめ》　46　椎本《しいがもと》
47　総角《あげまき》　48　早蕨《さわらび》　49　宿木《やどりぎ》　50　東屋《あずまや》　51　浮舟《うきふね》
52　蜻蛉《かげろう》　53　手習《てならい》　54　夢浮橋《ゆめのうきはし》

『源氏物語』の構成上の特色

(1)　『源氏物語』五十四帖は、三部構成となっており、第一部と第二部とからなる正編（主人公光源氏《ひかるげんじ》）と、第三部からなる続編（主人公薫君《かおるぎみ》）とに分けられる。正編と続編には、同じ作者と思われないほどの落差が見出される。

(2)　第一部における構成上の特徴は、二つの異なった系列の物語が組み合わされていることである。一つは、紫の上系の巻々（○印）で、長編的・理想的な世界、もう一つは、玉鬘《たまかずら》系の巻々（＊印）で、短編的・現実的な世界である。

(3)　第二部における構成上の特徴は、巻々の分量が相対的に多く、特に「若菜」の巻は異常に長く、上下に分かれているほどである。それは第二部が、第一部とまったく異なった新しい世界を始発させようとする作者の意気ごみの必然的な結果であると考えられる。

(4)　第三部における構成上の特徴は、全十三帖のうち、「橋姫」の巻以下の「宇治十帖」と正編とをつなぐ、いわば〝つなぎの三帖（匂宮・紅梅・竹河）〟があり、内容的にみてあとから補足されたような感じを否定できないという点である。

(5)　『源氏物語』の巻々の分量（長さ）は、複雑な執筆の過程を経ていることから、かなり大きな差異がある。ちなみに、巻々のおよその分量を計算してみると、次のようになる。

『源氏物語』各巻の長さと歌の数

巻数	巻　名	ページ数	歌数	巻数	巻　名	ページ数	歌数
1	桐　壺	31	9	28	野　分	22	4
2	帚　木	57	14	29	行　幸	34	9
3	空　蟬	14	2	30	藤　袴	18	8
4	夕　顔	59	19	31	真木柱	47	21
5	若　紫	59	25	32	梅　枝	23	11
6	末摘花	39	14	33	藤裏葉	30	20
7	紅葉賀	35	17	34	若菜（上）	126	24
8	花　宴	14	8	35	若菜（下）	125	18
9	葵	59	24	36	柏　木	50	11
10	賢　木	63	33	37	横　笛	24	8
11	花散里	6	4	38	鈴　虫	18	6
12	須　磨	56	48	39	夕　霧	88	26
13	明　石	50	30	40	御　法	24	12
14	澪　標	41	17	41	幻	28	26
15	蓬　生	28	6	42	匂　宮	18	1
16	関　屋	6	3	43	紅　梅	16	4
17	絵　合	23	9	44	竹　河	53	24
18	松　風	27	16	45	橋　姫	46	13
19	薄　雲	38	10	46	椎　本	47	21
20	朝　顔	26	13	47	総　角	111	31
21	少　女	62	16	48	早　蕨	24	15
22	玉　鬘	50	14	49	宿　木	115	24
23	初　音	18	6	50	東　屋	78	11
24	胡　蝶	26	14	51	浮　舟	87	21
25	蛍	24	8	52	蜻　蛉	70	11
26	常　夏	27	4	53	手　習	84	28
27	篝　火	5	2	54	夢浮橋	21	1

（注）ページ数は新潮日本古典集成『源氏物語』（1～8）による

『源氏物語』の人物系図の見方

(1)『源氏物語』は、作者紫式部が生きた時代よりも八十年くらい前の歴史をふまえて書かれた、一種の歴史小説であるとみることもできる。次のように『源氏物語』と皇室の系図を対比してみるとそのことがよくわかる。

〈物語〉

①桐壺帝—②朱雀帝
　　　　—光源氏
　　　　—③冷泉帝

〈歴史〉

①醍醐帝—②朱雀帝
　　　　—源　高明
　　　　—③村上帝

(2)『源氏物語』は、系図的にみると、桐壺院を中心とする王族の物語で、桐壺院—光源氏—薫君の三代にわたる物語である。系図的にいえば、〈系図A〉と〈系図B〉との関わる王族の物語が、〈系図C〉及び〈系図D〉の藤原氏の物語と対立的に展開されている。

(3)〈系図B〉は〈系図A〉の桐壺院とは別系統の先帝《せんだい》を中心とした王族の系図で、藤壺の中宮—紫の上—女三の宮と続く、いわゆる〝紫のゆかり〟の女性たちの関係を示している。藤壺の中宮を基軸に考えると、紫の上は姪《めい》（兄の娘）、女三の宮も姪（妹の娘）にあたり、また紫の上と女三の宮は従姉妹《いとこ》の関係になる。

〈系図A〉

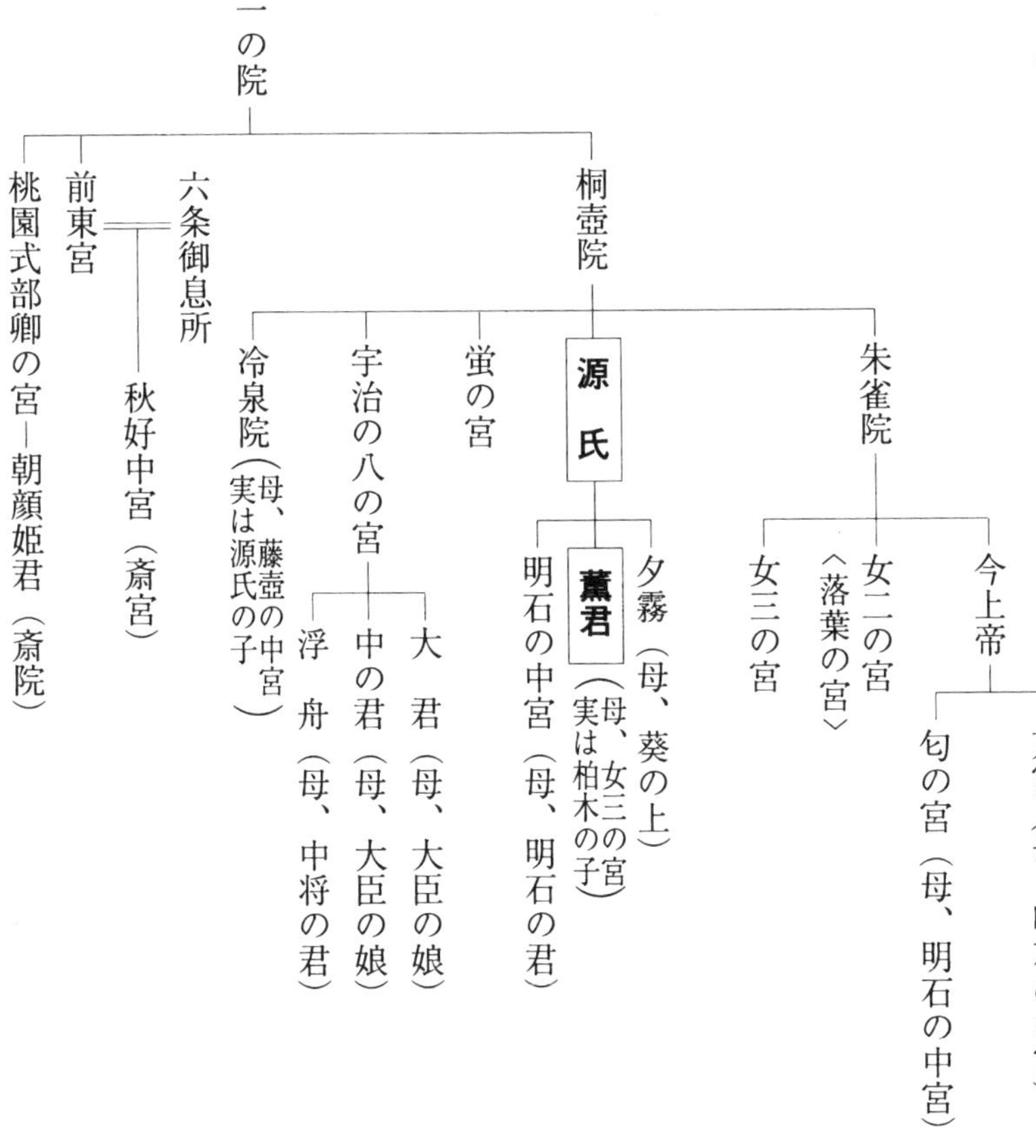
一の院
桐壺院
六条御息所
前東宮
桃園式部卿の宮
朱雀院
源氏
蛍の宮
宇治の八の宮
冷泉院（母、藤壺の中宮 実は源氏の子）
秋好中宮（斎宮）
朝顔姫君（斎院）
今上帝
女二の宮〈落葉の宮〉
女三の宮
夕霧（母、葵の上）
薫君（母、女三の宮 実は柏木の子）
明石の中宮（母、明石の君）
大君（母、大臣の娘）
中の君（母、大臣の娘）
浮舟（母、中将の君）
東宮（母、明石の中宮）
匂の宮（母、明石の中宮）

〈系図B〉

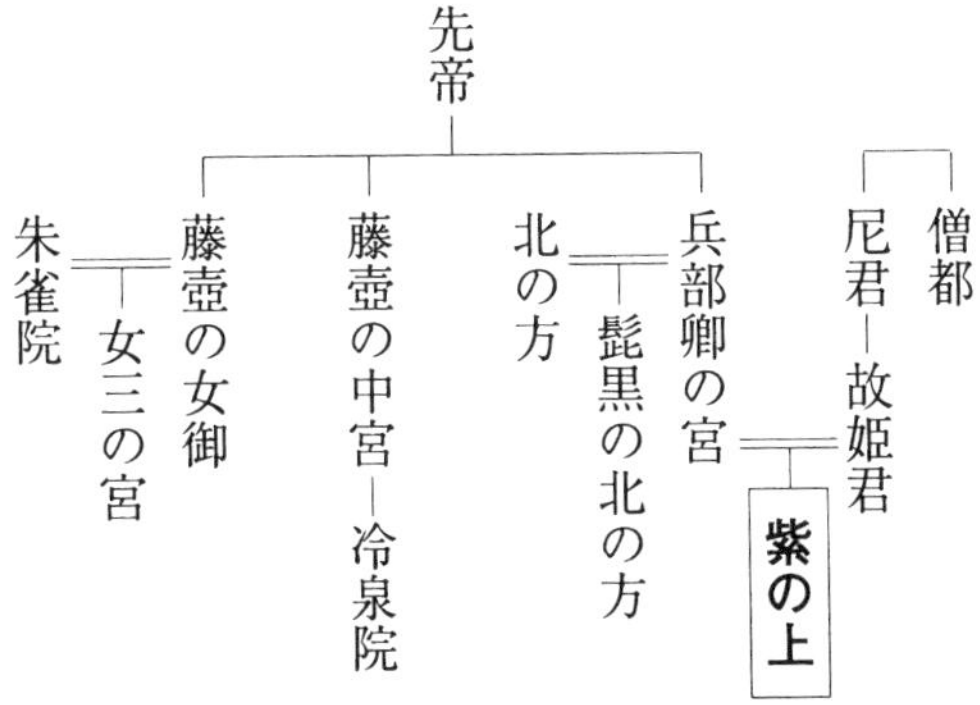
僧都
尼君
故姫君
先帝
兵部卿の宮
紫の上
北の方
髭黒の北の方
藤壺の中宮
冷泉院
藤壺の女御
朱雀院
女三の宮

〈系図C〉

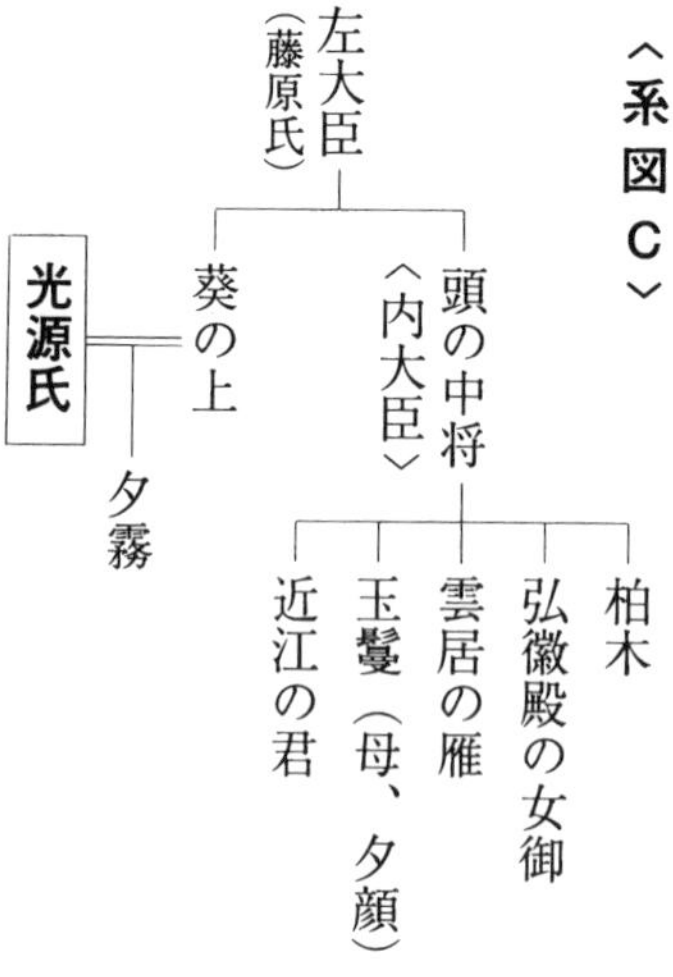

〈系図D〉

(4) 〈系図C〉の左大臣家、〈系図D〉の右大臣家は、ともに藤原氏であり、〈系図A〉と〈系図B〉の王族に対立している。それは、歴史上の藤原氏対王族の政治的対立を反映したものであるが、『源氏物語』においては、常に藤原氏が政治的に優位に立ってきたという歴史的事実に反して、源氏を中心とする王族が政治的優位を誇っている。作者紫式部は、自らも藤原氏出身であるうえに、主人と仰いだ中宮彰子《ちゅうぐうしょうし》の父が藤原道長《みちなが》であることを考えると、歴史を越えようとする新しい物語の創造として、『源氏物語』を執筆したものと考えられる。

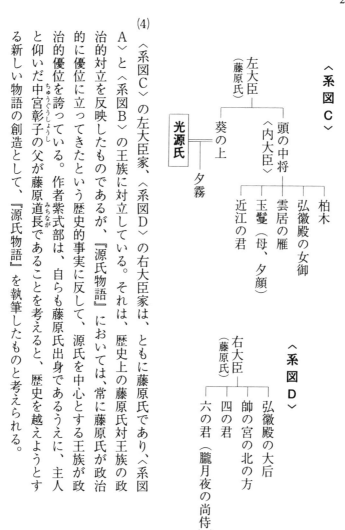

『源氏物語』における登場人物

男性群像

光《ひかる》源《げん》氏《じ》　桐壺帝《きりつぼのみかど》の第二皇子《おうじ》で物語の主人公。母（桐壺の更衣《こうい》＊1）と死別後、父帝《ちちみかど》は、源氏を臣籍に降下させ〝源氏〟と名のらせた。〝光る〟とは、光りかがやく人（理想的な人）を意味し、〝源氏〟とは、皇族出身という意味である。したがって、光源氏は、かの〝かぐや姫〟（光りかがやく人）の文学的な系譜を継いでいる。

光源氏は、十二歳で元服し、葵《あおい》の上《うえ》（十六歳）を正妻に迎えるが、義理の母・藤壺と密通し、さらにさまざまな女性遍歴をくり広げる。その中で、〈桐壺の更衣—藤壺—紫の上—女三の宮〉と続く〝紫のゆかり〟の女性たちがヒロインである。

なお、光源氏の歴史上のモデルについてはさまざまな人物があげられているが、前半（苦難流浪の時期）の光源氏は、醍醐帝の皇子であった西宮《にしのみや》の左大臣源高明《＊2みなもとのたかあきら》であり、後半（栄華の時期）の光源氏は、藤原道長を中心的なモデルとしているとみられる。

＊1 **更衣**　更衣は、もとは天皇の着物の着がえに奉仕する女官であったが、次第に中宮・女御に次ぐ妃的な存在となった。

＊2 **源高明**　母の身分が低かったので臣籍に降下し、源氏姓を名のり、有能であったために左大臣まで昇りつめたが、安和《あんな》の変（九六九）で藤原氏のために太宰権師《だざいのごんのそち》に左遷されて失脚した。

桐《きり》壺《つぼの》帝《みかど》　光源氏の父帝。母を失い、後見勢力に乏しい光源氏を臣籍に降下させて最愛し、また藤壺を弘徽殿《こきでん》の女御《にょうご》を越えて中宮《ちゅうぐう》にするが、愛妃《あいひ》藤壺と愛息《あいそく》光源氏との不義密通を知らないまま、その間に生まれた皇子（冷《れい》泉帝《ぜいてい》）に期待しつつ崩御《ほうぎょ》する。

内《ない》大《だい》臣《じん》　左大臣家の長男で、源氏にとっては、正妻（葵の上）の兄であるから義兄にあたる。その若き日には＊頭《とう》の中将と呼ばれ、源氏とは竹馬《ちくば》の友であったが、壮年期以後、源氏とは政治的ライバルとなる。重要人物の中では、愛称を付け忘れられた不幸な人である。

朱《す》雀《ざく》帝《てい》　桐壺帝の長男で、母は弘徽殿の女御、源氏の異母兄にあたる。朱雀帝と源氏とはまさに〝愚兄賢弟《ぐけいけんてい》〟ともいうべきで、朱雀帝は、父桐壺院の遺言に反して、弟の源氏を須磨に退居させるが、晩年には最愛の娘（女《おんな》三《さん》の宮《みや》）を源氏に託す。

夕《ゆう》霧《ぎり》　源氏の長男、母は葵の上。父源氏とは異なって〝まめ人〟（誠実な人）ゆえに物語の主人公とはなれなかった。雲居《くもい》の雁《かり》（内大臣の娘）と幼な馴《な》じみの一途《いちず》な恋をつらぬくが、後に友人柏木《かしわぎ》の未亡人（落葉《おちば》の宮）を愛し、家庭騒動を起こす。

柏《かしわ》木《ぎ》　内大臣の長男で、宇治十帖の主人公薫君《かおるぎみ》の実父。源氏の若き正妻女三の宮と密通し、不倫の子薫君を生ませるが、源氏ににらまれて、一途な悲恋の中に病死する。恋に生き、恋に死んだ純愛型の青年貴公子。

頭の中将　近衛の中将で、蔵人《くろうど》の頭《かみ》を兼ねている者。

冷《れい》泉《ぜい》院《いん》　桐壺院の第十皇子で、母は藤壺、源氏の異母弟、ということになっているが、本当は、源氏と藤壺との間に生まれた不倫の皇子。歴史上の＊村上帝《むらかみてい》のイメージをもって聖帝《せいてい》として描かれている。母藤壺の死後、自らの出生の秘密を知り、実父源氏に譲位しようとするが果たせなかった。

左《さ》大《だい》臣《じん》　藤原氏。内大臣（頭の中将）・葵の上の父で、源氏には舅《しゅうと》にあたる。右大臣家と政治的に対立しつつ、源氏一門の後見《こうけん》的立場となり、後に摂政太政大臣《せっしょうだじょうだいじん》となる。

右《う》大《だい》臣《じん》　藤原氏。弘徽殿の女御・朧月夜《おぼろづきよ》らの父で、左大臣―源氏一門の政敵。思慮に浅く、直情的な性格で、源氏を須磨に追い落とすのに一役《ひとやく》買うが、次第に源氏一門に圧倒される。

兵部卿《ひょうぶきょう》の宮《みや》〈式部卿の宮〉　先帝《せんだい》の皇子で、紫の上の父、藤壺の兄にあたる。その北の方とともに、紫の上に冷たくあたり、源氏と対立する。後に、宮の娘たちは、源氏の養女秋好中宮《あきこのむちゅうぐう》や玉鬘らに圧倒され、心やさしい紫の上を悲しませる。

薫《かおる》君《ぎみ》　源氏と正妻女三の宮との間に生まれたことになっている、宇治十帖の主人公。だが、本当は柏木と女三の宮との間に生まれた不倫の子。自らの暗い宿命を背負って生きる憂愁の貴公子で、身体から芳香を放ち、ライバル匂《におう》の宮《みや》とともに、宇治の姫君たちを競い合う。

村上帝　父の醍醐帝とともに、延喜《えんぎ》天《てん》暦《りゃく》の治《じ》といわれる天皇制理想の時代を築いた聖帝。

匂《にお》の宮《みや》　今上帝《きんじょうてい》（朱雀院の皇子）と明石《あかし》の中宮《ちゅうぐう》との間に生まれた第三皇子。情熱的で奔放《ほんぽう》な好《す》き者《もの》で、ライバル薫君に対して、常に香を匂わせつつ、宇治の姫君たちの争奪戦をくりひろげる。源氏における二つの要素を、〈薫君＝まめ人〉〈匂宮＝あだ人〉[*1]として継承する。

宇治《うじ》の八《はち》の宮《みや》　桐壺帝の第八皇子で、源氏の異母弟、大君《おおいぎみ》・中の君・浮舟《うきふね》姉妹の父。政争に敗れた後、暗い宿命の中で、俗聖《ぞくひじり》[*2]として宇治の山荘に隠棲《いんせい》し、娘たちを育てながら、仏道に専心している。甥《おい》にあたる宿命の子薫君に、仏道を通じて大きな影響を与え、また自分の死後は孤児となってしまう娘たち（大君・中の君）を薫君に託して死去する。

*1 **まめ人**　まじめで誠実な人。
あだ人　浮薄で好色な人。

*2 **俗聖**　剃髪《ていはつ》せずに、俗人の姿で仏道修行する人。

女性群像（上流階級）

藤《ふじ》壺《つぼ》　先帝《せんだい》の第四皇女で桐壺帝の妃《きさき》（中宮）。源氏にとっては義理の母（継母）にあたる。源氏は、亡き母（更衣《こうい》）の身代わりとして愛した結果、不倫の皇子（冷泉帝）を生ませる。出家後、冷泉帝を守り通し、源氏栄華の後見人として重要な役割を果たす。『伊勢物語』において、在原業平《ありわらのなりひら》と関係のあった二条の后《きさき》（藤原高子《たかいこ》）のイメージを引いているという。

葵《あおい》の上《うえ》　左大臣の娘で、頭《とう》の中将の妹。源氏の正妻となるが、夫婦関係はうまくゆかない。夫の愛人六条御息所《ろくじょうのみやすどころ》と車争いをしたことから、彼女に恨まれて、長男夕霧を生み落とした後、その生霊《いきりょう》[*1]にとり殺されてしまう、薄幸の女性。葵の上の死後、源氏は、紫の上を正妻格[*2]としており、晩年の女三の宮降嫁までは、正妻をもたなかった。

六条御息所《ろくじょうのみやすどころ》　故皇太子（桐壺帝の弟）の妃であったが、二十歳で夫と死別し、一人娘（斎宮[*3]、のちの秋好《あきこのむ》中宮）を抱えた、若く美しい未亡人となる。すばらしい理想的な女性であった御息所は、源氏の妻となるが、高い身分とプライドから正妻願望が強く、葵の上―紫の上―女三の宮と次々に正妻または正妻格の女性を妬《ねた》み、愛執《あいしゅう》の鬼となり、三十六歳の若さで悲劇的な死をとげる。

朧月夜《おぼろづきよ》　右大臣の六女で、弘徽殿の女御の妹。父や姉の政略によって、甥《おい》（姉の子）の朱雀帝の妃《きさき》候補となるが、源氏からも愛される。朧月夜は、兄（朱雀帝）と弟（源氏）から愛される奔放な女性で、和泉式部[*4]のイメージを引いている。

朝顔《あさがお》**の斎院**《さいいん》[*5]　桃園式部卿《ももぞのしきぶきょう》の娘で、源氏の従姉妹《いとこ》にあたる。源氏からたびたび求婚され、正妻候補の噂にものぼるが、思慮深く、自分の意思を貫き、それを拒絶する。

女三《おんなさん》**の宮**《みや》　朱雀院の第三皇女で、母は藤壺の中宮の妹の藤壺の女御。したがって、藤壺の中宮の姪《めい》、紫の上の従姉妹《いとこ》にあたり、〝紫のゆかり〟の女性である。源氏の正妻となるが、柏木と過失を犯し、薫君を生んだ後、

*1 **生霊**　〝いきすだま〟ともいい、生きている人の怨念《おんねん》が怨霊《おんりょう》となって人にたたるもの。

*2 **正妻格**　正妻に準ずる人。

*3 **斎宮**　天皇の代理として伊勢神宮に奉仕した未婚の皇女または女王。

*4 **和泉式部**　中宮彰子に仕えた女流歌人で、紫式部の同僚。若い皇子たちとの恋に奔放な情熱を傾け、世間の注目をあびた。

*5 **斎院**　天皇の代理として賀茂神社に奉仕した未婚の皇女または女王。

二十三歳の若さで出家する悲劇の皇女。

秋好中宮《あきこのむちゅうぐう》　六条御息所の娘で、父はいまは亡き皇太子。当時娘のいなかった源氏は、御息所から託された前斎宮《さきのさいぐう》（秋好中宮）を養女とし、絶大なる後見によって冷泉帝（源氏の息子）の中宮に栄進させ、六条院の栄華の礎《いしずえ》となした。

弘徽殿の大后《こきでんのおおきさき》*　右大臣の娘で、桐壺帝の女御、朱雀帝の母。政治的な強い女性として、桐壺の更衣をいじめ殺したり、源氏を須磨に追放したりと、源氏・藤壺一門に激しく敵対する、物語中唯一の悪役。源氏にとって、藤壺が良い継母（義母）であるのに対し、弘徽殿は悪い継母（義母）にあたる。

明石の中宮《あかしのちゅうぐう》　源氏の一人娘。母は明石の君。生まれたときから、〝后《きさき》がね〟（后候補）として紫の上の養女となり、皇太子（朱雀院の皇子）に入内《じゅだい》し、中宮に栄進する。源氏の栄華の中心的存在であるばかりではなく、宇治十帖においても、匂の宮の母、薫君の姉として、相当に大きな役割を果たしている。

女性群像（中流階級）

紫の上《むらさきのうえ》　兵部卿の宮の娘で、光源氏の正妻格のヒロインの女性。光源氏は、ひそかに愛する藤壺の姪にあたり（紫のゆかり）、孤児同然で

大　后　天皇の生母。弘徽殿の大后は、桐壺帝の女御であるが、息子の朱雀帝が即位した。

あった少女紫の上を引き取って愛育し、十四歳の時に結婚し、理想的な妻として生涯にわたって深く愛し続けた。しかし、紫の上は、六条院の栄華の中心として、「幸ひ人《さいはびと》」として称賛されたが、後見勢力に乏しく正妻になれなかったこと、子供を生まなかったことなどにより、正妻女三の宮の六条院降嫁後の晩年は源氏の愛に不安を感じ、さびしく世を去った。

空蟬《うつせみ》　若き日の源氏の愛人である人妻。早くに父母を失い、弟（小君《こぎみ》）とともに、＊老受領《ろうずりょう》に世話になっている哀れな中流女性。源氏にプロポーズされるが、煩悶《はんもん》の末に拒絶し、空蟬のごとく薄衣《うすぎぬ》を残して去る。身分・境遇・処世などの類似性から、作者紫式部の自画像（自伝的物語）といわれる。

夕顔《ゆうがお》　若き日の源氏の愛人。もとは頭の中将の愛人で、娘（玉鬘）を生むが、その北の方に脅迫《きょうはく》されて五条に隠れ住んでいたときに源氏に愛される。そのことから物の怪《もののけ》（六条御息所の生霊《いきりょう》？）にとり殺され、十九歳の若い命を落とす。夕顔の花のように哀れではかない人生であった薄幸の中流女性。その娼婦的《しょうふてき》ともみられる女性像は、同性（女性）から妬《ねた》まれ、憎まれやすいが、いつの時代でも男性のアイドルとして純情可憐さを漂わせている。

末摘花《すえつむはな》　若き日の源氏の愛人。故常陸《こひたち》の宮の娘で、没落王族。父宮の残した旧邸にわび住まいしているときに源氏と出会うが、ひどい醜貌《しゅうぼう》、あまりにも古風な頑固《がんこ》さを批判されながらも、真ごころ・律儀《りちぎ》・奥ゆかしさなどの美点によって源氏に愛される。紫の上〈紫〉↔末摘花＝紅花《べにばな》〈赤〉と対照

受領　国司（現在の知事にあたる）のうち任地に赴いて実務にあたる国司。

されている。

花《はな》散《ちる》里《さと》　桐壺帝の女御であった麗景殿《れいけいでん》の女御の妹で、源氏の妻の一人。運命に従順で、穏やかに生きた家庭的な女性。源氏の子供たちの中で、母のいない夕霧や玉鬘の養母役を果たす。物語の中ではあまり目立たない脇役であるが、平凡な幸せの中に生きた、キラリと光るすてきな女性。

明《あか》石《し》の君《きみ》　源氏の妻の一人。明石の豪族明石入道《にゅうどう》の娘であるが、源氏と結婚し、源氏の一人娘（のちの明石の中宮）を生み、六条院の栄華に最も実質的に貢献した女性。明石一族再興という父の期待を背負って堅実に生き、[*1]〝玉《たま》の輿《こし》〟に乗ることができた。紫式部をはじめとする中流女性たちの理想像。

玉《たま》鬘《かずら》　源氏の長女。若き日の内大臣（頭の中将）と薄幸の夕顔との間に生まれ、九州に流浪した後、髭黒《ひげくろ》の大将と結婚させられたが、亡き母夕顔の悲運を代償するかのように、比較的安穏《あんのん》で幸せな人生を過ごした。『源氏物語』の中の〝かぐや姫〟ともいうべき中流女性。

大《おお》君《ぎみ》　宇治の八の宮の養女で、薫君の思い人《びと》。父・八の宮の憂《う》し（宇治）厭世観《えんせいかん》を最もよく受け継ぎ、薫君の愛を拒絶したまま、美しく汚《けが》れなく死んでいった薄幸の女性。いわゆる[*2]〝白鳥処女説話〟型の女性で、『竹取物語』のかぐや姫のイメージを引く。

[*1] **玉の輿**　〝玉で飾った美しい乗物〟の意であるが、身分の低い女性が富貴の男性と結婚し、幸福になること。

[*2] **白鳥処女説話**　美しい白鳥が若い女性の姿となって地上に現われ、男性によって衣を奪われて強制的に妻とされるが、再び飛び去っていくという説話。羽衣伝説が有名。

中《なか》の君《きみ》　宇治の八の宮の次女で、匂の宮の妻。父・八の宮の遺言《ゆいごん》に反して、匂の宮と結婚し、〝幸ひ人《さいはひびと》〟となるとともに、宇治（憂《う》し）の世界から退場する。姉大君を思慕し続ける薫君と、異母妹の浮舟を結びつける役割も果たす。

浮《うき》舟《ふね》　宇治八の宮の三女で、妾腹《めかけばら》の娘。父に認知されず、東国―宇治―京都―小野と、浮き舟のように転々とさすらい、薫君と匂の宮の二人の男性の愛のはざまで苦しみ、投身自殺（未遂）から出家へと悲劇の人生を歩む『源氏物語』最後のヒロイン。

『源氏物語』巻々のあらすじ

1 桐《きり》壺《つぼ》

○ある帝《みかど》（桐壺帝）の時代に、父・大納言《だいなごん》の遺言によって入内《じゅだい》し、帝の寵愛《ちょうあい》を一身にあつめていた更衣《こうい》がいた。桐壺に局《つぼね》を賜り、やがて玉のような皇子《おうじ》（主人公・光源氏）を生むが、右大臣を後見《こうけん》とする第一皇子（後の朱雀帝《すざくてい》）の母・弘徽殿《こきでん》の女御《にょうご》らの嫉妬・迫害を受け、心労のあまり、皇子三歳の年に病死してしまった。

○桐壺帝は、悲嘆にくれてひたすら更衣追慕の日々を送り、亡き更衣の里に遣わした靫負命婦《ゆげいのみょうぶ》の持ち帰った形見の品を見ても、わが身を、楊貴妃《ようきひ》を失った玄《げん》宗《そう》皇帝になぞらえ、傷心を深めるばかりであった。

○父帝の庇護《ひご》のもと美しく成長した皇子（光源氏）は、学問諸芸のすべてに超人的な才能を発揮する。桐壺帝はこの皇子を皇太子にと願ったが、後見のないことを考慮して、高麗《こま》（朝鮮半島の国）の占いに従って、源氏の姓を与えて臣

巻名

本文中の「御局《みつぼね》は桐壺なり」という、光源氏の母・更衣の局（部屋）の名による。「桐壺」は、帝の住居である清涼殿から遠い東北の隅にあった淑景舎《しげいしゃ》の通称で、壺（中庭）に桐の木が植えられてあったところからいう。

登場人物

源氏＝誕生～12　桐壺帝＝？
桐壺の更衣＝？　弘徽殿の女御＝？
藤壺＝6～17　葵の上＝5～16

籍に下した。

○ そのころ、亡き更衣に生き写しの先帝《せんだい》の四《し》の宮（藤壺《ふじつぼ》）が入内《じゅだい》し、帝の傷心はようやく慰められた。光源氏も母の面影を義母・藤壺に求め、やがて女性として思いを寄せるようになる。ともに帝の寵愛の厚い光源氏と藤壺の美貌を称え、世の人は、「光る君」「かかやく日《ひ》の宮《みや》」と呼ぶのであった。

○ 十二歳で元服した光源氏は、左大臣の娘（葵《あおい》の上《うえ》）と結婚する。が、彼の心はこの結婚に満たされることなく、亡き母に似ているという藤壺へのいちずな思慕に占められていた。帝の配慮によって改造された、いまは亡き母が住んだ更衣邸（二条院）を私邸とする光源氏は、そこに藤壺のような理想の女性を迎えて一緒に暮らしたいものだと願い続けるのであった。

2 帚《はは》木《きぎ》

○ 五月雨《さみだれ》の降り続く退屈な一夜、物忌《ものい》みで宮中の宿直所《とのいどころ》にこもっている光源氏のもとを、親友の頭《とう》の中将が訪れた。光源氏に寄せられた女性たちの手紙を見ているうちに、話はいつしか女性の品定《しなさだ》め（品評会）になってゆく。

○ そこへさらに左馬《さま》の頭《かみ》、藤式部丞《とうしきぶのじょう》も加わって、女性論にますます花が咲くことになる。貴公子たちは、女性を上中下の三階級に分け、妻とすべき女性の資格を論じ、さらには、嫉妬深い女、浮気な女、内気《うちき》な女、才気ばしった女など

巻名

光源氏の歌「帚木の心も知らで園原の道にあやなく惑ひぬるかな」と空蝉の歌「数ならぬ伏屋に生ふる名の憂さにあるにもあらず消ゆる帚木」による。「帚木」は、信濃の国（長野県）にあった伝説の木で、梢は箒木《ほうき》のようで、遠くから見ると見えるが、近寄ると見えなくなるという。

について、それぞれの体験談を語り合った。
○光源氏は、この雨夜《あまよ》の品定めによって、未知の中流階級の女性に個性的な魅力ある女性が多いということを教えられ、ひどく興味をそそられた。と同時に理想の女性はめったにいるものではないとの結論に、あらためてあこがれのひと藤壺のすばらしさを思い知るのであった。
○翌日、光源氏は、久しぶりに左大臣邸を訪れたが、葵の上には相変わらずうち解けにくいものを感じる。そこで、*方違《かたたが》えにかこつけて中川の紀伊《き》の守《かみ》の邸《やしき》へ行った。
○その邸に紀伊の守の父・伊予《いよ》の介《すけ》の若い後妻（空蝉《うつせみ》）が来合わせていることを知った光源氏は、夜ふけてから寝所に忍び、契りを結んだ。
○その後も空蝉のことが忘れられない光源氏は空蝉の弟・小君《こぎみ》を手なずけて恋文を届けさせるが、空蝉はわが身の立場をわきまえて返事を出さなかった。
○しがない老受領《ろうずりょう》の後妻にすぎない空蝉は、光源氏の再度の訪れにも、侍女の部屋に身を隠して、会おうとしないのであった。

3 空《うつ》蝉《せみ》

○空蝉のかたくなな態度に失望した光源氏は、まだ夜も明けきらないうちに帰宅する。小君は光源氏を気の毒に思うが、拒絶した空蝉も、理性ではあれでよ

登場人物
源氏＝17　藤壺＝22
葵の上＝21　空蝉＝?

方違え　陰陽道《おんみょうどう》の考え方で、外出する時、天一神《なかがみ》などの邪悪な神を避けて方角を変えてから行くこと。

巻名
光源氏の歌「空蝉の身をかへてける木の下《もと》になほ人がらのなつかしきかな」と、空蝉の歌「空蝉の羽に置く露の木

かったと思いつつも、心は乱れ、物思いに沈みがちであった。

○あきらめきれない光源氏は、紀伊の守が任国《にんごく》（和歌山県）に下った留守のある夜、小君の手引きで三度《みたび》中川の邸を訪れた。

○夏の夕闇にまぎれ、光源氏は、空蟬と継娘の軒端《のきば》の荻《おぎ》が碁を打つ姿を垣間《かいま》見る。空蟬は、小柄でほっそりとしていて、美人ではないが、つつましい奥ゆかしさのある人妻であった。若い軒端の荻は、色白で肥えており、はっきりした目鼻だち、気品には欠けるが、光源氏の興味をそれなりにそそった。

○侍女たちが寝静まるのを待って、光源氏は空蟬の寝室に忍び込んだ。が、先日の夢のような逢瀬《おうせ》以来、寝覚めがちだった空蟬は、光源氏の侵入を察して、小袿《こうちぎ》を脱ぎ捨て、軒端の荻を残して隠れてしまった。

○光源氏は、空蟬に逃げられたことに気づいたがどうすることもできず、何とか取りつくろって、残された軒端の荻と契り、悔しさをかみしめるしかなかった。

○二条院に戻った光源氏は、眠れぬままにわが切ない思いを手習《てなら》いの歌に託し、空蟬の脱ぎ捨てていった小袿をいつも肌身離さずに、その人香《ひとが》をなつかしむのであった。

○中川の邸では、軒端の荻が、小君の行き来に胸しめつけられる思いをするが、光源氏からの便りはない。空蟬は、弟をきびしく叱りつつも、光源氏の歌を見て、これがまだ伊予の介と結婚する前であったらと残念に思い、その歌の端に

がくれてしのびしのびに濡るる袖かな」による。「空蟬」は、蟬の抜け殻で、「世」「命」「身」などに懸かる枕詞としても用いられ、〝はかない〟という意味をもつ語。

登場人物

源氏＝17　空蟬＝？

古歌《こか》を書きつけるのであった。

4 夕《ゆう》顔《がお》

○そのころ光源氏は、六条あたりのさる高貴な女性（六条御息所《ろくじょうのみやすどころ》）のもとに通っていた。ある夏の夕方、その道すがら、乳母《めのと》の病気見舞いに五条の家を訪れ、思いがけず夕顔の花の咲く隣家の女性（夕顔）から扇の歌を贈られた。
○女性に興味をひかれた光源氏は、乳母子《めのとご》の惟光《これみつ》にその素姓《すじょう》をさぐらせる。
○光源氏は、惟光の調査によって、その女性が雨夜の品定めで話題に出た、頭《とう》の中将《ちゅうじょう》が愛した〝常夏《とこなつ》の女〟であるらしいと感じて、たいそう興味をかき立てられ、身分を隠して通うようになった。秘密の恋に夢中になった光源氏は、その女性を誰とも知らせず二条院に迎え取ろうとまで考える。
○八月十五夜、夕顔の宿に一夜を過ごした光源氏は、翌朝彼女をある廃院に連れ出した。夕顔は、荒れはてた邸の不気味《ぶきみ》さにおびえてぴったりと寄り添ってくる。光源氏は、そんな夕顔をかわいいと思い、プライドが高く息苦しい六条御息所と思いくらべて、ますますいとしく思うのであった。
○その夜、光源氏の枕上《まくらがみ》に現われた魔性の女性（六条御息所？）におそわれ、夕顔は急死してしまう。光源氏はなすすべもなく、かけつけた惟光によって夕顔の亡骸《なきがら》は東山の山寺に葬られた。

巻　名

光源氏の歌「心あてにそれかとぞ見る白露の光そへたる夕顔の花」と、夕顔の歌「寄りてこそそれかとも見めたそがれにほのぼの見つる花の夕顔」による。「夕顔」は、夕方に咲き、朝にしぼんでしまう白い花で、はかないイメージをもつ。

登場人物

源氏＝17　六条御息所＝24
夕顔＝19　玉鬘＝3

○その後、光源氏は、重い病にかかったが、九月二十日ごろには全快し、夕顔の侍女・右近《うこん》を召し出して、彼女の素姓を聞いた。夕顔はやはり、あの雨夜の品定めで頭の中将が語った彼の愛人〝常夏の女〟であった。二人の間には三歳になる女の子（後の玉鬘《たまかずら》）もいたという。

○やがて、かの空蟬も夫とともに任国伊予《いよ》の国（愛媛県）に下り、雨夜の品定めに始まった中の品《なかしな》（中流女性）の恋愛遍歴は終わった。光源氏は、立冬の時《し》雨《ぐれ》空をながめながら、はかなく終わった空蟬や夕顔との悲しく切ない愛をしみじみと思うのであった。

5　若《わか》紫《むらさき》

○*瘧病《わらわやみ》をわずらった光源氏は、加持祈禱《かじきとう》を受けるため、北山の老修行者のもとを訪れた。この僧都《そうず》の庵室に、光源氏は思いがけずも美しい少女（紫の上）を発見する。その少女紫の上は、光源氏がいつも恋い慕い続ける藤壺に生き写しであった。

○その夜、僧都の庵室に招かれた光源氏は、そこで紫の上の素姓を聞いて驚いた。紫の上は、僧都の妹尼の孫娘で、藤壺の姪《めい》にあたる人であるという。

○光源氏は、紫の上を身近に置いて思いのままに教え育てたいと思い、早速、僧都や妹尼君に結婚を申し込むが、二人は不思議に思ってとりあわなかった。

巻　名　光源氏の歌「手に摘みていつしかも見む紫のねよにかよひける野辺の若草」による。「若紫」は、春に若々しく芽吹いた紫草で、『伊勢物語』初段の歌「春日野の若紫の摺衣《すりごろも》しのぶの乱れ限り知られず」をふまえる。

登場人物　源氏＝18　藤壺＝23　葵の上＝22　紫の上＝10

瘧　病　マラリアに似た病気で、毎日一定の時間に熱が出る。子供がよくかかるので「童病み」といったという。

○光源氏は、加持祈禱を終えて帰京するが、葵の上《あおいうえ》との仲はいよいようまくゆかず、北山の紫の上を忘れかねて、妹尼君や僧都に彼女との結婚を懇請する手紙をやった。

○その頃、藤壺が病気のため里邸に退出した。光源氏は側近の王命婦《おうのみょうぶ》を取りこみ、とうとう藤壺と夢のような密会の時をもってしまった。

○やがて藤壺は懐妊し、ひとり光源氏との密会の罪に恐れおののく。一方、不思議な夢を占わせ、思いもかけぬ将来を予言された光源氏は、藤壺の懐妊の真相をそれに思い合わせる。

○北山の尼君は光源氏の帰京後まもなく亡くなり、ひとり残された紫の上は、やむなく父・兵部卿《ひょうぶきょう》の宮《みや》に引き取られることになっていた。それを知った光源氏は、父宮の先を越して、紫の上を盗むようにして二条院に迎え取ってしまった。

○光源氏は、宮中へも参内《さんだい》せず、紫の上の相手をしたりなどするが、彼女もまた、次第に光源氏になついていくのであった。

6　末《すえ》摘《つむ》花《はな》

巻名

光源氏の歌「なつかしき色ともなしに何にこの末摘花を袖に触れけむ」による。末摘花は、赤い花の咲く紅花《べにばな》の異名。

登場人物

源氏＝18～19　紫の上＝10～11

末摘花＝？

○夕顔の死後、光源氏は、彼女のように従順でかわいらしい女性にめぐり会いたいと思い続けている。そうしたおり、乳母子《めのとご》の大輔命婦《たゆうのみょうぶ》から故常陸《ひたち》の宮《みや》の姫君（末摘花）の話を聞く。末摘花は、荒れた邸《やしき》に琴《きん》の琴《こと》だけを友として心細く暮らしているという。

○その話に心ひきつけられた光源氏は、早速、命婦に手引きを頼み、十六夜《いざよい》の朧月夜《おぼろづきよ》に、常陸の宮邸を訪れた。命婦をそそのかして、ほのかにかき鳴らす末摘花の琴《きん》の琴《こと》の音《ね》を聞いた光源氏は、帰るところを、あとをつけてきた頭《とう》の中将に見つけられてしまう。

○その後、光源氏と頭の中将の二人は競争で末摘花に恋文を贈るが、返事はこない。頭の中将への対抗心もあって、光源氏はますます熱心になるが、瘧病《わらわやみ》にかかったり、藤壺へのひそかな恋に心悩ますうちに、春、夏が過ぎてゆく。

○中秋、いらだつ光源氏は、命婦を責め、ついに末摘花と一夜をともにする。が、末摘花は、まともな受け答えもできぬほど引っ込み思案《じあん》で無愛想な女性であった。かくして、光源氏の足は自然に遠のいてゆく。

○冬、ようやく末摘花を訪れた光源氏は、翌朝、雪明かりで彼女の醜い容姿を見て驚く。とりわけ目立つのは、長く垂れさがって赤みがかった鼻であった。光源氏は、あきれながらも彼女の生活の貧窮さに同情し、何かと生活の面倒をみるのであった。

○歳《とし》の暮れ、末摘花は、時代遅れの装束《しょうぞく》に陳腐《ちんぷ》な歌を添えて贈り、光源氏を苦笑させる。

○正月七日、光源氏は、末摘花邸を訪れたが、さらに彼女への失望を深めるばかりであった。二条院にもどった光源氏は、美しく成長しつつある紫の上を相手に、自分の鼻を赤くぬったりして末摘花を嘲笑《ちょうしょう》した。

7 紅葉賀《もみじのが》

○ 桐壺帝の朱雀院《すざくいん》への行幸《ぎょうこう》は十月十日過ぎである。それに先立って試楽《しがく》(リハーサル)が宮中で行なわれ、光源氏は、頭の中将とともに青海波《せいがいは》*を舞って人々の賞賛をあびた。その美しい姿に父・桐壺帝は落涙し、弘徽殿《こきでん》の女御《にょうご》は憎しみを新たにする。藤壺も、深い感動を抱いた翌朝、光源氏からの手紙に珍しく返事をさしあげた。

○ 桐壺帝の朱雀院行幸当日の光源氏の舞は一段とすばらしく、加階して正三位《しょうさんみ》となった。

○ その頃、藤壺は懐妊のため里邸《りてい》に退出した。光源氏は、藤壺との密会の機会をうかがうのに夢中で、正妻・葵の上とは次第に疎遠になってゆく。葵の上の方では、紫の上を二条院に迎えたという噂を不快に思っていたが、光源氏は、それを口に出して恨まない葵の上の態度を不満に思った。紫の上は、いよいよ光源氏になつくが、年が明けても雛《ひいな》遊びに夢中である。

○ 二月十日過ぎ、藤壺は桐壺帝の皇子(本当は源氏との不倫の子、後の冷泉帝)を出産する。光源氏と瓜二つの皇子の顔に何の疑いもいだくことなく喜ぶ桐壺

巻　名
「紅葉賀」という語は、本文中には見えないが、次の「花宴」巻で、本巻の桐壺帝の朱雀院への行幸を「御紅葉の賀」といっていることによる。「紅葉の賀」は、美しい紅葉を賞美する宴をいう。

登場人物
源氏＝18～19　桐壺帝＝?
藤壺＝23～24　葵の上＝22～23
紫の上＝10～11

青海波　中国伝来の雅楽に合わせて踊る舞踊曲。

帝を前にして、光源氏と藤壺は、ともに恐れおののき、宿命の苛酷《かこく》さにたじろぐばかりであった。

○その頃、光源氏は好色の老女官（源《げん》の典侍《ないしのすけ》）とたわむれの交渉をもっていた。それを知った頭《とう》の中将《ちゅうじょう》は、ある夜、二人の密会の場にあらわれ、太刀を抜いておどすといったいたずらまで演じる。ライバル頭の中将は、ことごとに光源氏と張り合うのであった。

○七月、藤壺は東宮《とうぐう》の母・弘徽殿の女御を越えて中宮となった。やがて譲位のあかつきには幼い皇子を東宮に立てたいとの桐壺帝の願いからであるが、弘徽殿の女御の心中は穏やかではなかった。光源氏は参議となった。藤壺が生んだ皇子は、成長とともに光源氏に酷似してくる。

巻名
冒頭の本文「南殿の桜の宴せさせ給ふ」による。「花の宴」は、南殿（紫宸殿）の左近の桜を賞美する宴で、前巻の「紅葉の賀」と対照させている。

8 花《はな》の宴《えん》

○二月の二十日過ぎ、*南殿《なでん》の桜の宴が催された。光源氏の詩や舞のすばらしさは、ここでも人々の絶賛の的《まと》であったが、それを見る藤壺の胸中は言い知れぬ思いに平静ではなかった。

○宴果てた夜更け、酔《よ》い心地《ごこち》の光源氏は、藤壺のあたりをさまようが、その戸口はぴったりと閉ざされている。飽き足りぬ思いに、その向かい側の弘徽殿《こきでん》の細殿《ほそどの》に近づくと、たまたま戸口が開いている。と、そこへ、若やかな美しい声

登場人物
源氏＝20　藤壺＝25
葵の上＝24　紫の上＝12
朧月夜＝？

南殿　宮廷の正殿である紫宸殿《ししんでん》をいう。

で「朧月夜《おぼろづきよ》に似るものぞなき」と口ずさみながらこちらにやってくる女性（朧月夜）がいる。光源氏は、とっさに彼女の袖をとらえ、抱きおろして戸をしめた。その女性はおびえていたが、相手を源氏と知って拒む様子もない。ほどなく春の短か夜は明ける。光源氏は、女の名前も聞かぬままに扇だけをとり交わして別れたが、もしやあの女は東宮に入内《じゅだい》することになっている右大臣の六の君（朧月夜）ではなかったか、と思う。

○ 翌日、二条院にもどった光源氏は、日ごろの紫の上の成長ぶりに満足する。左大臣邸を訪れるが、正妻・葵の上の態度は相変わらず冷たい。左大臣は、過日の宴の興深かったことや光源氏の配慮が行き届いていたことを賞賛した。

○ 朧月夜は、光源氏とのはかなかった逢瀬《おうせ》を思い、四月に迫った東宮入内を思ってやるせない思いに悩みがちである。光源氏も、政界での右大臣家との敵対関係を考えて、朧月夜との関係にいささかのとまどいを感じていた。

○ 三月二十日過ぎ、たまたま右大臣の催す藤の花の宴に招かれた光源氏は、父帝の勧めもあって右大臣邸へ参上した。その夜、酔いにまぎれて、かの扇の主《ぬし》をそれとなく探し、ようやく目指す朧月夜と再会、一夜をともにしたのであった。

9　葵《あおい》

○桐壺帝が譲位し、朱雀帝の治世となった。光源氏は、右大将となり東宮の後見役となるが、政情の変化に憂うつな日々を送る。身分柄、何人かの女性たちの所にも足が遠のきがちである。

○かねてから光源氏の冷たい態度に思い悩んでいた六条御息所《ろくじょうのみやすどころ》は、娘が斎宮《さいぐう》に選ばれたのを機会に、自分も伊勢に下向してしまおうかと思い悩んでいた。

○*賀茂の祭（葵《あおい》祭）の御禊《ごけい》の日、斎院の行列に供奉《ぐぶ》する光源氏の姿を一目見ようと、六条御息所は人目を忍んで出かけてきたが、折しも、懐妊中の正妻・葵の上の一行も祭見物に華やかに繰り出してきた。光源氏の正妻と愛人の車の従者同士の争いから、六条御息所の車は無残に壊されて後ろに押しやられてしまった。

○葵祭の日、光源氏は、紫の上と車に同乗して見物に出かけてきたが、偶然に源《げん》の典侍《ないしのすけ》と出会い、歌のやりとりをする。

○車争い以来、六条御息所の恨みは深く、体調もすぐれない。一方、出産をひかえた葵の上は執拗《しつよう》な物《もの》の怪《け》に苦しんでいた。

○高僧たちの懸命の加持祈禱《かじきとう》に調伏《ちょうぶく》されて正体をあらわした物《もの》の怪《け》は、六条御息所の生霊《いきりょう》であった。光源氏はそれを目《ま》のあたりにし、愕然《がくぜん》とする。

○葵の上は男の子（夕霧）を出産したが、秋の司召《つかさめし》で邸内が人少《ひとずく》なのおり、物の怪に襲われ急死してしまう。

○四十九日の喪に服したあと、二条院に帰った光源氏は、やがて美しく成長し

巻名

源の典侍の歌「はかなしや人のかざせるあふひゆゑ神のゆるしの今日を待ちける」と、光源氏の歌「かざしける心ぞあだに思ほゆる八十氏人になべてあふひを」による。「葵」は、現在のフタバアオイという草で、賀茂神社の葵祭を示す。

登場人物

源氏＝22～23　藤壺＝27～28
葵の上＝26死去　紫の上＝14～15
六条御息所＝29～30　夕霧＝誕生～

賀茂の祭　京都の賀茂神社の葵祭のことで、四月の第二の酉《とり》の日に行なわれた。

た紫の上と新枕《にいまくら》を交わす。紫の上は初めての経験に動揺して彼を恨むが、光源氏の愛情はいよいよ深まってゆく。

○　新年、光源氏は、左大臣邸を訪れ、正妻・葵の上の死の悲しみをあらためて分かちあった。

10　賢木《さかき》

○　六条御息所《ろくじょうのみやすどころ》は、光源氏との愛を清算しようと伊勢への下向を決意する。出発の日も近づいた九月七日頃、光源氏は野の宮に六条御息所を訪れるが、もはや彼女の決意はゆるがなかった。

○　十月、かねて病《やまい》がちであった桐壺院が崩御《ほうぎょ》し、藤壺は三条宮《さんじょうのみや》に退出した。

○　年が明け、朧月夜は朱雀院の尚侍《ないしのかみ》に、朝顔の姫君は斎院になった。政権は右大臣・弘徽殿の大后《おおきさき》側に移り、光源氏は、政治的に不利な状況下におかれたが、なお朧月夜との危険な密会を重ねるのであった。

○　藤壺は、政治的に不利な情勢の中、光源氏を東宮の唯一の後見として頼みに思いつつも、その激しい恋情に悩んでいたが、ある日再び迫られたのを機会に出家を決意する。

○　藤壺のきびしい拒否に絶望した光源氏は、*雲林院《うりんいん》にこもるが、まだ幼い紫の上のことを思い、帰京する。

巻名

六条御息所の歌「神垣はしるしの杉もなきものをいかにまがへて折れる榊ぞ」と、光源氏の歌「少女子があたりと思へば榊葉の香をなつかしみとめてこそ折れ」による。「榊」（賢木）は、ツバキ科の常緑樹で、神木とされてきた。前巻の「葵」と、神事にちなんだ対照的なものとなっている。

登場人物

源氏＝23～25　藤壺＝28～30
紫の上＝15～17　六条御息所＝30～32

雲林院　京都の紫野にあった有名な寺。

○桐壺院の一周忌の法要のあと、法華八講《ほけはっこう》の結願《けちがん》の日、ついに藤壺は出家した。

○*諒闇《りょうあん》の年が明けても、光源氏や藤壺方の人々には官位昇進の沙汰もなく、左大臣も辞職する。光源氏や頭の中将は、朝廷に出仕せず、風流な遊び事に気を紛らわすのであった。

○その夏、光源氏は、病気のために退出した朧月夜とひそかに密会を重ねていたが、ある雷雨の暁、人目が多くて帰りかねているところを父・右大臣に発見されてしまった。狼狽《ろうばい》した右大臣からただちに弘徽殿《こきでん》の大后《おおきさき》に告げられ、激怒した大后は、この機をとらえて光源氏を失脚させるべく画策《かくさく》をはじめるのであった。

諒闇 天皇が崩御して国中が喪に服す期間。

11 花《はな》散《ちる》里《さと》

○日々に険悪になる政治情勢の中で、光源氏は、世を厭《いと》わしく思うが、やはり心ひかれる女君たちのことは忘れられず、さすがに出家にまでは踏み切れなかった。

○故桐壺院の女御《にょうご》・麗景殿《れいけいでん》は、皇子もなく、ときめくこともなかった方だが、今は光源氏の庇護《ひご》を頼りにひっそりと暮らしていた。源氏はその妹の三の君（花散里）とひそかに愛し合う仲であった。

○五月雨《さみだれ》の晴れ間、光源氏は、麗景殿の女御のわびしげな邸《やしき》を訪れようとする

巻名
光源氏の歌「橘の香をなつかしみほととぎす花散里を尋ねてぞ訪《と》ふ」による。「花散里」は、橘の花の散る里の意で、女性の名前となっている。

登場人物
源氏＝25　花散里＝?

途中、中川のあたりで、昔なじみの女性の邸を思い出す。折りからほととぎすが鳴き渡り、この家への訪問を促すかのようなので、光源氏は、案内を乞うが、その女性は彼が長い間訪れなかったことを恨んで、迎え入れなかった。光源氏は、同じような身分の筑紫《つくし》の五節《ごせち》のことを心なつかしく思い出したりする。

○ 人影もなくひっそりとしたわびしげな邸に着いた光源氏は、まず麗景殿の女御のもとを訪れる。昔を思い出させる橘《たちばな》の花が薫り、さきほどのほととぎすがここにも訪れて鳴いている中、ともに桐壺院在世中の昔をなつかしく思い出しながら語り合い、歌を詠み交わし、心慰めるのであった。

○ 源氏はその後、邸の西面《にしおもて》に住む花散里のもとを訪れた。

12 須《す》磨《ま》

○ 険悪なる政情は日増しに悪くなり、光源氏はすでに官位を剝奪《はくだつ》され、流罪《るざい》の決定が迫っている。そうした中、何よりも東宮に危難が及ぶことを恐れた光源氏は、自ら須磨に退去することを決意する。

○ 出立《しゅったつ》を前に、光源氏は、左大臣邸、花散里、藤壺の宮、亡き桐壺院の御陵《ごりょう》と、別れを告げるために訪れ、朧月夜《おぼろづきよ》とは無理をして消息を交わす。愛する紫の上に心を残しつつ、三月二十日過ぎ、光源氏は須磨へと旅立った。

○ わびしげな須磨における光源氏は、語り合う人とてなく、都の音信だけを慰

巻名

光源氏の歌「松島のあまの苫屋《とまや》もいかならむ須磨の浦人潮垂《しおた》るる頃」などによる。「須磨」は、現在の神戸市須磨区の海岸をいう地名で、古来景勝地であるとともに、流人伝説の地でもある。

めとしている。紫の上、藤壺をはじめ、朧月夜、伊勢の六条御息所、花散里とも消息を交わす。朧月夜は、参内《さんだい》を許され、朱雀帝《すざくてい》の寵愛《ちょうあい》を受けるが、光源氏への思いを断つことができないでいる。

○　須磨に秋、そして冬がめぐりきて、光源氏は、琴《きん》*1を弾じ、絵を描き、和歌を詠じてわびしさを慰めつつ、ひたすら耐えて過ごす。

○　その頃、上京の旅にあった大宰《だざい》の大弐《だいに》が源氏を見舞った。その娘・五節《ごせち》は、このまま須磨にとどまりたいとまで思っている。

○　明石《あかし》の入道は、光源氏流罪の噂を聞き、最愛の娘（明石の君）をこの機会に光源氏と結婚させたいと願っている。

○　年明けて春、宰相《さいしょう》の中将（頭の中将）がはるばる須磨を訪れ、漢詩や和歌を詠み合って光源氏を慰めた。

○　三月上巳《じょうし》*2の日、海辺で禊《みそぎ》をしていると、突然暴風雨に襲われる。怪しい夢におびやかされた光源氏は、この地を去りたく思うようになった。

13　明石《あかし》

○　暴風雨はなお止まず、数日を経過した。かろうじて紫の上のもとから使者が来て、都でも政務が行なわれないほどの天候異変であるという。高潮と雷鳴に、光源氏は住吉明神に願《がん》を立てるが、落雷で邸の一部も炎上してしまう。

登場人物
源氏＝26～27　藤壺＝31～32
紫の上＝18～19　夕霧＝5～6
六条御息所＝33～34　明石の君＝17～18

*1 **琴**　琴《きん》の琴《こと》のことで、七弦の琴をいう。

*2 **三月上巳の日**　三月上旬の巳《み》の日、「上巳の祓へ」といって、水辺に死霊を招じて祀《まつ》り、不祥を払い除いた。

巻名
光源氏の歌「嘆きつつ明石の浦に朝霧の立つやと人を思ひやるかな」などによる。「明石」は、現在の兵庫県明石市の海岸で、古来景勝地として多く歌に詠まれてきた。

○その夜、疲れ果ててまどろんだ光源氏の夢枕《ゆめまくら》に亡き父・桐壺院が立ち、住吉明神の導きに従って須磨の浦を去れと告げた。その明け方、明石の入道が船を仕立てて光源氏を迎えに来た。明石の入道にも光源氏を迎えよとの夢のお告げがかねてあったという。

○明石の海辺の館《やかた》にようやく光源氏が落ち着きを取り戻した初夏の一夜、明石の入道は、娘（明石の君）に寄せる並々ならぬ期待を打ち明けた。源氏は入道の話に明石の君との宿縁を感じ、翌日から岡辺《おかべ》の宿に住む娘に恋文をやるようになる。

○一方、都では不吉な事が続き、朱雀帝は眼病に悩み、外祖父《がいそふ》・太政大臣《だじょう》は亡くなり、弘徽殿《こきでん》の大后《おおきさき》も病気がちであった。

○八月十三日の月明かりの夜、光源氏は岡辺の邸で明石の君と結婚した。そのことを都の紫の上にほのめかすと、恨みの返事が届く。自然、光源氏の足は遠のきがちで、明石の君は身分違いの結婚を後悔して嘆く。

○年明けて七月二十日過ぎ、光源氏に帰京の宣旨《せんじ》が下り、悲喜こもごもの明石の入道一家に別れを告げ、懐妊した明石の君に琴《きん》の琴《こと》を形見に残して、光源氏は明石の浦を去った。

○帰京した光源氏は、権大納言《ごんだいなごん》に昇進し、八月十五日、召しによって参内して朱雀帝《すざくてい》と語り、やがて東宮や藤壺とも対面した。

登場人物

源氏＝27〜28　藤壺＝32〜33　紫の上＝19〜20　六条御息所＝34〜35　明石の君＝18〜19

14 澪《みお》 標《つくし》

○帰京した年の十月、源氏は故桐壺院追善の法華八講《ほけはっこう》を催した。*1

○翌年二月、東宮は即位し（冷泉帝《れいぜいてい》）、源氏は内大臣に、葵《あおい》の上の父は摂政太政大臣になり、ふたたび源氏方の人々に政治的な春がめぐってきた。

○三月、明石では女の子（後の明石中宮）が誕生した。占いによれば、この姫君は将来后《きさき》に立つという。光源氏は、自ら適当な乳母《めのと》を選んで明石に遣わし、紫の上にも打ち明け、五十日《いか》*2の祝いには立派な品々を届けたのであった。

○五月雨《さみだれ》のころ、光源氏は久しぶりに花散里《はなちるさと》のもとを訪れた。五節《ごせち》のことも忘れない。朧月夜のこともあきらめきれないが、彼女は過去のスキャンダルに懲《こ》りて応じようとしなかった。

○藤壺は准太上天皇《じゅんだじょう》となった。権中納言《ごんちゅうなごん》（頭《とう》の中将）の娘が冷泉帝の後宮に入内《じゅだい》する。

○その秋、光源氏は宿願成就《しゅくがんじょうじゅ》の御礼のため住吉明神に参詣した。たまたま明石の君一行も住吉に来合わせたが、わずかに歌を贈答するだけで、再会はかなわなかった。光源氏の威勢を目《ま》のあたりにし、わが身のほどを痛感した明石の君は、上京を促す光源氏の手紙にも決心がつきかねるのであった。

○斎宮《さいぐう》の交代によって伊勢から帰京していた六条御息所は、にわかに重病に倒

巻名

光源氏の歌「身を尽くし恋ふるしるしにここまでもめぐり逢ひけるえには深しな」と、明石の君の歌「数ならでなにはの事もかひなきになど身を尽くし思ひそめけむ」による。「澪標」は、「水脈《みを》つ串」の意で、海や川の、船の通う水路を示すための目印とした杭。ここでは「身を尽くし」が懸けてある。

登場人物

源氏＝28～29　冷泉帝＝10～11
明石の君＝19～20　紫の上＝20～21
六条御息所＝35～36　秋好中宮＝19～20　藤壺＝33～34

*1 **法華八講**　『法華経』八巻を一日二巻ずつ四日にわたって講ずる法事。

*2 **五十日**　「五十日の祝」のことで子供が生まれてから五十日目に赤ん坊の口に餅をふくませる儀式。

れ、見舞に訪れた光源氏に娘・前斎宮《ぜんさいぐう》の後見を託して波乱に富んだ三十六年の生涯を閉じた。光源氏は、前斎宮を養女とし、朱雀院の入内要請《じゅだい》をことわり、藤壺の女院《にょういん》と相談して、冷泉帝の後宮《こうきゅう》に入内させようと計画する。

15 蓬生《よもぎう》

○光源氏が須磨・明石で流浪の生活をしていたころ、都では人知れず嘆き暮らす女性たちも多かった。なかでも光源氏の援助だけを頼りとしていた末摘花《すえつむはな》の生活は、たちまち貧窮の底に沈んでいった。邸《やしき》は荒れ果てて狐《きつね》のすみかとなり、召使たちも次々に去っていったが、末摘花は、邸や道具類を手放そうともせず、古物語や古歌を慰みに、ひたすら昔ながらの生活を続けるのであった。

○末摘花の母方の叔母は、今は受領《ずりょう》の北の方となって羽振りがよいが、かつて末摘花一族から馬鹿にされたことを恨みに思っていたので、末摘花をわが娘たちの侍女にしようと企《たくら》んでいた。その後、叔母は、夫が大宰《だざい》の大弐《だいに》になったので、末摘花にも九州下向《げこう》を勧めるが、彼女はかたくなに聞き入れようとはしなかった。

○そのころ光源氏は、明石から帰京したが、末摘花への訪問を忘れていた。末摘花は、昔にまさる光源氏の威勢を伝え聞けば、それだけわが身の上への悲嘆も深まるが、再三の叔母からの誘いにも彼女は応じなかった。叔母は、頼りに

巻　名
本文中に「蓬生」の語は見えないが、末摘花邸の荒廃したイメージを表わす「蓬生」による。「蓬生」は蓬（雑草の代名詞）の生えた所の意である。

登場人物
源氏＝28〜29　末摘花＝?

していた末摘花の乳母子《めのとご》の侍従を連れ去って、九州へ下って行った。ますます心細くなった末摘花は、わびしい冬を雪に埋もれながらも耐えて過ごす。

○翌年四月、花散里を訪れる道すがら、たまたま末摘花邸の前を通りかかった光源氏は、ようやく姫君を思い出し、再会した。ひたすら自分を待ち続けてくれた末摘花を、光源氏は手厚く庇護《ひご》していこうと思うのだった。

○やがて光源氏の援助で邸も修理され、話を聞き伝えた人々も集まり、末摘花邸は再び活気をとりもどした。

○後に末摘花は、光源氏の二条東院《ひがしのいん》に引き取られ、平穏な晩年を送ることができた。

16 関《せき》屋《や》

○桐壺院崩御の翌年、空蟬《うつせみ》は、常陸《ひたち》の介《すけ》（もとの伊予の介）に任じられた夫とともに任国へ下向し、光源氏の須磨退去の噂も遠く常陸《ひたち》（茨城県）の地で聞くが、胸を痛めつつも便りを伝えることはできなかった。

○光源氏帰京の翌年、常陸の介一行は任期が果てて上京する。その途次、一行が逢坂《おうさか》の関にさしかかった時、たまたま石山寺参詣の途次の光源氏の行列と行き合わせた。

○光源氏の行列を避けるために、常陸の介一行は、牛車《ぎっしゃ》の牛を外《はず》して轅《ながえ》を下ろ

巻　名
本文中に「関屋」の語は見えないが、光源氏と空蟬が再会した「逢坂の関」による。「関屋」は関所の番小屋をいう。

登場人物
源氏＝29　空蟬＝？
小君＝24か25

し、木陰に隠れるようにかしこまっていた。時は九月のつごもり、光源氏一行の旅姿は、色々の紅葉、霜枯れの草の中で美しく映えていた。光源氏は家臣である衛門《えもん》の佐《すけ》（昔の小君）を召して空蟬に消息を遣わす。空蟬は若き日を思い出して感慨にふけった。

○ 光源氏は、石山寺より帰る日も、衛門の佐を通じて空蟬と消息を交わし、その後も折りにふれ、恋文をつかわして空蟬の心を引こうとした。

○ やがて常陸の介は、息子たちに空蟬のことをくれぐれも頼んで他界してしまう。が、息子たちは継母《ままはは》の空蟬につらくあたるようになったので、空蟬はひたすらわが身の不幸を嘆くしかなかった。

○ 継子のなかで河内《かわち》の守《かみ》（昔の紀伊《き》の守《かみ》）だけは、昔から継母・空蟬に対する好色心があって、いやらしい好意を押しつけてきた。そのあさましき下心《したごころ》をきらった空蟬は、誰にも告げずに尼になってしまった。

17 絵《え》合《あわせ》

○ 前斎宮《ぜんさいぐう》は、藤壺の熱心な勧めで冷泉帝《れいぜいてい》の後宮《こうきゅう》に入ることになった。光源氏は朱雀院《すざくいん》にはばかって、表立った動きをしない。入内《じゅだい》の当日、朱雀院からは豪華な品々と歌が贈られてきた。光源氏は、朱雀院の心中を察し、前斎宮に返事を出すように勧めた。

巻名

本文中に「絵合」の語は見えないが、一巻の中心となっている「絵合」の行事による。「絵合」は、宮廷で行なわれた物合わせ（コンテスト）の一つで、左右に分かれた陣営から絵を一つずつ出して優劣を争う行事。

○後宮にすでに入内していた弘徽殿《こきでん》の女御《にょうご》は、年齢の近いこともあって、冷泉帝の寵愛はまさっていた。ところが、斎宮の女御は、絵が巧みであり、絵を好む冷泉帝の心を次第にひきつける。それに焦慮《しょうりょ》した弘徽殿の父・権中納言《ごんちゅうなごん》（昔の頭《とう》の中将）は、すばらしい絵を絵師たちに描かせ、娘の弘徽殿の女御のもとに集めた。光源氏もこれに対抗して、秘蔵の絵画をとりそろえて、娘の斎宮の女御に与えた。

○こうして後宮に絵画論議の熱が高まり、藤壺の御前で物語絵合が行なわれることとなった。斎宮の女御方は古物語の絵、弘徽殿の女御方は今物語の絵をもって競い合うが、優劣は決しがたく、あらためて冷泉帝の御前で絵合が催されることになった。噂を聞いた朱雀院は、斎宮の女御に秘蔵の年中行事の絵を贈った。弘徽殿の女御のもとにも、弘徽殿の大后《おおきさき》や朧月夜尚侍《おぼろづきよのないしのかみ》から数多くの絵が贈られた。

○当日は、まさに宮中あげての盛大な絵合が催されることになった。絵合の審判は、光源氏の弟・帥《そち》の宮《みや》（蛍の宮）がつとめたが、いずれ劣らぬ名品ばかりで判定も決しかねる状況となった。絵合の勝負は、決着のつかぬまま夜に入ったが、最後に出た光源氏の須磨の絵日記で、斎宮の女御方の勝ちとなった。その夜、光源氏は弟の蛍の宮と学問や芸能について論じ、音楽を奏した。

○光源氏は、理想的な冷泉帝の治政、それを補佐するわが身の栄華を実感しつつも、いつしか出家を思うようになっていた。

登場人物
源氏＝31　冷泉帝＝13
秋好中宮＝22　弘徽殿の女御＝14
朱雀院＝34　藤壺＝36
紫の上＝23

18 松《まつ》風《かぜ》

○ 二条東院《ひがしのいん》が落成し、その西の対《たい》に花散里《はなちるさと》が迎えられた。東の対には明石の君が予定されていたが、わが身分の卑しさを思う明石の君は上京を決意しかねていた。

○ 明石の入道は、妻の尼君の祖父中務宮《なかつかさのみや》の別邸が京都の大堰川《おおいがわ》のほとりにあったのを修理して、そこに娘（明石の君）を住まわせることにした。それを聞いた光源氏は、惟光《これみつ》を遣わして邸《やしき》の整備に心を配らせた。

○ 明石の君は、明石にとどまる父・入道と哀別し、幼い姫君、母の尼君とともにひそかに上京し、大堰の邸に落ち着いた。

○ 光源氏は、紫の上には造営中の嵯峨野の御堂《みどう》や桂の院の所用にかこつけて、大堰の明石の君のもとを訪れた。はじめて対面した姫君は愛らしく、光源氏は、自邸への引き取りを考えるが、明石の君の悲しみを思うと言い出すことができなかった。二夜を大堰の邸で過ごし、明石の君との深い契りをかわした光源氏は、翌日、参集した迎えの人々を桂の院で饗応《きょうおう》し、管弦の遊びにさらに一夜を過ごした。冷泉帝からも使者を受けた光源氏は、大堰の明石の君のもとから禄《ろく》の品を取りよせ、その後、冷泉帝との間に歌の贈答をした。

○ 予定を過ぎて帰京した光源氏は、紫の上の機嫌をとるのに苦労したが、明石

巻　名

明石の尼君の歌「身をかへてひとり帰れる山里に聞きしに似たる松風《い》ぞ吹く」による。「松風」は、京都の大堰川を吹く川風をいうが、その大堰川の別邸に住む明石の君の寂しさを象徴する。

登場人物

源氏＝31　明石の君＝22　明石の入道＝64？　明石の尼君＝55か56　明石の姫君＝3
紫の上＝23

の姫君のことを打ち明け、姫君を養女として引き取らないかともちかけると、子供好きな紫の上はようやく機嫌を直した。
○その後の光源氏は、紫の上に遠慮してなかなか明石の君を訪問できないでいたが、嵯峨野の御堂の念仏にかこつけて、月に二度ほど訪問し、愛を交わすのであった。

19　薄《うす》雲《ぐも》

○冬になり、大堰の明石の君の心細さはいよいよつのる。后候補の姫君の将来を思う光源氏は、二条東院に住むことに応じない明石の君に、心を鬼にして、姫君の引き取りの話を切り出した。明石の尼君の助言もあって、明石の君はついに姫君を手放す決意をした。
○二条院に迎えられた明石の姫君は、まもなく紫の上にもなつき、袴着《はかまぎ》の儀も行なわれた。
○光源氏は、明石の君の心情を思いやり、時おり大堰の邸を訪れるが、姫君の可憐《かれん》さに免じて紫の上の気持ちはなごやかになっていた。
○その頃、太政大臣《だじょうだいじん》が亡くなり、凶兆《きょうちょう》を示す天変地異が続いた。春のはじめから病床にあった藤壺は、三月には重態におちいり、ついにこの世を去った。光源氏をはじめとする人々は藤壺の死を深く哀惜した。

巻　名
光源氏の歌「入日さす峰にたなびく薄雲はもの思ふ袖に色やまがへる」による。この歌から藤壺のことを「薄雲の女院」ともいう。

登場人物
源氏＝31～32　藤壺＝36～37死去
冷泉帝＝13～14　明石の君＝22～23
明石の姫君＝3～4　紫の上＝23～24　秋好中宮＝22～23

○藤壺の四十九日の法要が過ぎた頃、冷泉帝は、古くから藤壺に仕えていた夜*《よ》居《い》の僧都《そうず》の告白によって、光源氏が実の父であることを知った。しきりに続く天変地異は、冷泉帝が光源氏に父としての礼を尽くさないためであるということがわかる。冷泉帝は驚愕《きょうがく》し、光源氏に自らの譲位の意向を漏らすが、光源氏はそれを固辞し、秋の司召《つかさめし》に太政大臣への昇格という勧めも受けなかった。

○秋の頃、二条院に斎宮の女御が里下がりした。光源氏は、亡き六条御息所《ろくじょうのみやすどころ》との思い出を語り、春秋優劣の論を話題にしながら、それとなく斎宮の女御への恋情をほのめかした。斎宮の女御は秋に心を寄せている。西の対《たい》に戻った光源氏は、春を愛する紫の上に、四季折々に咲く花を楽しむ閑雅な生活を送りたいと語る。

○ようやく大堰の明石の君を訪れた光源氏は、いつもより長く滞在し、彼女をなぐさめるのであった。

20 朝《あさ》顔《がお》

○父の式部卿《しきぶきょう》の宮《みや》が亡くなって喪《も》に服することになった朝顔の姫君は、斎院を退き九月になって父宮の旧邸・桃園《ももぞの》の宮に移った。そこには、姫君の叔母にあたる女五の宮も住んでいる。光源氏は女五の宮への見舞いにかこつけて、桃園の宮を訪れ、女房の取り次ぎで長年の思慕の情を訴えるが、朝顔の姫君は取り

夜居の僧都　加持・修法《ずほう》のために一晩中詰めている僧都。

巻名
光源氏の歌「見し折のつゆ忘られぬ朝顔の花の盛りは過ぎやしぬらむ」と、朝顔の姫君の歌「秋はてて霧の籬《まがき》にむすぼほれあるかなきかにうつる朝顔」による。

合おうとしなかった。光源氏は、いまさらの若々しいふるまいとは思いつつも、あきらめきれぬ気持ちのままに、朝顔の姫君に熱心に恋文を贈るのであった。

○やがて、光源氏の朝顔の姫君への恋慕は世間の噂となり、朝顔の姫君が源氏の正妻にふさわしいという評判が紫の上の耳にも届いた。紫の上は、妻としての座をおびやかされる不安にかられるが、それを顔色にも出さずにじっと耐えていた。光源氏の桃園邸訪問はたび重なった。

○冬十一月、桃園の宮を訪れた光源氏は、偶然にも尼となった源《げん》の典《ないしの》侍《すけ》に再会する。熱心な光源氏の求愛にもかかわらず、朝顔の姫君は、拒絶の態度を変えず、長年斎院として仏道を怠ってきた罪が軽くなるよう、勤行一途《ごんぎょういちず》の生活を志すのであった。

○雪の庭に月光の冴《さ》える一夜、光源氏は、童女たちに雪まろばしをさせるが、それにつけても藤壺を思い出し、ふと感慨を口にし、次々と自分とかかわりをもった女性たちの人柄を紫の上に語るのであった。

○その夜、まどろんだ光源氏の夢枕に藤壺が立ち、自分を話題にしたことを恨む。目覚めた光源氏は、愛執のためになお往生できない藤壺のために、諸寺に彼女の菩提《ぼだい》を弔う誦経《ずきょう》を依頼するのであった。

登場人物
源氏＝32　朝顔の姫君＝?
紫の上＝24　源典侍＝71か72

21 少女《おとめ》

○光源氏は、相変わらず朝顔の姫君を思い切れず、歌を贈ったりする。叔母・女五の宮も二人の結婚をのぞんでいるが、朝顔の姫君の結婚拒絶の気持ちは変わらなかった。

○光源氏は、十二歳で元服した息子・夕霧に対して、考えるところあって、六位という低い位にとどめ、大学に入れて学問に専念させる。そうした光源氏の教育方針に対して、祖母・大宮は不満であった。

○そのころ、斎宮の女御が立后し（秋好中宮《あきこのむちゅうぐう》）、光源氏は太政大臣になり、右大将（昔の頭の中将）は内大臣になった。内大臣は、娘の弘徽殿の女御が秋好中宮に越えられたことを恨みに思いながら、老母の大宮に預けた次女の雲居《くもい》の雁《かり》の東宮入内《じゅだい》に望みをかけていた。ところが、雲居の雁は、幼なじみの夕霧と相愛の仲になっており、これを知った内大臣は、立腹し、自邸に引き取ってしまう。大宮も幼い二人も、ただ嘆き悲しむばかりであった。

○冬、*1五節《ごせち》の舞姫として、光源氏は惟光《これみつ》の娘を出場させた。この娘を垣間《かいま》見た夕霧は、その美しさにひかれ、歌を贈った。光源氏も、かつて舞姫だった筑紫《つくし》の五節を思い出し、歌を贈答しあった。

○翌年春、冷泉帝の朱雀院行幸があり、すぐれた詩才をあらわした夕霧は、*2進《しん》

巻　名

光源氏の歌「少女子も神さびぬらし天つ袖ふるき世の友よはひ経ぬれば」による。「少女」は五節の舞姫をいう。

登場人物

源氏＝33～35　夕霧＝12～14　内大臣＝？
雲居の雁＝14～16　大宮＝？　五節＝？
冷泉帝＝15～17　秋好中宮＝24～26
紫の上＝25～27

*1 **五節の舞姫**　朝廷で、大嘗《おおなめ》祭りや新嘗《にいなめ》祭りの舞楽の時に出場する五人の少女。

士《じ》となり、やがて秋の司召《つかさめし》には侍従《じじゅう》に昇格した。

○　光源氏は、六条御息所の旧邸を修理して、四町《よまち》を占める広大な邸宅を造営する。翌々年の秋、豪壮な六条院《ろくじょうのいん》が完成し、四季の庭をしつらえた町々に女君たちが転居した。秋好中宮も里下がりし、紫の上と春秋優劣論にもとづく歌を詠み交わした。

22　玉《たま》鬘《かずら》

○　光源氏は、かの廃院で急死した夕顔のことがいまだに忘れられない。乳母子《めのとご》の右近《うこん》も、今は紫の上に仕えているが、もし主人・夕顔が生きていたらと残念に思っていた。

○　夕顔の遺児（玉鬘）は、乳母一家にともなわれて遠く九州に下向《げこう》し、筑紫の国（福岡県）で青春時代を送った。その後、乳母の夫の大宰《だざい》の少弐《しょうに》が病死し、乳母一家が上京できぬままに、玉鬘は成人して二十歳になった。美しい玉鬘の噂を聞き伝えて求婚する者は多く、なかでも肥後の大夫《たいふ》の監《げん》という豪族が強引に言い寄ってきた。乳母は、長男・豊後《ぶんご》の介《すけ》と二人の娘とともに玉鬘を守り、九州を脱出したのであった。

○　ようやく京にたどり着いたものの、乳母・玉鬘一行は頼るあてもなかった。途方に暮れている玉鬘の幸運を祈るため大和の国（奈良県）長谷寺《はせでら》に参詣した

*2 **進士**　式部省が行なう官吏登用試験に合格した者。「文章生《もんじょうしょう》」をいう。

巻名　光源氏の歌「恋ひわたる身はそれなれど玉鬘いかなるすぢを尋ね来つらむ」による。「玉鬘」は、美しい鬘《かずら》（かもじ）の意であるが、玉葛《たまかずら》（美しいつる草）の意を懸ける。

ところ、椿市《つばいち》の宿ではからずも夕顔の侍女・右近と再会した。右近も玉鬘との再会を祈願してたびたび初瀬詣《はつせもう》でをしていたのである。

○右近から玉鬘の発見を知らされた光源氏は、ひそかに自分の娘として六条院に迎え取ることにし、花散里にその世話を頼み、彼女を東北の町の西の対に住まわせた。

○玉鬘と対面し、その美しさと教養に満足した光源氏は、紫の上に向かって、六条院に出入りする好色者《こうしょくしゃ》たちが美しい玉鬘に心を乱されるさまを見てみたい、などと語ったりもするのであった。

○年の暮れ、光源氏は六条院や二条東院に住む女君たちに正月の晴着を贈った。紫の上は、選ばれた衣装から女君たちの容貌や人柄を想像する。お礼の挨拶や使者への褒美《ほうび》にもそれぞれが気を配るなか、末摘花《すえつむはな》の場合は相変わらず奇妙であった。苦笑した光源氏は紫の上を相手に、和歌を論ずる。

登場人物
源氏＝35　玉鬘＝21？
紫の上＝27

23　初音《はつね》

○年明けた元旦、晴れわたった春のうららかさはいずこも同じであるが、六条院の中でも、紫の上の春の御殿は、さながらこの世の極楽のようにすばらしかった。

○夕暮れ、永遠《とわ》の契りと長寿を祝う歌を紫の上と詠みかわした光源氏は、やが

巻名
明石の君の歌「年月をまつにひかれて経る人に今日鶯《うぐひす》の初音きかせよ」による。「初音」は鳥や虫などが季節になって初めて鳴く声をいう。鶯の場合が多い。

て年賀のために六条院の女君たちのもとを訪れた。

○まず光源氏が、紫の上に養育されている明石の姫君を訪ねると、ちょうど実母の明石の君から年賀の歌が贈られてきたところであったので、それを見ると、娘と生き別れなければならなかった生みの母の哀しみが詠まれていた。たいそう心動かされた光源氏は、姫君に実母・明石の君へ返事を書かせるのであった。

○続いて光源氏が訪れた夏の御殿では、花散里のひそやかで上品な暮らしぶりが感じられた。一方、西の対の玉鬘は、明るくはなやかな美しさにあふれ、いつまでも見ていたいほどに愛らしかった。

○夕暮れになってから、光源氏が明石の君のもとを訪れると、彼女は、娘の明石の姫君の返歌に思い乱れ、古歌などを書きすさんでいた。光源氏は、紫の上に気がねしながらも、そこで一夜を過ごした。

○翌二日の臨時客には、例年どおり、上達部《かんだちめ》・親王《みこ》たちが残らず六条院に集ったが、その若い貴公子たちは、美しい玉鬘への思いから気もそぞろであった。

○多忙の数日を過ごしてから、光源氏は、二条東院に末摘花や空蟬などを訪れた。

○今年は男踏歌《おとことうか》＊があり、六条院にもその一行がまわってくる。女君たちは、南の御殿に見物に集まり、玉鬘は、明石の姫君や紫の上と挨拶を交した。

○光源氏は、一行のなかで息子の夕霧の声がすぐれていたことを喜び、女性たちが集まったこの機会に、六条院でも管弦の宴を催すことにしよう、とも語る

登場人物
源氏＝36　紫の上＝28
明石の姫君＝8　明石の君＝27
玉鬘＝22　夕霧＝15

男踏歌　宮中で行われた正月行事で、歌の上手な男女が祝詞《のりと》をうたい、舞を舞った。正月十五日に男踏歌、同じく十六日に女踏歌が行われた。

のであった。

24 胡《こ》蝶《ちょう》

○三月二十日過ぎ、六条院の春の御殿は、花の色も鳥の声も春の盛りが続いている。光源氏は新造の*1竜頭鷁首《りょうとうげきしゅ》の船を浮かべ船楽《ふながく》を催した。秋好中宮《あきこのむちゅうぐう》がちょうど里下がりしていたので、光源氏は、中宮の女房を船に乗せ、春の御殿に招いて見物させる。

○夜を徹しての遊宴に列席した貴公子たちのなかには、光源氏の弟・蛍の宮や、彼女を実の姉とも知らない内大臣の息子・柏木《かしわぎ》をはじめとして、玉鬘に思いを寄せる人も少なくなかった。

○翌日、秋好中宮の*2季《き》の御読経《みどきょう》の初日であった。昨日六条院に参集した人々はそのまま秋好中宮の秋の町に参上した。紫の上も供物《くもつ》の花を鳥・蝶《ちょう》の装束に着飾った童女に届けさせた。夕霧が伝えた紫の上の歌は、かつての秋好中宮の秋の歌（「少女」の巻）に対する春の歌であった。

○初夏の頃には、玉鬘のもとに寄せられる恋文も多くなった。光源氏は、たびたび彼女の部屋を訪れ、恋文の扱いについて指示したり、求婚者たちの人物を批評したりするが、次第に玉鬘への父親らしからぬ恋情を深めていく。そうした光源氏の胸中を、紫の上はいちはやく察知した。

巻名

紫の上の歌「花園の胡蝶をさへや下草に秋まつ虫はうとく見るらむ」と、秋好中宮の歌「胡蝶にも誘はれなまし心ありて八重山吹を隔てざりせば」による。「胡蝶」は蝶のこと。

登場人物

源氏＝36　紫の上＝28
玉鬘＝22　秋好中宮＝27

*1 **竜頭鷁首**　舟遊び用の船で、二隻を一対《つい》とし、一隻の船首に竜、もう一隻の船首に鷁（架空の水鳥）の彫り物を飾りとして付けた。

*2 **季の御読経**　宮中で、二月と八月の春秋二季の四日間にわたり、多くの僧に大般若経《だいはんにゃきょう》を読ませた儀式。

○ある雨上がりの宵、光源氏はついに思いを打ち明け、玉鬘の身近に添い臥してしまう。思いがけぬなりゆきに、玉鬘はただただ困惑するばかりであった。
○その後、いろいろうるさく言い寄る光源氏に、玉鬘は身の置きどころもなく苦悩を深めてゆくのであった。玉鬘は、父・光源氏とのことが世間に漏れたらと思うと、不安にかられるのであったが、多くの求婚者たちも、いよいよ熱心に恋文を寄せてきた。

25　蛍《ほたる》

○玉鬘《たまかずら》は、光源氏の親らしからぬ恋慕に悩み続けている。光源氏は、一方では玉鬘に蛍の宮との交際を勧めたりした。玉鬘も光源氏のわずらわしい恋慕から逃れたい一心から、蛍の宮を好ましく思うこともあった。蛍の宮が玉鬘のもとを訪れた五月のある夜、光源氏は、玉鬘の側近くに蛍を放ち、ほのかな光に浮かぶ彼女の姿を見せて、蛍の宮の恋情をかき立てるようなことまでしてしまう。
○五月五日、花散里の夏の町の馬場《ばば》で、騎射《きしゃ》の催しが行なわれた。その夜、光源氏は花散里のもとに泊まるが、二人はすでに共寝《ともね》をすることもない精神的なきずなで結ばれた夫婦であった。
○五月雨《さみだれ》が降り続く日々、六条院の女君たちは、絵物語に退屈をまぎらわせていた。なかでも田舎育ちの玉鬘は、物語に熱中し、住吉の姫君の物語にわが身

巻　名

玉鬘の歌「声はせで身をのみこがす蛍こそいふよりまさる思ひなるらめ」による。なお、光源氏が蛍を放って玉鬘の美しさを蛍の宮に見せるという優美な場面が関わる。

登場人物

源氏＝36　玉鬘＝22
紫の上＝28

を引き比べてみたりする。そうした玉鬘を相手に光源氏は、物語を論じ、あげくの果てには物語にかこつけて彼女に言い寄ったりもした。紫の上とは、明石の姫君への教育的配慮を意識しながら、物語の功罪を論じた。

○光源氏は、夕霧を紫の上から遠ざけているが、明石の姫君とは、将来を考えて、親しくさせ、遊び相手をさせたりしている。それにつけても夕霧は、雲居《くもい》の雁《かり》のことが忘れられないが、だからといって、内大臣になりふりかまわず懇願しようとは思わなかった。一方、柏木は、玉鬘へのとりなしを夕霧に頼んでくる。

○内大臣は、娘の弘徽殿《こきでん》の女御《にょうご》や雲居の雁が期待どおりにならないのを嘆き、その昔、夕顔に生ませた娘（玉鬘）のことを気にかけつつ、息子たちにも、もし自分の子供と名乗る者がいたら知らせるように命じていた。そうした折、内大臣が夢を占わせると、娘が他人のもとで養われているという夢占いの結果が出たのであった。

26 常《とこ》夏《なつ》

○夏のある暑い一日、光源氏が東の釣殿《つりどの》で夕霧と涼んでいると、内大臣家の息子たちが訪れた。夕霧と雲居の雁との愛を認めない内大臣を快く思っていない光源氏は、最近内大臣が迎え取った隠し子・近江《おうみ》の君のことを話題にし、痛烈

巻名
光源氏の歌「なでしこのとこなつかしき色を見ばもとの垣根を人や尋ねむ」による。「常夏」は、撫子《なでしこ》の別名で、撫でたくなるようなかわいい子供・女性の形容に使われる。

登場人物
源氏＝36　玉鬘＝22
近江の君＝?　雲居の雁＝17
弘徽殿の女御＝19

な皮肉をぶっつけた。

○ 夕暮れ、光源氏は西の対の玉鬘のもとを訪れる。養父・光源氏の口ぶりから、光源氏と実父・内大臣との不仲を知った玉鬘は、実父との対面の日の遠いことを思い、悲嘆せずにはいられなかった。光源氏は、玉鬘に和琴《わごん》を教えながら、内大臣が当代の名手であるなど語りつつ、和琴の論を展開する。

○ 玉鬘への恋情をつのらせる光源氏は、彼女の処遇を思い悩み、いっそ蛍の宮か髭黒《ひげくろ》の大将《たいしょう》と結婚させるのが本人のためかとも考えるが、恋の未練は断ちがたかった。玉鬘の方も、光源氏が無理な行動にでないので、次第に彼を厭《いと》わしく思わなくなってゆく。

○ 一方、内大臣は、娘たちの身の振り方に苦慮していた。雲居の雁を夕霧と結婚させてもよいと思うが、夕霧が一向に折れてこないのがおもしろくない。せっかく尋ねだした近江の君がひどい娘であったので、内大臣は、彼女の処置に困惑し、弘徽殿の女御のもとに女房として出仕させることにした。父の勧めに大喜びの近江の君は、便器の係でもなんでもする、などという。さっそく挨拶の手紙を弘徽殿の女御に贈るが、これがまた物笑いの種となってしまう。弘徽殿の女御方では、近江の君の歌に調子を合わせたわけのわからぬ歌を作って返すが、近江の君は単純に喜び、すぐさま対面のための身づくろいをはじめるのであった。

27 篝《かがり》火《び》

○近江《おうみ》の君が世間の物笑いとなっているという噂を聞いた光源氏は、大げさに迎えておいて、気に入らないとひどい扱いをする内大臣のやり方を批判する。

○玉鬘《たまかずら》も、そうした噂を聞くにつけ、実父・内大臣ではなく思慮深い光源氏に引き取られた幸せを思い、しだいに光源氏に親しみをおぼえるようになってゆく。

○七月初旬の夕月夜《ゆうづくよ》、玉鬘のもとを訪れた光源氏は、和琴《わごん》を枕に玉鬘と添い臥し、庭前に焚《た》かせた篝火の煙にわが胸中にくすぶる玉鬘への恋情をたとえ、歌を詠んだ。玉鬘も、篝火と煙と一緒に光源氏の恋の炎を消してください、と返歌をするのであった。

○人目をはばかり立ち去ろうとする光源氏の耳に、東の対から美しい音楽の音《ね》色《いろ》が聞こえてきた。内大臣の息子の柏木と弁《べん》の少将《しょうしょう》が夕霧のもとを訪れ、合奏しているのであった。光源氏は、君達《きんだち》を西の対に招き、あらためて琴笛の合奏に興じた。柏木の和琴《わごん》は、名手の父・内大臣にひけをとらなかった。御簾《みす》のなかの玉鬘は、兄弟の音楽の音色に耳をすまし、その姿に目をとめるが、姉とも知らない柏木は、玉鬘を意識して、和琴を弾く手を緊張させるのであった。

巻名
光源氏の歌「篝火に立ちそふ恋の煙こそ世には絶えせぬほのほなりけれ」と、玉鬘の歌「行く方なき空に消ちてよ篝火のたよりにたぐふ煙とならば」による。「篝火」は、庭などに置いた屋外照明で、鉄製のカゴに松材を入れて燃やした。

登場人物
源氏＝36　玉鬘＝22
柏木＝20か21

篝　火

28 野《の》分《わき》

○仲秋八月、六条院の秋好中宮《あきこのむちゅうぐう》の御殿の庭は例年になく美しい。ちょうど里下がりをしていた中宮は、花々に目をたのしませて過ごしていたが、ある夕暮れどき、激しい野分《のわき》が吹きはじめ、夜通し猛威をふるった。

○その夕刻、野分の見舞いに南の御殿を訪れた夕霧は、思いがけず紫の上の姿を垣間見《かいまみ》てしまう。彼女の美しさは、春の曙《あけぼの》の霞の間《あいだ》に咲き乱れる樺桜《かばざくら》を見るようであった。その夜を祖母・大宮《おおみや》の三条宮《さんじょうのみや》で過ごした夕霧は、紫の上の面影が忘れられず、あれこれと思い乱れるのであった。

○翌早朝、夕霧が花散里《はなちるさと》を見舞った後、南の御殿に赴くと、光源氏は、紫の上と何か笑いながらむつまじく語り合っていた。光源氏は、夕霧を秋好中宮の見舞いに遣わすが、帰ってきた夕霧のもの思わしげな様子から、風のまぎれに紫の上が垣間見《かいまみ》られたのではないかと疑う。

○光源氏も、秋好中宮・明石の君・玉鬘・花散里と、次々に六条院の女君たちを見舞った。父・光源氏のお供をする夕霧は、玉鬘のもとで彼女にたわむれかかる父の姿を垣間見て驚くが、玉鬘の美しさは露を帯びた夕映えの八重山吹《やえやまぶき》のようであった。

○光源氏のお供を終え、明石の姫君のもとに立ち寄った夕霧は、雲居の雁への

巻名

本文中の「野分、例の年よりもおどろおどろしく」などによる。「野分」は、秋に吹く暴風（台風など）をいう。

登場人物

源氏＝36　夕霧＝15
紫の上＝28　大宮＝?
明石の君＝27　玉鬘＝22
明石の姫君＝8　秋好中宮＝27

手紙を書くが、そこで垣間見た姫君の容姿は、風になびく藤の花の美しさを思わせた。
○夕霧が祖母・大宮のもとを訪れると、内大臣は、母の大宮が孫の雲居の雁に会えないさびしさを訴えているのに対して、夕霧との関係にいまだにこだわり、色よい返事もせず、近江の君に弱っていることを語っているところであった。

29 行幸《みゆき》

○玉鬘《たまかずら》への恋に苦しむ光源氏は、彼女の身の振り方をあれこれと思案するが、父・内大臣の性格を考えると、表立って妻とする気にはなれなかった。
○十二月、大原野《おおはらの》の行幸が行なわれ、玉鬘も人々にまじって見物に出かけた。父・内大臣の姿に目をとどめ、蛍の宮や髭黒《ひげくろ》の大将《たいしょう》も見るが、冷泉帝《れいぜいてい》の美しさは比べるものなくすばらしかったので、光源氏が勧める、冷泉帝の尚　侍《ないしのかみ》になるということにも心が動くのであった。冷泉帝は、光源氏が行幸に加わらなかったのを残念に思い、勅使を遣わした。
○光源氏は、玉鬘の入内のまえに裳着*の儀を計画し、親子の対面もかねて、内大臣に腰結《*こしゆい》の役を依頼するが、内大臣は大宮の病気を口実に断ってくる。光源氏は、三条宮に大宮を見舞い、玉鬘のことを打ち明けた。驚いた大宮が内大臣

巻　名
光源氏の歌「小塩山みゆき積もれる松原に今日ばかりなる跡やなからむ」による。「行幸」は、主として天皇がお出かけになることで、ここでは冷泉帝の大原野行幸をいう。

登場人物
源氏＝36～37　玉鬘＝22～23
冷泉帝＝18～19　紫の上＝28～29
夕霧＝15～16

裳着・腰結の役　女性の成人式の儀式で、十二～四歳の頃の結婚前に、初めて裳を着けた。その時に、腰のヒモを結ぶ役を「腰結の役」という。

を招き、久しぶりに彼と対面した光源氏は、玉鬘の件を打ち明けて裳着の腰結役を引き受けさせた。

○二月十六日、玉鬘の裳着の儀が行なわれ、大宮や秋好中宮《あきこのむちゅうぐう》をはじめ、六条院の女性たちからもお祝いが届けられるが、末摘花《すえつむはな》がまた非常識な贈り物をして、光源氏の苦笑を買ってしまう。内大臣は、劇的な親子の対面に、ともすればこみあげる感慨をおさえつつ、腰結の役をつとめた。

○近江の君は、姉の玉鬘が尚侍として入内するという噂を聞き、自分も尚侍になりたがるが、兄の柏木や弁少将に嘲笑される。父内大臣も、娘の近江の君の望みを聞き、冷泉帝への申し状を書くようになどとうまく言いくるめて笑っていた。内大臣がこうして近江の君を笑い者にするのは、照れ隠しのためである、などと世間ではうるさく批評するのであった。

30　藤袴《ふじばかま》

巻名　夕霧の歌「同じ野の露にやつるる藤袴あはれはかけよかごとばかりも」による。「藤袴」は「蘭《らん》」の別名。

○冷泉帝の尚侍《ないしのかみ》としての出仕を前に、玉鬘《たまかずら》は、宮仕えをしても、帝の寵愛をこうむれば、秋好中宮《あきこのむちゅうぐう》や弘徽殿《こきでん》の女御《にょうご》との間に対立が生じるであろうし、かといって、このまま六条院にいても、ますますおおっぴらになった光源氏の求愛を突き放しとおす自信はないし、父・内大臣は、光源氏の意向をはばかるばかりで、自分を迎え取り、娘として扱うことはできないだろうなどと、さまざま

登場人物
源氏＝37　玉鬘＝23
夕霧＝16　柏木＝21か22
髭黒＝32か33

にひとり思い悩んでいた。母親もいない玉鬘には、親身に相談相手になる人はいなかったのである。
○　そんな時、玉鬘と同じく大宮の喪《も》に服す夕霧が訪れ、光源氏の使いとして冷泉帝の意向を伝える。野分《のわき》の朝に玉鬘を垣間《かいま》見た夕霧は、姉弟でないことがわかったいま、藤袴の花にことよせ恋情を打ち明けずにはいられなかった。
○　光源氏のもとに戻った夕霧は、世間の噂にかこつけ、玉鬘に対する光源氏の真意を探ろうとする。
○　玉鬘の出仕は十月と決まったが、求婚者たちは、そのまえに玉鬘を手に入れようと懸命に競争する。
○　求婚者から急に姉弟の関係になってしまった柏木は、父・内大臣の使いとして玉鬘のもとを訪れるが、玉鬘の他人行儀な応対を恨み、歌を詠みかけて帰った。その後、玉鬘もそれに返歌をした。
○　この柏木を通じて、髭黒《ひげくろ》の大将は熱心に求婚してきた。内大臣は、玉鬘の身の振り方を光源氏に一任しているものの、大将の申し出にはまんざらでもないように思っている。
○　九月、あせる求婚者たちから次々と恋文が贈られてくる中で、なぜか玉鬘は、蛍の宮だけに返歌をしたのであった。

31　真《ま》木《き》柱《ばしら》

○ところが、事態は思わざる展開をとげた。玉鬘《たまかずら》をわがものにしたのはなんと、かの髭黒《ひげくろ》の大将であった。光源氏は不本意ながらこの結婚を受け入れざるをえなかった。髭黒は、玉鬘の宮仕えを不安に思い、この機会に彼女を自邸に迎え取ろうとの考えから、邸内を修理するなどその準備をはじめた。

○髭黒の北の方は、式部卿《しきぶきょう》の宮（紫の上の父）の娘で美しい人であったが、長らく物《もの》の怪《け》の病《やまい》をわずらい、そのため髭黒との夫婦仲は冷え切っていた。

○ある雪の夜、玉鬘のもとへ出かけようとする髭黒に、物の怪のために乱心した北の方は突然火取りの灰を浴びせかけた。その後、髭黒は、愛する玉鬘のもとに居続けるようになり、北の方の所には寄りつこうとしなかった。激怒した式部卿の宮は早速娘の迎えをよこし、北の方は、十三歳の姫君（真木柱）と息子たちを連れて実家に帰ってしまった。

○それを知った髭黒は、式部卿の宮邸に赴き、北の方や子供たちに会おうとするが、面会を拒絶されてしまう。髭黒は、しかたなく二人の息子だけを自邸に連れ帰った。

○翌年春、玉鬘は参内《さんだい》し、承香殿《しょうきょうでん》に住んだ。その玉鬘の部屋を訪れた冷泉帝は、恨み言を言ったりする。玉鬘は困惑するが、気が気ではない髭黒の大将は、強

巻名

真木柱（髭黒の大将の娘）の歌「今はとて宿離《か》れぬとも馴れきつる真木の柱はわれを忘るな」による。「真木柱」は、杉や檜《ひのき》で作った柱。

登場人物

源氏＝37〜38　玉鬘＝23〜24
髭黒＝32か33〜33か34　式部卿の宮＝52〜53　真木柱＝12か13〜13か14
紫の上＝29〜30　冷泉帝＝19〜20

引に彼女を自邸に連れ帰ってしまった。

○ なお玉鬘を忘れかねる光源氏は、二月、三月と玉鬘に手紙を届けた。二度目の手紙には、髭黒が代わりに返歌をしてきたので、光源氏は苦笑する。

○ その年の十一月、玉鬘ははじめて髭黒の大将との間の男の子を出産した。

32 梅《うめ》枝《がえ》

○ 娘の明石の姫君の入内《じゅだい》をひかえ、光源氏は裳着《もぎ》の準備に忙しい。正月の末、光源氏は薫物《たきもの》の調合《ちょうごう》を六条院の女性たちをはじめ、あちらこちらに依頼した。自らも紫の上と部屋を別にして、それぞれに秘法を競いあうといった熱中ぶりである。

○ 二月十日、六条院に蛍の宮が訪れ、そこへ朝顔の前斎院《ぜんさいいん》から薫物が届けられたことをきっかけに、蛍の宮を判者《はんじゃ》として薫物競《くら》べが行なわれた。女性たちの薫物は、さすがの蛍の宮も優劣をつけかねるほどのすばらしい品ぞろいであった。

○ 夜に入って、酒宴となる頃、光源氏は、明日の裳着の挨拶に訪れた内大臣の息子たちをとどめ、蛍の宮や夕霧とともに管弦の遊びや歌に興じた。

○ 翌日、秋好中宮を腰結《こしゆい》の役にして彼女の御殿で明石の姫君の裳着が行なわれた。この機会に、紫の上は秋好中宮と対面した。

巻　名

内大臣の息子弁の少将が催馬楽《さいばら》（宮廷歌謡）の「梅が枝」を歌ったことによる。

登場人物

源氏＝39　明石の姫君＝11
東宮＝13　紫の上＝31
夕霧＝18　雲居の雁＝20

○二月二十日過ぎ、東宮が元服した。明石の姫君をはばかって入内《じゅだい》をさしひかえる他家の姫君たちのために、光源氏は、姫君の入内を四月に延期した。その間も入内の準備は進められ、名筆の草子*も集められた。光源氏も自ら筆を執り、紫の上を相手に仮名を論じたり、蛍の宮と男性の筆跡を批評し合ったりした。蛍の宮は、嵯峨帝筆《さがていひつ》の『古万葉集』と醍醐帝筆《だいごていひつ》の『古今集』を光源氏に贈った。

○そうした噂を聞くにつけ、内大臣は、雲居《くもい》の雁《かり》の中途半端な状態を思い悩む。光源氏も、夕霧の独《ひと》り身《み》を心配し、右大臣や中務《なかつかさ》の宮《みや》からの縁談をほのめかし、結婚について教訓した。夕霧の気持は他の女性に移ることはないが、彼の縁談の噂を耳にした雲居の雁は、夕霧の手紙に恨みの歌を返すのであった。

33　藤裏葉《ふじのうらば》

○夕霧の縁談の噂に焦慮《しょうりょ》する内大臣は、ついに娘・雲居《くもい》の雁《かり》との結婚を許そうと思い、夕霧との和解の機会を思いめぐらしていた。三月二十日、大宮の三回忌が極楽寺《ごくらくじ》で催された折に、内大臣は、夕霧に歩み寄りの言葉をかけ、ついで四月はじめ、彼を自邸の藤の花の宴に招いた。光源氏は、内大臣の真意を察し、夕霧の衣装に気配りをして送り出した。内大臣は、夕霧を歓待し、娘の雲居の雁との結婚を許した。ようやく結ばれた二人の夫婦仲はとてもよかった。

○明石の姫君の入内《じゅだい》を前に、紫の上は賀茂《かも》の社《やしろ》に参詣した。夕霧は、祭の使い

草子　綴《と》じ本。

巻名　内大臣が口ずさんだ古歌「春日《はるひ》さす藤の裏葉のうらとけて君し思はば我も頼まむ」による。

登場人物
源氏＝39　夕霧＝18
雲居の雁＝20　紫の上＝31
明石の君＝30　明石の姫君＝11
朱雀院＝42

に立つ藤典侍《とうないしのすけ》（惟光《これみつ》の娘）と歌を贈答した。

○四月二十日過ぎ、明石の姫君の入内には紫の上が付き添った。が、生母《せいぼ》の心を思いやる紫の上は、後見役を明石の君に譲ることにする。それは光源氏の考えとも一致し、三日後の交替の折、はじめて紫の上と明石の君とは対面し、おたがいのすぐれた人柄を認め合ってうちとけた。いまはもう心に残ることはないと思う光源氏は、かねて念願の出家を遂げたいと思う。

○来年四十歳になる光源氏のために、冷泉帝《れいぜいてい》をはじめ世をあげて祝賀の準備に奔走している。その秋、光源氏は准太上天皇《じゅんだいじょうてんのう》の地位にのぼった。内大臣は太政大臣に、夕霧は中納言にそれぞれ昇進した。

○夕霧夫妻は、いまは亡き祖母の大宮が住んだ三条の邸《やしき》に移り住み、幼い頃をなつかしがった。

○十月二十日過ぎ、冷泉帝が光源氏の六条院に行幸し、さらに、朱雀院《すざくいん》も招かれて、異例の盛儀となった。光源氏と太政大臣は、若き日の紅葉《もみじ》の賀《が》で舞った青海波《せいがいは》を思い出し、唱和した。

34　若《わか》菜《な》上

○朱雀院《すざくいん》は、六条院への御幸《みゆき》の後、病《やまい》重く、出家を決意するが、それにつけても、最愛の女三の宮の将来が気がかりであった。すでに母・藤壺の女御《にょうご》に先立った。

巻名

光源氏の歌「小松原末のよはひに引かれてや野辺の若菜も年をつむべき」による。「若菜」は、正月の初めの子《ね》の日に七種の若菜のあつもの（お吸い物）を献上する正月行事で、不老長生を願った。

たれ、有力な後見人もない女三の宮にはやはりその身分にふさわしい庇護者が必要であった。父・朱雀院が乳母《めのと》たちと女三の宮の婿《むこ》選びに熟慮を重ねるうちに、柏木や蛍の宮など熱心な希望者も多かったが、適任者は光源氏以外にないという結論に達した。

○朱雀院の希望を伝えられた光源氏は、息子の夕霧を推《お》したり、女三の宮の入《じゅ》内《だい》を勧めたりして、引き受ける意思を見せなかったが、藤壺の姪《めい》にあたる女三の宮に、関心をもたないでもなかった。

○やがて、女三の宮の裳着《もぎ》の儀が行なわれ、朱雀院は出家した。自ら兄の朱雀院を見舞った光源氏は、女三の宮の後見を引き受けざるをえなかった。光源氏から女三の宮との結婚を打ち明けられた紫の上の動揺は大きかったが、彼女は、事態を冷静に受け止め、わが苦悩を外にあらわさないように努めるのであった。

○年が明け、光源氏は四十歳となった。帝がかねて準備を進めていた四十歳の祝賀を、光源氏は辞退した。

○正月二十三日の子《ね》の日、玉鬘《たまかずら》が祝賀に若菜《わかな》を献上した。玉鬘との久しぶりの対面に、光源氏は感慨無量なものがあった。

○二月十日過ぎ、女三の宮は六条院に迎え入れられた。紫の上は、苦しみに耐え、婚儀の世話をやいたりする。女三の宮の幼さに失望した光源氏は、あらためて紫の上のすばらしさを思い、彼女への愛着がいよいよまさるのであった。

○朱雀院は、女三の宮の後見をくれぐれも頼む手紙を光源氏と紫の上に送り、

登場人物

源氏＝39～41　紫の上＝31～33
明石の君＝30～32
秋好中宮＝30～32
柏木＝23か24～25か26　夕霧＝18～20　女三の宮＝13か14～15か16
明石の女御＝11～13

西山の寺に移っていった。それにともない、二条の宮に里下がりした朧月夜《おぼろづきよ》のもとを、光源氏は忍んで訪れ、再会した。帰邸した光源氏は、夫の浮気を直感しながら気づかぬふりをする紫の上の態度をつらく思い、あれこれと機嫌をとるうちに、すべてを白状してしまった。

○夏ごろから懐妊の兆《きざ》しのあった明石の女御は、六条院に里下がりをした。紫の上は、明石の女御と対面するついでに、自ら申し出て、女三の宮と対面した。それ以後、紫の上と女三の宮はうち解けるようになり、二人の不仲を邪推した世間の噂も次第に鎮静していった。

○十月、紫の上は、光源氏四十の賀として、嵯峨野の御堂で薬師仏《やくしほとけ》を供養し、ついで二十三日、二条院で精進落《しょうじんおと》しの祝宴を催した。

○十二月二十日過ぎ、秋好中宮《あきこのむちゅうぐう》は、里下がりし、光源氏のために、奈良の七大寺と京の四十寺に誦経《ずきょう》を依頼し、自邸の寝殿で祝宴を催した。

○今年の光源氏四十の賀にことよせて六条院への行幸《みゆき》を望んでいた冷泉帝《れいぜいてい》は、たびたびの光源氏の辞退を残念に思い、祝賀を夕霧に依頼する。夕霧の祝宴は、花散里の邸で催されたが、勅命によって太政《だじょう》大臣が参加した。

○翌年三月、明石の女御は、東宮の男子を出産した。この知らせを聞いた明石の入道は、不思議な夢想と宿願をしたためた最後の手紙を明石の君に送り、自らは山深くこもって消息を絶ってしまった。

○三月のうららかな日、六条院で蹴鞠《けまり》の遊びが行なわれ、これに加わった柏木は、猫が走り出してきた時、巻き上がった御簾《みす》のはずれから、なお思いを寄せる女三の宮の立ち姿を垣間見《かいまみ》てしまった。いまも父の太政大臣邸に独身で暮らす柏木は、物思いに沈みがちとなり、胸の思いを伝える方法もないまま、いつものように小侍従《こじじゅう》(女三の宮の乳母子《めのとご》)に手紙を送るのであった。

35 若《わか》菜《な》下

○ 女三の宮への思いをつのらせる柏木は、東宮を通じて垣間見《かいまみ》た折の唐猫を手に入れ、女三の宮をしのびつつこれを愛撫《あいぶ》したりした。

○ 柏木を真木柱《まきばしら》の婿にと望む式部卿《しきぶきょう》の宮は、無関心な彼をあきらめて蛍の宮を通わせることにするが、その結婚は幸福なものではなかった。

○ 冷泉帝は在位十八年にして東宮に譲位し、明石《あかし》の女御《にょうご》が生んだ第一皇子が東宮となった。太政大臣は退任し、外戚《がいせき》の髭黒《ひげくろ》が右大臣となって政権の座についた。

○ その十月、光源氏は、紫の上や明石の女御たちをともない、宿願が達成された御礼のため住吉大社に参詣《さんけい》する。夜を徹しての社頭での管弦や舞は、まさに源氏の権勢をあらわす盛儀《せいぎ》であった。

○ 女三の宮は、二品《にほん》*に叙せられ、兄帝《あにみかど》の格別の配慮で威勢もまさってくる。光源氏も、それを無視するわけにはいかず、紫の上と同じように通わざるをえなかった。自らの将来を憂慮する紫の上は、出家への思いが深いが、光源氏がそ

巻名
光源氏が、兄・朱雀院の五十の賀宴の計画に際して、「このたび足り給はむ年、若菜など調じてや」と言ったことによる。

登場人物
源氏＝41～47　紫の上＝33～39
明石の君＝32～38　秋好中宮＝32～
38　玉鬘＝27～33　柏木＝25か26～
31か32　雲居の雁＝22～28
夕霧＝20～26　女三の宮＝15か16～
21か22　明石の女御＝13～19

二品　親王の位階で、第二位の人をいう。

れを許すはずもなく、せめてもの慰めにと、養女明石の中宮が生んだ女一の宮を手もとに引き取り、その世話にさびしさをまぎらわしていた。

○朱雀院《すざくいん》は、しきりに女三の宮との対面を希望していた。光源氏は、翌年五十歳になる兄・朱雀院の祝賀に若菜を献じたいと計画する。女三の宮の琴も聞いてみたいという朱雀院の意向を伝え聞いた光源氏は、祝宴の準備を進めながら、女三の宮に明け暮れ琴を教えた。

○年も明け、正月二十日ごろ、二月に予定されている祝宴に先立ち、光源氏は、六条院の女性たちを集め、女楽《おんながく》（女性だけの演奏会）を催した。明石の君の琵《び》琶《わ》、紫の上の和琴《わごん》*1、女三の宮の琴《きん》*2、明石の女御の箏《そう》*3、皆それぞれにすぐれた興趣があった。その直後、紫の上は、にわかに胸を病んで、重態の床に臥した。紫の上の病状に回復のきざしはなく、祝宴は延期された。二月も過ぎ、光源氏はこころみに紫の上を二条院に移した。光源氏の付きっきりの看病にも、紫の上の病状は回復しなかった。

○柏木は、中納言に昇り、朱雀院の女二の宮と結婚したが、なお女三の宮を忘れられないでいた。紫の上の病床に付きっきりの光源氏が六条院を留守にしていた時、女三の宮の乳母子《めのとご》・小侍従《こじじゅう》を手なずけ、その手引きでついに女三の宮を犯してしまった。葵《あおい》祭の御禊《ごけい》の前日であった。

○この頃、紫の上は、六条御息所《ろくじょうのみやすどころ》の死霊《しりょう》のため危篤《きとく》におちいるが、五戒*4を受け、かろうじて蘇生《そせい》し、六月に入り、ようやく頭を持ち上げられるほどに回復した。

*1 **和琴** 弦楽器の一つで、六弦の琴。日本古来のもので、「東琴《あずまごと》」「大和琴《やまとごと》」ともいう。

*2 **琴** 琴《きん》の琴《こと》の略。中国伝来の七弦の琴。

*3 **箏** 箏の琴《こと》の略。中国伝来の十三弦の琴で、現代まで伝わる最も一般的な琴。

*4 **五戒** 在俗の仏教信者が守るべき五つの戒め。殺生《せっしょう》・偸盗《ちゅうとう》・邪淫《じゃいん》・妄語《もうご》・飲酒《おんじゅ》を禁ずる戒。

○　光源氏は、女三の宮の病気の知らせに、六条院に彼女を見舞い、懐妊を知って不審に思うが、彼女の不注意から柏木の手紙を発見し、すべてを知ってしまった。光源氏に知られてしまったことを知った女三の宮と柏木の二人は、恐怖におののき、自責《じせき》の念にさいなまれる日々を送る。
○　その頃、光源氏は、出家した朧月夜を見舞い、尼装束を贈った。
○　朱雀院は、光源氏の女三の宮への訪れがまれであることを聞き、彼女に過失があったのではと心配し、手紙を送って心構えを説いた。光源氏も、事件にふれず、それとなく女三の宮に訓戒した。
○　光源氏の計画した朱雀院《すざくいん》五十の賀の祝宴は延びに延びて、十二月となった。その試楽《しがく》（リハーサル）の夜、光源氏は、病をおして参上した柏木に皮肉な言葉をあびせかけた。柏木は、その光源氏の言葉に衝撃を受け、重い病に倒れ、やがて父の致仕《ちじ》の大臣《だいじん》邸へ引き取られた。残された柏木の正妻・女二の宮は、言いようもなく柏木を恋こがれた。
○　女三の宮主催の朱雀院の祝賀は、暮れもおしつまった十二月二十五日にようやく行なわれた。

36　柏木《かしわぎ》

○　柏木は、病状が好転することなく、新年を迎えたが、自らはひたすら死を願

巻名
落葉の宮の歌「柏木に葉守の神はまさずとも人ならすべき宿の梢《こずゑ》か」による。「柏木」は、柏の木であるが、柏の木に葉守の神が鎮座するという伝説から、皇居の守衛にあたる衛門《えもん》をいう、という説がある。柏木（人名）は、衛門の督《かみ》であった。

うものの、女三の宮への愛執は絶ちがたかった。柏木は、小侍従《こじじゅう》を呼んで自らの死を覚悟した心の中を切々と書いた、女三の宮への最後の手紙を託した。

○女三の宮は、その夕方から産気づき、翌朝男子（薫君《かおるきみ》）を出産し、産養《うぶやしない》の儀も盛大に行なわれたが、産後に衰弱した自分に対して冷淡な光源氏の態度によって出家を決意した。夜ひそかに下山して見舞いに訪れた父・朱雀院《すざくいん》にすがって、女三の宮は、とうとう戒を受け、出家してしまった。光源氏の制止をふりきった果断な女三の宮の出家は、彼女に取り憑《つ》いた六条御息所《ろくじょうのみやすどころ》の死霊《しりょう》のしわざであったという。

○女三の宮の出家を聞いた柏木は、重態におちいり、見舞いに訪れた夕霧に、秘事をほのめかして光源氏へのとりなしを頼み、落葉《おちば》の宮の後見役を依頼して、やがて死去した。周囲の悲嘆はいうまでもなく、女三の宮も、さすがに柏木との因縁を思って涙するのであった。

○三月、女三の宮の若君・薫君の五十日《いか》の祝いが行なわれた。光源氏は、薫君が思いなしか柏木に似ていることを思うと心中複雑であるが、せめて形見でも残していってくれたらと嘆く致仕《ちじ》の大臣《おとど》夫妻の心中を思いやると、柏木への哀惜に涙を禁じることができないのであった。

○親友柏木の遺言に答えようと、夕霧は、落葉の宮とその母・御息所《みやすどころ》の住む一条宮をしばしば見舞う。いつしか落葉の宮にほのかな恋心をいだきはじめた夕霧は、その思いを歌に託してほのめかすまでになった。

登場人物

源氏＝48　紫の上＝40
玉鬘＝34　柏木＝32か33死去
夕霧＝27　女三の宮＝22か23
明石の女御＝20　薫＝誕生

37　横《よこ》　笛《ぶえ》

○光源氏と夕霧は柏木の一周忌を心をこめて弔った。何も知らない致仕《ちじ》の大臣《おとど》は感激し、悲しみを新たにする。
○朱雀院《すざくいん》は、あいつぐ姫宮たちの不幸を嘆きながらも、俗世のことに心をわずらわすまいと仏道にいそしむが、同じ道に入った女三の宮には絶えず便りを寄せている。
○朱雀院から筍《たけのこ》や野老《ところ》が贈られてきた時、幼い薫君《かおるぎみ》は、這《は》い出してきて、生えかけた歯で筍をかじったりする。その可愛らしい姿を見ると、光源氏は、柏木と女三の宮の不快な過失事件を忘れそうになるのであった。
○夕霧は、柏木の遺言が気になり、光源氏に真相を尋ねたいと思いながらも、切り出しかねていた。秋の夕べ、夕霧は、一条の宮を訪れて、御息所《みやすどころ》とともに亡き柏木の思い出を語り、琵琶を取り寄せ想夫恋《そうふれん》を弾く。落葉の宮も、勧められるままにつつましく合奏し、歌に唱和した。御息所は柏木遺愛の横笛を夕霧に贈った。
○三条の自邸に帰った夕霧は、嫉妬にかられて寝たふりをしている妻の雲居《くもい》の雁《かり》のそばで、ひっそりとした一条の宮の風情《ふぜい》の名残《なご》りにひたりながら、日常生活に安住しきった自分たちの夫婦仲を思ったりする。その夜、柏木が夢にあら

巻　名
夕霧の歌「横笛の調べはことに変はらぬをむなしくなりし音こそ尽きせね」による。

登場人物
源氏＝49　雲居の雁＝30
夕霧＝28　女三の宮＝23か24
明石の女御＝21　薫＝2

われ、笛を伝えたいのは別の人であったと、夕霧に告げた。

○夕霧は、柏木の供養《くよう》を行ない、笛の処置に困って六条院《ろくじょうのいん》を訪れる。そこでは薫君が明石《あかし》の女御《にょうご》の皇子《みこ》たちと遊んでいたが、夕霧は、気のせいか、何となくその顔つきが柏木に似ているように思った。夕霧の話を聞いた光源氏は、笛はわけがあるから自分が預かろうというが、遺言については心あたりはないと、夕霧の探《さぐ》りをさりげなくかわすのであった。

38 鈴《すず》虫《むし》

○夏、蓮《はす》の花の盛りに、女三の宮の持仏開眼供養《じぶつかいげんくよう》が営まれた。光源氏は、こまごまとした仏具一切を整え、紫の上も力を合わせ、美しい幡《はた》や布施《ふせ》の僧服などを用意した。女三の宮の持経《じきょう》や仏前に供える経は、光源氏が自ら書いたものである。夜の御帳台《みちょうだい》がかりそめの仏壇として飾りつけられているのに感慨を催した光源氏は、女三の宮に、思いもかけず俗世の縁を絶つことになった悲しみを歌いかけた。かくして、女三の宮の持仏開眼供養は、父・朱雀院や兄・帝の格別の支援もあって、たいそう盛大に行なわれた。

○朱雀院は、女三の宮に、彼女が相続した三条の宮へ移り住むことを勧めた。光源氏は、それを拒むが、女三の宮の出家生活が豊かで平穏であるようにと、万全の配慮をすることを怠らなかった。

巻名

女三の宮の歌「おほかたの秋をば憂しと知りにしをふり捨てがたき鈴虫の声」と、光源氏の歌「心もて草の宿りを厭《いと》へどもなほ鈴虫の声ぞふりせぬ」による。

なお、「鈴虫」は、現在の松虫のことであり、チンチロリン、チンチロリンと鳴く。

○秋、女三の宮の御殿の前庭を野原のように造って、虫を放った。女三の宮は、光源氏が訪れては未練の思いを訴えるのもわずらわしく、静かな住まいに移りたいと思うが、言い出せないでいる。
○八月十五夜、光源氏は、女三の宮のもとを訪れ、虫の声を批評しながら、鈴虫の歌を唱和し、琴を弾いた。そこへ蛍の宮や夕霧も訪れて、管弦の遊びとなった。
○酒宴をはじめたところへ冷泉院《れいぜいいん》からの招請があり、光源氏をはじめとする一同の者は車を連ねて参上し詩歌《しいか》に興じた。こうした気軽な対面をすることが自らの退位の目的でもあった冷泉院は、光源氏の訪れをたいそう喜んだ。
○秋好中宮《あきこのむちゅうぐう》のもとに立ち寄った光源氏は、母の六条御息所《ろくじょうのみやすどころ》の妄執の噂を聞き、その苦患《くげん》を救いたいと願う中宮から、出家の意向を漏らされた。光源氏は、同情しつつもこれを強く諫《いさ》め、追善供養を勧めるのであった。

登場人物
源氏＝50　秋好中宮＝41
夕霧＝29　女三の宮＝24か25
明石の女御＝22　薫＝3

39　夕霧《ゆうぎり》

○一条御息所《いちじょうのみやすどころ》は、物の怪《もののけ》をわずらい、加持《かじ》を受けるため小野の山荘に移った。夕霧は、落葉の宮への思いを隠しながら何かと世話をやくが、すでに二人の仲を疑いはじめた正妻・雲居《くもい》の雁《かり》にはばかって、すぐに出かけることができなかった。

巻名
夕霧の歌「山里のあはれを添ふる夕霧に立ち出でむ空もなき心地して」による。

○八月中旬ごろ、見舞いに小野を訪れた夕霧は、御息所にかわって応対する落葉の宮に思いを訴えた。暮れ方から深くたちこめた霧を口実に山荘にとどまった夕霧は、落葉の宮の部屋に忍んで一夜を明かしたが、彼女はかたく拒絶しとおした。

○御息所は、物の怪の加持祈禱《かじきとう》の僧侶から、昨夜夕霧が宿泊したことを聞き、心を痛めつつ落葉の宮と対面した。もともと内気な性格の落葉の宮が恥ずかしさに黙っているだけなので、御息所は昨夜のことにふれることはできなかった。そこへ夕霧からの手紙が届いた。二人の関係はどうあれ、落葉の宮の浮き名はのがれられないと思い、彼女の立場を苦慮する御息所は、結婚を許す意味をこめた歌を夕霧に贈るのであった。

○ところが、この手紙が雲居の雁に奪い隠され、夕霧は、返事を書くことができなくなってしまった。ようやく翌日の夕方にそれを発見した夕霧は、はじめて御息所の苦しい胸のうちを知り、とりあえず返事を書いた。

○一方、小野の山荘では、昨夜の恨みの手紙の返事もなく、今日も暮れてしまったので、御息所は嘆息を深め、小康《しょうこう》をえていた病状もふたたび悪化し、容態を急変させた。まさに息も絶えたかと思われるところへ夕霧の手紙が届いたという知らせをほの聞いた御息所は、今夜も夕霧の訪れはないものと失望し、そのまま絶命してしまった。

○それを聞いた夕霧は、まず手紙で見舞い、周囲の諫《いさ》めも聞かず、自らその夜

登場人物
源氏＝50　紫の上＝42
夕霧＝29　雲居の雁＝31
女三の宮＝24か25　薫＝3

の御息所の葬儀に山荘を訪れた。が、悲嘆にくれ、母の死の原因も夕霧にあると思っている落葉の宮は、彼の挨拶にも答えようとしなかった。夕霧は、葬儀の援助を近くの荘園の人々に指示して帰った。

○夕霧は、日々に見舞いの手紙を送るが、落葉の宮からは一行の返事も来なかったので焦慮《しょうりょ》し、九月十日過ぎ、ふたたび小野を訪れた。侍女の小少将《こしょうしょう》の君を召し寄せ、御息所の臨終のいきさつや落葉の宮の様子を聞くが、この日も空しく帰るしかなかった。

○帰邸した夕霧の気もそぞろな様子に、雲居の雁はますます嘆きを深めていった。夕霧と落葉の宮の噂は光源氏の耳にもはいるが、彼は事態を静観するしかなかった。紫の上も女の身の処し方の難しさを思い、心痛めていた。

○御息所の四十九日の法要は、夕霧がすべてを取りしきって営まれた。落葉の宮は、このまま小野に引きこもり出家しようと思うが、その意向を伝え聞いた父・朱雀院《すざくいん》は、これを強く諌めた。

○落葉の宮を説得するのは無理と判断した夕霧は、強引に結婚しようとして、彼女を一条の宮に連れ戻してしまった。帰邸した落葉の宮を待っていたのは、仮の自室を整え、すでに主人気取りの夕霧であった。落葉の宮は塗籠《ぬりごめ》に閉じこもり夕霧を避けるが、次の夜、その塗籠に入った夕霧は、翌日も一条の宮にとどまり、表向き二人の結婚が成り立ったかのように見せかけた。

○夕霧と落葉の宮との結婚に腹を立てた雲居の雁は、実家の*致仕《ちじ》の太政大臣《だじょうだいじん》邸

致仕　官職をやめて隠居すること。

へ帰ってしまった。夕霧は迎えに赴いて説得するが、雲居の雁は応じようとしなかった。事態を嘆いた致仕の大臣は、落葉の宮に恨みの歌を詠みおくり、彼女はかろうじて自ら返歌した。藤《とう》の典侍《ないしのすけ》から雲居の雁へ同情の歌が届き、雲居の雁は返歌する。夕霧は、この二人との間に十二人の子供をもうけていた。

40　御《み》法《のり》

○紫の上は、数年前の大病以来、ずっと病気がちの日が続き、かねてよりの願いであった出家を遂げたいと思うが、光源氏は決して許さなかった。自らも出家を志しているのだが、生きている間は紫の上と離れて暮らすことはできないと、光源氏は痛切に思うのであった。

○三月、紫の上発願《ほつがん》の法華経千部《ほけきょうせんぶ》の供養が二条院で行なわれた。夕霧や帝、東宮、后《きさい》の宮たち（秋好中宮《あきこのむちゅうぐう》・明石《あかし》の中宮《ちゅうぐう》）をはじめ、花散里《はなちるさと》や明石の君までが志を寄せたので、法華経千部供養は、すこぶる盛大な催しとなった。その日、すでに死を予感していた紫の上は、明石の君や花散里と歌を詠みかわし、それとなく別れを告げたのであった。

○夏になると、紫の上はいよいよ衰弱し、養母・紫の上を見舞うために、明石の中宮は二条院に里下がりする。紫の上は中宮と三の宮（匂《におう》の宮《みや》）にさりげなく遺言した。

巻名

紫の上の歌「絶えぬべき御法ながらぞ頼まるる世々にと結ぶ中の契りを」による。「御法」は仏法の敬称。

登場人物

源氏＝51　紫の上＝43死去
明石の君＝42　秋好中宮＝42
明石の中宮＝23　匂の宮＝5

○秋になっても紫の上の容態は思わしくないが、宮中へ帰参する挨拶のため、明石の中宮が病床を訪れた。その夕暮れ、折から激しく吹き出した風のためこぼれそうな萩の露に、わが命を見る思いの紫の上は、悲しく歌を詠んだ。その歌に光源氏と中宮が唱和した。やがて、気分がすぐれないと言って臥した紫の上は、そのまま中宮に手をとられながら四十三年の波乱に富んだ生涯を閉じた。呆然《ぼうぜん》自失の光源氏は、夕霧が紫の上の死顔をのぞきこむのを目にしながら、強いて隠そうともしないのであった。葬送は翌八月十五日に行なわれ、紫の上の人柄を慕う大勢の人々が参列した。

○致仕《ちじ》の大臣《おとど》は、昔、葵《あおい》の上が亡くなったのもこの頃だと思うと悲しくて、ねんごろな弔問をよこした。秋好中宮の弔いの手紙に、光源氏は、かつての紫の上との春秋の論争を想い起こし、あらためて涙にくれるのであった。

41　幻《まぼろし》

○年が改まっても、光源氏は、悲しみを癒《いや》されることがなく、年賀の客にも蛍の宮以外には対面せず、女君たちを訪れることもなかった。紫の上の遺愛の紅梅が咲き、桜が咲くと、幼い匂《におう》の宮《みや》は紫の上の遺言を守って花を大切にする。光源氏は、そのかわいい姿をわずかに慰めとし、女三の宮や明石《あかし》の君を訪れても、紫の上への哀惜《あいせき》を深めるばかりであった。

巻名
光源氏の歌「大空をかよふ幻夢にだに見えこぬ魂《たま》の行く方尋ねよ」による。「幻」は、神仙の術を使う幻術士。

○夏四月、花散里《はなちるさと》から更衣《こうい》の装束を添えて歌が贈られ、光源氏は悲傷の歌を返した。葵祭《あおいまつり》の日は、中将の君と歌を贈答し、五月雨《さみだれ》の頃は、花橘《はなたちばな》と郭公《ほととぎす》に故人（紫の上）をしのび、盛夏にはひぐらしや蛍につけて悲しみの歌を詠む光源氏であった。

○秋、七夕《たなばた》もむなしく過ぎ、光源氏は、八月の一周忌には、紫の上が生前整えておいた曼陀羅《まんだら》＊を供養し、九月、長寿を祈る菊を見ても、一人残されたわが身のあわれを詠んだ。

○冬十月、光源氏は時雨《しぐれ》がちのころに雁《かり》を見て、大空をかよう幻術士《まぼろし》に亡き人の魂を探してほしいとの歌を詠んだ。十一月、五節《ごせち》の行事で世間が浮きたつ頃、童殿上《わらわてんじょう》した夕霧の子供たちや致仕《ちじ》の大臣《おとど》の子息が訪れた。子供たちの無邪気な姿にも、光源氏は、感慨をもよおしつつ、年を越したら出家をするつもりで歳末近く、身辺を整理し、涙ながらに紫の上の手紙をすべて焼いてしまった。十二月末、御仏名《おぶつみょう》に、光源氏は、紫の上との死別以来はじめて人々の前に姿をあらわし、導師をもねぎらって歌を贈答した。晦《みそか》の日、追儺《ついな》にはしゃぐ匂の宮の無邪気な姿を見るのも今年限りであると思う光源氏は、わが生涯がすべて終わったと悟るのであった。新年のことは例年より格別に行なおうと定め、引出物《ひきでもの》などはまたとないほど用意してあるのだった。

（「雲隠」の巻で、光源氏は死去する）

登場人物
源氏＝52　明石の君＝43
夕霧＝31　女三の宮＝26か27
明石の中宮＝24　匂の宮＝6

曼陀羅　密教で、多くの仏・菩薩を一定の枠の中に配置し図示して、仏の悟りの境地を絵にあらわしたもの。

42 匂宮《におうのみや》

○ 光源氏亡きあと、その威勢を継ぐほどの人物は一族の中にもいなかったが、ただわずかに、今上帝《きんじょうてい》の三の宮（匂の宮《におうみや》）と女三の宮の息子薫君《かおるぎみ》とが、すぐれた人物との評判が高い貴公子であった。

○ 匂の宮は紫の上から伝領した二条院に、女一の宮は六条院南の町の東対に住む。今上帝の二の宮もその寝殿をときどき休み所とし、右大臣夕霧の次女をめとって次の東宮にと予定されていた。夕霧の長女は東宮（一の宮）に入内しているが、夕霧の姫君たちのうち、典侍《ないしのすけ》が生んだ六の君が評判も高く、貴公子たちの求婚の的《まと》になっていた。

○ 花散里《はなちるさと》が二条東院に、女三の宮が三条の宮に移った後、夕霧は、六条院の東北の町に落葉の宮を迎え、三条殿の雲居《くもい》の雁《かり》のもとと、月に十五日ずつ律儀《りちぎ》に通っていた。

○ 薫君は、いまは亡き・父源氏の配慮で冷泉院《れいぜいいん》と秋好中宮《あきこのむちゅうぐう》にかわいがられており、十四歳の元服も冷泉院で行なわれ、その秋、右近《うこん》の中将となった。が、薫君は自らの出生への疑惑に常に苦しめられていた。薫君が生まれつき身体に芳香がそなわっているのに対して、匂の宮は、それに対抗意識をもやし、薫物《たきもの》に夢中になり、衣服に香をたきしめていた。世の人は二人を「匂う兵部卿《ひょうぶきょう》、薫《かを》る

巻名

本文中の「匂ふ兵部卿、薫る中将」による。「匂ふ」は、あたりに照り映えるような積極的な美であり、「薫る」（ほんのりと漂う奥深い情趣的な美）に対するものという。

登場人物

薫＝14～20　匂の宮＝15～21　夕霧＝40～46
明石の中宮＝33～39

中将」ともてはやすのであった。

○この二人を婿《むこ》にと望む名門貴族は多かった。匂の宮は、冷泉院の女一の宮に関心を寄せていたが、厭世《えんせい》の思いの深い薫君は、結婚にも消極的であった。夕霧は、娘の六の君を落葉の宮の養女とし、いずれ匂の宮か薫君と結婚させたいと思っていた。正月、夕霧が賭弓《のりゆみ》＊1の還饗《かえりあるじ》＊2を六条院で主催し、薫君も強く誘われ、匂の宮とともに列席した。

43 紅梅《こうばい》

○按察大納言《あぜちのだいなごん》は、故致仕《ちじ》の大臣《だいじん》の次男で、いまは亡き柏木の弟であり、亡くなった北の方との間には、大君《おおいぎみ》・中の君の姉妹があったが、今は、故蛍の宮の未亡人真木柱《まきばしら》を北の方としており、その間に男子一人をもうけていた。真木柱は、故蛍の宮との間に遺児（宮の御方《おんかた》）があり、この姫君も連れ子として按察大納言邸に住んでいた。

○裳着《もぎ》をすませた三人の姫君たちには求婚者も多かったが、大納言は、長女の大君を東宮に入内《じゅだい》させたあと、次女の中の君を匂の宮と結婚させたいと思い、また継娘《ままむすめ》の宮の御方もわが子と同様に扱い、その容貌にも関心をいだいていた。たいそう奥ゆかしい性格の宮の御方は、継父の大納言にさえ姿を見られないようにしていた。

＊1 **賭弓** 正月十八日に行なわれた宮廷行事で、賞品をかけて競い合った。

＊2 **還饗** 賭弓の後、勝った方の大将が味方の射手を自邸に招いて催す宴会。

巻名
按察大納言が紅梅の枝に歌を添えて匂の宮にさしあげたことによる。

登場人物
薫＝24　匂の宮＝25
夕霧＝50　紅梅＝54か55
真木柱＝46か47

○大納言は、紅梅の花につけて匂《におう》の宮《みや》に歌を贈り、その気をひこうとするが、匂の宮は色よい返事をせず、むしろ宮の御方に心を寄せていた。

○宮の御方は、わが境遇を思ってか、結婚することをあきらめているが、匂の宮は、真木柱の生んだ若君を仲立ちに、ひそかに手紙を贈ってきた。

○真木柱は、夫・大納言の胸中を知るだけに、その思いは複雑であり、匂の宮と宮の御方を結婚させてもいいと考えるときもあるが、匂の宮が好色で、宇治の八の宮の姫君にもご執心で足しげく通っているということを聞くと、ますます気が進まなくなってくる。本心では二人の結婚を断念しつつも、相手が宮様なので恐れ多く思っている真木柱は、まれに自分の一存で匂の宮に返事をすることもあった。

44 竹《たけ》河《かわ》

○この物語は、源氏一族とは縁遠い、亡き髭黒《ひげくろ》太政大臣家に仕えていた古女房の問わず語りである。

○髭黒家では、夫に先立たれた玉鬘《たまかずら》が、二人の姫君の身の振り方に頭を悩ませていた。玉鬘の姫君は、今上帝《きんじょうてい》や、いまだに玉鬘を忘れかねる冷泉院《れいぜいいん》から入内を懇望されており、また夕霧の息子の蔵人少将《くろうどのしょうしょう》からも熱心に求婚されていた。当時十四、五歳で四位の侍従であった薫君《かおるぎみ》も、時たま訪れることもあったが、

巻名　薫君の歌「竹河のはしうち出でしひとふしに深き心の底は知りきや」と、藤侍従「竹河に夜を更《ふ》かさじといそぎしもいかなるふしを思ひおかまし」による。「竹河」は、催馬楽（雅楽）の曲名。

玉鬘は彼を娘の婿《むこ》にとも思っていた。

○正月二十日過ぎ、薫君は、玉鬘の三男・藤侍従《とうじじゅう》を訪れ、来合わせた蔵人少将らと催馬楽《さいばら》「竹河」を謡《うた》い、酒宴に興じた。

○三月、蔵人少将は、桜を賭物《かけもの》に碁を打つ姫君たちを垣間見《かいまみ》て、ますます大君《おおいぎみ》への思いをつのらせるが、結局、大君は、四月九日、冷泉院のもとに参内《さんだい》してしまった。

○翌年正月、男踏歌《おとこどうか》があり、薫君はその歌頭《かとう》（音頭をとる役）をつとめた。冷泉院のおぼえめでたい薫君は、大君に近づくことも多く、ひそかな未練に心を悩ませていた。四月、大君は女宮を出産した。

○中の君は、母・玉鬘から尚 侍《ないしのかみ》を譲られて入内《じゅだい》した。帝の不興を思い、しかも明石の中宮との確執《かくしつ》を避けようとの、母・玉鬘の配慮であった。

○数年後、大君は、男宮をも生んだが、弘徽殿《こきでん》の女御《にょうご》との仲も次第に疎遠となり、宮仕えのわずらわしさもあって、実家にこもりがちになってゆく。

○さらに年が経ち、中納言に昇進した薫君が挨拶に訪れた。玉鬘は、大君の宮仕えの苦境を訴えながら、薫君を婿として迎えることができなかったのをいまさら悔やむのであった。

登場人物
薫＝14～23　匂の宮＝15～24
玉鬘＝47～56　明石の中宮＝33～42
秋好中宮＝52～61　夕霧＝40～49

45　橋《はし》姫《ひめ》

○その頃、世間から忘れ去られていた老齢の八の宮という宮様がいた。八の宮は、光源氏の異母弟という高貴な身分であったが、冷泉院《れいぜいいん》の東宮時代、東宮を廃して八の宮を東宮に立てようとする弘徽殿《こきでん》の大后《おおきさき》の陰謀に利用されたため、光源氏一族が栄華をきわめた時代となってからは、落魄《らくはく》の運命を生きるしかなかったのである。その北の方は二人目の姫君（中の君）を出産したのち他界《たかい》し、残された八の宮は、出家の願いをいだきつつも、二人の姫君を自ら養育していたが、京の邸宅も焼け、宇治の山荘に引きこもり、やがて宇治山の＊阿闍梨《あじゃり》に師事して在俗のまま仏道に精進《しょうじん》していた。

○この八の宮の噂は、冷泉院にも召される阿闍梨の口から伝えられ、御前《ごぜん》にひかえていた薫君《かおるぎみ》の心を動かした。八の宮の人柄と信仰にひかれた薫君は、やがて宇治に通うようになり、二人は仏道の師弟としての親交を深めた。

○こうして三年目の晩秋、たまたま八の宮が阿闍梨の寺で勤行《ごんぎょう》中に宇治を訪れた薫君は、月光のもとで、琴を合奏する美しい姫君たちを垣間見《かいまみ》た。その気品と優雅さに心ひかれた薫君は、父に代わって応対にでた大君《おおいぎみ》に交遊を申し出るが、大君はためらうばかりであった。代わって登場した老女房（弁の君）は、薫君の父・柏木の乳母子《めのとご》であると語り、柏木の遺言を伝えたいという。薫君は、周囲をはばかり、後日を約して京へ帰った。

○冬十月、宇治を訪れた薫君は、八の宮と琴を合奏し、琴の音をきっかけに姫君たちのことを話題にした。かねて自分の死後のことを薫君に託そうと考えて

巻名

薫君の歌「橋姫の心をくみて高瀬さす棹《さお》のしづくに袖ぞ濡れぬる」による。「橋姫」は宇治橋を守る女神。

登場人物

薫＝20～22　匂の宮＝21～23
大君＝22～24　中の君＝20～22

阿闍梨　僧の称号で、高徳の僧に与えられることが多い。

いた八の宮は、姫君たちの後見を薫君に依頼した。その夜明け、薫君は、弁の君から自分の出生にまつわる秘密を聞き、実の父・柏木の形見の手紙を受け取った。

46 椎本《しいがもと》

○二月二十日過ぎ、匂の宮《におうみや》は、初瀬詣《はつせもう》での帰途、宇治の夕霧の別邸に宿泊し、薫君《かおるぎみ》から聞いていた八の宮の姫君たちとの交遊をもくろんでいた。薫君をはじめ若い貴公子たちがこぞって匂の宮を出迎え、一同大いに管弦に興じた。薫君は、貴公子の何人かと川を渡り、八の宮の山荘を訪れた。匂の宮は、姫君たちに歌を贈り、八の宮が中の君に返歌を書かせた。その後、匂の宮は、しばしば手紙を贈るようになるが、八の宮の勧めに従って、中の君が返事をした。

○秋、薫君は中納言になった。七月、久しぶりに薫君が宇治を訪れると、待ちかまえていた八の宮は、将来を心細げに語り、姫君たちの後見を薫君に依頼するのであった。重い厄年《やくどし》であった八の宮は、姫君たちに、軽はずみな結婚をしないようにと訓戒し、阿闍梨《あじゃり》の山寺に籠《こも》ったまま、八月二十日のころ往生を遂げた。薫君からも匂の宮からも、ねんごろな弔問の手紙がたびたび届けられた。

○九月、八の宮の四十九日も果てて、薫君は、宇治を訪れ、大君《おおいぎみ》と対面し、弁の君とも亡き八の宮をしのんだ。

巻名

薫君の歌「立ち寄らむ蔭と頼みし椎《しい》が本むなしき床になりにけるかな」による。「椎が本」は「椎の木の下」の意で、八の宮をたとえる。

登場人物

薫＝23〜24　大君＝25〜26
中の君＝23〜24　匂の宮＝24〜25
八の宮＝61？死去

○ 年の暮れ、あとに残された姫君たちが寂しげな日々を送る頃、宇治を訪れた薫君は、匂の宮の中の君への気持ちを伝えつつ、わが切なる思いを大君に告白した。大君は取りあわないが、その応対の様子を、薫君はむしろ好ましいと思い、ますます心ひかれるのであった。

○ 年が明け、阿闍梨から山菜の贈物が届く。匂の宮は、中の君への思いをつのらせ、夕霧の六の君との縁談には関心を示さず、もっぱら薫君に彼女との仲介を懇望した。

○ 夏、宇治を訪れた薫君は、とりどりに美しい喪服姿の姫君たちを垣間見《かいまみ》た。

47 総角《あげまき》

○ 秋八月、八の宮の一周忌に近き頃、薫君《かおるぎみ》は宇治を訪れた。姫君たちは法要の準備に、名香《みょうごう》の飾り糸を編んでいた。総角《あげまき》結びのその糸によせて、薫君は、大君《おおいぎみ》への切なる思慕の情を歌に詠み、求婚したが、大君はさりげなく話をそらしてとりあわなかった。薫君は弁の君に切ない胸中を語るが、弁の君も、自らは結婚をあきらめ、中の君に人並みの結婚をさせたいという大君の真意を伝えた。その夜、薫君は、大君の部屋に忍びこんだが、喪服《もふく》姿の大君の痛々しさに、何事もなく一夜を語り明かすしかなかった。大君は、よるべなき身のつらさを嘆き、独身で過ごす決意をますます強くしたが、心細い生活に薫君を頼みとして

巻名
薫君の歌「総角に長き契りを結びこめ同じ所に寄りも合はなむ」による。「総角」は、もとは少年の髪の結び方であったが、仏前の飾りなどの、紐《ひも》の結び方もいう。

いるので、薫君の言いなりになるかもしれない女房たちにも気をゆるすことはできないでいた。大君は、自分が親代わりとなって、妹の中の君を薫君と結婚させようと思っていた。

○　八の宮の一周忌が終わる。薫君は、九月を待たずに宇治を訪れた。中の君を薫君と結婚させたいと考えている大君は、彼と対面せず、弁の君にその意中を伝えた。弁の君は、あらためて大君自身が薫君と結婚するよう説得する。大君は、不安な気持ちを抱いたまま中の君とともに寝るが、弁の君から大君の結婚拒絶の気持ちを聞いた薫君は、ついに大君をわがものにしてしまおうと決意し、弁の君に手引きを頼んだ。弁の君は、薫君を大君の寝所に導き入れるが、大君は、妹の中の君を残してひとり逃れ、姿を隠してしまったので、薫君は中の君と何ごともなく夜を明かすしかなかった。

○　薫君は、中の君を匂の宮と結婚させてしまえば、大君も自分になびくだろうともくろみ、匂の宮を宇治に誘導した。薫君を装った匂の宮は、中の君のもとに導かれて契りを交した。薫君から真相を聞かされた大君は、薫君を恨みつつも、中の君をなだめて匂の宮を迎えようとした。匂の宮は、母・明石の中宮の諌《いさ》めに宮中を退出しかねたが、薫君にも励まされ、三日のあいだ宇治に通った。その夜の匂の宮の婚儀への薫君の心くばりも、申し分のないものであった。皇子という身分柄なかなか宇治に通えない匂の宮は、中の君を京へ引き取ろうと思い、薫君も大君を三条の宮に迎えたいと考えていた。

登場人物
薫＝24　匂の宮＝25
大君＝26死去　中の君＝24
夕霧＝50　明石の中宮＝43

○　十月、薫君に勧められ匂の宮は、宇治に紅葉狩りに行くが、母の明石の中宮のさし向けたお供の仰々《ぎょうぎょう》しさに、中の君のもとを訪れることができなくなり、心ならずも帰京した。宇治の姫君たちの受けた打撃は大きく、とりわけ大君は、自分だけでも結婚における悲しいもの思いをすることなく死んでしまいたい、とまで思いつめるのであった。

○　京へ帰った匂の宮は、宮中に禁足《きんそく》を命じられ、夕霧の六の君との縁談もいやおうなく進められてしまった。そうした匂の宮の結婚の噂を、大君の病気を見舞った薫君の家来が宇治の山荘の女房に語った。それを耳にした大君は、決定的に打ちのめされ、男性不信・結婚不信から絶望の底に沈みこんでしまう。

○　十一月、大君を見舞った薫君は、その病状の重さに驚き、そのまま滞在して看護した。薫君は、阿闍梨《あじゃり》をはじめとする評判の僧を招いて、祈禱《きとう》や読経《どきょう》をさせるが、この機会に死にたいと願う大君には何の効果もなかった。かくして、大君は、枕元の薫君に看取られながら、草木の枯れるようにこの世を去ってしまった。

○　薫君は、そのまま忌《いみ》に籠《こも》り、亡き大君をしのんだ。帝をはじめとする多くの人々が深い悲しみに沈む薫君を弔問した。匂の宮も忌明《いみあ》けを待たずに雪の中を宇治に行く。生前の姉・大君の嘆きを思う中の君は、匂の宮に会おうとはしなかったが、女房たちの説得でようやく物越しに対面した。その後、匂の宮は、愛する大君を失った傷心の薫君を慰めつつ帰京した。

○　年も暮れ、薫君も帰京したので、宇治の人々の心細さはひとしおであった。
○　匂の宮は、母の明石の中宮の許しをえて、中の君を二条院の西の対に迎え取る計画をいよいよ実行に移すのであった。

48　早蕨《さわらび》

○　年も明けて新春が訪れたが、姉に先立たれた中の君の悲しみは深かった。宇治山の阿闍梨《あじゃり》のもとから、蕨《わらび》や土筆《つくし》が贈られてきた。さまざまの物思いに面痩《おもや》せした中の君の気品ある風情《ふぜい》は、亡き大君《おおいぎみ》にも似通うものがあった。女房たちは、中の君が薫君《かおるぎみ》と縁のなかったことを残念がっている。中の君は、薫君の傷心ぶりを聞くにつけ、薫君の大君への愛の深さをいまさらながら思い知るのであった。
○　正月行事の内宴《ないえん》*も終わった一月の末、薫君は、匂《にお》の宮《みや》を訪れ、大君の思い出を語り、尽きせぬ悲しみをわずかに慰めた。
○　中の君は、宇治を捨てがたく思っているが、二月上旬頃に匂の宮の二条院に引き取られることが決まった。中の君の服喪《ふくも》が明けて上京の準備が進む中、薫君は、中の君にこまやかな配慮を指示したばかりか、自らも、上京予定の前日に宇治を訪れた。中の君とともに、いまは亡き大君をしのんで感傷にひたる薫君は、中の君を他人（匂宮）のものとしてしまったことを後悔しつつ、大君亡

巻　名
中の君の歌「この春は誰にか見せむ亡き人の形見に摘める峰の早蕨」による。「早蕨」は、早春に摘む芽を出したばかりの蕨をいう。

登場人物
薫＝25　明石の中宮＝44
中の君＝25　匂の宮＝26
夕霧＝51

内　宴　正月の二十～二十三日の間の子《ね》の日に、宮中の仁寿殿《じじゅうでん》に文章博士《もんじょう》らの文人を召して詩文などを作らせた、宮中の内々の宴会。

きあと尼になった弁の尼ともしみじみと語り合い、宇治に心を残しながら京都へ帰った。

○ 中の君は、喜びに浮き立つ女房たちをよそに、宇治の山荘にとどまる弁の尼と別れを惜しんで、憂愁と不安をかかえながら上京した。二条院では匂の宮が善美を尽くして中の君をあたたかく迎えた。

○ 夕霧は、六の君と匂の宮との結婚をこの二月にともくろんでいたので、彼が中の君を二条院に迎えたという意外な事態に不快な思いであったが、あらためて薫君を婿にと考え、彼の意向を打診した。しかし、薫君は、夕霧の六の君との結婚をまったく考えていなかった。

○ 花盛りの頃、二条院を訪れた薫君は、中の君と対面した。匂の宮は、二人の仲に不安を感じたりするが、中の君はそれをわずらわしく思った。

49 宿木《やどりき》

○ 帝は、母・藤壺《ふじつぼ》の女御《にょうご》を亡くした女二の宮の将来を思い、薫君《かおるぎみ》との縁組を考え、彼に自ら打診した。噂を聞いた夕霧は、六の君の婿《むこ》を匂《におう》の宮《みや》にしようと転換をはからざるをえなかった。

○ 翌年八月、匂の宮は六の君のもとに通うようになったので、中の君の不安と悲しみは大きかった。それを慰めようと、薫君は、たびたび二条院を訪れ、中

巻名

薫君の歌「宿りきと思ひ出でずは木《こ》の下《もと》の旅寝もいかにさびしからまし」と、弁の尼の歌「荒れはつる朽木の下《もと》を宿り木と思ひおきけるほどの悲しさ」による。「宿木」は他の植物に寄生する植物をいうが、ここでは「宿りき」が懸けてある。

の君を大君《おおいぎみ》ゆかりの人としてなつかしみ、匂の宮に譲ったことを今さらながら後悔するのであった。ある夜、恋情を抑えかねた薫君は、中の君の袖をとらえるが、懐妊のしるしの腹帯に気づき、自らの情念を押さえるしかなかった。久しぶりに帰邸した匂の宮は、妻の中の君の身辺に漂う薫君の移り香《うつりが》をあやしみ、二人の仲を疑うが、そのことがかえって中の君への愛着を深めることになった。

○その後、また薫君が二条院を訪れるが、中の君は今度は警戒して女房を近くに呼び寄せて対面した。薫君は、さりげなく中の君への切ない思い訴えるが、やがて、宇治に仏堂を造って大君の人形《ひとがた》を祭りたいと語る。これを聞いた中の君は、大君に生き写しの異母妹（浮舟《うきふね》）の存在を薫君に打ち明けた。九月二十日過ぎ、宇治を訪れた薫君は、阿闍梨《あじゃり》を呼んで大君の法要を依頼し、山荘の寝殿を取り壊して、山寺のそばに仏堂を建てる相談をしたが、そのついでに、弁の尼から浮舟の素姓《すじょう》を聞き、早速仲介を頼んだ。

○翌年二月、中の君は男子を出産した。二十日過ぎ、女二の宮の裳着《もぎ》の儀があり、その夜から、薫君は、女二の宮のもとに通いはじめた。四月初め、女二の宮の住む藤壺で帝が主催する藤の花の宴が催され、翌日、薫君は女二の宮を三条の宮に迎えた。二十日過ぎ、宇治を訪れた薫君は、たまたま山荘に泊まり合わせた浮舟を垣間《かいま》見て、大君に生き写しのすばらしい容姿に感動した。

登場人物

薫＝24～26　匂の宮＝25～27

中の君＝24～26　浮舟＝19～21

夕霧＝50～52　六の君＝20か21～22か23　女二の宮＝14～16

50　東屋《あずまや》

○薫君《かおるぎみ》は、浮舟に会いたいと思うが、外聞《がいぶん》をはばかり、手紙をやることさえためらっていた。浮舟の母も、弁の尼からたびたび薫君の結婚の意向が伝えられたが、浮舟とのあまりの身分違いにただ恐縮し、求婚者のなかから左近《さこん》の少将を選んだ。

○左近の少将は、もともと浮舟の継父・常陸《ひたち》の介《すけ》の財産が目当てであったから、浮舟が常陸の介の実子《じっし》でないと聞くや、実の娘でまだ幼い浮舟の妹に乗りかえてしまった。浮舟の母は、浮舟を不憫《ふびん》に思い、しばらく姉の中の君のもとに預かってもらうことにした。

○二条院で、匂《におう》の宮《みや》の容姿を垣間見《かいまみ》た浮舟の母は、その美しさに驚嘆し、翌日たまたま伺候《しこう》した左近の少将などが匂の宮のまえでは一向に見栄《みば》えがしないのを見て感動した。さらに、匂の宮の留守に訪れた薫君の姿を見て、またそのすばらしさに感嘆した浮舟の母は、浮舟の結婚には高い理想をもつべきだと思い、浮舟に薫君をと勧める中の君に娘の世話を頼んで、二条院をあとにした。

○ところが、偶然、好《す》き者《もの》匂の宮は、浮舟を発見して強引に近づいた。乳母《めのと》たちは困惑するが、そこにたまたま明石の中宮の病気の知らせが来たので、浮舟は、匂の宮の手をふりほどき、危機を脱することができた。事情を聞いて、驚

巻名

薫君の歌「さしとむる葎《むぐら》やしげき東屋のあまりほどふる雨そそきかな」による。「東屋」は屋根を四方に葺きおろした家。浮舟が東国育ちであることを懸けていう。

登場人物

薫＝26　中の君＝26
浮舟＝21　匂の宮＝27

いた浮舟の母は、浮舟を引き取り、三条の小家に隠し住まわせた。
○晩秋、宇治を訪れた薫君は、弁の尼から、浮舟が三条の小家に隠れていることを聞き、彼女に仲介を頼んだ。約束の日の朝、弁の尼は、上京し、浮舟の隠れ家を訪れて薫君の意向を伝え、その夜、薫君も、三条の小家を訪れて浮舟と一夜をともにし、翌朝、彼女を宇治に連れ去り、そこに隠し住まわせた。

51 浮《うき》舟《ふね》

○匂《におう》の宮《みや》は、二条院で会った浮舟のことが忘れられず、妻の中の君を責めるが、中の君は浮舟のことを一切語ろうとしなかった。薫君《かおるぎみ》は、浮舟をいとしく思いながら、なかなか宇治を訪れることができなかった。
○正月、宇治の浮舟から姉の中の君のもとに新年の挨拶の手紙が届いたが、その手紙の文面から浮舟の隠れ家を知った匂の宮は、さらに、薫君方の事情に詳しい家臣から、薫君が宇治に美しい女性を隠していることを聞きだした。その女性があの時の人かどうか確かめようと宇治を訪れた匂の宮は、浮舟を見つけ、薫君を装って寝所に忍びこみ、彼女を強引にわがものとしてしまった。浮舟は、薫君を思いつつも匂の宮の一途な情熱にひかれてゆくのであった。
○二月、ようやく宇治を訪れた薫君は、物思わしげな浮舟に、女性としての成長を認めていじらしく思い、近く京都へ迎え取りたいと彼女に語った。

巻名

浮舟の歌「橘の小島の色は変はらじをこの浮舟ぞ行く方知られぬ」による。「浮舟」は、宇治川に浮いて漂っている小舟で、「憂き舟（人）」を懸ける。

登場人物

薫＝27　匂の宮＝28
浮舟＝22　中の君＝27
明石の中宮＝46　夕霧＝53

○ 二月十日ごろ、宮中の詩宴の夜、浮舟を思って古歌《こか》を口ずさむ薫君の様子に焦燥《しょうそう》を感じた匂の宮は、雪の降る中を宇治に赴いた。匂の宮は、浮舟を対岸の小家に連れ出し、酔《よ》い痴《し》れるような耽溺《たんでき》の二日間を過ごした。

○ 匂の宮は、薫君の先を越して、浮舟を京へ迎え取ろうともくろんだ。浮舟は二人の男の間に立ってますます苦悩を深めていった。

○ やがて、薫君と匂の宮の使者が宇治の邸で鉢合《はちあ》わせをしたことから、事態は薫君の知るところとなった。薫君は浮舟に匂の宮との不倫を責める歌を贈った。追いつめられた浮舟に、侍女の右近が三角関係にはさまれた自分の姉の悲話を語って聞かせた。邸の周りも警護が厳重になり、無理をおかして訪れた匂の宮も、浮舟に会えずむなしく帰らねばならなかった。

○ 浮舟は、入水《じゅすい》を決意し、匂の宮と母の手紙に返事をし、それとなく決意をほのめかすのであった。

52 蜻《かげ》蛉《ろう》

巻名
薫君の歌「ありと見て手には取られず見ればまた行く方も知らず消えし蜻蛉」による。「蜻蛉」は、トンボに似た虫の一種で、寿命が短いことから、はかないものにたとえられる。

○ 浮舟失踪《しっそう》の翌朝、宇治の山荘の人々が大騒ぎをする中、京都の浮舟の母から不吉な予感がするとふたたび使者が来た。右近《うこん》は昨夜の母にあてた浮舟の手紙を開けてみて、浮舟の入水の決意を知った。匂の宮《におうみや》からも使者が来た。その報告に不審をいだいた匂の宮は、あらためて家臣の時方《ときかた》を遣わし、事情を確かめようとした。浮舟の母は、急を聞いて駆けつけ、右近と侍従から娘の失踪の事情を聞き、たいそう驚き、悲嘆にくれた。右近たちは、世間の噂を恐れて、亡骸《なきがら》もないまま、その夜浮舟の葬送をすませてしまった。母の女三の宮の病気回復祈願のため、石山寺に参籠《さんろう》中であった薫君《かおるぎみ》は、葬送の翌日、弔問の使者を送り、自分に連絡もなく世間体をとりつくろう葬儀を行なったことを咎《とが》めた。

○　匂の宮は悲嘆のあまり病の床に臥し、それを見舞った薫君は、浮舟のことを語り、それとなく皮肉を言う。匂の宮は、二条院に参上した侍従に、浮舟失踪の前後の事情を語らせ、また薫君も、やがて宇治に赴き、右近から浮舟入水《じゅすい》のことを聞いた。深い悲嘆のうちに帰京した薫君は、浮舟の母に弔問の手紙を送り、遺族の世話を約束し、浮舟の四十九日の法要を盛大に営んだ。

○　夏、蓮《はす》の花盛りのころ、明石の中宮主催の法華八講《ほけはっこう》が催された。その法会《ほうえ》の終わった日、薫君は、西の渡殿で女一の宮の姿を垣間見《かいまみ》、その類《たぐい》ない高貴な美しさに、思慕の情をつのらせ、妻の女二の宮に同じ衣装を着せてみたりするが心は慰められず、たびたび明石の中宮方に出入りするようになった。女一の宮のもとに出仕する宮の君に出会い、その境涯の変転をあわれむにつけ、薫君は、はかない縁で終わった八の宮の姫君たちに思いを馳《は》せるのであった。

登場人物

薫＝27　匂の宮＝28
女一の宮＝?　女二の宮＝17
明石の中宮＝46　夕霧＝53

53　手《て》習《ならい》

○そのころ、横川《よかわ》に高徳の僧都《そうず》がいた。その母尼君と妹尼君が初瀬詣《はつせもう》でをした帰途、にわかに母尼君が発病したので、横川の僧都は、母を迎えるために初瀬に行き、宇治の院に泊まることになった。その院の裏手で、僧都は、魔性《ましょう》のものにとりつかれた若い女性（浮舟）を発見して助けた。妹尼君は、その若く美しい女性を亡き娘の身代わりと思い、手厚く介抱し、母尼君と住む比叡山の西《にし》麓《ふもと》の小野の山里に連れて帰った。

○四月五月が過ぎても、浮舟はなかなか正気にもどらなかった。妹尼君の懇願で横川の僧都が祈禱した結果、ようやく意識を回復した浮舟は、尼君にしてほしいと懇願し、かたくなに自分の素姓を明かそうとしなかった。

○秋、尼君たちは、美しい月をめでて、琴を弾き、歌を詠んだりするが、浮舟は、一人離れて手習いに憂さを慰めるだけであった。妹尼君の亡き娘の婿《むこ》であった中将が訪れ、浮舟を垣間《かいま》見て心を動かすが、浮舟はうとましいと思うばかりであった。

○九月、妹尼君の初瀬詣での留守中に訪れた中将の執拗《しつよう》な態度に困惑した浮舟は、母尼君の部屋に身を隠し、彼と会うことを避けた。眠れぬまま不幸なわが半生を悲しく回想する浮舟は、翌日たまたま立ち寄った横川の僧都に懇願して、ついに出家してしまった。初瀬詣でから帰った妹尼君は驚き悲しむが、浮舟はようやく心の安らぎを得た思いの中で、新しい修道生活に自らの生きる道を求めた。

巻　名
本文中の「手習に交じりたるを尼君見つけて」などによる。「手習」は、和歌などを思いのままに書き流すこと。習字。

登場人物
薫＝27～28　浮舟＝22～23
明石の中宮＝46～47

○ 翌年の春、浮舟は、妹尼君の甥《おい》の紀伊《き》の守《かみ》が薫君《かおるぎみ》の動静を語るのを耳にし、尼君たちが仕立を頼まれた、死んだ自分の一周忌法要の布施《ふせ》の女装束を見て、感慨無量であった。浮舟の消息は横川の僧都の口から明石の中宮の耳に入り、やがて薫君にも伝えられた。驚いた薫君は、横川の僧都を訪れ、浮舟生存の事実を確かめようと横川へ向かった。

54 夢《ゆめの》浮《うき》橋《はし》

○ 横川《よかわ》の僧都《そうず》を訪ねた薫君《かおるぎみ》は、僧都から、宇治の院での浮舟発見以来の詳しい事情を聞き、夢のような出来事に思いあまってついに落涙してしまった。薫君の浮舟への思いが並々でないのを目《ま》のあたりにした横川の僧都は、浮舟を出家させたことを後悔する。薫君は、浮舟が身を寄せる小野の山里に案内してくれるように懇望するが、僧都は出家した浮舟を男性に逢わせる罪を懸念して応じなかった。そこで薫君は、お供に連れてきた浮舟の弟・小君《こぎみ》をまず使者にやってみるという条件で僧都に浮舟への手紙を依頼し、自らの道心が深いことを誓い、ようやく承諾を得ることができたのであった。

○ その夜、小野の山里の人々は、横川から下山する薫君の一行が連ねる松明《たいまつ》の光をながめていた。

○ 翌日、事情を明かされた小君は、使者に立って小野の山里を訪れ、姉の浮舟

巻名

「夢の浮橋」の語は本文中にみえないが、「夢」の語が五回使われている。一説に、古歌「世の中は夢の渡りの浮橋かうち渡りつつものをこそ思へ」によるという。

登場人物

薫＝28　浮舟＝23

へ横川の僧都と薫君の手紙を渡した。僧都の手紙は浮舟に還俗《げんぞく》を勧めるものであった。浮舟は、取り次ぎの尼君に、過去のことははっきりと思い出せず、誰にも自分が生きていることを知られないで終わりたい、ただ会いたいのは母だけである、と語るのであった。小君は、姉の浮舟のよそよそしい態度が不満だったが、かろうじて薫君の手紙を渡した。その手紙を見て、浮舟も、さすがに思い乱れ泣き臥してしまったが、尼君が返事を勧めると、宛て先違いでもあったらよくないなどと言って、返事を書こうとせず、衣をひきかぶって臥してしまった。せめて一言だけでもという弟の小君の言葉にも、浮舟は、何も答えなかった。

○　京都で待ちかねていた薫君は、小君が浮舟についての何の情報も得ないで帰って来たのにがっかりし、誰か他の男性がひそかに浮舟を隠しているのではないかと疑うのであった。

還俗　一度出家して僧（尼）になった者が髪をのばして俗人に戻ること。

光源氏を愛した女性たち

光源《げん》氏《じ》―桐壺帝の第二皇子・主人公

いつの帝《みかど》の時代であったか、後宮《こうきゅう》に仕える多くの女性たちの中で、帝の寵愛《ちょうあい》を一身に集めていたのは、美しい桐壺の更衣《こうい》という人であった。

更衣は、家柄が高くないことに加えて、確固とした後見人もいない境遇の中で、他に女性たちの嫉妬《しっと》にさらされて心労の多い日々を送っていた。そんな中で、帝の愛情が深まって、更衣は、美しい第二皇子（光源氏）を生んだが、第一皇子（朱《す》雀帝《ざくてい》）の母として今を時めく弘徽殿《こきでん》の女御《にょうご》の圧迫の中で、皇子が三歳の夏、ついに病死してしまった。

最愛の更衣を失った帝は、悲嘆のあまりに政治をも顧みず、幼い皇子が服喪《ふくも》している更衣の実家を側近の女房に慰問させたりして、ありし日に永遠の愛を誓い合った更衣の面影を慕うばかりであった。

その後、帝が更衣の忘れ形見である第二皇子を最愛したので、世間の人々は、

読解のポイント

①光源氏―〝光る〟は理想的な人間像〝輝く人〟である〝かぐや姫〟の影響

②光源氏の不幸

桐壺帝と桐壺更衣との身分秩序に反した純愛によって生まれる→政治的に不利

幼児に母を失う→マザコン→年上の女性（藤壺・六条御息所・空蝉）への思慕

皇子から貴族に格下げ→賜姓源氏→王権喪失するも潜在王権を有する→最後は准太上天皇（上皇に准ずる待遇）となる

第一皇子をさしおいて第二皇子が皇太子になるのではないかと噂し合った。しかし、父帝は、高麗《こま》（朝鮮）の人相見《にんそうみ》の予言を考え、後見人のいないことを憂慮して、第二皇子を臣籍に降下させ、*賜姓源氏《しせいげんじ》とした。

かくして、源氏は、十二歳で元服し、左大臣家の葵《あおい》の上《うえ》（十六歳）と結婚した。その後、左大臣家の婿《むこ》となった源氏は、皇太子となった兄の第一皇子（朱雀帝）の後見である右大臣家との政治的対立の渦中《かちゅう》に巻きこまれてゆく。家庭においても、高貴な家の深窓《しんそう》に育った正妻葵の上がとりすました年上の妻であったために、夫婦らしい親愛の情をもつことができないままに、形ばかりの結婚の中で、次第に左大臣家から足が遠のいていった。

そんな少年源氏の胸中には、実は片時も忘れえぬ人の面影が宿っていたのであった。その人は、亡き母・更衣にそっくりであったために父帝の妃《きさき》として迎えられた、彼には義理の母（継母）にあたる藤壺の女御（十七歳）であった。藤壺は、先帝《せんだい》の皇女で、「輝く日の宮」と呼ばれ、「光る源氏」と並び称された。いつも若々しく美しい藤壺を母代わりとして慕う源氏は、いつしか年上の女性として愛するようになり、あのような素敵《すてき》な人を妻として迎えたいものだとさえ思うようになってゆく。

しかし、元服した源氏は、もはや藤壺の部屋へは入ることができなくなり、かすかに漏《も》れくる彼女の若々しい声に聞き耳を立てながら自らを慰め、次第に遠ざかりゆく影を慕いつつ、少年の胸をひそかに痛めるばかりであった。

賜姓源氏　皇族が天皇から源氏の姓を賜って普通の貴族になること。

かくして、満たされることのない源氏の青春の女性遍歴が始発する。源氏が愛した女性たちは、

Aタイプ（紫のゆかりの女性たち）
藤壺―紫の上―女三《おんなさん》の宮《みや》
Bタイプ（上流出身の妃的存在）
藤壺―六条御息所《ろくじょうのみやすどころ》―朧月夜《おぼろづきよ》
Cタイプ（中流女性）
空蟬《うつせみ》―夕顔《ゆうがお》―末摘花《すえつむはな》―玉鬘《たまかずら》
花散里《はなちるさと》―明石《あかし》の君《きみ》

などのさまざまなタイプの女性たちであった。

空《うつ》蟬《せみ》―老伊予《ろういよ》の介《すけ》の後妻・源氏の愛人

十七歳となった源氏は、雨夜《あまよ》の品定《しなさだ》めの翌日、家来の紀《き》伊の守《かみ》の中川の邸《やしき》に泊まりに行った。そこには、かねてから噂に聞いていた老伊予の介《すけ》の若い後妻空蟬が滞在していた。空蟬は、中納言の娘として宮仕えに出るはずであったが、早くに両親を失い、後見する人もないまま、今では弟の小君《こぎみ》とともに、思いがけなくも老受領《ずりょう》の後妻として世話になっていた。

若き源氏は、昨夜の女性談議での中流女性の話を思い出し、いたく興味をそそ

読解のポイント
①中流女性の不運な悲恋の物語→作者紫式部の自伝的物語
②中流女性の倫理的身分意識から開放されない暗い宿命的な物語
③老受領の後妻で父母の後見もないという自己の宿命を見すえた中流女性の賢い生き方

られて夜更《よふ》け方《がた》に空蝉の部屋に忍びこんだ。しかし、空蝉は、思慮深くつつましい人妻で、なかなかなびこうとはせず、老受領の後妻にすぎない今ではなく、若い娘の時分にプロポーズされていたならばと、わが不運な人生を嘆き悲しむよりほかはなかった。

源氏は、そんな空蝉の奥ゆかしい人柄に魅惑され、小君に託して恋文を贈ったが、空蝉からの返事はなく、やむなく再び中川の邸を訪れた。空蝉は、源氏の愛情を内心ではうれしく思いながらも、しがない老受領の後妻である自分と高貴な若い源氏との身分差を考え、どうにもならないわが運命とあきらめ、悲しい思いで源氏との逢瀬《おうせ》を避け続けた。

そうした折、継子《ままこ》の紀伊の守が地方へ下ることになり、女性たちだけが留守を守るという機会がやってきた。待ち遠しく思っていた源氏は、勇んで三たび中川の邸を訪れた。継娘《ままむすめ》（軒端《のきば》の荻《おぎ》）と碁《ご》を打っている空蝉をのぞき見た源氏は、空蝉が小柄でほっそりとしており、人妻らしい奥ゆかしい落ち着きをもった様子であるのに魅了されてしまった。源氏は、夜になってから、小君の手引きで、心をおどらせながら、母娘《おやこ》が寝ている部屋へ忍びこんだ。

そのときの空蝉は、夢のようであった源氏との一夜を思って寝つかれずにいたが、ふと男性の衣《きぬ》ずれの音と香《こう》の匂いに気づき、薄衣《うすぎぬ》を残したままで、いちはやく逃れて身を隠してしまった。

そんなこととも知らない源氏は、ひとり残された軒端の荻を空蝉だと思って強

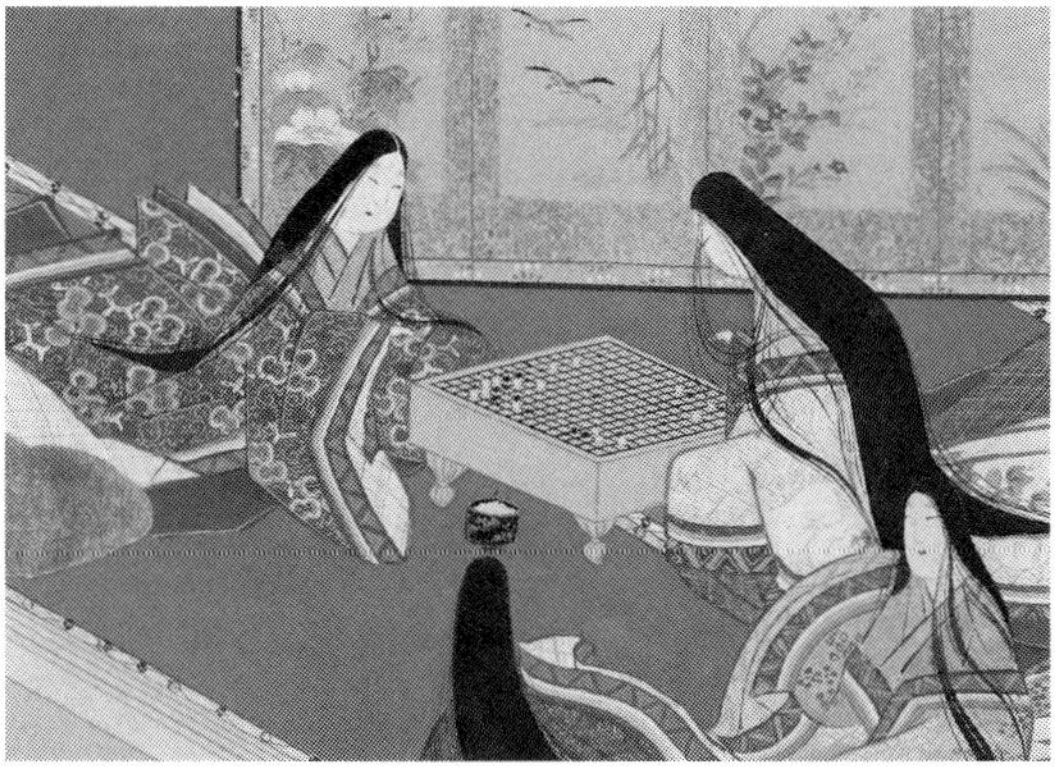
囲碁

引に言い寄ったが、まもなく空蝉に逃げられたことを知り、その頑固な薄情さにあきれ果て、拒絶された悔しさをかみしめるばかりで、薄衣だけをむなしく持ち帰った。

若き源氏は、初めての失恋のほろ苦《にが》い思いの中で、空蝉のかたくなで薄情な態度ゆえに、かえって恋の未練をかき立てられていた。

その後、源氏は、老夫とともに遠い伊予の国（愛媛県）へ旅立つ空蝉に、かの思い出の薄衣を返した。

かくして十二年の歳月が流れ、明石から帰還した源氏二十九歳は、＊逢坂《おうさか》の関で、帰京の途にあった空蝉と、はからずも再会し、若き日に愛した人妻をなつかしく思った。その後、老夫常陸《ひたち》の介《すけ》は、義理の息子たちに空蝉のことを頼んで他界したが、息子たちは、若い継母空蝉につらく当たるようになり、紀伊の守も、好《す》き者めいた心から継母空蝉に強引に言い寄った。空蝉は、自らの運命の悲しさを見きわめるように、誰に告げることなく、ひとりさびしく尼になってしまった。

歳月は流れ、薄幸の空蝉の尼は、源氏の二条東院《ひがしのいん》に引き取られ、ひたすら仏道に専心する安穏《あんのん》な生活の中に晩年を送った。源氏は、奥ゆかしい人妻が仏道に専心する姿を見て、いささか残念に思うこともあった。

逢坂の関　京都と近江の国（滋賀県）との国境にあった関所で、都と東国を結ぶ出入口。

夕《ゆう》顔《がお》——頭《とう》の中将《ちゅうじょう》と源氏の愛人

源氏十七歳の夏、六条御息所《ろくじょうのみやすどころ》へお忍びで通っていた頃、ある夕暮れ、五条に病気の乳母《めのと》を見舞ったとき、隣家の垣根に咲く白い夕顔の花を家来の惟光《これみつ》に手折《た》らせようとすると、その中から童女が現われて、香《こう》をくゆらせた扇をさし出した。惟光の持ってきた扇に夕顔の花が乗せられてあって、その端の方に書きそえられてあった歌に、源氏は、何となく心ひかれた。

その後、惟光が扇の女の素性調査の報告にやってきた。それによると、夕顔という女性は、頭の中将と関係のある人らしいが、ひどく身分を隠したがっている様子で、どこの誰であるかは見当もつかないという。そこで、源氏は、早速惟光に手引きをさせて、粗末な服装に覆面姿といった忍び姿で、身分素性《すじょう》を隠して夕顔の所へ通いはじめた。夕顔が、驚くほどに若々しく、なよなよとしていて、おおようで従順な可愛い女性であったから、源氏は、ほとんど理性を失ってしまうほど心奪われ、逢えない夜などは無性《むしょう》に恋しく思うこともあった。

八月十五夜の翌朝、夕顔を激愛する源氏は、人目を避けるために彼女をある廃院へと連れ出し、初めて自らの素性を明らかにして、ゆったりとした気分でしみじみと語り合いつつ睦《むつ》び合い、二人だけの甘美な一日を過ごした。夕顔は、ひねもす源氏のそばに寄り添うようにしていて、いつも何かにおびえているふうであったが、源氏には、そうした様子が、いかにもいじらしく可愛らしい女性に思われたのであった。

しかし、夜が訪れると、廃院の静けさは無気味なほどで、うとうとした源氏の

読解のポイント

①中流女性の幻想的・浪漫的な純愛物語

②名前・身分・自我を捨て去った従順でかわいい女性（六条御息所との対照性）

③非現実的な幻想性の中だけしか開放されない愛のファンタジー（幻想曲）

④モデル→*具平親王と大顔《おおがお》との悲恋説話

具平親王《ともひらしんのう》　村上天皇の皇子で、和歌にすぐれ、子供の右大臣師房《もろふさ》が源氏姓を賜ったので、村上源氏の祖とする。

夢枕に、美しい女性（六条御息所？）が忽然《こつぜん》と現われ、源氏がはしたない女性に心を奪われていることを恨んで、かたわらに臥す夕顔につかみかかろうとした。源氏がはっとして目をさますと、あたりはまったくの暗闇《くらやみ》で、そばの夕顔は、ひどくふるえており、正気を失ってしまっているかのごとくであった。

番人が持ってきた灯火《ともしび》で、源氏が夕顔の方を見やると、夢の中に現われた美しい女性が幻のように見えたと思われた途端に消え失せてしまい、夕顔は、すっかり冷たくなっていて、ほとんど息絶えているかのようであった。

かくして、長く恐ろしい一夜が明けた翌日、なすすべもなく、夕顔の死骸《しがい》をひそかに東山に葬った源氏もまた、愛した女性を失った悲しみに深く傷つき、二十日あまりも病床に臥し、一時《いちじ》は命も危ぶまれるほどであった。夕顔に付き添ってきた侍女右近《じじょううこん》は、固く口止めさせられて、源氏に仕えることになり、初めて亡き夕顔の素性を語った。

それによると、夕顔という女性は、源氏が想像していたとおり、かの雨夜《あまよ》の品《しな》定《さだ》めのときに頭の中将が探し求めていた〝常夏《とこなつ》の女〟であったが、彼女は、頭の中将の正妻の脅迫によって、三歳になる幼い娘（玉鬘《たまかずら》）とともに、あちらこちらを転々と隠れ住んでいたという。

源氏はその後も、はかなく世を去ってしまった可憐な美しい夕顔のことをしばしば思い起こし、残された幼い娘をなんとか探し出して、亡き夕顔の形見として愛育したいものだと思い続けていた。

★帚木三帖の女性たち（空蟬・夕顔・末摘花）は没落した中流女性たちであるが、源氏の青春の蹉跌《さてつ》の物語のヒロインとなる。

末《すえ》摘《つむ》花《はな》――故常陸《ひたち》の宮の娘・源氏の愛人

源氏十八歳の春、高貴な女性たちとの関係をわずらわしく思いはじめていた頃、ある女房から、故常陸の宮の娘（末摘花）の噂を聞き及んだ。末摘花は、宮家に生まれたが、早くに両親を失い、今ではすっかり零落し、琴だけを相手にひっそりと寂しく暮らしているという、高貴で哀れな姫君であった。

源氏は、〝野に埋もれた美女〟というロマンに胸をときめかせながら、十六夜《いざよい》の月に誘われた一夜、末摘花邸にしのんで彼女の琴の音を聞くが、尾行《びこう》してきたライバル頭の中将に出会ってしまった。

いつしか春が過ぎ、夏も去って、再び秋がめぐってきた。源氏は、八月二十日すぎ、再び末摘花邸に忍びこみ、一夜をともにするが、彼女は、何の風情《ふぜい》もなく、ひどく無口で無愛想な女性で、後朝《きぬぎぬ》の歌も女房に教えられて返事する。源氏は、空想に胸をときめかせて忍びこんだだけにかえって失望感も大きかった。

その後、源氏は、政務の多忙さにかまけて訪れる機会もなかったが、冬の雪の夜、久しぶりに末摘花邸を訪問した。そして末摘花と一夜をともにした源氏は、雪明かりの中で見た彼女の容貌の醜さに驚く。彼女の体型は胴長で骨ばっており、広い額《ひたい》の下に広がる長い顔も青白く、その真ん中に象《ぞう》のごとく垂れた鼻は末摘花（紅花《べにばな》）で染めたように赤かったが、ふさふさとした長い黒髪だけは美しかった。

読解のポイント

①落魄の王族出身の哀れな中流女性
　貧窮・零落・醜貌・時代錯誤
②容貌のマイナスを性格のプラスで補う
　気立ての良さ・古風な律儀さ・一途な愛
③紫の上の理想性（美と聡明）に対する末摘花の現実性（醜と頑愚《がんぐ》）

だが、源氏は、そんな末摘花のいじらしさと貧窮さに同情して、何かと援助を惜しまなかった。

その後、二条院に帰った源氏は、美しく聡明《そうめい》な紫の上と遊んでいるうちに、自分の鼻に紅《べに》粉をつけて戯《たわむ》れ合い、赤い鼻をもった醜い末摘花のことを嘲笑したりした。

かくして歳月は流れて、源氏が須磨・明石に流浪していた間、末摘花は、誰も世話する人とてなく、困窮の極に達し、雑草に埋もれたわびしい生活の中にあった。先祖伝来の邸《やしき》は荒れ果て、召使いたちも次々と去っていったが、昔気質《むかしかたぎ》の末摘花は、邸宅や道具類を手放すことを拒みつつ、昔ながらの時代離れした生活の中にひっそりと暮らしていた。

叔母は、今では羽振りの良い受領《ずりょう》の北の方となっていたが、その昔に常陸の宮一族から侮蔑《ぶべつ》されたことを恨んでおり、零落した末摘花を自分の娘の侍女にしようとたくらんでいたが、彼女は、源氏の愛を信じてまったく取り合わなかった。

また歳月は流れて、明石から帰京したという源氏の噂を聞いた末摘花は、待ちこがれていた自分のところへは何の音沙汰《おとさた》もなかったので、自らの運命の悲しさを嘆きながら、深い雪に埋もれた邸の中でわびしい冬を過ごしていた。そんなある日、花散里《はなちるさと》邸を訪問する途中の源氏二十八歳は、見おぼえのある末摘花邸を思い起こして立ち寄った。折しも末摘花は、亡き父の姿を夢に見て悲しくもの思いに沈んでいたが、源氏の突然の来訪に、ひたすら源氏を信じて待っていた甲斐《かい》が

★末摘花の物語は、芥川龍之介『六の宮の姫君』や堀辰雄『曠野《あらの》』などの近代小説を想起させる落魄《らくはく》皇族の物語である。

あったと喜んで、十年ぶりに再会した。

源氏は、疎遠をわびるとともに、自分を待ち続けてくれた末摘花の純情さにほだされて、彼女の誠実な人柄をいとしく思い、また極度の貧窮さに同情して心あつく庇護《ひご》する。その後、二条東院《ひがしのいん》に引き取られた末摘花を、晩年に至るまで、何くれと手厚く世話をした。

藤《ふじ》壺《つぼ》——桐壺帝《きりつぼのみかど》の愛妃・源氏の義母・恋人

桐壺帝は、最愛の更衣《こうい》を失った後、悲嘆傷心の日々を送っていたが、先帝《せんだい》の四の宮で更衣に酷似しているという藤壺を、その母后《ははきさき》の死後、*後宮《こうきゅう》に女御《にょうご》として入内《じゅだい》させた。藤壺の女御は、たいそう美しいうえに身分も高かったので、〝輝く日の宮〟と呼ばれ、〝光る君〟（光源氏）と並び称された。

すでに母を失っていた源氏は、父帝《ちちみかど》にともなわれて藤壺を訪れ、母代わりとして慕ううちに、いつも若々しく美しい彼女を、いつしか年上の女性として思慕するようになり、あのようなすばらしい女性を妻として迎えたいものだとさえ思うようになってゆく。だが、元服後の源氏は、もはや藤壺の部屋へは入れてもらえなくなり、かすかに洩《も》れてくる彼女の若々しい声に聞き耳を立てながら、次第に遠ざかりゆく美しい義理の母のことを思っては、まだ幼い少年の胸のうずきを押さえるしかなかった。

読解のポイント

①紫のゆかりの中心になる女性（桐壺の更衣→藤壺→紫の上→女三の宮）
②源氏の潜在王権の実現に努め（冷泉帝の即位）、源氏の栄華に貢献した
③理性的な女性（女性として生きることを捨て母として生き、宿命的な人生を歩む）

後　宮　后や女官などの住む御殿で、天皇の常の御所であった仁寿殿《じじゅうでん》の後方にあった。

源氏が藤壺ゆかりの紫の上を北山で見初《そ》めた頃、藤壺二十三歳は、病気療養のために三条の宮に里帰りしていた。源氏十八歳は、昼間は藤壺への恋しさに耐えかねるように悶々《もんもん》としていたが、夜になると若い情念を押さえ切れなくなり、侍《じ》女王命婦《じょおうのみょうぶ》に密会の手引きを強く迫るのであった。

　そして、ある日、ついに藤壺の部屋へ忍びこみ、少年の日よりの切ない思慕の情を訴え、念願の思いを遂げようとした。しかし、義理の息子源氏の狂乱ぶりに、若い藤壺は、ただ困惑するばかりであったが、思いもよらなかった前回の密会だけで終わりにしようと心に固く決めていたのに、今またこんな密会の時をもってしまったのを悲しく思いつつ、再び一夜をともに過ごしてしまったわが運命をのろわずにいられなかった。

　その後の藤壺は、源氏との不倫関係に懊悩《おうのう》して病気がちであったが、まもなくそれが密会の結果の懐妊であることがわかった。そして、源氏とののがれがたい宿命におののき、わが過失にひとり苦悩しつつ、その後も何かと迫ってくる源氏に対して冷淡に接し、避けるようにせざるをえなかった。

　まもなく、藤壺は、宮廷に参内《さんだい》し、*物《もの》の怪《け》のために受胎告知《じゅだいこくち》が遅れたということにして、夫・桐壺帝へ懐妊を申しあげた。真相を知らない帝が最愛の妃《きさき》の懐妊を喜んで、ますます愛情をそそがれるにつけても、藤壺は、いつかは不倫が夫の帝に知られてしまうのではないかと思うと、夫の喜びとは裏腹《うらはら》に、暗い自責の念にかられて、さまざまにもだえ苦しむ日々を重ねていた。しかも、わが子懐妊の

物の怪　人に取りついて苦しめたり、病気にしたり、死なせたりする生霊《いきりょう》・死霊。

ことを夢で知った源氏が再び強く密会を迫ってきたのに対して、藤壺は、なすすべもなく困惑と悲しみを深めながらも、源氏を拒絶するのであった。

十月、桐壺帝の朱雀院行幸《すざくいんぎょうこう》の試楽《しがく》（リハーサル）の席上、源氏は、ライバル頭《とう》の中将とともに青海波《せいがいは》を舞《ま》ったが、その美しい舞姿を目のあたりにした藤壺は、言いようのない感動と苦悩とのはざまで、もはや無心では見られなくなってしまった源氏のことを悲しく思うばかりであった。

翌年二月、藤壺は、源氏に生き写しの皇子を生んだが、それだけになお罪の意識は深く、次第に心身を衰弱させ、わが悲しき運命を呪《のろ》わずにはいられなかった。が、何かと嫌がらせをする弘徽殿《こきでん》の女御への対抗心から、藤壺は、皇子の将来のためにも母として強く生きることを決意し、その後もひそかに迫ってくる源氏を、今はきっぱりと拒絶するのであった。

四月、藤壺は、生まれたばかりの皇子とともに参内した。何も知らない桐壺帝は、皇子が源氏によく似ていることを喜んで、将来への期待をこめて愛育し、時には抱いてみせたりした。そんな情景を眼前にした若い二人―藤壺二十四歳、源氏十九歳―は、それぞれの罪の深さにおののき、宿命というものの残酷さを悲しみ、運命共同体としての暗い宿命を背負って生きなければならないことを痛感したのであった。

七月、桐壺帝は、自らが譲位した後に藤壺の生んだ皇子を皇太子にするため、現皇太子の母である弘徽殿の女御を越えて、藤壺を中宮に昇格させた。源氏は、

青 海 波

皇子の将来のためには喜ぶべきことであると思うものの、愛するひと藤壺が次第に遠い存在になってゆくのを悲しまずにはいられなかった。

歳月は流れて、夫の桐壺院と死別した藤壺は、新しく皇太子（冷泉帝《れいぜいてい》）となった息子を守るために源氏を頼るしかないのだが、彼の激しくなる一方の求愛に困惑するばかりであった。そんなある日、藤壺は、突然のごとく寝室に忍びこんできた源氏に再び迫られて、冷静さを保とうとしつつも、胸を苦しめて倒れてしまった。

その事件の後、藤壺は、わが子皇太子を守り、源氏の不義の求愛を避けつつ協力を得ようとして出家を決意した。盛大な法華八講《ほけはっこう》を主催した藤壺は、その結願《けちがん》の日に突然のごとく出家し、参集した多くの人々を驚愕《きょうがく》させた。あまりのことに呆然《ぼうぜん》自失の源氏は、悲しみにうちひしがれて藤壺と対面し、その心中を哀訴《あいそ》するが、もはやなすすべもなかった。

その後、源氏が須磨・明石に流浪していた間も、弘徽殿の大后《おおきさき》一派の専横《せんおう》の中で、ひとりでわが子皇太子を守りとおした。源氏の京都帰還後、藤壺の生んだ皇太子が即位して冷泉帝となり、母としての立場を立派に果たした藤壺は、准太上《じゅんだじょう》天皇となり、*女院《にょいん》として源氏栄華の後見役の立場で、悠々自適《ゆうゆうじてき》の日々を送りつつ、宮廷社会の重要な存在となる。

源氏は、養女とした前斎宮《ぜんさいぐう》（六条御息所の娘、後の秋好中宮《あきこのむちゅうぐう》）を冷泉帝に入内させるために、その母である藤壺と相談し、実行する。

女院　天皇の生母や内親王で、天皇から院号を贈られた人。

また歳月は流れて、源氏三十二歳、天変地異がしきりに起こり、政治の中心であった太政大臣《だじょう》（故葵の上の父）が世を去った。さらに病床の人であった藤壺は、わが子冷泉帝の後見役を立派に果たした源氏に感謝しながらも、わが人生における光と影─並ぶものなき栄華と深い悲愁が織りなす人生であったことをかえりみつつ、灯火《ともしび》の消えるごとく三十七歳の生涯を閉じた。

源氏は、幼き少年の日より、亡き母・更衣の面影を求めて、いつもいつも胸の中でひそかに慕いつつ、愛をささげてきた永遠の恋人藤壺の死出《しで》の旅立ちにあたって、言い知れぬ悲しみの中で、二人の秘められた運命的な愛の軌跡をたどってみるのであった。

ところが、母を失った冷泉帝は、かつて藤壺に近仕《きんじ》していた老僧から、自己の出生の秘密を知らされ、あまりのことに驚愕し、ただただ惑乱《わくらん》と煩悶《はんもん》を重ねるばかりであった。そして、皇統乱脈の先例のないことを知り、実父源氏に譲位しようとする。しかし、源氏は、藤壺との秘事が洩れてしまったことに驚きつつも、即位のことを固く辞した。

その後、紫の上に藤壺のことを語った夜、源氏は、夢の中で、藤壺が秘事漏洩《ろうえい》について恨《うら》み言《ごと》を訴えたので、そんな妄執《もうしゅう》に苦しむ彼女のために法要を営んだ。

六条御息所《ろくじょうのみやすどころ》――前皇太子妃・源氏の妻

源氏が六条御息所（二十四歳）の所へ通いはじめたのは、その十七歳の夏の頃であった。御息所は、大臣の娘として高貴な家に生まれ、十六歳のときに皇太子妃として入内《じゅだい》し、姫君（秋好中宮）を生んだが、二十歳のときに夫の皇太子と死別し、若くて美しい未亡人となった。

その若き日には、多くの青年貴公子たちのあこがれの的《まと》として世間的脚光を浴びていずれは后妃《こうひ》となるべき人として考えられていただけに、未亡人となった御息所は、高貴な身分にふさわしい、美貌と品位と知性を兼ね備え、プライドも高かった。そんなふうになかなか心を許そうとはしなかった御息所に対して、源氏は、若い情念のいちずさによって陥落させて妻としたが、やがて自意識の強い高貴な彼女との息苦しいような愛を次第に重荷と感ずるようになり、急速に恋の情熱を失い、六条への訪問も途絶《とだ》えがちになってゆく。

御息所は、あまりにも自意識が過剰で、物を深く考えこむ性格から、七歳も若い源氏を愛人に持っていることを世間に恥じている一方で、愛しても愛しても報われない日々の中で源氏の訪問も途絶えがちになり、ひとり寝《ね》の床で夜毎《よごと》にわびしい物思いに暗く沈みがちであった。

源氏は、そんな六条御息所との息苦しい愛から逃れるかのように、従順で可憐《かれん》

読解のポイント

①上流女性の悲劇の物語―正妻願望
②源氏の六条院の栄華に貢献
　源氏は六条御息所の娘（斎宮）を養女とし、秋好中宮へと栄進させ、外戚政治を確立
③理性的な女性藤壺に対する本能的な女性六条御息所の対照性
④理想的な女性（身分・美貌・知性）の仮面にかくされた心の鬼（愛欲執念）を象徴

な夕顔に惑溺《わくでき》してゆき、八月十五夜、彼女をある廃院《はいいん》に連れ出し、甘美な愛を語り合っているとき、嫉妬に狂う御息所の生霊《いきりょう》が出現し、かたわらに寝ていた夕顔を取り殺してしまった。夕顔事件以後、源氏は、嫉妬深い御息所を嫌悪し、最愛の紫の上の養育に心を傾けてゆき、六条への訪問も途絶えがちになってゆく。

さて、時勢は移って、桐壺帝が譲位し、皇太子が朱雀帝として即位した。帝の交代によって、伊勢の斎宮《さいぐう》には、六条御息所の娘（秋好中宮）が任命された。

源氏との愛のもつれに苦しんでいた御息所は、娘がまだ幼少であることを口実にして遠い伊勢の国（三重県）へ都落ちしてしまおうかどうしようかと思案に暮れていた。そんな噂を耳にした桐壺院は、自分の娘と同列に考えている御息所を大切に扱い、女性の恨みを受けないようにと、息子の源氏に忠告した。

新斎院御禊《しんさいいんごけい》の日、若き貴公子源氏二十二歳が供奉《ぐぶ》することになった。源氏の晴れ姿を一目見ようと、広い都大路は、見物の車で混雑していた。懐妊中の葵の上も、夫・源氏の晴れ姿を見ようと少し遅れて見物にやってきたが、かの御息所も、近ごろの冷やかな態度を恨みながらも愛する源氏の姿を見ようと忍んで出かけてきた。

今を時めく源氏の北の方葵の上には見物の場所が提供されたが、退去しない一台の*網代車《あじろぐるま》が従者たちの争いによって、ひどく損傷されて後方に押しこめられてしまった。その車の主《ぬし》である御息所は、混乱の中で罵倒《ばとう》されたりして体面をひどく汚《けが》されたうえに、源氏が正妻葵の上だけに敬意を払って通り過ぎてゆくのを目

★六条御息所は、前皇太子妃であり、尚侍《ないしのかみ》の朧月夜とともに、中宮藤壺の代理的な役割を果たしている妃的な存在の上流女性である。

網代車 屋根を薄板や竹などで張った粗末な牛車《ぎっしゃ》。

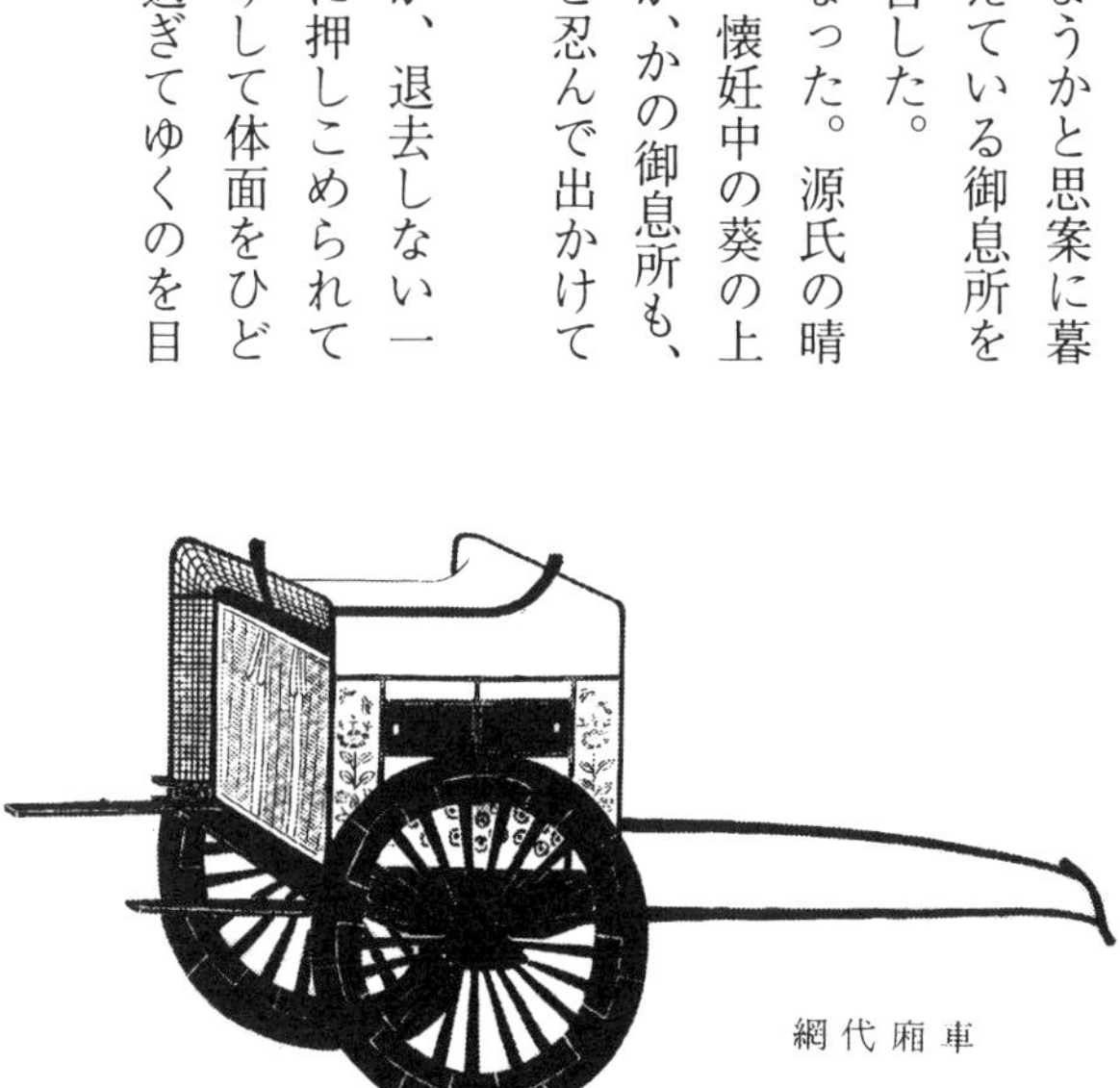

網代廂車

撃してしまい、屈辱感にうちふるえ、わが身の不運を痛感した。

物事を深く思いつめずにはいられない六条御息所は、車争いにおける言い知れぬ屈辱感にうちのめされて、見舞いに訪れた源氏に会おうともせず、日々重苦しい煩悶《はんもん》を重ねつつ、いまだに断ちがたい愛の未練のために伊勢への都落ちをためらっていた。

そして源氏の正妻葵の上の懐妊を知ったのは、ちょうどそんなときであった。御息所は、源氏の子を生む葵の上のことを考えると、嫉妬に狂いそうになり、また屈辱感にのたうちまわり、葵の上を呪《のろ》わしく思う心が身体からさまよい出て、失神したような状態に陥った。

その頃、左大臣家では、物《もの》の怪《け》に取りつかれて苦しむ葵の上が急に産気づいたとき、御息所の生霊《いきりょう》が出現し、葵の上の口を借りて、源氏を愛するあまりの嫉妬の切ない苦しみを訴えた。その後、葵の上は、男児（夕霧）を出産したが、夜になって容態が急変し、ついに息を引き取ってしまった。

一方の御息所は、自分が失神したような状態にあったこと、衣服や髪の毛に物の怪調伏《ちょうぶく》のときに使う*芥子《けし》の匂いが染みついて取れないことなどから、世間の噂のように、自制心を裏切って、わが魂が生霊《いきりょう》となって葵の上を取り殺してしまったことを知り、恥ずかしさと悲しさとで鬱々《うつうつ》とした日を送っていた。そして、源氏から物の怪の一件をほのめかされると、屈辱感と絶望感にさいなまれ、源氏との愛の破綻《はたん》が決定的になるにつれ、わが身の不運をかこつばかりであった。

芥子　辛菜《からしな》の種で、その辛みが煩悩を調伏するとして、護摩《ごま》をたくときに用いた。

正妻葵の上の死後、六条御息所が正妻に迎えられるのではないかという世評とは反対に、源氏の御息所に対する愛は急速にさめていった。かくしてすべてに絶望した御息所は、源氏とのもつれた愛を清算すべく、伊勢への都落ちを決意し、娘とともに嵯峨《さが》の野の宮で*精進潔斎《しょうじんけっさい》の日々を送っていた。

源氏二十三歳、晩秋の頃、嵯峨野の遙《はる》けき野辺を踏み分けて、秋色《しゅうしょく》濃い野の宮を訪問した。かつては高貴さと美貌と知性を誇り、宮廷社会の花形として多くの貴公子たちのあこがれの的《まと》であった御息所三十歳は、今や都落ちしようとしている自分に同情して訪ねてきた源氏と、ためらいつつもようやくの思いで対面した。

二人は、過ぎ去りし青春の思い出を夜通し語り明かし、しみじみと涙にくれるのであった。源氏は、何とかして御息所の伊勢落ちを思いとどまらせようとしたが、彼女は、動揺しがちな心を強く押さえ、源氏との悲しい愛の追憶を胸に秘めながら、遠く伊勢へと旅立っていった。

かくして六年の歳月が流れて、御息所三十五歳は、娘の斎宮とともに帰京した。そして、源氏とは友人以上の関係にならないことを願いつつ、六条の旧邸を修理して優雅に悠々自適《ゆうゆうじてき》の日々を送っていたが、急に重病の床に倒れ、ついに出家した。驚いて駆けつけた源氏は、心を尽くして看病したが、死に臨んだ御息所は、源氏に感謝しながらも、孤児となってしまう娘（前斎宮）の後見を頼み、不運であった自らの人生をふりかえりつつ、娘には決して好色めいた手出しをしないでほしいと強く遺言し、波乱に富んだ三十六年の生涯を閉じた。

精進潔斎　身を清め、不浄をさけ、慎しむこと。

源氏は、六条御息所の遺言にしたがって、その娘の前斎宮を養女とし、さらに藤壺と相談して冷泉帝《れいぜいてい》に入内《じゅだい》させ、御息所への愛の償《つぐな》いを果たそうとは思っていたが、母に似た知性的な美しさを漂わせた前斎宮にしばしば心を奪われそうになり、そのたびにかの遺言を思い出しては危うい心の動揺を押さえるのであった。

かくして、前斎宮は、源氏の絶大なる後見により、梅壺の女御から、秋好中宮《あきこのむちゅうぐう》へと栄進する。が、御息所の愛恋執着《あいれんしゅうちゃく》の思いは消えることなく、紫の上の病気、女三の宮の出産などのときに死霊《しりょう》として出現し、愛執のために往生できない苦しみを切々と訴えた。源氏は、御息所の追善供養をいとなむが、今さらながら人間愛執の恐ろしさをしみじみと思うのであった。

朧月《おぼろづき》夜《よ》――朱雀帝《すざくてい》の妻・源氏の愛人

源氏二十歳の春、宮廷の南殿《なでん》の桜が満開の頃、花の宴が開催された。源氏は、すぐれた詩才を披露し、若々しく美しい姿で舞ったが、そのすばらしい舞姿を眼前にした藤壺は、あの悪夢のような過失さえなかったならばと、嘆息するばかりであった。

夜が更《ふ》けて宴が果てた後、酔いのさめやらぬ源氏は、何となく切ない思いを秘めて藤壺のあたりをさまよい歩いていたが、どこの戸口もぴったりと閉じられていた。なお、あきらめ切れない気分で、ふと弘徽殿《こきでん》の細殿《ほそどの》に近づいてみると、何

読解のポイント

①兄（朱雀帝）と弟（源氏）に愛された上流女性の悲劇
②兄と弟を次々と愛した歌人和泉式部《いずみしきぶ》との類似性→本能的な女性
③政略結婚の犠牲→源氏との奔放な愛への逃避
④源氏の須磨・明石への流浪の原因となった雷鳴の中の密会→映画的な場面

と戸口は開かれていたのだった。

源氏は、敵方の邸《やしき》だけに危うさを感じながら忍びこんだところ、*「朧月夜に似るものぞなき」と口ずさみながら近づいてくる若く美しい女性（朧月夜）と出会った。その風流な女性の袖をとらえて、短い春の一夜をともにした源氏に対して、なよらかで可憐《かれん》な朧月夜は、自らの素性を一切語ろうとはせず、もはやどうにもならない自らの境遇を悲しんでいた。源氏も、その春の夜の朧月夜のようななまめかしい女性に強く興味をもったが、誰とも知らぬままに、お互いに扇を交換して別れた。

その後、源氏が相手の女性の素性を調べてみると、朧月夜という人は、源氏と敵対する右大臣家の六《ろく》の君《きみ》で、今を時めく皇太子（朱雀帝）の母、弘徽殿《こきでん》の女御《にょうご》の妹として、近々甥《おい》に当たる皇太子に入内《じゅだい》することになっている大切な姫君であった。

しかし、源氏は、敵方の朧月夜との危険な恋にのめりこんでゆき、また朧月夜も、父や姉の仕組んだ政略結婚に気が進まず、皇太子への入内が近づくにつれて苦悩を深め、あの夢のようであった源氏との逢瀬《おうせ》をなつかしく思いつつ、やるせない恋の思いに沈みがちであった。そんな頃、右大臣家の藤の花の宴に招かれた源氏は、几帳《きちょう》越しに彼を慕う朧月夜のため息を聞きつけ、その夜ひそかに邸にしのびこみ、再び危うくも甘美な密会を重ねるのであった。

その後、かの車争いの結果、正妻葵の上が急死し、六条御息所も遠く伊勢（三

「朧月夜に」の歌の訳

照りもせず曇りも果てぬ春の夜の朧月夜にしくものぞなき〈さやかに照るというのでもなく、まったく曇ってしまうというのでもない、ほのかな春の夜のおぼろ月夜の風情に及ぶものはない〉（大江千里）

重県）へ旅立ってしまったので、父右大臣は、正妻のいなくなった源氏を恋い慕う娘の朧月夜の胸中を察して、源氏との結婚を許そうかと思っていたが、源氏を憎む姉の弘徽殿の大后《おおきさき》は、あくまでも妹の皇太子（朱雀帝）への入内をもくろんでいた。

まもなく、朧月夜は、即位した甥の朱雀帝の尚 侍《ないしのかみ》となり、登花殿《とうかでん》から弘徽殿に移り、朱雀帝に寵愛《ちょうあい》されるが、自由の制約された中で何回か源氏と密会し、ひととき愛される幸福感にひたったりしているうちに、ついに朱雀帝に知られてしまうが、心の広い帝は、彼女を愛するあまり、あえて咎《とが》め立てをしようとはしなかった。

一方の源氏は、敵対する弘徽殿の大后の目を恐れ、不吉な予感におののきながらも、病気療養のために右大臣邸に里帰りしていた朧月夜と夜毎《よごと》に逢瀬を重ね、病みあがりの彼女の何ともいえない美しさに、次第にのめりこんでゆき、危険な密会を重ねてゆくのであった。そんなある日の明け方、激しい雷雨で人々が立ち騒ぐ中、帰りそびれてしまった源氏は、心配顔で娘の部屋の様子を見に来た父・右大臣にとうとう見つかってしまい、どうすることもできなかった。

この右大臣という人は、父親としての分別や思いやりに欠けるところがあり、あとさきのことも考えず、わが娘が狼狽《ろうばい》しているのもかまわず、娘の弘徽殿の大后にすべてを暴露してしまった。弘徽殿の大后は、もともと源氏をひどく憎悪していたので、この絶好のチャンスを利用して、宮廷社会から源氏を追放してしま

★朧月夜は、奔放なイメージをもつ和泉式部が兄宮と弟宮を次々と愛したように、兄（朱雀帝）と弟（源氏）を愛した情熱的な女性である。

おうと画策《かくさく》した。

かくして、源氏は、弘徽殿の大后一派の策謀によって、朧月夜とのスキャンダルを政治的に利用され、遠く須磨の浦へと都落ちしなければならない窮地へと追いこまれてゆく。

朧月夜は、そんな源氏の旅立ちにあたり、彼を追放したのが父や姉であるという申し訳なさに胸をいためながら、ひそかに慰めの手紙を送ったりする。そして彼女自身も、源氏とのスキャンダルによって宮廷への参内《さんだい》を停止され、世間からも冷ややかな視線を浴びるという、悲嘆傷心の日々を送る。その後、父や姉の尽力によって再び参内が許された朧月夜は、朱雀帝から寵愛されるが、一途《いちず》に源氏を思慕し続けるのであった。

歳月は流れて、源氏が明石から帰還した後、源氏との奔放《ほんぽう》な愛を後悔し、朱雀院の真心をようやく理解しはじめ、自分を本当に愛してくれるのが朱雀院であることを思い知るようになり、源氏の誘惑にも昔のように軽率に乗ることはなかった。

また歳月は流れて、老病《ろうびょう》の朱雀院は、女三の宮を源氏に託し、愛する朧月夜に心を残しながら出家した。朧月夜も、源氏との関係から女御《にょうご》になれなかったことを後悔しつつ、朱雀院に殉じて出家しようとしたが許されなかった。

そんなある夜、源氏は、邸に忍びこんで朧月夜と久々に一夜をともにし、過ぎ去りし青春の感慨に耽《ふけ》ったりした。やがて、念願の出家を果たした朧月夜に、源氏は、尼衣《あまごろも》を贈ったりして、何くれと世話を怠らなかった。

花《はな》散《ちる》里《さと》――麗景殿《れいけいでん》の女御《にょうご》の妹・源氏の妻

源氏二十三歳の秋、父・桐壺院は、病気が悪化し、源氏に対して、幼い皇太子（冷泉帝）の後見をくれぐれも頼み、ついに崩御《ほうぎょ》してしまった。源氏は、母を失った幼き日より、何くれとあたたかな庇護《ひご》を与えてくれた父院の死去に深い悲嘆にくれるのであった。政治の実権は、朱雀帝をいただく右大臣・弘徽殿の大后一派に移り、かつて賑わいを見せていた源氏・藤壺一門は、次第に衰退してゆく。

その頃、藤壺二十九歳は、源氏の執拗《しつよう》な求愛にいたく困惑しながらも、わが子の皇太子を守るためには源氏を頼るしかなく、母としての立場を守るためについに出家して尼になってしまった。永遠の恋人藤壺の出家で傷ついた源氏は、朧月夜とのスキャンダルに巻きこまれ、政治的な立場を次第に危ういものにしてゆく。

そうした政治的苦境の中で、本当に心を許せるのは、父・桐壺院にゆかりのある人たちであった。源氏は、父院の後宮《こうきゅう》にいた麗景殿の女御と、その妹で、かつて源氏と愛を交わしたことのある花散里の姉妹をなつかしく思い起こし、五月雨《さみだれ》の晴れ間に、ほととぎすの鳴くわびしげな住まいを訪れて、歌を贈答し、父・桐壺院在世中の華やかなりし昔の思い出をしみじみと語り合った。

その後も、源氏は、心細く生活する姉妹の面倒を見ていたが、特に花散里とは、

読解のポイント

①源氏の六条院の栄華をさりげない日常性によって支えた堅実な女性

②源氏の家庭をあたたかく支えた中流女性

流浪時代の源氏、養女となった不遇の玉鬘、家庭不和の夕霧などを養母的役割において支えた

③温順で家庭的な女性→運命に従順で謙虚でさりげなく生き、すべての人間関係を温かに包みこむ広い愛

長い間さりげない好意をもち合っていて、もの静かな夫婦関係を築いていた。花散里という人は、容貌はあまりよくないながら、運命に従順に生きようとする謙虚さをもち、分《ぶん》をわきまえた好ましい人生を送っており、裁縫や染色が上手であるという、温雅で家庭的な女性であった。源氏は、須磨へ流罪《るざい》になってからも、花散里と手紙のやりとりをしたりして、何くれと生活の面倒を見ることを怠らなかった。

三年後、明石から帰還した源氏は、二条東院《ひがしのいん》を改築させて花散里を住まわせようと考えていたが、紫の上や明石の君などとの関係にとらわれて、なかなか彼女を訪問することができないでいた。

五月雨の頃になって、源氏は、ようやく思い立って花散里邸を訪れたが、荒れた邸の中で、ひたすら源氏だけを頼りにして暮らしていた花散里は、他の女性たちのようにすねたり恨んだりすることもなく、源氏をあたたかく迎えた。

まもなく完成した二条東院に迎え取られた花散里は、いつも変わらぬ源氏のあたたかな庇護のもとに、安穏《あんのん》な生活を送ることになった。温雅で奥ゆかしい人柄の花散里は、自分の運命をわきまえた穏やかでさりげない生き方をしており、源氏にとっては、いつでも安らぎを与えてくれる落ちついた家庭的な妻であった。

歳月は流れて、花散里は、源氏から頼まれて、*1五節《ごせち》の舞姫の付人《つけびと》の装束を調達したり、馬場で催された*2競射《きょうしゃ》を取り仕切ったり、源氏*3四十《しじゅう》の賀《が》の装飾を調達したりする一方で、母のいない夕霧（十四歳）の後見を託され、親身に世話をした。

*1　**五節の舞姫**　朝廷で、大嘗祭《だいじょうえ》・新嘗祭《にいなめさい》に演じられる舞楽に出場する五人の舞姫。

*2　**競　射**　五月五日の節句に、大内裏の左右の近衛府の馬場で行われる騎射の競技。

*3　**四十の賀**　四十歳になったお祝いの宴。現在の還暦（六十一歳）ぐらいの長命のお祝い。

夕霧は、花散里のことを、少々やせすぎの不美人ではあるが、優しく好ましい母だなあと思ったりする。

その後、豪壮な六条院が完成し、秋の頃、その東北の町に迎えられた花散里は、呉竹《くれたけ》やなでしこが涼しげに咲く夏の風物《ふうぶつ》をこよなく愛して〝夏の御方《おんかた》〟と呼ばれ、やがて源氏の娘として引き取られた玉鬘《たまかずら》の世話を喜んで引き受け、その養母役を見事に果たす。また、六条院の女性たちの中では、紫の上と親密であった。

さて、源氏と花散里とは、夫婦となってから長い年月を経過していたが、少しの隔て心もなく信頼し合った愛情関係にあり、ほとんど肉体的なものを超越し、精神的な愛のきずなを保ち続け、ほのぼのとした夫婦関係を築いていた。源氏も、年をとって容貌の衰えた花散里が、さりげなく控え目で、温雅な暮らしぶりをしているのを好ましく思っていた。

夕霧は、かつて野分《のわき》の日に見た継母紫の上のすばらしい美しさに比べ、養母花散里の容貌がかなり劣っているのを気の毒に思いながらも、父・源氏が他の妻たちと同様に彼女を大切にし、深く愛していることに感服する。

歳月が流れて、夕霧は、幼馴染《おさななじみ》みの雲居《くもい》の雁《かり》と結婚していたが、親友柏木《かしわぎ》に託された未亡人落葉の宮と不倫事件を起こし、家庭不和になってからは、しばしば養母花散里のもとを訪れて相談したりする。彼女は、養母の立場として、息子夕霧の惑乱ぶりを穏やかにさとしたりするが、父親の源氏が自分の色恋沙汰《いろこいざた》をタナにあげて、息子夕霧の浮気に大騒ぎしていることをおかしく思ったりする。

五節の舞姫

その後、花散里は、紫の上が養女明石の中宮の子供たちを孫としてかわいがっているのをうらやましく思い、夕霧と藤《とう》の*典侍《ないしのすけ》との間の子供たちを引き取って世話をすることに生きがいを感じていた。

晩年の紫の上が催した法華経《ほけきょう》千部供養に出席したりするが、源氏の死後は、二条東院を遺産として贈与され、夕霧のあたたかな庇護のもとに安穏《あんのん》な晩年を送ることができた。

明石《あかし》の君《きみ》——源氏の妻

源氏が父桐壺院の夢告《むこく》によって須磨から明石に移った頃、そこには、宮廷社会における出世の望みを捨てて播磨《はりま》（兵庫県）の守《かみ》となり、その後出家して地方豪族として土着した明石の入道という人が住んでいた。明石の入道は、一族再興を願い、最愛の一人娘（明石の君）を都の貴公子との結婚によって立身出世させようと、住吉明神に娘を参詣させていた。そして、娘に対しては、もし一族再興という夢がかなえられないようならば、海に身を投げてしまえというような厳格な教育を施していた。

明石の君は、すぐれて美しいというわけではないが、都の高貴な人々に比べても遜色《そんしょく》のないような魅力的な女性であったが、自分のごとき身分の卑しい者に対しては貴公子が相手にしてくれないだろうし、そうかといって身分相応のつまら

典侍　宮廷の内侍所《ないしどころ》の次官で、後宮で重要な役割を果たした。

読解のポイント

①中流女性が処世と幸運によって立身出世を達成した〝玉の輿《こし》〟物語

②源氏の六条院の栄華のために大きな貢献を果たした

源氏の娘（明石の中宮）を生んで、外戚政治を完成させた

③明石の君の立身出世の要因

父明石入道の夢と信仰と幸運

明石の君の処世（身のほどの自覚・忍従・勇気）

ぬ結婚にも気が進まなかったので、父母に先立たれたら海に身を投げてしまおうとさえ考えていた。

明るく開けた明石の浦に移り住んだ源氏は、かねてから評判に聞いていた明石の君に大いなる関心を抱いた。そんな初夏の夕月夜《ゆうづくよ》、明石の入道は、わが娘が琵琶《びわ》の名手であることをほのめかして源氏を誘い、一族の命運を託している娘との結婚を懇望した。源氏は、父・桐壺院の夢告によって明石の浦に移り住んだのも、この入道の娘と出会う運命であったのにちがいないと考えて、たびたび恋文をつかわした。

だが、思慮深く気位《きぐらい》の高い明石の君は、高貴な源氏の愛情をもったいなく思いつつ、しがない一受領《ずりょう》の田舎娘にすぎないという身分を考えると、わが身の卑しさが痛感されてくやし涙にくれるばかりであり、返事もためらいがちであった。

しかし、月の明るい八月十三夜、父・入道は、家族の者にも内緒で強引に、娘の住む岡辺の邸宅に源氏を招き入れたのであった。

かくして、源氏は、京都に残してきた最愛の紫の上に思いをはせながらも、父・入道の懇望に感じて明石の君と結婚し、頻繁に逢瀬を重ねた。その後、紫の上に明石の君のことをほのめかした手紙を送ったところ、紫の上からは恨み言《うらごと》めいた返事が来たので、さすがの源氏も、しばらくは明石の君への訪問をひかえざるをえなかった。

明石の君は、そうした源氏の夜離《よが》れを悲しんで、男性というものの身勝手さを痛感したが、自らの悲しい気持ちを押さえて優しく迎え入れたので、源氏も、彼女をいじらしく思い、次第にかわいい妻として深く愛するようになる。

源氏が須磨で父・桐壺院の夢告を見た頃、京都でも天変地異がしきりに起こり、兄の朱雀帝は、弟の源氏の処遇をあやまったことで怒れる父・桐壺院の幻《まぼろし》を見てからは眼病を患い、また母の弘徽殿《こきでん》の大后《おおきさき》も病気がちであることなどから、父の遺言にそむいた報いであることを悟って、自らの退位を決意し、次の冷泉帝の後見役として、源氏の京都召還を決定した。

その頃の源氏は、明石の君をますます深く愛するようになり、一夜も夜離れせずに通いつめた結果、彼女は懐妊したが、京都召還の知らせによって身重《みおも》の妻を残してゆかざるをえないことになり、耐えがたい思いの中で、彼女を京都に迎え取ることを告げた。しかし、明石の君は、そうしたあたたかな愛情をかけてもらえるだけでも幸せだと思う一方で、高貴な源氏の姿を見るにつけても、わが身の卑しさが痛感されて、悲しく思ったりした。

源氏は、別離の日、明石の君と二人で琴を弾き、別れの形見としてその琴を贈り、将来までの愛を誓い合って、後ろ髪を引かれるような思いで、明石の浦をあとにした。

かくして、二年ぶりに帰京した源氏二十八歳は、朱雀帝が譲位して冷泉帝が即位したことにより内大臣に昇進し、源氏一門に再び春がめぐり来たり、美しく成長した紫の上（二十歳）にますます愛情をそそいだ。

琴・琵琶

折しも三月、明石の君が女の子（のちの明石の中宮）を出産したという吉報《きっぽう》を受けた源氏は、「子供が三人生まれるが、その三人は、帝《みかど》と后《きさき》と太政大臣《だじょう》になるはずです」という予言によって〝后がね〟（后候補）として育てることにした。そして、この機会に、最愛の紫の上に、明石の君のことをすべて打ち明けたが、子供に恵まれない紫の上は、嫉妬にかられて内心おだやかではなかった。

源氏二十九歳の秋、無事帰京、姫君誕生などの宿願が達成された御礼のために盛大な行列を従えて大阪の住吉明神に参詣《さんけい》した。

折しも毎年参詣を欠かさない明石の君一行も住吉に来合わせたが、彼女は、盛大な源氏一行を遠くからながめやりながら、今では深い縁《えにし》で結ばれてはいるものの、高貴な権力者源氏と、しがない受領の娘にすぎない卑しい自分を比べて、ひどく悲しくみじめな気持ちになるばかりで、源氏に知らせないで難波《なにわ》（大阪）の海岸の方へ退散してしまった。

そのことをあとで知った源氏から、ぜひ京都に迎え取りたいという手紙を受け取った明石の君ではあったが、住吉におけるつらくみじめな経験を考えて、どうしても決心がつきかねるのであった。

源氏三十一歳の秋、二条東院が完成したの機会に、西の対《たい》には花散里を、東の対には明石の君を住まわせようと計画していた。しかし、明石の君二十二歳は、自分が田舎の豪族の娘にすぎないという身分から考えて、高貴な女性たちの中で、みじめな思いをするのではないかとためらっていたが、また源氏の姫君である娘

＊**源氏の三人の子供**は、冷泉帝・明石の中宮・夕霧の左大臣（太政大臣にはならなかった）となる。

の将来のことを考えると、上京の要請もむげにも断り切れず、心は千々《ちぢ》に乱れるのであった。が、結局、明石の君は、京都の郊外、嵯峨《さが》の別邸に、母の尼君、幼い娘とともに移り住んだ。

源氏は、紫の上への遠慮からためらっていたが、ようやく別邸を訪れ、明石の君と三年ぶりの再会を果たし、かわいらしく成長した明石の姫君（三歳）の姿を見て、思わず予定以上の滞在をしてしまった。

二条院でひとり寂しく待っていた紫の上は、一応さりげなくふるまってはいるものの嫉妬心からひどく不機嫌であった。源氏は、そんな紫の上をなだめながら、姫君を后がねとして育てるために、その養育を依頼した。子供に恵まれない紫の上二十三歳は、姫君を養女とする申し出を心よく引き受けたが、生みの母である明石の君にとって、それは実に耐えがたいことであった。

自分の卑しい身分を考えると二条院へは住む気にはなれないし、そうかといって姫君を渡してしまったら源氏の訪問も少なくなり、何を頼りにして生きていったらよいのかもわからないし……などと、女性として、母として、明石の君は、耐えがたい嘆きを重ねるのであった。

だが結局、姫君は、*袴着《はかまぎ》のときに二条院へ渡され、養母紫の上に次第になついてゆき、かわいがられて、美しく成長してゆく。源氏は、わが子を手放さざるをえなかった明石の君を不憫《ふびん》に思い、たびたび嵯峨の別邸を訪れて、彼女を慰めるのであった。

袴着 幼児が初めて袴を着ける儀式で、男女とも三歳～七歳ぐらいの間に行なった。今日の七五三のもととなった儀式という。

歳月は流れて、明石の君は、完成した豪壮な六条院の西北の町に移り住むことになったが、わが身の立場を考えて、できるだけ目立たぬように、他の高貴な人々が移った後で転居した。

新年になって、同じ六条院の邸内に住むとはいえ、別々に暮らさざるをえない娘に、明石の君は、新年のお祝いの品を贈ったが、その手紙の中に、生みの母としての悲しい心を詠んだ歌を見た源氏は、実の親子でありながら、一度も会うことなく月日が経ってしまったことを思って、思わず落涙してしまった。

かくして、源氏三十九歳、六条院の栄華は、紫の上に愛育されて美しく成長した明石の君の姫君（十一歳）の入内《じゅだい》によって最高頂に達した。そして、入内にあたって、養母紫の上が姫君に付き添っていったが、途中から後見役として生母明石の君と交代した。明石の君三十歳は、わが娘の成長した姿を見て涙にむせび、紫の上と初めて対面し、長い間の労苦に心から感謝した。紫の上は、明石の君という人を初めて見て、すばらしい女性であると感嘆し、また明石の君も、気高い美しさをもつ紫の上と肩を並べることのできる自らの幸運をしみじみとかみしめて、何事につけても謙虚な気持ちで紫の上を立てるようにした。

その後、明石の女御が皇子を生み、明石一族の将来への繁栄が約束されたので、明石に住む父明石の入道は、長い間の悲願である一族再興が達成されたことを喜んで、深い山中に引きこもってしまった。

晩年の明石の君は、紫の上の法華経供養に参じて歌を贈答したり、娘の明石の中宮とともに病床の紫の上を見舞ったりするが、源氏の態度に一喜一憂するしかない紫の上や女三の宮に対して、自分の身にあまる幸運を思うこともあった。源氏の死後は、明石の中宮が生んだ宮たちの養育に、幸せな晩年を送った。

玉《たま》鬘《かずら》――内大臣と夕顔の娘・髭黒《ひげくろ》の妻

源氏三十五歳、思えば十七年の歳月が流れていたが、いま六条院の栄華の中にあって、薄幸のうちに死んだ可憐《かれん》な夕顔の面影を忘れかねていた。あの当時、夕顔に付き添ってきた侍女右近《じじょうこん》は、主人の急死後、事件のことを固く口止めされて、源氏に仕えさせられていたので、夕顔の忘れ形見である幼い玉鬘（三歳）のことを案じながらも、どうすることもできないでいた。

玉鬘の乳母《*めのと》は、主人夕顔の行く方を探し当てることができず、夫（大宰《だざい》の少弐《しょうに》）に従って、幼い玉鬘をともなって、遠く九州へと下向した。遠い辺境の地において十歳に成長した玉鬘は、高貴な美少女として評判になっていた。重病に倒れた少弐の死後、乳母一家は、玉鬘を連れて早く上京したいと思っていたが、なかなか思うようにならず、肥前の国（長崎県）に移り住んだ。

二十歳に成長した玉鬘は、ますます気高く美しくなったので、多くの青年たちから求婚されたが、肥後（熊本県）の豪族大夫《たいふ》の監《げん》が玉鬘をわがものにせんと迫ってきた。乳母は、そのことに胸を痛めている玉鬘を守って、長男や娘をともな

読解のポイント
①薄幸な中流女性の至福の物語
②源氏の六条院栄華の装飾的な存在
③「竹取物語」のかぐや姫との類似性
　高貴な女性のさすらいの物語（貴種《*きしゅ》流離譚《りゅうりたん》）
　貴公子からのプロポーズ（難題聟求《*なんだいむこきゅう》婚譚《こんたん》）
　結末の意外性→かぐや姫～月の都へ帰還
　→玉鬘～予想外の髭黒との結婚
④髭黒による略奪結婚→幸福の人生
⑤母夕顔の悲劇を代償する玉鬘の幸福な人生

乳　母　母親に代わって子に乳を飲ませたりして養い育てる女性で、重要な役割を果たした。

い、必死の思いで九州を脱出し、途中で敵の追跡を恐れたりしつつ、ようやく京都にたどり着き、九条にある乳母の知人の家に仮住まいした。

秋になって、乳母・玉鬘一行は、何とか良い運を開きたいと思いつつ、初瀬観音《*1はつせ》に参詣するために大和の椿市《*2つばいち》に宿ったところ、玉鬘を探し出そうと祈願に来ていた右近と、はからずも十八年ぶりの再会をとげた。乳母は、玉鬘のことを実父内大臣に知らせ、娘としてきちんと処遇してもらえるようにと依頼したが、いまは源氏に仕える右近は、紫の上にも劣らないほどの玉鬘の上品な美しさに驚いて、ありし日の源氏と夕顔との悲しい死別を語って、源氏が玉鬘を亡き夕顔のゆかりとして手元に引き取り、養女として育てたく思っていることを伝えた。

右近から報告を聞いて驚喜した源氏は、子供の多い内大臣の所では田舎育ちの玉鬘がかわいそうであると考え、また六条院を訪れる好き者《すもの》の青年たちの気をもませる種にしようともくろんで、ひそかに自分の娘として六条院に迎え取り、その東北の町の西の対に住まわせた。母の夕顔に似た美しさに加えて、つつましい上品さをたたえていた玉鬘に、源氏は、亡き夕顔との不思議な因縁を思うのであった。

かくして、彗星《すいせい》のごとく宮廷社会に立ち入った玉鬘は、今を時めく源氏の娘として、その知性的な美しさがたちまちに大評判となり、多くの青年貴公子たちのあこがれの的《まと》となった。なかでも、源氏の弟で、好き者と評判される蛍の宮、玉鬘が実の兄とも知らない柏木、無骨者《ぶこつもの》といわれる髭黒《ひげくろ》の大将《だいしょう》などが熱心に求婚し

貴種流離譚　高い身分の人がさすらいの試練の後、栄華・幸福となるという説話のパターン。

難題聟求婚譚　聟取婚（通い婚）において、聟を選ぶにあたり知恵や勇気を試すために難題をパスした者を聟として迎える結婚形式。

*1 **初瀬観音**　奈良県桜井市にある長谷寺の観音で、当時多くの信仰を集めた。

*2 **椿　市**　長谷寺のそばの門前市で、参詣する人々でにぎわった。

た。

源氏は、そうした青年たちとの交際について教訓したりするが、次第に玉鬘に対する好き心が生じてきて、実父の内大臣に事情を話し、自分の妻にしてしまおうかなどと思って、ついに添い寝までしてかき口説いた。玉鬘は、そんな源氏の親らしからぬ行為がいとわしく、一日も早く実の父に会いたいと思ったり、言い寄ってくる源氏から逃れるために蛍の宮と結婚してしまおうかとさえ考えたりして、いよいよ困惑するのであった。

ある五月雨《さみだれ》の夜、源氏の策略であるとも知らない蛍の宮は、あこがれの玉鬘からの色よい返事に胸をときめかせながら、忍んで彼女の所へやってきた。

源氏は、若い二人の様子を盗み見していたが、すかさず薄紙に包んでおいた多数の蛍を一度にぱっと放った。その青白い光の中にほのかに映し出された玉鬘のあやしげな美しさに、好き者蛍の宮は、ますます恋しい思いを掻《か》き立てられ、その切ない胸のうちを歌に託して贈ったが、玉鬘からはつれない返事が返ってきただけであった。

五月雨の頃、源氏は、玉鬘との物語論を展開するが、それにかこつけて彼女を口説いてみたりする。

その頃、内大臣は、娘の弘徽殿の女御や雲居《くもい》の雁《かり》の立后《りつごう》の可能性が次々と失われてゆく無念さの中で、最近源氏が評判の良い玉鬘を引き取ったことをうらやましく思って、かつて愛人に生ませた近江の君を引き取ったが、その無教養さが物笑いの種となってしまう。

一方、源氏は、玉鬘への未練がますますつのり、いっそのこと蛍の宮か髭黒の大将と結婚させ、父親としての立場を守ろうとは思うものの、彼女の若々しい美しさを見ると、好き心を押さえられなくなるばかりであった。そして、ついに、玉鬘を六条院に住まわせたままで婿《むこ》を取り、そっと忍び逢うようにしようかなどと、未練がましくあさましい愛欲妄想《もうそう》を抱くようになる。

そんな初秋の夕月夜《ゆうづくよ》、源氏は、[*1]和琴《わごん》を枕にして玉鬘と添い臥《ぶ》しながら、篝火《かがりび》に映える彼女の美しい姿を見て、父親らしからぬ切ない胸中を訴えて迫ったので、玉鬘は、ますます困惑するばかりであった。

十二月、盛大な大原野行幸《おおはらのぎょうこう》が行なわれ、多くの人々が供奉《ぐぶ》した。その見物に出かけた玉鬘は、盛大な行列の中に、高貴端麗な冷泉帝の姿を拝し、前々から要請のあった[*2]尚侍《ないしのかみ》就任へ心を動かす。また、初めて見る実父内大臣の男盛りの立派な姿に感動したが、熱心に求婚してくる髭黒の大将が浅黒くて武骨な感じであるのをひどくいとわしく思った。

源氏は、冷泉帝から懇請のあった玉鬘を出仕させることを決意し、彼女の[*3]裳着《もぎ》の式の日、腰結《こしゆい》の役として、実父の内大臣にさりげなく対面させた。内大臣は、二十年間隔てられてきた奇《く》しき縁に、懐旧の涙を押さえることができないほど感激した。

その後、蛍の宮や髭黒の大将が玉鬘へ熱心に恋文を贈ったが、蛍の宮だけが好

*1 **和琴**　日本古来の六弦の琴で、〝大和琴《やまとごと》〟ともいう。

*2 **尚侍**　後宮の内侍所の長官で、天皇の側近として重んぜられ、後に寝室にお仕えする妻のような役割をもち、女御・更衣に準ずる高い位になった。

*3 **裳着の式**　女子の成人のしるしに初めて裳を着る儀式で、十三歳前後の結婚前に、髪上げの儀式と同時に行なった。

意的な返事をもらった。しかし、皮肉な運命のいたずらによって、直情径行《ちょくじょうけいこう》の髭黒の大将が強引に押し入って、ついに玉鬘をわがものにしてしまった。

かくして、玉鬘は、最もうとましく思っていた髭黒の大将の妻とならざるをえなかった。が、無骨者の髭黒の大将は、新妻《にいづま》玉鬘を心からいとおしみ、足しげく通い、献身的な愛をささげた。その後、髭黒の北の方が真木柱《まきばしら》らの子供を連れて実家へ去った後、玉鬘は、皇太子の叔父《おじ》として政治的実権をもつに至った髭黒の北の方として、次々と子供を生んで幸福な家庭人となり、時に六条院を訪れては源氏や紫の上と親しみ、源氏四十の賀を催したりする。

しかし、夫の髭黒との死別後、晩年の玉鬘は、世間との交わりもうとく、物さびしい邸《やしき》で、三男二女の母として暮らしていたが、父を失った子供たちの進路に心痛する日々を送っていた。特に、かつて玉鬘を尚侍《ないしのかみ》にと要請した冷泉院は、代わりに娘（大君）の参内を懇望し、玉鬘も娘とともに参内するが、昔に変わらぬ冷泉院の執着に困惑したりする。

女三の宮《おんなさんのみや》――朱雀院《すざくいん》の第三皇女・源氏の正妻

源氏三十九歳、極楽浄土のごとき六条院の栄華の中にあったが、老病《ろうびょう》の兄・朱雀院（四十二歳）は、念願の出家を心ざして西山の寺へ移り住む準備を進めていた。そうした朱雀院にとって、亡き藤壺の女御（藤壺の中宮の妹）の生んだ女三

読解のポイント
①源氏の六条院栄華の崩壊
第一部の理想主義から第二部の現実主義へ
紫のゆかりの対立（紫の上と女三の宮）
女三の宮降嫁→源氏・紫の上夫妻の愛の危機→苦しむ理想像紫の上
②運命に翻弄された悲劇の皇女
③源氏栄華の背後にある女性たちの不幸→作者紫式部の宮廷生活の反映か

の宮（十四歳）の将来が心痛の種であった。

夕霧・蛍の宮・柏木などの婿《むこ》候補はいずれも一長一短で、苦慮した朱雀院は、その昔幼い紫の上を理想的な妻に育てあげた弟の源氏に、最愛の女三の宮を託すことを決意した。源氏は、最愛の紫の上がいることや、わが身が老齢であることなどを理由に極力辞退したのであるが、病床の兄を見舞ったとき、結局女三の宮を引き受けざるをえなかった。

かくして、三十九歳の源氏の正妻として、十四歳の女三の宮が六条院の世界に降嫁《こうか》することになった。今まで六条院の女主人公として肩を並べる者もなかった紫の上は、父・朱雀院の強力な後見のもとに盛大に輿入《こしい》れした若々しい女三の宮の晴れ姿を目《ま》のあたりにして平静な気持ちではいられなかったが、何気なくふるまいつつ、悲哀をこらえるしかなかった。

源氏は、そんな紫の上のいじらしい姿を見るにつけても、安易に結婚を引き受けてしまったことを後悔したが、朱雀院と紫の上との双方に気を配りつつ、婚儀*のしきたりどおり、三日間は欠かさず女三の宮の所へ通った。

その後、源氏四十の賀が盛大に挙行され、皇太子の女御《にょうご》となった明石の女御に皇子が誕生し、六条院の栄華はますます確固たるものになって行く。だが、一方、源氏の家庭生活は、次第に暗い影を深め、決定的な亀裂を露呈させてゆく。

源氏は、幼稚で思慮に欠ける女三の宮にくらべて、今さらのように紫の上のすばらしさを確認し、ますます深い愛情を感ずるのであった。しかし、源氏の正妻

婚儀のしきたり　正式な婚儀は、男性が相手の女性の所へ三日間続けて通い、三日目の夜、二人で三日夜《みかよ》の餅を食べ、その後で所顕《ところあら》わしという結婚披露宴を行なう。

格として満ち足りた地位を保っていた紫の上は、正妻女三の宮の六条院降嫁後は、次第に孤独感を深め、長年連れ添ってきた夫の源氏への信頼感を失って、人の世の愛というもののはかなさをしみじみと感じるのであった。

その頃、内大臣家の長男（柏木）は、かねてから求婚者の一人として女三の宮への熱い思いを寄せつつ、いまだに独身であった。降嫁《こうか》後の女三の宮が必ずしも幸せではないという噂を耳にするにつけて、柏木は、女三の宮を忘れることができず、源氏が出家した後でも彼女と結婚したいとさえ思っていた。

そんな春うららかな日、六条院の源氏のもとに集まった柏木・夕霧・蛍の宮などの貴公子たちは、庭前で蹴鞠《けまり》に興じていた。桜の梢《こずえ》が夕日に映える頃、休憩していた柏木は、何とはなしに気にかかって女三の宮の部屋の方をそうっと見やっていた。

そのとき、一匹の唐猫《からねこ》が大猫に追われて走り出してきた拍子《ひょうし》に、その首綱が急に引っぱられて、部屋の御簾《みす》がさっとまくれあがってしまった。柏木は、思いがけずも、いとしく思い続けてきた女三の宮が長い黒髪をなびかせて、気高く可憐な姿で立っているのを見てしまった。恋する青年柏木は、女三の宮への切ない思いをどうしようもなく、彼女がかわいがっている唐猫を借りてきてかわいがったりするしかなかった。

時に、在位十八年に及んだ冷泉帝が譲位して朱雀院の第一皇子が即位し、さらに新皇太子には明石の女御が生んだ皇子がなった。こうした政治情勢の中で、女

蹴鞠

三の宮は、父の朱雀院・兄の今上帝《きんじょうてい》の勢いをバックにしていたので、源氏は一応彼女を紫の上以上に処遇しなければならなかった。

その後、三十七歳の大厄《たいやく》*に当たって出家への願いを抱いていた紫の上は、源氏が女三の宮の所へ行っている留守の間に、急に胸が苦しくなり卒倒した。急を聞いて駆けつけた源氏は、最愛の妻のために昼夜看護にあたったが、日ごとに衰弱するばかりであったので、紫の上を二条院に転地療養させ、しばらく六条院を留守にすることになった。

その頃、柏木は、朱雀院の女二の宮（落葉の宮）と結婚したが、あの蹴鞠の日以来、女三の宮の美しい立ち姿を忘れえず、苦しい恋の思いを胸におさめかねていた。そして、源氏が二条院の紫の上の看病に明け暮れていたすきに、人気《ひとけ》の少ない六条院へ忍びこんだ柏木は、小柄でなよなよした女三の宮を強引に犯してしまった。長い間の思いをとげた柏木であったが、自らが犯した罪におののきながらも、逢う前よりもかえってやるせない思いによって、女三の宮のことが頭から離れず、物思いに沈みがちであった。

一方の女三の宮も、思いがけなかった夢のような柏木との逢瀬《おうせ》に、わが身の不運を嘆き、源氏に会わせる顔もないような恥ずかしさ・つらさのために、ついに病床の人となってしまった。女三の宮の病臥《びょうが》を聞いた源氏は、あわてて六条院へ駆けつけたが、その留守の間に二条院の紫の上が息絶えたという知らせによって、また急いで二条院へ舞い戻った。その後、紫の上の病気回復のための祈禱《きとう》を行な

大厄　陰陽道《おんようどう》で災難があるとして慎まなくてはならないとする年齢。数え方には諸説あるが、三十三歳または三十七歳を女性の大厄とする。

うと、かの六条御息所の死霊が出現し、愛執《あいしゅう》のために往生できない苦しみを訴えた。

その後、源氏は、兄の朱雀院の手前もあって、病気がちの女三の宮をほうっておくこともできず、久しぶりに六条院を訪れた。だが、女三の宮は、柏木との過失のことを思うと胸がはりさけんばかりに苦しく、返事さえできないほどに落ちこんでいた。

そして、女三の宮懐妊のことを侍女から知らされた源氏は、計算が合わないことを不審に思って女三の宮の部屋を訪れたが、彼女の幼稚な軽率さから夜具の下に隠されていた柏木からの恋文を発見し、その懐妊の本当の意味を察知したのであった。

源氏は、わが青春の日の過失（義理の母藤壺との密通）の報いであると悟り、妻の不倫のことをわが胸一つにおさめておこうとは思ったが、朱雀院五十の祝賀の準備の席上、病気を押して出席した柏木に、酔ったふりをして痛烈な皮肉の言葉をぶつけてしまった。

柏木は、源氏をおそれていたが、そんな痛烈な言葉に耐え切れなくなり、良心の呵責《かしゃく》にさいなまれて途中から退出し、ついに明日をも知れぬ重病に倒れた。そして、迫りくる死を予感しながら、一途な恋に燃え尽きようとしているわが青春を後悔しつつ、いとしい女三の宮のもとへ、最後の歌を贈り、切ない思いを告げたのであった。

★女三の宮物語は、皇女の臣籍降嫁が題材となっているが、降嫁で有名なのは、江戸時代末期、将軍家へ嫁した皇女和宮の悲劇である。

女三の宮も、柏木をいとわしく思いつつも、返歌して、自らの過失の重大さにおののき、運命の悲しさを思った。そして、かつては源氏の訪問の途絶《とだ》えを恨めしく思っていた女三の宮であったが、今では自分のあやまちゆえにかえって恥ずかしく思うばかりであった。

やがて、出産の時期の近づいた女三の宮は、一晩中苦しんだ末に、男児(薫君《かおるぎみ》)を生んだが、産後の衰弱した状態の中で、源氏が赤児や、気分のすぐれない自分にひどく冷淡であることに居たたまれないつらい気持ちになり、出家して尼になってしまいたいと切に願うのであった。が、源氏は、兄の朱雀院の手前、世間体《せけんてい》を考えて許すことができなかった。

そんな折り、老病の朱雀院は、最愛の娘・女三の宮の病悩を聞いて、ひそかに六条院を訪れて、娘の過失を知らないままに、源氏の冷淡な処遇を恨めしく思った。そして、泣いて哀願する女三の宮(二十三歳)を剃髪《ていはつ》出家させ、誰よりも幸せにと願っていた娘の不幸に沈んだ姿を目《ま》のあたりにして、愚かな一人の父親として思わず落涙してしまった。

その夜、またまたかの六条御息所の死霊が出現し、紫の上が蘇生《そせい》したのが悔しくて、女三の宮に取りついて出家させたと告白したので、源氏も女三の宮を多少哀れに思わずにはいられなかった。

一方、いとしく思う女三の宮の出家を知った病床の柏木は、もはや生きる望みも失ってすっかり衰弱し、見舞いに訪れた親友夕霧に、源氏の怒りを買うことを

★六条御息所の怨霊(生霊・死霊)は、葵の上・紫の上・女三の宮など、正妻または正妻格の女性にとりつくが、それは、彼女の強い正妻願望を示している。

してしまったので、許しを得てほしいこと、未亡人になってしまう妻（落葉の宮）の後見をしてほしいことなどを頼み、わが青春の過失を後悔しつつ、ついに三十三歳の短い生涯を終えたのであった。

源氏は、さすがに柏木を哀れに思って、一周忌の法要を盛大に行なってやり、日ごとに愛らしく成長しつつある幼い薫君に柏木の面影をしのんで、抱きあげたりした。女三の宮も、いとわしく思っていた柏木であるが、その死の報に接して、悲嘆にくれた。

秋、源氏は、女三の宮の仏道修行のための堂を造り、鈴虫の宴などを催すが、彼女は源氏を避けて静かな修道生活を願う。その後、女三の宮は、源氏のあたたかな保護のもとに、うら若くて美しい尼僧姿で、静かな修道生活に専念し、源氏の死後は三条の宮に移り住んで、青年となった息子の薫君だけを頼りとし、安穏《あんのん》な晩年を送り、五十歳ごろ世を去った。

紫《むらさき》の上《うえ》――源氏の妻・藤壺の姪《めい》

源氏十八歳、わらわ病みの加持祈禱《かじきとう》のために北山の高徳の聖《ひじり》の所へ出かけた晩春の夕暮れどき、山辺を散策するついでに僧都《そうず》の坊を訪れ、ふと垣根越しに中をのぞきこんだとき、そこに四十歳あまりの上品な尼君のそばで泣いている十歳ぐらいの愛らしい少女（紫の上）を発見して、思わず息をのんだ。

読解のポイント

①紫のゆかり（桐壺の更衣―藤壺―紫の上―女三の宮）の中心的な女性

②源氏の栄華を象徴する物語前半の理想像

源氏の思い人藤壺の代役から脱皮し正妻格として理想的なヒロインに成長

③源氏栄華の陰にある悲劇の女性を象徴

源氏の愛への不信・子供を生まなかった女性の孤独

源氏は、その少女の容貌に、いつもいつも心を尽くして思慕し、片時も忘れえぬひと藤壺の面影を見たからであった。そして、決してかなえられない思いびと藤壺の身代わりとしてこの美しい少女を心の慰めにして暮らしたいものだとひそかに思うのであった。

その後、僧都に招かれた源氏は、かの美少女の素性《すじょう》を聞いて驚いた。その少女は、なんと藤壺の兄の兵部卿《ひょうぶのきょう》の宮の娘であり、藤壺の姪《めい》にあたる、ゆかりの人であったからである。母の死後は、父には引き取られず、母方の祖母にあたる尼君（僧都の妹）の手で大切に育てられているという。

源氏は、早速母代わりの祖母の尼君に対して、将来の結婚を前提とした、少女の後見役を申し出たが、尼君は、少女がまだ幼いことを理由に、源氏の不可解《ふかかい》な申し出を辞退した。その秋、病床で衰弱した尼君を見舞った源氏は、尼君からそれとなく少女の将来のことを依頼されたので、いとしく思う藤壺ゆかりの少女（紫の上）を一日も早く手元に引き取りたいと待ち遠しく思うのであった。

まもなく母代わりであった尼君が亡くなったことを知った源氏は、自分とよく似た境遇の紫の上を哀れに思い、父の兵部卿の宮が仕方なく自邸に引き取ろうとしていることを察知して、継母にあたる北の方の手に渡すことになるために躊躇《ちゅうちょ》している侍女たちの思惑《おもわく》に乗じ、父宮が迎えにくるという朝、あたかも誘拐《ゆうかい》するかのように、略奪するかのように彼女を自邸二条院に連れてきてしまった。

かくして、二条院に引き取られた薄幸の紫の上は、源氏の優しい言葉に慰めら

★紫の上は、物語中で最も重要なヒロイン（女主人公）であるが、叔母にあたる藤壺のゆかりとして登場し、従妹にあたる女三の宮の降嫁によって悲劇的な人生を歩む。

れて、次第に源氏に馴《な》れ親しんでゆき、時おり亡き尼君を慕うことがあっても、父宮を思い出すことはなかった。

源氏は、紫の上が、美しく聡明《そうめい》で、気立てもすばらしく、藤壺への言い知れぬ思いを慰めるよすがとして、すこやかに成長しつつあることに満足していた。その後の源氏は、正妻葵《あおい》の上《うえ》の出産・急死などの事件に紛れてしばらく会うことができなかったが、ある日すっかり大人びて美しく成長した紫の上を見て、ようやく結婚の時期が来たことを思うのであった。その後、正妻葵の上と死別した後、源氏は、紫の上（十四歳）と*新枕《にいまくら》を交わし、幸福な結婚生活へ入った。

思いびと藤壺のゆかりとして北山で発見された薄幸の美少女は、源氏の正妻格としての紫の上へと成長し、世間の人々から幸運児としてもてはやされた。女房たちは、紫の上の幸運を祖母の尼君の仏道精進《しょうじん》の果報であると喜んでいたが、かの継母北の方は、紫の上の幸運をひどくねたみ憎んだ。

かくして、源氏と結婚した紫の上は、高雅な美しさ、欠けることのなき知性と教養、素直でやさしい人柄、聡明な身の処し方など、理想的な妻として育てられ、正妻格として、六条院の栄華の中心的な存在として、世間の人がうらやむほどの幸福な人生を歩んだのであった。

もとより、理想的な夫婦であった源氏と紫の上の間にも、長い人生にあっては、いくどかの波乱にみまわれ、危機を迎えたこともあった。特に一夫多妻制の中で苦しむ女性としての紫の上は、いくどか嫉妬《しっと》にかられ、いくどか悲しみにうちひ

新枕 結婚初夜などに、男女が初めて共寝をして愛を交わすこと。「新手枕《にひたまくら》」ともいう。

しがれ、人生のはかなさ、女性としての悲哀を味わったこともあった。

たとえば、源氏が須磨に退居して一人さびしく京都に残されたとき、自分には子供が生まれないのに明石の君に女の子が生まれたとき、源氏の正妻として朝顔の斎院がふさわしいという評判が立ったとき、紫の上は、女性としての悲哀、愛のはかなさを痛切に感じたこともあった。

しかし何といっても源氏・紫の上夫妻にとって最大の危機であったのは、従姉妹《いとこ》にあたる〝紫のゆかりの人〟女三の宮が正妻として六条院の世界に迎えられたときであった。それまで正妻格の地位にあって、六条院の女主人公として並ぶもののなかった紫の上は、自分よりはるかに身分の高い女三の宮の降嫁によって、夫の源氏の愛情に不信を抱き、人生のはかなさをしみじみと感じ、確固たるものとして築きあげられてきた家庭生活の動揺の中で、ついに病気になってしまった。

源氏（五十一歳）の最愛する妻紫の上（四十三歳）は、あの女三の宮降嫁による病気以来、すっかり衰弱してしまい、実の子供がいる身でもないので、この世に思い残すこともなく、残る余命を仏道にささげたいと思い、絶えず出家を切望していた。が、源氏は、夫婦といえども出家すれば別居しなければならないことを思うと、この世で最も愛する紫の上の出家を許す気にはなれなかった。

春三月、紫の上は、かねてからの願いあった法華経千部供養*を二条院で盛大に行なったが、訪れた明石の君や花散里《はなちるさと》らの六条院の人々にそれとなく別れを告げ、

法華経千部供養　法華経（八巻）を千部書写し、それを法会《ほうえ》において供養することによって功徳を得ること。

死への思いを一層深くした。

　やがて暑い夏を迎えた紫の上は、耐えがたい思いにますます衰弱し、見舞いに訪れた養女明石の中宮に後事を託し、自分の手元で愛育した孫の匂《におう》の宮《みや》に、二条院に住んで紅梅《こうばい》と桜の花を仏前に供えてくれるように遺言したが、匂の宮たちの将来が見届けられないのを残念に思うのだった。

　やがて秋が訪れて、紫の上は、風が荒々しく吹く夕暮れ、秋色《しゅうしょく》深まりゆく庭の木立ちをながめやりながら、萩の露のようにはかないわが命をしみじみと思うのであった。その後、紫の上は、夜半に容態が急変し、明石の中宮に手を取られながら、消えゆく露のように、その四十三歳の生涯を閉じた。

　この世で最も愛する妻を失った源氏は、いいようもないほどの深い悲しみの中で呆然《ほうぜん》自失の状態となり、絶望的な思いの中に落ちこんでいった。紫の上の葬儀が大々的に取り行なわれ、彼女の人柄をしのぶ大勢の人々が参列して、最後の別れを悲しんだ。

　源氏は、まだあどけない少女の頃から三十年以上の長い間にわたって愛し続けた紫の上を失い、人の世のすべてがむなしく感じられる中で、念願の出家を決意するのであった。

　源氏五十二歳、新年のうららかな景色を見るにつけても、いまは亡き紫の上への追慕にくれるばかりで、若き日の浮気心によって、いくたびか紫の上を嘆かせてしまったことを後悔しつつ、他のどんな女性よりもすばらしかった、かけがえのない愛妻のことを思っては悲嘆にくれ、彼女からの手紙をすべて焼いてしまい、出家の準備に明け暮れるのだった。

大君《おおいぎみ》――八の宮の長女・薫君《かおるぎみ》の恋人

かの源氏が世を去った後、宮廷社会では源氏の長男夕霧の右大臣（四十六歳）と、源氏の娘明石《あかし》の中宮《ちゅうぐう》（三十九歳）とが政治の中心にあった。が、源氏の輝かしさを引き継ぐほどの人はなく、明石の中宮の生んだ第三皇子匂《におう》の宮《みや》（二十一歳）と、源氏晩年の子とされている薫君（二十歳）との二人の貴公子が宮廷社会の人気《にんき》の中心であった。

薫君は、源氏の息子として社会的に何の不足もなかったが、源氏が実の父ではないという噂をほのかに聞き、わが出生の秘密の暗さを感じ取ってか、常に憂愁を秘めているかのごとき青年であった。いつまでも美しい母・女三の宮（四十二歳）のわけありげな尼僧姿を見るにつけても、自分を取りまく栄華をむなしく感じ、美しい女性たちにもあまり興味をもたず、いつかは現世を捨てて出家し、仏道に専心したいと考えているような、思索的・内向的な青年であった。

それに対して、皇子として生まれた匂の宮は、薫君とは対照的に、父帝《ちちみかど》や母中宮の深い愛情のもとに大切に育てられ、常に現世の栄華を享楽的《きょうらくてき》に受けとめており、情熱的な恋を常に求めてやまない好き者《すきもの》風の行動的・社交的な青年であった。

読解のポイント

①落魄の皇族の父（八の宮）の影響を受けた厭世的《えんせいてき》な中流女性
②汚れなき理性的女性
世俗の愛欲煩悩《ぼんのう》を拒絶した禁欲的な女性
③独身主義の清らかさと哀《かな》しさ
男性不信・結婚拒絶・厭世的な死
④白鳥処女説話タイプの女性＝かぐや姫との類似性
⑤宇治（＝憂《う》し）世界を象徴する女性

その頃、京都から遠く離れた宇治の山里に、故桐壺院の皇子八の宮が落魄《らくはく》の身をかこっていた。宇治の八の宮という人は、源氏の異母弟にあたる高貴な身分であったが、その昔、朱雀帝《すざくてい》をいただく弘徽殿《こきでん》の大后《おおきさき》一派が権力の盛んだった頃、源氏方の皇太子（冷泉帝《れいぜいてい》）を廃する陰謀によって新皇太子候補として担がれたために、源氏一門繁栄の時代になってからはすっかり零落し、世間からはほとんど忘れられてしまい、今では宇治の山荘で老残の身をかこっていた。

八の宮は、常に出家してしまいたいとは思っていたが、幼い娘たちの将来のことが心配で、在俗のまま仏道修行していた。すこやかに美しく成長した二人の娘のうち、姉の大君《おおいぎみ》（二十二歳）は、奥ゆかしい気品をただよわせた物静かな女性であり、妹の中《なか》の君《きみ》（二十歳）は、可憐《かれん》でかわいらしい女性であった。

八の宮の仏道の師であった宇治山の阿闍梨《あじゃり》*は、広く世間の声望を集めていて、京都の冷泉院の宮廷に参上したとき、宇治に住む八の宮と二人の娘たちのことに話がおよび、そばにひかえていた薫君の心を大きく動かした。薫君は、しばしば宇治に通い、八の宮の誠実な人柄や信仰心の深さに感服して、仏道の師とあおぐようになった。

宇治に通うようになってから三年の月日が流れたが、晩秋の月の美しい頃、薫君は、久しぶりに宇治を訪れた。たまたま八の宮が勤行《ごんぎょう》のため留守であったので、楽器の音に引き寄せられて庭にしのびこみ、美しい姉妹の姿をのぞき見した。道心《どうしん》を求めて通う薫君も、さすがに若い情念をかき立てられ、あやしく胸をときめ

阿闍梨 加持祈禱や仏教的儀式の導師を務める高徳の僧。

かせながら、姫君たちの不運な境遇に同情を寄せたのに対して、姉の大君は、そんな薫君の好意をうれしく思うのであった。

十月の初め、薫君は、八の宮の勤行《ごんぎょう》が終わる頃を見はからって再び宇治を訪れた。八の宮は、たいそう喜んで迎え、出家の心ざしをうち明けつつ、薫君に娘の後見を依頼するのであった。その後、薫君から宇治の美しい姉妹のことを聞いた好き者匂の宮は、初瀬観音《はつせかんのん》参詣の口実をもうけて早速宇治の地に遊んで、妹の中の君と交際するようになる。

今年六十一歳の重い厄年《やくどし》を迎えた八の宮は、婚期をのがしつつある大君（二十五歳）と中の君（二十三歳）の二人の娘たちの将来に胸を痛めており、秋色深くなってから宇治を訪れた薫君に信頼を寄せ、自分の死後の娘たちのことをくれぐれも頼むのであった。薫君二十三歳の晩秋、娘たちに、決して浮わついた心で結婚をしてはいけないこと、軽薄な男の言葉に乗って宇治の地を離れてはならないことなどを遺言した八の宮は、宇治山の阿闍梨の寺にこもって、ついに往生を遂げた。

薫君は、八の宮の死を聞いてたいそう残念に思ったが、父を失って孤児となってしまい、悲嘆の底に沈んでいる姉妹を慰めているうちに、同情はいつしか愛情に変わり、姉の大君を深く愛するようになる。今は亡き八の宮から後見を依頼されたことを打ち明けた薫君にとって、喪服《もふく》姿の大君はあまりにも痛々しく美しく見えたが、次第に大きくなりつつある大君の影を慕いつつ、いつまでも淡い関係

★薫君にとって、八の宮も、冷泉院も、父・源氏の異母弟であるから、叔父にあたる。

のままではすまされないにちがいないと思うのであった。

その後、薫君は、なかなか自分の方をふり向いてはくれない大君を陥落させようとして、中の君を匂の宮の妻に、大君を自分の妻にしようという策略を思いつき、胸のうちをほのめかした。が、大君は、妹の中の君の結婚の親代わりになろうとは考えているが、自分自身の結婚のことはまったく考えていないとして少しも取り合おうとはしなかった。

薫君二十四歳の秋、八の宮の一周忌がめぐりきて、もの悲しく宇治川の川風が吹く中で、仏前の飾りとする＊総角《あげまき》の糸を結んでいた大君に対して、切ない恋情を訴え、求婚したのであったが、大君は、亡き父の心ざしを継いで、誰とも結婚せずに生涯独身でいるつもりであるが、妹には世間並みの幸福な結婚をさせてやりたいという意中を伝えて、薫君が中の君と結婚することを強く望んだ。

しかし、その夜、宇治に泊まった薫君は、御簾《みす》をへだてて大君と対面しているうちに、思いあまって屛風《びょうぶ》を押し開《あ》けてその中に入りこみ、火影《ほかげ》に映えた大君のゆったりとした美しさに激しく心惹《ひ》かれたが、仏前の香《こう》があたりに漂う中で、喪服姿の大君のつらく悲しい心情を思いやって、彼女の心が本当に開かれるまで待とうと考えて、無理強いをせずに夜明けまで静かに語り合って、何事もなく別れた。

そして、八の宮の一周忌が過ぎてから宇治を訪れた薫君は、今度こそはと思って大君に再び接近をはかったが、父の遺言を守って独身のままで一生を過ごそう

総角　ひもをリボン結びのように結んで、御簾や仏前の飾りとしたもの。

と決意していた大君は、何かと口実をつけて薫君を避け続けた。

そんなある夜、思いあまった薫君は、風の音にまぎれてひそかに姉妹の部屋に忍びこんだ。折しも大君は、なかなか寝つかれずにいたが、男の足音を聞きつけ、いちはやく逃れて身を隠してしまった。高なる胸をおさえて忍びこんだ薫君であったが、大君に逃げられたことを知り、恨めしく思いつつも、残された中の君をいたわり、何事もなく一夜を明かしたのであった。

むなしく帰京した薫君は、強情《ごうじょう》な大君の思惑《おもわく》の裏をかいて、中の君が匂の宮と結婚してしまえば、大君も仕方なく自分になびいてくれるにちがいないと考えて、匂の宮をそそのかし、策略によって中の君と結婚させてしまった。しかし、薫君の思惑に反して、大君は、信頼していた薫君に裏切られた怒りと悲しみをつのらせ、匂の宮の*夜離《よが》れに苦悩する妹・中の君を見るにつけ、男女関係のいとわしさを強く感じ、結婚への不信感を深める中で、独身の決意をさらに固めるのであった。

冬の訪れとともに急激に病状を悪化させた大君は、父の遺言にそむいて妹に早まった結婚をさせてしまったことを後悔し、わが罪の深さを強く意識し、食事ものどを通らないほどの重態に陥った。驚いて駆けつけた薫君は、美しく衰弱した大君の枕元に近寄って静かに語りかけると、大君は「こんなふうにはかない命の私の代わりに妹をお願いしましたのに……」と苦しい息づかいの下から恨みと未練を残したまま、ついに息を引き取ってしまった。

夜離れ 通い婚において、男性が女性の所へ通わなくなること。男女の仲が絶えることもいう。

薫君は、生前と変わらぬその美しい死顔を見て、この世で最もいとしい人として慕い続けてきた大君の死にただただ涙するばかりであったが、次第につらいことの多い現世をわずらわしく思うようになり、愛したひと大君と一緒に死んでしまえばよかったのにとさえ思った。そして、あれほど大君が勧めてくれたように、中の君を妻にしておくべきであったと、いまさらながら残念に思うのであった。

母と父、そしていままた姉に先立たれた中の君は、新春を迎えてもその深い悲しみを癒《いや》すべくもなかったが、やがて匂の宮の住む京都の二条院へと引き取られ、その妻として次第に落ち着きを取りもどしてゆく。

薫君二十五歳、帝の女二の宮との結婚が正式にきまったが、いまは亡き大君との思い出の日々がもの悲しく追憶されるばかりで、そのゆかりのひと中の君を匂の宮に譲ってしまったことがひどく残念に思われるのであった。また、匂の宮（二十六歳）も、かねてから強く要請されていた夕霧左大臣の六の君と結婚したが、次第にそちらの方へと心を移してゆき、皇子という身分柄もあって、今までのように気軽に中の君のもとへは出かけられなくなってゆく。

浮《うき》舟《ふね》――八の宮の三女・薫君の妻

薫君二十五歳、まだ未練のある中の君を訪れて、宇治の邸《やしき》を改造し、そこに大君の人形《ひとがた》を作りたいと語ったが、中の君は、姉の大君をいまだに慕い続ける薫君

読解のポイント

①さすらいの女性（浮舟）
京都・東国・宇治・小野をさすらう
薫君と匂の宮の二人の男性の間をさすらう
此岸《しがん》（愛欲・本能）と彼岸《ひがん》（道心・理性）の間をさすらう
②三角関係において愛に引き裂かれた女性
③世俗的な愛欲煩悩《ぼんのう》を越えて宗教に近づく女性

に対して、大君とよく似ている異腹《いふく》の妹・浮舟のことを語った。晩秋の頃、宇治を訪れた薫君は、かの宇治山の阿闍梨《あじゃり》を呼んで、大君の一周忌の法要を依頼するとともに、山荘の寝殿を改造して仏堂を建立《こんりゅう》することを相談した。

そして、その夜、弁《べん》の尼《あま》から、浮舟のことを聞き出した。それによると、浮舟(二十歳)は、大君姉妹の母の姪《めい》にあたる中将の君を母として生まれたが、父・八の宮からは認知されず、受領《ずりょう》と再婚した母とともに常陸《ひたち》の国(茨城県)へ下り、そこで青春時代を送り、今春上京したばかりであるという。

翌年春、再び宇治を訪れた薫君は、初瀬詣《はつせもう》での帰り道に偶然山荘を訪れた浮舟と出会い、中の君の話にあった女性であると思い、興味にかられてのぞき見した。浮舟は、*受領風情《ずりょうふぜい》の娘とは思えないような気品のある美しさをそなえており、亡き大君その人を思わせるようによく似ていた。薫君は、なつかしさで胸がいっぱいになり、これほど亡き人に似ているならば、そして亡き人ゆかりの人であるならば、どんなに身分の低い女性であっても愛することができるにちがいないと予感されるのであった。

早速薫君の意向が浮舟の母(中将の君)に伝えられたが、中将の君は、皇族という高貴な血筋に生まれて、気高く美しく成長した連れ子の浮舟が、他の誰よりも幸福な結婚をしてほしいと常に願っていたが、いま改めて高貴な薫君との身分ちがいを考えると、身分不相応な結婚への不安から、躊躇《ちゅうちょ》するばかりであった。

折しも継父常陸の介《すけ》の財力を目当てとする左近《さこん》の少将が浮舟に求婚してきたの

受領風情　受領(現地に赴いて政務をとる国守)は、財力はあるが、身分が低いので、中央貴族からは野卑な者として軽蔑されることも多かった。

で、中将の君は、結婚の準備に心をくだきながらも、実の父（八の宮）に認知されて育ったならば、もっと高貴な薫君との縁談も決して夢ではなかったのにと思い、娘をたいそうふびんに思うのであった。しかし、財産目当ての少将が常陸の介の実の娘の方へ乗りかえてしまったので、中将の君は、継父の無情な仕打ちに憤慨し、幼き日より不運続きであった娘がひどくあわれになり、異母姉の中の君に庇護《ひご》を依頼して、浮舟を二条院に隠し住まわせた。

ところが、中将の君が帰った夕暮れどき、匂の宮は、妻（中の君）の部屋近くで、思いがけずも見なれぬ美しい女性を発見し、強引に言い寄ったが、折しも母（明石の中宮）急病の知らせによって、やむなくそこを立ちのかざるをえなかった。

浮舟は、あまりのことに気も動転してしまい、臥して泣くばかりであったが、そしらぬ顔で何かと慰めてくれる姉（中の君）の気持ちを思うと、つらく恥ずかしくて、物思いに沈みがちであった。知らせを聞いた母の中将の君は、胸もつぶれるほどに驚いて、急ぎ浮舟を二条院から引き取り、京都三条の粗末な家に移し、注意深く身を隠しているように言い含めて帰った。

秋色深《しゅうしょく》まりゆく頃、完成した宇治の御堂《みどう》を訪れた薫君（二十六歳）は、弁の尼から、浮舟が三条の家に身を隠していることを聞き、強引に案内を命じた。小雨《か》の降る宵を過ぎる頃、三条の隠れ家を探し当てた薫君は、大君ゆかりの浮舟の可憐《れん》さをいとしく思いつつ一夜を共にした後、彼女をかき抱くようにして宇治へと連れ去った。浮舟は、将来の不安に心を痛めるが、薫君の優しく誠実な言葉に慰

★宇治十帖の舞台は、源氏の時代の舞台であった京都の宮廷社会から、宇治→小野へと転回し、次第に宗教的な世界へと近づいてゆく。

められて、次第に落ち着きを取りもどしていく。

正月になって、宇治から妻の中の君に届いた手紙の内容から、匂の宮は、浮舟を薫君が宇治に隠していることを知り、早速宇治を訪れて、薫君の声色《こわいろ》を使って強引に寝室に忍びこみ、ついに浮舟をわがものにしてしまった。浮舟は、呆然《ぼうぜん》として泣くばかりであったが、物静かな薫君には求めるべくもなかった、匂の宮の狂おしいまでの情熱のとりこになってしまい、ともに酔い痴《し》れるような春の一日を過ごすのであった。

しかし、また薫君に接すると、激情的な匂の宮とは異なった、もの静かに抱擁《ほうよう》するような温かさをもった薫君の心やすらぐ愛に惹《ひ》かれてしまう。薫君は、匂の宮との秘密を抱いて煩悶《はんもん》する浮舟を慰めて、京都に迎え取りたいと思っていることを話すと、浮舟は、同じようなことを言う匂の宮の言葉を思い出して、二人の男性の間で揺れ動いてしまう自分を情けなくあさましく思い、さらに苦悩を深めてゆくのであった。

二月になって、薫君の宇治通いが気になっていた匂の宮は、深い雪の中を宇治へ出かけ、夜更《ふ》けごろ、人目《ひとめ》を避けて浮舟を小舟に乗せて宇治川の対岸の家に連れ出した。心細げに寄り添うようにして抱かれていた浮舟は、*橘《たちばな》の小島で、心定まらぬわが身を悲しんだ歌を詠み、匂の宮との甘美で激情的な二日間を過ごしてしまった。

薫君は、浮舟を京都の新邸に迎え取る日を四月十日と決め、着々と準備を進め

橘の小島　宇治川にかかる宇治橋近くにあった中洲（小島）で、歌枕（名所）として有名。

ていたが、そのことを知った匂の宮は、その前に浮舟を奪い取ってしまおうともくろんで、三月二十八日の夜に迎えに来ることを伝えた。

かくして、二人の男性の愛のはざまで窮地に追いこまれた浮舟は、さまざまな惑乱《わくらん》を重ねつつ、このつらい現世に生きるよりも、いっそわが身を滅ぼしてしまおうと思うにいたり、宇治川の激しい水音を聞きながら、ついに入水《じゅすい》を決意し、寝つかれない苦しい一夜を過ごした。

翌朝、宇治の山荘から、浮舟の姿は消えていた。浮舟の母をはじめとする人々が大騒ぎをする中で、残された歌から浮舟が入水したことがわかった。

匂の宮は、愛する浮舟を失った衝撃からついに病床に臥《ふ》してしまい、薫君も、いとしく思う浮舟の死を聞いて呆然と立ちすくみ、宇治の姫君たちとの悲しい因縁を思い起こしながら、自己の暗い宿命と仏道への心ざしにそむいて、いとわしい現世における愛欲の世界にはまりこんでしまったことを後悔しつつ、人の世のはかなさをしみじみと思うのであった。

ところが、浮舟は、生きていたのであった。あの惑乱の夜、宇治川へ身を投げてしまおうと思って夜が更《ふ》けた頃さまよい出たが、激しい風と荒々しい波の音の中で決意もにぶりがちになり、縁の端に腰をかけていると、匂の宮らしい若く美しい男に抱きかかえられるような気がした途端、まったく意識を失ってしまった。

その頃、*比叡山《ひえいざん》の横川《よかわ》に高徳の僧都《そうず》が住んでいた。横川の僧都は、その母の尼君が初瀬詣《はつせもう》での帰途に病気になってしまい、驚いて宇治に駆けつけたが、森蔭《もりかげ》で

比叡山の横川　比叡山の延暦寺《えんりゃくじ》の三塔の一つで、源信《げんしん》僧都などが隠棲した地として有名。

意識を失って倒れている若く美しい女性（浮舟）を発見した。助けられた若い女性は、僧都の妹尼らが介抱したが、ただ泣き臥すばかりで、自らの素性を語ろうとはしなかった。僧都一行は、その若い女性を比叡山の麓の小野の山里*へと連れて帰り、看護を尽くしたので、ようやく元気になった。

浮舟は、まったく見知らぬ世界に来てしまったようなわびしい思いにかられ、死ぬことすらできずにこんな形で生き返ってしまったのが無性に恥ずかしく、日々悲しみに沈みがちであった。そして、誰にも知られずに、ここで生き果てたいと考え、しきりに出家を願うのであった。

折しも、妹尼君の亡き娘の婿《むこ》であった中将が、小野を訪れて浮舟を見初《みそ》め、熱烈に求婚した。しかし、浮舟は、かつて二人の男性のはざまで身も心もずたずたになってしまった、あの愛欲の日々の苦しみを思うと、再び女性としていとわしい現世に生きる気持ちにはなれなかった。そこで、強引な中将の態度を嫌悪《けんお》した浮舟は、折よく立ち寄った横川の僧都に泣いて哀訴し、ついに出家して尼僧姿になってしまった。そして、もはやわずらわしい現世に女性として生きる必要のないことに安堵《あんど》し、読経《どきょう》と手習《てならい》の静かな修道生活の中に、自らの新しい人生が見出だせるようにも予感された。

その頃、母尼君の孫の紀伊《き》の守《かみ》が、浮舟が隠れ住んでいるとも知らない薫君の命令で偶然に小野を訪れ、死んだ浮舟の一周忌の法要をいとなむために布施《ふせ》の仕立て物を尼君たちに依頼しているのを見て、浮舟は、気づかれないように川の流

小野の山里　京都の北東郊で、八瀬から大原にかけての比叡山の西麓の一帯をさす。

れを見おろしてひっそりと泣いていたが、薫君がいまだに自分を忘れないでいてくれたことを感慨深く思いつつ、母の悲しみが思いやられるのであった。しかし、苦渋《くじゅう》に満ちた現世での生活を考えると、浮舟は、わが尼僧姿を知らせる気にはなれず、自分の存在を薫君に知らせたいという衝動を危うく思いとどまった。

ところが、宮廷に参内《さんだい》した横川の僧都から明石の中宮へ、宇治川で行き倒れになっていた美しい女性のことが伝えられた。明石の中宮は、わが息子（匂の宮）が絡《から》んで弟の薫君を傷心に追いこんでしまったことを気にやんでいたこともあって、浮舟生存のことを薫君だけに伝えさせた。

意外な話に狂喜した薫君は、その事実を確認しようと思って、浮舟の弟の小君《こぎみ》をともなって、一路横川への道を急いだ。そして、もはや亡き人として諦《あきら》めていた浮舟の生存を知り、彼女を愛した日々を追憶して涙ぐみつつ、僧都に対して彼女への手引きを強く懇請した。

僧都は、若い尼僧を破戒*に導く仏罪をおそれたが、薫君は、自らの道心の深さゆえに決して浮舟を再び惑乱させるようなことはないと誓って、まず、弟の小君を行かせることで僧都の承諾を得たのであった。

薫君の手紙をもった小君は、姉の隠れ住む小野の山里を訪れたが、浮舟は、御《み》簾《す》越しに弟小君の姿を見て、過ぎ去りし日々を無性《むしょう》になつかしく思い、母のことを考えて、思わず泣いてしまった。尼君の強い勧めで、浮舟は、やむなく几帳《きちょう》を隔てて小君と対面した。

破　戒　僧侶を俗人にもどす還俗《げんぞく》は仏教的に破戒の罪となる。

久しぶりに会ったのに何となくよそよそしい姉の態度に失望した小君ではあったが、薫君から依頼された手紙を渡した。その手紙を見た浮舟は、昔に変わらぬ薫君の筆跡をなつかしく思って、さすがに動揺を隠せず、ついに泣き臥してしまったが、もはや昔のような自分でないことをはっきりと自覚し、「昔のことはほとんど思い出せませんが、人ちがいではありませんか」などと言って、肉親である弟の小君にも直接会おうともせず、ひどく気分の悪そうな様子で、衣《きぬ》をひきかぶって臥《ふ》せてしまった。

待ちかねていた薫君は、むなしく帰って来た小君の話を聞いて、誰かが浮舟を隠しているのではないかと、かつての自分の経験から疑ってみるのであった。

★現在の『源氏物語』は、ここで突然のように終わっている。薫君と浮舟の関係には新しい展開が予想されるような書き方である。それゆえ、『源氏物語』は未完結であるという説も提示されてきた。

紫式部とその作品

紫式部の人生

『源氏物語』の作者

『源氏物語』の作者は紫式部《むらさきしきぶ》であると考えられているが、そのことは、『紫式部日記』などの資料からみて、ほぼまちがいないことであろう。それでは、なぜ、『源氏物語』には、作者として紫式部の名が明記されていないのであろうか。

有名な作品である『竹取物語』[*1]も『伊勢物語』[*2]も作者名が明記されておらず、いまだに不明であるように、一般的に、物語の場合は、作者名が不明であることが多いのである。それは物語の文学的・社会的な地位に関わる問題である。

平安時代にあっては、漢詩・和歌が正統的な文学、一流の文学であったのに対して、物語は、絵空事《えそらごと》ばかりで婦女子《ふじょし》の娯楽でしかないという考え方が一般的であり、文学的・社会的な地位が著しく低かったゆえに、作者名が明記されなかったのである。そういう文学的背景の中で書かれた『源氏物語』が紫式部の作とし

*1 **『竹取物語』**　平安時代前期に成立した日本最古の物語で、作者不明であるが、男性知識人の手になるものと考えられる。羽衣伝説・求婚難題説話・地名起源伝説などを骨子としながら貴族社会を風刺している。

*2 **『伊勢物語』**　平安時代前期に成立した歌物語で、在原業平の一代記のような形をとり、宮廷社会の愛の諸相を描き出している。「在五《ざいご》の物語」「在五中将日記」ともいわれる。

て伝えられてきたのは特別なことであったといえよう。

しかし、紫式部が『源氏物語』全編の作者であるかどうかに関しては、古来さまざまな説が提示されてきた。父・藤原為時《ためとき》が物語の骨格を考えて娘の紫式部に書かせたとか、紫式部が書いたものに藤原道長が加筆したとか、宇治十帖は紫式部の娘（大弐三位《だいにのさんみ》）が書いたとか、正編と宇治十帖をつなぐ「匂宮《におうのみや》」「紅梅《こうばい》」「竹《たけ》河《かわ》」の三帖は紫式部とは別人の作であるとか、第二部（「若菜上《わかなのじょう》」巻以降）は紫式部でない別人の作であるとか、さまざまな作者説が出されており、作者複数説にはかなり根強いものがあるようである。

『源氏物語』は、長編であるだけに種々の異質性を内在させているが、現在のところ紫式部が作者であると、一応考えておいてよいと思う。

紫式部の名前と由来

紫式部の本名は、〝藤原香子《かおるこ》〟ではないかという説もあるが、当時の女性の通例として、正確にはわからない。[*1]『栄華《えいが》物語』などからみて、宮仕え時代には、〝藤式部《とうのしきぶ》〟と呼ばれていたが、その後、〝紫式部〟と呼ばれるようになったようである。

〝藤式部〟が、〝紫式部〟に変わった理由として、『源氏物語』と関係づける説と、別の事と関係づける説とがある。

前者、『源氏物語』と関連づける説として、①ヒロイン紫の上が初登場する「若《わか》紫《むらさき》」巻がすぐれていたから（[*2]『袋草子《ふくろぞうし》』『中古《ちゅうこ》三十六歌仙伝』）、②紫の上を見事に描いたから（『河海抄《かかいしょう》』）、③藤原公任《きんとう》が紫式部に「若紫やさぶらふ」と戯《たわむ》れかけた

[*1] **『栄華物語』** 平安時代後期の歴史物語で、作者は赤染衛門《あかぞめえもん》といわれる。宇多帝から堀河帝までの十五代二百年の宮廷社会を編年体で描いているが、特に藤原道長の栄華を賛美的に描いている点が注目される。

[*2] **『袋草子』** 平安時代末期に成立した歌学書で、作者は六条家の藤原清輔。和歌の作り方などを記した指導書の一種。

という『紫式部日記』の記事から（『明星抄《みょうじょうしょう》』）などがある。その諸説の中では、③の『紫式部日記』に名前の由来を求める説が有力である。そのとき、紫式部は、光源氏に相当する男性もいないのに、若紫（紫の上）がいるはずもない、と心中で思ったという。その点から、紫式部の名前が、「若紫」という巻の名前に由来すると考えるよりも、ヒロイン紫の上に由来すると考えるのが妥当であろう。

後者の『源氏物語』に関連づけない説としては、①紫式部が一条院の乳母子《めのとご》である（事実ではない）ので『古今集』*の歌にちなみ、〝紫のゆかり〟の意味で命名した（『袋草子』『中古三十六歌仙伝』）、②〝藤式部〟が優美な名前ではないので、〝紫式部〟に変えた（『河海抄』）などの説もあるが、それらは改名の根拠としてはあまりにも薄弱であるといわざるをえない。やはり、〝紫式部〟という優雅な名前は、『源氏物語』の作者としての名声に由来するものと考えられる。

紫式部の家系と出生

紫式部の家系は、二つの系図を関連づけてみると、別々の系譜上にあることがわかる。左の系図Aは、藤原北《ほっ》

〈系図Ａ〉

藤原冬嗣
- 良房—基経—忠平—師輔—兼家—道長
- 良門—利基—兼輔—雅正—為時—**紫式部**

*『**古今集**』の有名な歌　紫のひともとゆゑに武蔵野の草はみながらあはれとぞ見る〈一本の紫草のために武蔵野の草はすべて親しく心ひかれる〉。『伊勢物語』にも見える。

家《け》・冬嗣《ふゆつぐ》以来の系譜である。紫式部の父・藤原為時は、藤原北家の系譜につらなっている。しかし、良房《よしふさ》に始まり、基経《もとつね》から道長に至る北家の主流は、〃摂関家〃といわれる政治権力者の家柄であったのに対して、同じ北家でありながら良門《よしかど》から為時に至る傍流は、次第に衰退の一途をたどっていく。紫式部の曽祖父・藤原兼輔《かねすけ》は、堤《つつみ》中納言といわれ、娘桑子《くわこ》を醍醐帝《だいごてい》に入内《じゅだい》させるほどの実力者となり、紀貫之《きのつらゆき》らの文人《ぶんじん》パトロンとして名をはせた人物である。紫式部は、その曽祖父兼輔の名歌*「人の親の心は闇《やみ》にあらねども子を思ふ道に惑《まど》ひぬるかな」を、『源氏物語』の引歌《ひきうた》として多く用いていることからも、たいそう誇りに思っていたようである。

ところが、紫式部の祖父・藤原雅正《まさただ》・父・為時あたりになると、地方官(国司《こくし》)を歴任する中流受領階級になりさがってしまった。そのことは、為時が花山帝《かざんてい》の出家事件以来十年も職も得られずに苦労したという経歴からもうかがい知ることができる。

ところが、左の系図Bを見ると、父・為時と、権力者道長との関係も無視できないようである。為時と道長は再従兄弟《またいとこ》の関係にあたり、さらに道長の正妻倫子《りんし》と紫式部も再従姉妹《またいとこ》の間柄となる。しかし、為時のさえない経歴をみると、道長との系譜的つながりがそれほど有効的であったとも思われないが、為時の越前《えちぜん》の守《かみ》任官は、あるいは道長との関係が有利にはたらいたのかもしれない。

当時の女性に関しては出生・死去の年時が明らかでない場合が多いが、紫式部

「人の親の」の歌の訳
人の親の心というものは、暗闇でもないのにわが子を思っていつも道に迷っているようなものだ。

〈系図B〉

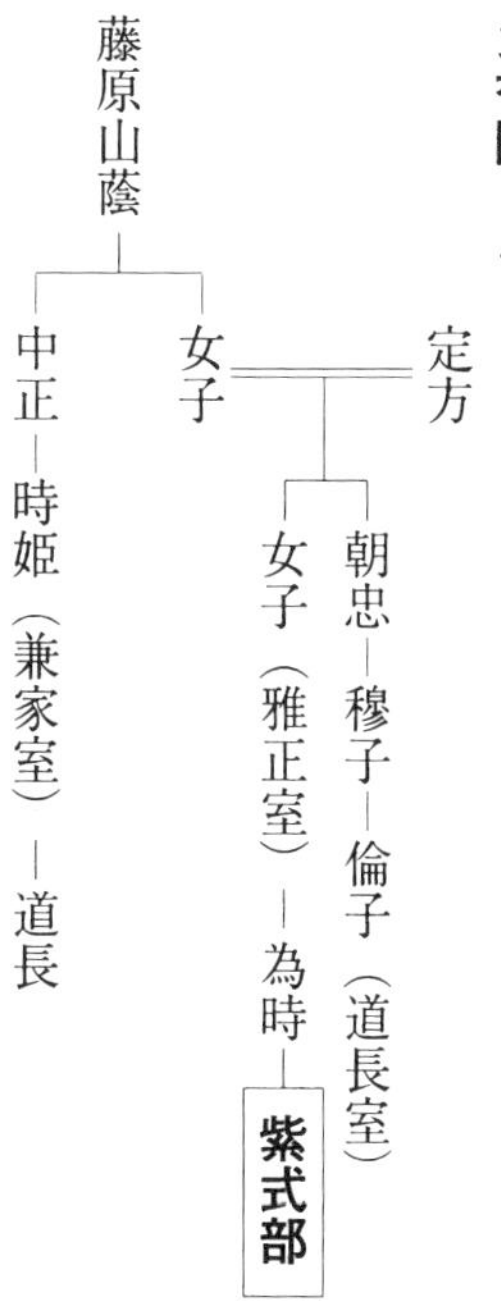

の出生についても、下記のように諸説があって定かではないようである。

紫式部の青春時代

紫式部の少女期から青春時代については、『紫式部日記』『紫式部集』などの著作、父・為時の経歴等から推測するしかないようである。為時は、安和《あんな》元年（九六八）から播磨権少掾《はりまのごんのしょう》に任ぜられているので、紫式部は、播磨の国（兵庫県）で生まれた可能性もあり、『源氏物語』の中の明石《あかし》の君《きみ》物語の構想にその幼児期の見聞を利用したのではないかという説もある。

紫式部の家族としては、父・為時のほか、姉と弟（惟規《のぶのり》）がおり、さらに異母兄弟もいるが、母は早くに世を去ったらしい。父・為時は、娘・紫式部を男手一つで育てたようである。

父・為時は、永観《えいかん》二年（九八四）、花山帝の即位とともに式部丞《しきぶのじょう》に任ぜられ、蔵《くら》

紫式部の出生年次説

天禄元年（九七〇）	今井源衛氏
天延元年（九七三）	岡　一男氏
天延二年（九七四）	萩谷　朴氏
天延三年（九七五）	南波　浩氏
天元元年（九七八）	与謝野晶子

人《うど》を兼任する。しかし、藤原兼家《かねいえ》（道長の父）の陰謀によって寛和《かんな》二年（九八六）に花山帝が突然に譲位させられたために、為時は、式部丞を退任することになり、以後長徳二年（九九六）までの十年間ほどは官職に就けなかったのである。父・為時の晴々しい任官と突然の挫折、その後の長い失意の時期は、紫式部の、ほぼ十五歳から二十五歳ぐらいの青春時代と重なっている。

おそらく、青春時代の紫式部は、しがない中流受領階級に生まれたという悲哀感の中で過ごしつつも（『源氏物語』の空蟬《うつせみ》を連想させる）、潔癖で聡明な少女であったのだろう（紫の上を連想させる）。

『紫式部日記』によれば、父・為時は、弟（惟規《のぶのり》）に漢学を教えていたところ、そばにいた紫式部の方が早く覚えてしまったので、彼女が男の子でなかったのを残念がったという。この有名なエピソードは、聡明さを自慢するというより、紫式部に中流女性であるという悲哀を意識させた思い出であったはずである。

紫式部の結婚 夫との死別

紫式部は、長徳五年（九九九）頃、二十八、九歳で、四十五、六歳であった受領階級の藤原宣孝《のぶたか》と結婚した。当時の女性の結婚適齢期が十四、五歳であることを考えると、紫式部は、かなり晩婚であり、しかも夫となった宣孝には数人の妻がおり、紫式部と同じ年頃の子供たちもいたので、現代風にいえば、〝後妻〟みたいな立場に置かれたことになる。

紫式部は、宣孝からの求婚にあまり気が進まなかったらしく、長徳二年（九九六）

に越前《えちぜん》の守《かみ》に任ぜられた父・為時とともに越前の国（福井県）に下向していたが、長徳四年（九九八）に彼女ひとりで帰京し、翌年に藤原宣孝と結婚している。夫の宣孝は、恋文を他の女性に見せて紫式部の怒りを買ったり、新しい他の女性に通ったりしたこともあったが、紫式部は、長徳元年（九九九）頃、娘賢子《けんし》（のちの大弐三位《だいにのさんみ》）を生んでおり、平凡な家庭生活の中で、つかの間の女性としての幸せを感じたのであろう。

ところが、長保三年（一〇〇一）四月、夫の宣孝は、流行病によって突然に病死してしまった。足かけ三年ほどの短い結婚生活であったが、紫式部の嘆きは深かったようである。

夫の宣孝[*1]は、自意識過剰で内向的な暗い性格の紫式部とは正反対の人で、豪放《ごうほう》磊落《らいらく》な陽気な人であったらしい。あまり性格の合わなかったらしい夫婦であるが、紫式部は、宣孝の死によって、自らの運命の悲哀感を強く感じたようである。たとえば、

[*2]見し人の煙《けぶり》となりし夕べより名ぞむつまじき塩釜《しほがま》の浦

という歌を詠んで、亡き夫・宣孝を哀惜《あいせき》している。

紫式部は、結婚・出産・夫との死別という人生の大事を四年ほどの間に集中的に体験し、宿命的な悲哀に満ちた人生認識を深め、それが『源氏物語』執筆の原動力となしているといえよう。

*1 **藤原宣孝の人間像** 『枕草子』（あはれなるもの」の段）に描かれた宣孝
吉野の金峰山《きんぶせん》に参拝するときは質素な服装で登るのが常識であったのに、宣孝はわざと派手な格好をして登ったので皆にあきれられたが、逆に筑前守に任官できたという逸話を載せている。

*2 **「見し人の」**の歌の訳
愛した夫（宣孝）が、火葬の煙となったその夕方から、名前に親しみが感じられるようになった塩釜の浦であることよ。

紫式部の娘 大弐の三位

紫式部は、藤原宣孝との短い結婚生活の中で、長保元年（九九九）頃、ひとり娘大弐《だいに》の三位《さんみ》を生んでいる。大弐の三位は、のちに高《たか》階成章《しなのなりあき》と結婚し、後冷泉帝《ごれいぜいてい》の乳母《めのと》で典侍《ないしのすけ》として宮仕えした。『百人一首』にある有名な歌

[*1]有馬山猪名《ゐな》の笹原風吹けばいでそよ人を忘れやはする

の作者である大弐の三位は、当時の有力な歌人であり、『後拾遺集《ごしゅういしゅう》』以後の勅撰集に三十七首もの歌をとられており、私家集《しかしゅう》『大弐三位集』を残している。彼女は、才気煥発《さいきかんばつ》な明るい女性であったらしく、内向型の人間である母の紫式部より、外向型の人間であった父の宣孝の影響を、より多く受けたのではないだろうか。

夫の宣孝に先立たれた紫式部は、病気の娘をふびんに思う母親としての気持ちを次のように詠んでいる。

[*2]世を常なしなど思ふ人の、幼き人の悩みけるに、唐竹といふもの瓶《かめ》に差したる女房の祈りけるを見て

若竹の生《お》ひゆく末を祈るかなこの世を憂《う》しといとふものから

この歌には、紫式部の曽祖父藤原兼輔の詠んだ

[*3]人の親の心は闇にあらねども子を思ふ道に惑ひぬるかな

という有名な歌と響き合うものがあるようである。紫式部もまた、父なし娘を思う悲しい母親だったのである。

その後、大弐の三位は、母・紫式部の縁で、彰子《しょうし》の後宮《こうきゅう》に仕え、頼宗《よりむね》（道長の

[*1] **「有馬山」**の歌の訳
有馬山の近くの猪名の笹原に風が吹くと、そよそよと音がするように、そうですよ、私があなたを忘れたりするでしょうか、いや忘れはしません。

[*2] **「世を常なし」**以下の訳
この世を無常だと思う人（私＝紫式部）が、幼い娘が病気になったので、侍女が漢竹を瓶に差して呪いをして病気回復を祈っているのを見て、若竹のような幼いわが子の成長してゆく末を無事であるように祈ることだ。自分はこの世を住みづらい所だといとわしく思っているのに。

[*3] **「人の親の」**の歌の訳
一六八頁を参照。

息子）・定頼《さだより》（公任《きんとう》の息子）らの貴公子と交遊を重ね、藤原兼隆と結婚する。さらに親仁《ちかひと》親王（後冷泉帝《ごれいぜいてい》）の乳母《めのと》となった後、長暦元年（一〇三七）頃、高階成章と再婚し、大宰大弐《だざいのだいに》となった夫とともに九州に下向した。その晩年はわからないが、八十歳ぐらいまで生きたらしい。

紫式部の宮廷生活

紫式部の宮仕えの動機

紫式部は、『紫式部日記』によれば、寛弘二年（一〇〇五、寛弘三年説もあり）十二月二十九日、三十歳の頃、道長の娘・中宮彰子の後宮《こうきゅう》に宮仕えに出た。夫・藤原宣孝《のぶたか》と死別してから四、五年後、ひとり娘（大弐三位）をかかえての未亡人生活を経験したのちのことであった。

道長は、『源氏物語』の作者としてある程度知られていた、未亡人の紫式部を宮仕えさせて、娘の中宮彰子の後宮における文化的環境を整えようと考えていたのであろう。その場合、紫式部が妻倫子《りんし》の再従姉妹《またいとこ》であったこと、自分と父・為時との血縁関係などを利用したのかもしれない。

しかし、紫式部は、暗い人生観や悲しい境遇を思いめぐらして、宮仕えにはあまり積極的でなかったようである。初めて宮仕えしたときに、次のような歌を詠んでいる。

＊1身の憂さは心のうちにしたひきていま九重《ここのへ》ぞ思ひ乱るる

その後も、紫式部は、宮仕え生活になじめない自分自身を『紫式部日記』の中にしばしば漏らし、嘆息を記している。

しかし、紫式部は、あまり気の進まなかった宮仕え生活における、そうした憂愁の思いを抱きつつも、父の為時一族のために政治的な使命感をもって彰子の宮廷に出仕したとも考えられる。彼女の宮仕え後、弟の惟規《のぶのり》が蔵人《くらうど》に任ぜられるという一家の栄誉に浴したが、若宮敦成《あつなり》親王の＊2職司《しきじ》には身内の者（惟規など）が漏れてしまったことを嘆いているからである。

紫式部自身としては、気の進まない憂愁な思いにとらわれながらも、一族の栄達を思い、現実的な自己犠牲の精神によって出仕を決意したのであろうか。

紫式部と藤原道長の関係

藤原道長は、平安時代中期に、三代の帝の外戚《がいせき》の地位にあって、摂関政治によって藤原氏全盛時代を築いた。紫式部がその娘・彰子《しょうし》の後宮に出仕した当時、道長は、左大臣の要職にあり、兄・道隆の＊3中関白家《なかのかんぱくけ》との抗争にほぼ勝利していたが、絶対的な外戚としての地位を獲得するためには娘の中宮彰子が一日も早く皇子を生む必要のある時期であった。したがって、彰子に出仕した紫式部は、その道長が絶大な権力者としての政治家への地歩《ちほ》を確実にするプロセスを目《ま》のあたりにしていたことになる。

紫式部と道長の個人的な関係はどうであったのであろうか。『紫式部日記』の中で、道長は、中宮彰子の前に置いてあった『源氏物語』の本を見て、たまたまそ

＊1 **「身の憂さは」の歌の訳**　宮仕えに出ても、わが身の嘆きは心の中にまでついてきて、いま宮中にいてもあれこれと心が乱れることだなあ。

＊2 **職司**　蔵人の頭《とう》および五位・六位の蔵人をいう。

＊3 **中関白家の繁栄と没落**　藤原道隆は道長の兄。定子を一条帝に入内させ、原子を東宮に入内させ、全盛を誇るが、長徳五年（九九五）病没。息子の伊周《これちか》と道長の政争となる。やがて伊周・隆家は左遷され中宮定子も圧迫される。伊周・隆家はやがて召還されるが、政治的実力を失い、定子の死は大きな打撃を与えた。

こにあった梅の実にひっかけて、いつものような戯《たわむ》れの歌を詠んだ。

[*1]すきものと名にし立てれば見る人の折らで過ぐるはあらじとぞ思ふ

その夜、道長は紫式部の部屋に忍んできたが、彼女は、恐ろしくて返事もしなかったので、翌朝、道長から次のような歌が届けられた。

[*2]夜もすがら水鶏《くひな》よりけになくなくぞ真木《まき》の戸口にたたきわびつる

右の記事から、紫式部を「道長妾《みちながしょう》」（道長の愛人）とする説もあるが、事実関係は明らかでない。

一方、道長は、『源氏物語』の成立・普及に少なからぬ役割を果たしている。たとえば『紫式部日記』によると、産後の中宮彰子の前で物語（『源氏物語』か）の制作が行なわれたが、道長は、すばらしい紙・筆・墨などを用意したり、紫式部が部屋に隠しておいた物語を娘の妍子《けんし》に与えてしまったりしていることから考えると、『源氏物語』の制作を支援していたものとも推測される。

紫式部の宮廷生活

紫式部は、夫の宣孝と死別して子連れ未亡人となった三十歳頃、時の権力者道長の娘・中宮彰子の後宮に宮仕えした。その宮仕え生活については、『紫式部日記』にさまざまに描かれているが、繁栄する道長一族の〝光〟に対して、しがない中流貴族の家に生まれた自己の憂愁の人生を〝影〟として対照させて描いている。

紫式部の仕事は、普通の女房と異なり、若き中宮の家庭教師的な立場であった。たとえば、紫式部は、漢学の知識を人に知られないようにしつつも、[*3]『白氏文集《はくしもんじゅう》』

[*1] **「すきものと」**の歌の訳　浮気者という評判が立っているので、あなたを見る人でくどかない人はいないでしょうね。

[*2] **「夜もすがら」**の歌の訳　昨夜は、水鶏《くいな》にもまして泣く泣く真木の戸口で夜通したたきながら嘆いたことだ。

[*3] **『白氏文集』**　中国（唐）の詩人白楽天（白居易《はっきょい》）の詩文集で、その中の「長恨歌《ちょうごんか》」「琵琶行」などが平安時代の文学に多大の影響を与えた。

を彰子に講義している。おそらく、道長は、紫式部が、漢学者藤原為時の娘であり、『源氏物語』の作者であったことから、その学才・教養に大いに期待し、特別な待遇を与えたのであろう。

ところが、宮廷生活、特に同僚女房との関係においては、紫式部は、その孤高を愛する内向的性格、少し年増《としま》で学才があったことなどから、若い女房たちから敬遠され、あまり快いものではなかったようである。『紫式部日記』によると、紫式部は、他の女房たちから、『源氏物語』の作者だからそれを鼻にかけ、風流ぶって人を小馬鹿にするような嫌味な女性だと思われていたという。そうした偏見の中に置かれた紫式部ではあったが、自分の能力や自己主張をあまり表面に出すことなく、ひたすらすばらしい中宮彰子を心のよりどころにして、宮廷生活を送り、自己の憂愁の人生を癒《いや》していたようである。

もとより、宮廷生活においては、男性貴族たちとの関わりもあり、否応《いやおう》なしに政治的世界を見聞することになるが、『紫式部日記』では政治的世界への直接的な言及はほとんど見られない。それは、女性は政治的な問題に関与しないという当時の男性中心社会における慣習によるものであった。

紫式部と清少納言　平安時代の中期、女流作家全盛期において、紫式部と清少納言《せいしょうなごん》は、それぞれ、一条帝の中宮であった定子《ていし》（藤原道隆の娘）と彰子《しょうし》（藤原道長の娘）に仕えて、並び称された。しかし、二人の才女の宮仕えの時期はずれており、清少納言が先で紫式部は後である。長保二年（一〇

清少納言　平安時代中期の女流文学者で、歌人清原元輔《もとすけ》の娘。一条帝の中宮定子（藤原道隆の娘）に仕え、漢学にすぐれた才能を発揮し、『枕草子』を著わしたが、晩年は不遇で落ちぶれていたという。

○○）に中宮定子が死去し、清少納言もまもなく宮仕えを退いているが、紫式部は、その五、六年後に中宮彰子に出仕している。

おそらく、清少納言は、『枕草子』を書いたとき、紫式部を知らなかったであろうし、『紫式部日記』も読んではいなかったはずである。が、一方、紫式部は、『枕草子』を読んで清少納言のことはよく知っていて、『紫式部日記』の中で彼女を痛烈に批判している。

*清少納言こそ、したり顔にいみじうはべりける人。さばかりさかしだち、真《ま》名《な》書き散らしてはべるほども、よく見れば、まだいと足らぬこと多かり。

さらに、人より勝《すぐ》れ、風流ぶっている浮薄な人間の末路は良いことのあろうはずがないとまで、辛辣《しんらつ》に酷評しているのである。

そのような、紫式部の清少納言に対する、感情的な不快感をともなった批判は、いったい何に由来するのであろうか。まず考えられるのは、当時の宮廷社会における政治的な対立である。女性は直接的には政治に関与しないという社会的ルールがあるとはいえ、男性社会の政治抗争は、自然と女性たちの感情的な対立を生み出していった。

紫式部の仕えた彰子の父・道長と、清少納言の仕えた定子の父・道隆や兄・伊《これ》周《ちか》の政治的対立が紫式部の清少納言への批判を生んだのであろう。それとともに、外向的な人間である清少納言と、内向的な人間である紫式部との生き方の差異からくる生理的嫌悪《けんお》感も、その辛辣な批判の背景になっているようである。

「清少納言こそ」以下の訳　清少納言は実に得意顔をして偉そうにふるまっていた人です。あれほど利口ぶって漢字を書き散らしております程度も、よく見ればまだひどく足りない点が多いのです。

紫式部の晩年と死

平安時代の女性は、紫式部や清少納言のように、王朝文化の立役者《たてやくしゃ》として華々しく活躍した場合でも、その晩年が明らかでないことが多いようである。紫式部の晩年期とみられる『紫式部日記』の最後の寛弘七年（一〇一〇）以後の、三十代後半から四十代にかけての時期については、断片的な資料から推測するしかない。

紫式部の晩年期に入る寛弘八年（一〇一一）二月、父・為時が越後《えちご》の守《かみ》に任ぜられ、息子の惟規《のぶのり》をともなって任地に下向《げこう》したが、その年の秋に惟規がその地で死去した。また、同じ年の夏、中宮彰子の夫である一条帝も、三条帝に譲位し、彰子の生んだ敦成《あつひら》親王が皇太子になった後、崩御《ほうぎょ》している。紫式部は、一条帝の死を哀悼して彰子に歌を贈っている。

＊1ありし世は夢にみなして涙さへとまらぬ宿ぞ悲しかりける（『栄華物語』）

その後、長和二年（一〇一三）五月、道長に批判的だった藤原実資《さねすけ》が彰子のもとを訪れたとき、紫式部が応対している。そのことから道長の怒りにふれ、紫式部は、宮仕えを一時的に退いたという説もある。さらに、長和三年（一〇一四）、彰子の病気回復祈願のために清水寺《きよみずでら》へ参詣祈願し、＊2伊勢の大輔《おおすけ》と歌を贈答した。晩年の紫式部は、自らの老いとともに、周辺の人々の老病や死を目《ま》のあたりにすることが多い悲しい日々を送ったようである。

同じ年の六月、父・為時は、越後の守の任期途中で辞任して帰京したが、それは、娘の紫式部の死去のためであったともいう。紫式部の晩年は、宮仕えを引退

＊1
「ありし世は」の歌の訳
一条帝さまの在世中を夢のようだと思うにつけて私の涙が止まらないのに、中宮さま（彰子）は宮廷にもとどまらないで枇杷殿《びわどの》にお移りになってしまうのですね。

＊2
伊勢の大輔　平安時代中期の女流歌人で、「いせのたゆう」ともいう。中宮彰子に仕え、紫式部や和泉式部らと交友があった。「伊勢」（伊勢の御《ご》）とは別人。

後、瀬戸内寂聴《じゃくちょう》氏が言うように、おそらく出家し、宮仕え時代の思い出や『源氏物語』加筆作業の中で老残の余生を悲しく過ごしたのであろう。

紫式部に関する伝説

王朝文学を代表する『源氏物語』、その作者である紫式部に関わる伝説は、平安時代末期以降、鎌倉・室町時代において、さまざまに伝承されてきた。

その中で最も有名なのは、〝石山寺起筆伝説〟*である。大斎院選子内親王《だいさいいんせんしないしんのう》から物語を所望された中宮彰子が新しい物語の制作を紫式部に依頼したので、紫式部は、石山寺に参籠《さんろう》して祈願し、折しも琵琶湖に映った八月十五夜の満月に物語的風情《ふぜい》を感じ、「須磨」の巻から起筆したという伝説である。この伝説は、中世の観音霊験譚《れいげんたん》の一つとして、広く流布したようである。

次に、紫式部堕獄《だごく》伝説は、『源氏物語』という愛欲淫蕩《いんとう》な虚言《そらごと》の物語を作った罪により、紫式部が地獄に堕《お》ちて苦しんでいるという内容であり、人間の愛欲を否定する仏教が隆盛をきわめた、いかにも中世らしい伝説である。ところが、おもしろいことに、地獄に堕ちて苦しんでいる紫式部を救うために供養《くよう》が行なわれ、さらにその供養のために経文《きょうもん》や願文《がんもん》まで作られたのである。

さらに、そのような紫式部堕獄伝説とは反対に、紫式部観音化身《けしん》伝説は、紫式部が、観音の化身として女の姿で現われ、『源氏物語』を書いて仏教の教えを説いたという、物語賛美の内容をもつものである。

いずれにしても、中世における紫式部伝説は、仏教的な論理によって『源氏物

石山寺起筆伝説　南北朝時代成立の『河海抄《かかいしょう》』（四辻善成）などにみえる伝説。二一八頁参照。

語』を解釈・規定しようとする仏教的文学観を背景として生み出されたものである。そうした仏教的文学観は、鎌倉初期成立の『無名草子《むみょうぞうし》』[*1]が「(『源氏物語』の執筆は)仏に申し請ひたりける験《しるし》にや」と語っているように、仏教の加護によって『源氏物語』が書かれたという考え方に由来するものであろう。

紫式部の作品

『紫式部日記』の成立と内容

『紫式部日記』は、紫式部が中宮彰子《しょうし》に出仕していた寛弘五年(一〇〇八)七月から約一年半の宮廷生活を記した日記である。その前半は、「秋のけはひ入り立つままに」と、中宮彰子が出産のために滞在していた実家の土御門邸《つちみかどてい》(藤原道長邸)の秋の描写から始まり、敦成《あつひら》親王(のちの後一条帝)の誕生とその祝いの儀式から中宮が内裏《だいり》に戻った翌年の正月の儀式までが詳細に描かれた記録的部分である。その中で、紫式部は、中宮彰子や道長や女房たちの人柄風貌を点描し、宮仕えについての感慨を述べつつ、自らの憂愁の人生を嘆息している。

日記の後半は、中宮彰子に仕える女房たちの容姿や性格批評から、和泉式部《いずみしきぶ》[*2]・赤染衛門《あかぞめえもん》・清少納言などの女流文学者の才能や性格を批評し、さらに自己の人生について思いめぐらしている。その部分は、前半の記録的な文章とは異なって、序文と跋文《ばつぶん》(あとがき)の体裁を備え、手紙文などに用いられる「侍《はべ》り」の多用

*1 **『無名草子』** 鎌倉時代初期に成立した最初の物語評論書で、作者は藤原俊成の娘ともいわれる。座談会形式によって物語を評論しているが、『源氏物語』を絶賛している点が注目される。

*2 **和泉式部** 平安時代中期の歌人で、大江雅致《まさむね》の娘。中宮彰子に仕えたが、親王たちとのはなやかな恋愛経験を「和泉式部日記」に描き、また情熱的な歌を多く詠んだ。「小式部」はその娘。

などから、誰か（中宮彰子か）に書き贈った手紙文がまぎれこんだものと考えられている。

このように、『紫式部日記』は、『源氏物語』の作者としての紫式部の宮廷生活とその人生観を知るのに役立つ作品ではあるが、書き出し部分の欠落、手紙文の混入、構成上のアンバランスなどから考えて、雑纂《ざっさん》的性格の濃い作品であるといわざるをえない。

『紫式部日記』の執筆時期については、その雑纂的形態からいって何次かに分けて書かれたのであろうが、現存のものは、おそらく寛弘七年（一〇一〇）の夏頃、紫式部三十八歳頃の作と推定される。また、その執筆意図・動機については（特に前半部）、敦成親王の誕生によって権力者への道を確固たるものにしつつあった道長の依頼によるものと考えられている。

『紫式部日記』にみられる中宮彰子像

中宮彰子《ちゅうぐうしょうし》は、永延二年（九八八）、藤原道長を父とし、源倫子《りんし》を母として生まれ、長保元年（九九九）に十一歳で一条帝に入内《じゅだい》した。そのとき、一条帝にはすでに道隆の娘・中宮定子《ていし》がいたが、道長は、自らの権力確立のために強引に彰子を中宮にし、定子を皇后に祭りあげた。それだけに、寛弘五年（一〇〇八）の中宮彰子の懐妊と皇子出産は、道長にとってわが運命が開けた一大事件であったのである。

『紫式部日記』にみえる中宮彰子像は、清少納言の『枕草子』に描かれた定子像とはいささか異なっているようにみえる。清少納言は、道長の圧迫の中でゆらぐ中関白家《なかのかんぱくけ》の中心である定子をひたすら賛美しているが、紫式部は、中宮彰子を賛美し、尊敬しつつも、比較的冷静に観察して描いているようである。

たとえば、日記後半の手紙風の部分で、斎院《さいいん》の女房と中宮の女房を比較して論じた後、

宮（中宮）の御心あかぬところなく、らうらうしく心にくくおはしますものを、あまりものづつみせさせ給へる御心に、何とも言ひ出でじ、言ひ出でたらむも、うしろやすく恥なき人は、よにかたいものとおぼしならひたり。*1

と、強引な権力者である父道長とは相当に異なった、若く内向的な奥ゆかしさのある彰子像を点描している。

さらに、中宮彰子は、体調がすぐれなくとも自らの不快感をさりげなくまぎらわし、御前《おまえ》にお仕えする女房たちに気を使ったりしている。そのような中宮の御前に出ると、紫式部は、人生の憂鬱な思いから開放されるのであった。ともに内省的な性格の二人には響き合うものがあったのであろう。

『紫式部日記』にみられる藤原道長像

『紫式部日記』は、女性が政治に直接関わらないという当時の慣習から、かの『大鏡《おおかがみ》』*2が伝えるような権謀術数《けんぼうじゅつすう》によって権力を確立してゆく強腕《ごうわん》政治家としての道長像を描き出してはいない。が、期待の娘・中宮彰子の安産を願望し、皇子誕生を無邪気に喜ぶ父親としての姿を、紫式部は、あたたかな女性の眼でほほえましく描いている。

*1 **「宮の御心」**以下の訳　中宮様のお心は何一つ不足なところもなく、すべて行き届いて奥ゆかしくおいでですが、あまりにも内気でいらっしゃるお心には、進んで何とも言いだすまい、たとえ言いだしても気づかいなく、後悔しないですむような人はめったにいないものと思いこんでおいでです。

*2 **『大鏡』**　平安時代末期に成立した歴史物語で、いわゆる鏡物の最初の作品。文徳帝から後一条帝までの十四代百七十年あまりの歴史を紀伝体《きでんたい》で記したもので、特に藤原道長の栄華を批判的に描いている点が注目される。

たとえば、道長は、娘の彰子出産に際して、加持祈禱《かじきとう》の僧侶よりも大きな声で安産を祈ったり、朝も夜も生まれた若宮の顔を見に来たりなど、普通の父親と変わらぬ姿として描かれている。あるとき、道長は、抱いていた若宮からおしっこを着物にかけられてしまったが、「あはれ、この宮の御しとに濡るるはうれしきわざかな」と、孫をかわいがる好々爺《こうこうや》のようであったという。また、若宮の五十日《いか》の祝い酒に酔い、

＊あしたづの齢《よはひ》しあらば君が代の千歳《ちとせ》の数も数《かぞ》へとりてむ

という歌を詠んでいるが、そこに政治的な意味とともに、孫の末長い幸福を願う人間道長像を読み取ることも不可能ではないだろう。

さらに、道長は、陽気で外向的なタイプの人間であったらしく、女房に戯《たわむ》れて歌を詠みかけたり、紫式部をおどかしてからかったりなど、天真爛漫《てんしんらんまん》な人情味あふれる人物として、歴史上のイメージとは相当に異なって描かれている。

確かに、歴史書が伝える道長像は、政治権力確立の過程において、権謀術数にたけた悪どい政治家としてのイメージを漂わせているようであるが、文学書である『紫式部日記』が点描する道長像は、強腕政治家の裏側の人間道長を伝えているといってよい。

「あしたづの」の歌の訳
私（道長）に千年の寿命を保つという鶴の齢さえあったら、若宮の御代の千年の数も数えることができるであろうよ。

『紫式部日記』にみられる紫式部の人間像

『紫式部日記』は、中宮彰子が生んだ敦成《あつひら》親王（後一条帝）の誕生の記録を中心に、中宮の父・道長の政治権力の完成への背景が描かれたものであるとともに、その

中宮彰子に仕える紫式部の暗い人生観に由来する憂愁の思いが点描されたものである。たとえば、若宮を出産した中宮彰子が滞在している道長邸に一条帝が行幸することになって、土御門邸《つちみかどてい》あげての準備に大騒ぎしているという、華やかな行事の中にあっても、紫式部は、ひとり憂愁のわが人生を思いつつ、悲嘆を池の水鳥に託すのであった。

水鳥を水の上とやよそに見むわれも浮きたる世を過ぐしつつ[*1]

そのような、中宮彰子と道長の栄華に関わる記録に対して、紫式部の憂愁の人生への述懐は、いわば〝光〟に対する〝影〟ともいうべきものであったようにみられる。

さらに、『紫式部日記』の終わりの方に、紫式部が少女時代を回想した、有名な一文がある。

[*2]この式部の丞《じょう》といふ人（弟）の、童《わらは》にて書読《ふみ》みはべりし時、聞きならひつつ、かの人はおそう読みとり、忘るるところをも、あやしきまでぞさとくはべりしかば、書《ふみ》に心入れたる親は、「口惜しう、男子《をのこご》にて持たらぬこそ幸ひなかりけれ」とぞ、つねに嘆かれはべりし。

右の少女時代の回想は、紫式部が漢学の素養があるという自慢話として考えられることが多いようであるが、弟の式部の丞（男性）とは異なった女性である紫式部が漢学の知識を隠さざるをえないという、中流階級出身の女性としての憂愁の人生への嘆息を物語るエピソードともみることができる。

*1 「**水鳥を**」の歌の訳
あの水鳥どもを、ただ無心に水の上に遊んでいるはかないものと、よそごとに見ることはできない。私だって、あの水鳥と同じように、浮いた落ち着かない日々を過ごしているのだから。

*2 「**この式部の丞**」以下の訳
私の弟の式部の丞という人が、まだ少年の頃に漢籍を読んでいました時、私がそばでいつも聞き習っていて、弟が読み覚えるのが遅かったり、忘れたりするような所でも、私は、不思議なほど早く理解してしまいましたので、学問を大切にしていた父親は、「残念なことに、この娘が男の子でなかったのは不幸なことだったなあ」といつも嘆いておられました。

『紫式部日記』と『源氏物語』

『紫式部日記』は、『源氏物語』の成立と背景とその作者の人生を考えるために役立つ作品である。作品論は作家論から切り離すべきであるという考え方もあるが、総合的な作品論はやはり作家論の助けを借りなければ成り立たないはずである。

寛弘五年の中宮彰子の敦成親王出産の祝宴の記事の中で、

> *1左衛門《さえもん》の督《かみ》、「あなかしこ、このわたりに、若紫やさぶらふ」と、うかがひ給ふ。源氏にかかるべき人も見え給はぬに、かの上《うへ》は、まいていかでものし給はむと、聞きゐたり。

と『源氏物語』のことが書かれている。左衛門の督（藤原公任《きんとう》）は、紫式部が『源氏物語』の作者であるということを前提にして、からかったのである。

その記事に続いて、中宮彰子の宮廷還御にともなう物語制作の記事があり、そこには、単に「物語」とだけしか書かれていないが、その「物語」が『源氏物語』であることは、前後から考えて明らかである。

また、『紫式部日記』の終わりの方に、次のような有名な記事がある。

> *2内《うち》の上《うへ》の、源氏の物語、人に読ませ給ひつつ聞こしめしけるに、「この人は日《に》本紀《ほんぎ》をこそ読み給ふべけれ。まことに才《ざえ》あるべし」と、のたまはせけるを、（左衛門の内侍《ないし》が）ふと推《お》しはかりに、「いみじくなむ才がる」と、殿上人《てんじょうびと》などに言ひ散らして、「日本紀の御局《みつぼね》」とぞ付けたりける、いとをかしくぞはべる。

紫式部は、『日本紀』（『日本書紀』の略称という）などの日本の歴史をよく読み、

*1 **「左衛門の督」**以下の訳
藤原公任が「恐れ多いことですが、このあたりに若紫さんはおいでですか」と（几帳の間から）おのぞきになった。光源氏にかかわりのありそうな人もお見えにならないのに、ましてあの紫の上などがどうしてここにおいでありましょうか、と思って、私は聞き流していました。

*2 **「内の上の」**以下の訳
一条帝が『源氏物語』を女房にお読ませになられてお聞きになっていた時に「この作者は『日本書紀』などの日本の歴史をお読みのようだね。本当に学識があるようだ」と仰せられたのを聞いて、左衛門の内侍があて推量で、「紫式部さんはとても学問があるんですってさ」と、殿上人などに言いふらして、私に「日本紀の御局」というあだ名を付けたのでしたが、ひどく滑稽なことでした。

その歴史を背景にして、『源氏物語』を書いたことから、〝日本紀の御局《みつぼね》〟とあだ名を付けられたわけである。

ところが、『源氏物語』の「蛍」の巻の物語論の中で、物語の好きな若き玉鬘は、光源氏を相手に物語論を展開し、光源氏から次のような言葉を引き出すにいたる。

光源氏は、玉鬘に負けて、次のように言う。

*日本紀などはただかたそばぞかし。これら（物語）にこそ道々しくくはしきことはあらめ。

右の「日本紀」と、先に引いた『紫式部日記』の中の「日本紀」とがどのような関係にあるかについては諸説あるが、両者は何らかの関連のもとに書かれたはずである。

さらに、『紫式部日記』と『源氏物語』との関係について、表現・和歌・場面・構想などのさまざまな点の類似性が指摘されており、両者の先後関係が論じられているが、一般的にいえば、日記から物語へという影響関係を考えるのが穏当であろう。人生の事実を核として書く日記が文学的虚構性を命《いのち》とする物語を素材として作られたとする考え方は、無理であるといわざるをえないからである。

紫式部は、『紫式部日記』の中で、権力者道長と中宮彰子の栄華を描きながらも、しがない中流女性にすぎない自己の人生の不幸を認識しつつ、晴れやかな宮廷社会に同化できない憂愁の思いを引きずりつつ、時に出家求道《ぐどう》への思いを漏《も》らしたりしている。その紫式部の、〝光〟に対する〝影〟のごとき暗鬱《あんうつ》な人生観は、『源

「日本紀などは」以下の訳　『日本紀』などの歴史書は一面的に過ぎないものです。これらの物語にこそ、道理にかなった詳しい事柄が書いてあるのです。

『氏物語』の第二部の世界における光源氏や紫の上の憂愁に満ちた晩年の人生に、また第三部の宇治十帖での、八の宮・大君・浮舟・薫君などの、暗い厭世観によって出家求道を求めつつさすらう憂愁の人生に反映されているのであろう。特に人間への根底的な不信によって宗教的世界へ傾斜している宇治十帖の世界は、紫式部の出家による厭世的人生観に由来するものであったかもしれない。

『紫式部集』の内容と特色

『紫式部集』は、私家集《しかしゅう》*の一つであるが、『源氏物語』の作者の生活と人生を知ることのできるものとして大きな意味を有する。晩年に自撰された『紫式部集』は、紫式部の少女時代から晩年に至るまでの人生の喜怒哀楽を詠んだ一二八首の歌を収めたもので、『源氏物語』の歌を連想させるような文学性に富んでいる。少女時代の交遊関係の歌、藤原宣孝《のぶたか》との恋愛・結婚・死別に関わる悲喜こもごもの歌、中宮彰子に宮仕えした時代の道長や女房たちとの交遊の歌などがおもなものであるが、少女時代の勝気で明るい歌から、未亡人になってから宮仕えに出た頃の中年時代の内省的・厭世的な歌まで、『紫式部集』は、光と影が織りなす束《つか》の間《ま》の人生を点描した『紫式部日記』とは異なって、紫式部の全生涯を知ることのできる重要なものである。

紫式部の歌についての評価はさまざまであるが、平安時代末期に活躍した専門歌人藤原俊成《しゅんぜい》（藤原定家《ていか》の父）は、紫式部を評して「歌詠みのほどよりは物書く筆は殊勝《しゅしょう》なり」と述べている。紫式部は、生きていた時代においても、歌人としてよりも『源氏物語』の作者としての名声を得ていたらしく、専門歌人としての

私家集　帝（または院）の命令で国家的に選定された勅撰集に対して、個人の歌集をいう。「家の集」とも。

る。

歌合《うたあわせ》や題詠歌《だいえいか》をほとんど詠んでいないのに比べ、贈答歌や独詠歌を多く詠んでいる。

たとえば、『紫式部集』冒頭の歌、

めぐり会ひて見しやそれとも分かぬ間に雲がくれにし夜半《よは》の月かな[*1]

は、『百人一首』の歌として有名であり、紫式部の娘時代の交遊関係を哀感をもって述懐している。

宮仕え以後の歌は、自己の人生の不幸や世の無常を思う憂愁に満ちた暗い述懐の歌が次第に多くなっていくようである。

『紫式部集』と『源氏物語』の関係

『紫式部集』は、紫式部の私家集であるから、『紫式部日記』と同様に、『源氏物語』を考えるための重要な資料となる。もとより両者の関係を安易に結びつけるべきではないという考え方もあるが、同じ紫式部の作品として、比較検討することは物語理解のためにすこぶる重要なことである。

たとえば、『源氏物語』の中で源氏が夕顔の死を哀惜《あいせき》して詠んだ歌は、『紫式部集』における、夫の藤原宣孝の死を悲しんで詠んだ歌と類似している。

見し人の煙となりし夕べより名ぞむつまじき塩釜の浦[*2]（『紫式部集』）

見し人の煙を雲とながむれば夕べの空もむつまじきかな[*3]（『源氏物語』）

また、『源氏物語』の「葵《あおい》」巻では、六条御息所《ろくじょうのみやすどころ》の生霊《いきりょう》が物《もの》の怪《け》となって正妻葵の上に取りつく場面が詳細に描かれているが、『紫式部集』の中で、物の怪に取り

*1 「**めぐり会ひて**」の歌の訳　久しぶりにお会いできましたのに、あなたかどうか見分けられないうちにお帰りになってしまったので、夜中の月が雲に隠れてしまったように心残りでした。

*2 「**見し人の**」の歌の訳　一七一ページを参照

*3 「**見し人の**」の歌の訳　愛した人（夕顔）を火葬にした煙があの雲になったのだと思ってながめると、夕暮れの空も親しみのあるものに思われる。

つかれた後妻の背後で、鬼の姿で縛られた先妻を退散させようと読経《どきょう》する夫を描いた絵を見て詠んだ歌が収められている。

　亡き人にかごとをかけてわづらふもおのが心の鬼にやはあらぬ[*1]

紫式部の物の怪への関心という点で、両者は類似的なものといえよう。

さらに、『紫式部集』の末尾に「日記歌」として収められている『紫式部日記』の歌

　年暮れてわがよふけゆく風の音に心のうちのすさまじきかな[*2]

は、『源氏物語』の「幻《まぼろし》」巻の源氏の最後の歌、

　もの思ふと過ぐる月日も知らぬ間に年もわが世も今日や尽きぬる[*3]

と類似的であって注目に値する。

紫式部の人生の『源氏物語』への投影

『紫式部日記』及び『紫式部集』にみられる紫式部の人生や思想は、さまざまな形で『源氏物語』の女性たちに投影されている。確かに、紫式部の伝記的事実と『源氏物語』という偉大な作品を安易に結びつけてしまうのは学問的ではないかも知れないが、どの時代の作家だって何らかの点で自己の体験や見聞を生かして作品を創造しているという歴史的事実は否定できないであろう。瀬戸内寂聴《じゃくちょう》氏が、日記には本当の自分を出すことよりも小説（物語）に事実の自分を露出することが多いと言っているのも、案外事実をついた発言なのかも知れない。

しばしば指摘されてきたように、紫式部は、『源氏物語』の女性たちの中で、空《うつ》

＊1 「**亡き人に**」の歌の訳
妻に取りついた物の怪を夫が亡き先妻のせいにして手こずっているというのも、実は自分の心の鬼（疑心暗鬼）に苦しんでいるというのではないでしょうか。

＊2 「**年暮れて**」の歌の訳
今年も暮れてゆく中で私の齢も老いてゆくなあ、夜ふけの風の音を聞いていると、心が寒々としてものさびしいことだ。

＊3 「**もの思ふと**」の歌の訳
物思いのために月日が過ぎてゆくのを知らずにいる間に、この一年も、わが一生も今日で終わってしまうのであろうか。

蟬《せみ》・花散里《はなちるさと》・明石《あかし》の君などの女性たちに自己を投影させて描いているといわれる。その三人の女性たちに共通するのは、しがない中流階級の女性であること、容姿があまりよくないこと、奥ゆかしく謙虚な人柄であることなどであるが、そのことは、紫式部の人間像のイメージと重なり合う。

とりわけ、空蟬は、老受領《ずりよう》の後妻的立場の人妻であったこと、中流女性としての身分意識が強いこと、高貴な男性（空蟬←光源氏、紫式部←道長）から言い寄られたこと、容姿があまりよくないこと、不本意《ふほんい》な人生を過ごしてしまったことなどの点で、最も紫式部に似通っており、いわば、空蟬像は紫式部の自画像であるとさえいわれている。

それに対して、同じ中流女性でありながら、玉の輿に乗って栄華を極めた明石の君は、紫式部の理想像であり、当時の多数派の中流女性たちの希望の星であったにちがいない。また、ヒロイン紫の上の少女時代にも、聡明な少女であった紫式部の面影が投影されているという。

小説としての『源氏物語』

『源氏物語』の構造はどのようになっているか

『源氏物語』は、絶世の貴公子光源氏の一代記を中心とする構造の物語であるが、もっと大きくみると、＊桐壺帝《きりつぼてい》（父）—光源氏—薫君《かおるぎみ》（息子）の三代、約七十年に及ぶ壮大な愛の物語である。それに、光源氏の子供や孫たち、冷泉帝《れいぜいてい》（桐壺帝の皇子、光源氏の異母弟ということになっているが本当は息子）、明石の中宮（娘）、夕霧（息子）、匂《におう》の宮《みや》（孫）などが配された、いわば源氏一族の物語である。

七十年に及ぶ源氏一族の物語である『源氏物語』は、時間・人間関係・空間（場所）などによって、すこぶる複雑な構造をもった長編物語である。

時間的構造　『源氏物語』は、桐壺帝と桐壺の更衣《こうい》との悲恋に始まり、薫君と浮舟との悲恋に終わる、壮大な愛を主題とした長編物語であるが、その時間的構造に着目して作られた年譜を〝年立《としだて》〟という。

もとより、『源氏物語』は、日記文学などとは異なって、〝○年○月○日〟と日

源氏一族

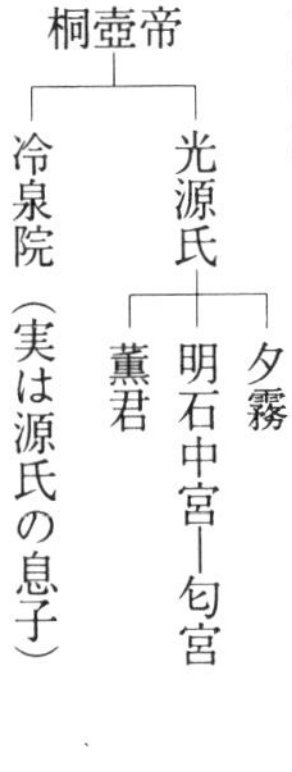

付が明記されているわけでもなく、また最初から光源氏の一代記というように計画的な構想によって書かれたわけでもないので、登場人物の年齢は不明確であることも少なくないのである。

したがって、『源氏物語』の年立は、〝光源氏の四十の賀《しじゅうのが》〟とかに明示されている年齢から逆算して計算した年譜で、主人公光源氏の年齢、その死後は薫君の年齢を基準としている。古く室町時代の源氏学者一条兼良《かねら》や、江戸時代の本居宣長《もとおりのりなが》によって作成された年立は、その後多少の修正が加えられて現代に至っているが、矛盾点も少なくないようである。

ところが、『源氏物語』を時間的構造によって考えた場合、巻々の物語は、時間的に重複するものが出てくる。巻々の物語が重なり合って時間的構造として重複する巻々を〝並びの巻〟*という。たとえば、「若紫」巻は、光源氏の十八歳春から冬までの物語であり、また「末摘花《すえつむはな》」巻は、光源氏の十八歳春から十九歳の春までの物語であるから、彼の十八歳の部分が重なることになる。したがって、「若紫」巻の〝並びの巻〟が「末摘花」の巻ということになる。

〝並びの巻〟の考え方は、鎌倉時代初期の藤原定家《ていか》あたりからあったようで、現代に至って、〝並びの巻〟が後から挿入されたという成立論へと発展していった。

人間関係の構造

『源氏物語』には多くの人物が登場し、さまざまな多角的な人間関係が描かれている。

並びの巻

○「若紫」巻の並びは「紅葉賀」巻と「末摘花」巻
○「賢木」巻の並びは「花散里」巻
○「明石」「澪標」巻の並びは「蓬生」「関屋」巻
○「少女」巻の並びは「玉鬘」巻
○「匂宮」「橋姫」「椎本」巻の並びは「竹河」巻
○「椎本」「総角」巻の並びは「宿木」「紅梅」巻
○「早蕨」「東屋」巻の並びは「宿木」巻
○「蜻蛉」「夢の浮橋」巻の並びは「手習」巻

その中で、最もおもしろいのは、女主人公の人間関係における〝ゆかり〟という考え方である。女主人公として、桐壺の更衣―藤壺―紫の上―女三の宮は、いずれも〝紫のゆかり〟である。桐・藤・紫の草木の花はいずれも紫色であり、当時〝紫色〟は最も高貴な色であった。したがって、『源氏物語』（正編）は、人間関係からいうと、光源氏をめぐる〝紫のゆかり〟の女性たちを主軸とした構造となっている。

宇治十帖（続編）になると、主人公薫君をめぐるヒロインは、大君―中の君―浮舟と続く姉妹であり、ゆかりの変形ともいえるものである。

そのほか、『源氏物語』にはさまざまな人間関係が複雑にからみ合って描かれているが、左大臣家（左大臣・頭《とう》の中将・光源氏）と右大臣家（右大臣・弘徽殿《こきでん》の女御《にょうご》・朱雀帝《すざくてい》）、光源氏と内大臣（昔の頭中将）、光源氏（弟）と朱雀帝（兄）との対立が人間関係的な構造に組みこまれている。

また、*女性たちをみると、上《かみ》の品《しな》（上流階級）である藤壺・六条御息所《ろくじょうのみやすどころ》・朧月夜《おぼろづきよ》らの女性と、中《なか》の品（中流階級）である空蟬《うつせみ》・夕顔・末摘花・花散里《はなちるさと》・明石の君などとの対照的な関係が物語の構造として考えられる。

人間関係をめぐる構造の中でおもしろいのは、主人公光源氏(弟)と朱雀帝(兄)との、いわば〝愚兄賢弟《ぐけいけんてい》〟は、生涯にわたって、女性をめぐる四回の戦いをくりひろげている。つまり、第一ラウンドは、左大臣の娘葵《あおい》の上《うえ》をめぐって兄弟が争った結果、葵の上は光源氏の正妻となり、光源氏の勝ち。第二ラウンドは、右大

女性ランクの格付 （二一四～二一九頁参照）
○上の品（上流階級）　皇族・大臣の娘など。
○中の品（中流階級）　国司（受領）の娘・没落皇族の娘など

臣の娘・朧月夜をめぐって兄弟が争うが一応光源氏の勝ちとなる（引き分けという考え方もある）。第三ラウンドは、六条御息所の遺児・前斎宮《ぜんさいぐう》をめぐって兄弟が争った結果、再び光源氏の勝ち。第四ラウンドは、朱雀院の娘・女三の宮をめぐって兄弟は駆け引きをくりひろげるが、結果的に両者が傷ついてしまったので引き分け、とすると、光源氏と朱雀帝の兄弟の争いは、光源氏の三勝一分、または二勝二分ということになろう。

このように、『源氏物語』のおもしろさは、さまざまな人間関係をタテ・ヨコ・ナナメと自由にとらえ直すことのできる、奥ゆきのある複合的な構造性を有している点である。

空間的構造　『源氏物語』の舞台となった空間（場所）は、全国的な広がりをもった『平家物語』*とは異なって、朝廷を中心とした京都周辺の狭い範囲に限定されている。

まず、『源氏物語』正編（「桐壺」～「幻」）は、光源氏が須磨《すま》・明石《あかし》へ行った以外は、ほとんど京都の宮廷社会が舞台である。

それに対して、続編（「匂宮《におうのみや》」～「夢浮橋《ゆめのうきはし》」）のうちの宇治十帖では、物語の舞台は一転して、宇治から小野へと大きく転回する。この物語の舞台の大きな転回は、物語的構造としてすこぶる重要な意味を帯びている。

宇治という地は、京都から南都《なんと》（奈良）へ行く途中、京都の南方にあたり、現在は宇治茶の産地として名高いが、当時の京都の貴族にとっては、古くから敗残

『平家物語』の舞台　『平家物語』の舞台は、現在の関東以西の広範囲にわたっている。京都周辺を中心にしてはいるが、木曽谷・北陸道、一の谷・屋島・壇の浦の西海道に及んでいる。

者の住んだ暗いイメージをもった土地であった。『百人一首』で有名な喜撰法師《きせんほうし》の歌[*1]「わが庵は都の東南《たつみ》しかぞ住む世を宇治山と人は言ふなり」にあるように、〝宇治〟は、〝憂《う》し〟土地、つまりわびしい・悲しい・つらい世界であった。宇治十帖の主人公たちのうち、宇治の八の宮は、政争に敗れた敗残流離のわびしい人であり、その娘浮舟《うきふね》（憂き舟）もつらく悲しい人生を生きたさすらい人であった。

このように、宇治は、物語の空間的構造という点からみると、京都の宮廷貴族社会に対立して、反京都的・反宮廷貴族社会的な世界であるという点で、光源氏の栄華と没落を描いた正編とは異なって、栄華への否定という厭世的《えんせいてき》イメージによって彩られた空間的世界である。

さらに、物語の舞台は再び転回する。宇治十帖最後のヒロイン浮舟は、宇治の山荘から失踪して横川《よかわ》の僧都《そうず》に助けられ、比叡山《ひえいざん》の麓《ふもと》・小野の草庵に安住の地を求めて住むことになる。

物語の主要な舞台は、京都→宇治→小野と三転することになる。京都から大原《おはら》に向かう途中から東に入った、比叡山の西麓《せいろく》に位置する小野の山里[*2]は、『伊勢物語』で有名な、藤原氏に追われた惟喬親王《これたかのみこ》が隠棲した土地であったように、古くから隠棲の地であったという。当時の宗教界のメッカ比叡山に近接した小野の地は、京都→宇治→小野というコースにおいて、次第に宗教的な世界に接近してゆくことになる。

＊1 **「わが庵は」**の歌の訳
私の草庵は、都の東南にあって、このように心のどかに住んでいる。それなのに、この世を憂しとして悲しんで暮らしている宇治の僧だと、人々は言っているようだ。

＊2 **小野の山里**
二九五～二九六頁参照

『源氏物語』全体の空間的構造からみると、世俗的な栄華の巷《ちまた》（京都）から次第に宗教的な世界へと、物語の舞台は暗転し、そこに主題の展開をみとることができる。

しかし、宇治十帖のヒロイン浮舟が、比叡山の高徳の僧、横川の僧都に助けられ、出家するという、宗教性によって浸潤《しんじゅん》されながらも、此岸《しがん》（現世）と彼岸《ひがん》（来世）とのさすらい人であることで終わり、結局尼寺などに入ることがなかったのは、『源氏物語』が『平家物語』*と大きく異なる点であろう。

『源氏物語』の特質はどのような点にあるか

主　題

一般的に、文学作品の主題（テーマ）とは、作者の意図によって表現された作品の感情・思想をいうが、『源氏物語』のような長編物語の場合は、その世界に現わされた主題は、必ずしも一つではなく、いくつかの副主題（サブテーマ）がからみ合って、全体として一つの大きな主題を形成している。

また、近代文学の作品の場合、作家は、小説執筆の企画・構想の最初の段階で、全体を一貫するような主題をおおむね設定するという、いわば近代的合理主義によることが多いようである（もっとも、完成した小説は作家が当初設定した主題からはずれてしまうことも少なくないであろう）。

『平家物語』の女性たち　『平家物語』に登場する女性たち―妓王《ぎおう》・妓女《ぎじょ》・仏御前《ほとけごぜん》・横笛・小宰相《こざいしょう》・建礼門院などは、愛の破綻《はたん》や戦乱の悲劇によって潔く出家（入水）する、決意の女性たちである。

それに対して、古典文学の作品の場合、特に『源氏物語』のような長編物語の場合、作者は、物語の企画・構想の段階で、全体を見とおした首尾一貫した主題を設定するのではなく、かなり長期にわたる作者の精神的思想的な成長、興味・指向の変化、読者の要求などによって、順次書き継いでゆくものであるから、その物語の主題は、変質曲折し、深化発展していくもので、限りなく成長してゆくという、古典独得の意味を背負っている。

江戸時代中期の国学者・本居宣長《もとおりのりなが》は、鎌倉時代・室町時代・江戸時代前期に盛んであった、『源氏物語』を儒教や仏教の道徳的視点から論ずる考え方を排除し、人間の情を重視する「もののあはれ」（物に対する感動）という和歌的な情趣性を主題的なものと考えた。

近代になると、多様な『源氏物語』主題論が提示されたが、特に第二次大戦後、『源氏物語』三部構成説*が急速に広まり、それに従って物語の主題の深化発展がはかられたという、新たな主題論がさまざまに展開された。たとえば、『源氏物語』の主題を、第一部＝宿世と王権（王権と罪と流離）、第二部＝罪と憂愁（反王権と鎮魂）、第三部＝道心と救済（愛執と救済）としてとらえる考え方が主流をなしつつあるかのようである。

それは、主人公光源氏が桐壺帝の皇子から臣籍降下して貴族になったことによって王権（帝になる権利）を失ったが、ある程度回復を果たしたとする、潜在王権の回復という〝王権論〟の立場による主題のとらえ方であった。しかも、そう

『源氏物語』の三部構成説（一五頁参照）

第一部　「桐壺」巻〜「藤の裏葉」巻までの三十三帖、光源氏の青春と栄華を描いている。

第二部　「若菜の上」〜「幻」巻までの八帖で、光源氏の晩年の悲劇を描いている。

第三部　「匂の宮」巻〜「夢の浮橋」巻までの十三帖で、光源氏の子孫である薫君や匂の宮の恋の悲劇を描いている。

した王権論的な主題論は、紫式部という一人の女性の手になる『源氏物語』が光源氏というスーパーマンの物語である以上に、本質的に〝女の物語〟であるという点で、物語を全体的に包括するような主題論としては部分的・側面的であるといわざるをえないであろう。

それに対して、『源氏物語』の女性たちが、潜在王権の実現のために光源氏に貢献しているように見えながらも、一方ではむしろ光源氏を狂言回《きょうげんまわ》し*として、一夫多妻制・身分秩序を重んじる宮廷社会の人間関係の中で、愛と苦悩の悲劇的人生として描かれているという、女性論的な主題論の方が、より中心的で、より重要なものといえるかもしれない。

たとえば、『源氏物語』を女性の愛という視点からみるならば、第一部は、藤壺の不倫の愛も、六条御息所《ろくじょうのみやすどころ》の怨念《おんねん》の愛も、明石の君の忍従の愛も、それぞれ何かの形で報われるという意味で、愛の可能性を主題としているとみられる。また第二部は、紫の上の光源氏への不信感の増大によって崩れゆく愛も、女三の宮の宿命的な愛も、愛がマイナスの要素を帯びているという点で、愛のはかなさ（不確実性）を主題としていると考えられる。さらに第三部は、大君の厭世的《えんせいてき》な拒絶の愛も、浮舟のさすらいの悲劇的な愛も、愛が女性たちを不幸にしていくという点で、愛のむなしさ（否定）を主題としているととらえられる。

要するに、『源氏物語』の主題は、男の物語と女の物語との複合的なものとしてとらえられなければならないはずである。

狂言回し　歌舞伎狂言において、主人公を盛り立て、劇の進行に重要な役を果たす役者。

人物造型

『源氏物語』の人物造型は、たとえば古典文学の最高峰として並称されている『平家物語』の人物造型の類型性と比較してみても、誰ひとりとして類型的な人物がおらず、多彩な豊かさをもっているという点で、すぐれたものといえよう。

人物造型法（登場人物の描かれ方）は、物語の中において、その登場人物が、いかなる身分・容姿・性格・行動・心理のパターンとして描かれているかという点を、物語全体の構造や主題の中でとらえようとする方法である。が、『源氏物語』の場合、相当の長編物語であり、かなり長い年月にわたって断続的に書き継がれてきたものと想定されることから、人物造型法は、最初から首尾一貫したものとして統一的になされているわけではなく、物語の主題の設定・変更・発展などに従って、人物像を変質・成長させており、ある場合には、作者の関心や読者の興味などによって脱線・敷衍《ふえん》させられた結果、人物像が非合理的・非統一的になってしまっていることも少なくないようである。

『源氏物語』に限らず、一般的に、物語というものは、成長・発展がなされてゆくところにおもしろさがあり、その人物造型法も、作者が次々と発展・増幅させてゆく構想の中で、新しい主題的な意味を担って、さまざまに複合的になされているのである。

『源氏物語』のそれぞれの人物造型については、本事典の第一章を参照していただきたいが、たとえば、ヒロイン紫の上は、『源氏物語』の第一部では、光源氏の六条院の栄華を象徴する、すばらしい理想的な女性として人物造型されているが、第二部になると、主題の展開・成長に従って、光源氏への愛の不信から傷ついて苦しむ現実的な女性として人物造型されるようになってゆく。

次に、『源氏物語』の人物に関わる問題として、人物の名称*（呼称）について触れておきたい。『源氏物語』の人物の名前については、〝光源氏〟〝紫の上〟〝空蟬《うつせみ》〟〝朧月夜《おぼろづきよ》〟など、優雅で素敵《すてき》な名称が付けられており、その名前は実に的確に人物の特徴を示している。しかし、それらの人物の名称は、作者が付けたものはほんのわずかであり、『源氏物語』の中ではほとんど使われておらず、後世の読者たちが作者とは関係なく付けた〝ニックネーム〟（愛称・あだ名）のようなものである。

もっとも、『源氏物語』成立後の千年の長い年月における多数の読者たちは、実に賢明であって、ネーミングにすぐれており、それぞれの人物の特徴をよくつかんで、いかにもその人物にふさわしい優雅な名前を付けている。が、いつの時代でも読者というものは気まぐれであるから、主要な人物の中でニックネームを付け忘れられた人がいる。たとえば、左大臣の息子で、光源氏の正妻葵《あおい》の上の兄であるとともに良きライバルであった頭《とう》の中将（のちの内大臣）は、そんな哀れな一人なのである。

それはともかく、『源氏物語』の中では、それぞれの人物は、一般的に官職名で呼ばれており、昇格などで官職名が変わるたびに呼称も変わってゆく。たとえば、

人物の名称　『源氏物語』に登場する人物は、後代の読者が付けたニックネームで呼ばれているが、それは、物語中の和歌・重要な語句・事項などによって命名されたものである（三谷栄一編『源氏物語事典』有精堂、一九九二参照）。

主人公の光源氏は、長い年月の間に実にさまざまな名前で呼ばれているが、おもなものをみると、重複する時期もあるがおよそ四期に区分される。第一期は、「桐壺」巻から「薄雲」巻あたりまでの時期で、「君」「光る君」など、第二期は、「澪《みお》標《つくし》」巻から「鈴虫」巻あたりまでの時期で、「大臣《おとど》」など、第三期は、「藤裏葉」巻あたりから「幻《まぼろし》」巻（死去）までの時期で、「院」など、第四期は、「匂宮《におうのみや》」巻から「手習《てならい》」巻あたりまでの時期で、「故院」などと呼ばれているが、それらと重なり合って、場面場面において「光源氏」「男」「男君《おとこぎみ》」「中将」「大将」「殿《との》」などの呼称が、他の登場人物との相対的な関係の中で使用されている。

歴史的背景

『源氏物語』は、作者紫式部が仕えた中宮彰子《ちゅうぐうしょうし》の父で、〝御堂関《みどうかん》白《ぱく》〟と呼ばれた藤原道長を中心とした摂関《せっかん》制政治を背景にして書かれているが、物語の時代背景は、道長や紫式部が生きた時代（一〇〇〇年前後）よりも五十～百年くらい前の醍醐《だいご》・朱雀《すざく》・村上《むらかみ》帝の時代に設定されている。したがって、『源氏物語』における桐壺・朱雀・冷泉帝は、それぞれ醍醐・朱雀・村上帝を一応のモデルとして描かれているということになるが、いうまでもなく、歴史＝物語ではなくて、さまざまな脚色がほどこされている。

それでは、なぜ、紫式部は、自らの主人である中宮彰子の父道長の時代からはるかに遠い時代に物語を設定したのであろうか。それは、紫式部が、天皇を中心とする皇族の物語を書こうとしたからではないかと考えられる。歴史上、醍醐・村上帝の時代は、摂関政治優位のために形骸《けいがい》化《か》しつつあった道長時代に比べて、天皇親政のもとに天皇政治が最も理想的に行なわれた〝聖代〟であって、いわゆる〝延喜《えんぎ》・天暦《てんりゃく》の治《じ》〟といわれる。約四百年後の南北朝時代に、後醍醐・後村上帝は、天皇制全盛時代であった延喜・天暦の時代を理想とし、天皇制の再興をめざしたものであったが、時代錯誤の認識もないままに、建武中興《けんむのちゅうこう》は失敗に終わってしまったのである。

　このように、紫式部は、天皇制の理想の時代を背景にして『源氏物語』を書いたのであって、そこには、次に述べる、悲しき皇子である主人公光源氏を中心とした皇族の物語に対する並々ならぬ尊崇《そんすう》の精神を読みとることができる。『源氏物語』には、太政大臣・左大臣・右大臣などは登場するが、摂政・関白がほとんど登場しないのは、その歴史的時代的背景が摂関制全盛期の道長の時代ではなく、天皇親政が行なわれていた醍醐・村上帝の時代だからである。

　次に、天皇制の理想の時代を歴史的背景とした『源氏物語』の主人公光源氏についてみておく。光源氏は、天皇の皇子で源氏を賜って臣下にくだった〝賜姓源氏《しせいげんじ》〟であり、醍醐帝の皇子で臣籍降下したが、藤原氏に追い落とされて九州太宰府に左遷された西宮《にしのみや》の左大臣・源 高明《みなもとのたかあきら》をモデルとしている。

　少なくとも、光源氏物語の前半部分は、主として源高明の人生を歴史的背景として描かれているが、そのほか、風流な河原院を造った実力者源 融《みなもとのとおる》、賜姓源氏となりながら天皇になった宇多帝、道長に東宮《とうぐう》の地位を追われた後に*准太上《じゅんだじょう》天皇になった小一条院《こいちじょういん》などの賜姓源氏の人々のイメージが何らかの形で付与されてい

准太上天皇　太上天皇とは、天皇が譲位した後の称号で、略して上皇（院）という。光源氏の場合は、即位しなかったが、冷泉帝の父であったので、太上天皇に準ずる称号を得たのである。

る。

また、光源氏物語の後半部分は、*1外戚《がいせき》政治によって光源氏が栄華を極める物語であるが、同じく外戚政治によって栄華を誇った藤原道長、その道長との政権争いに敗れた風流の貴公子藤原伊周《これちか》（清少納言の仕えた中宮定子《ていし》の兄）などの人物事蹟が歴史的背景として描かれた世界である。

*1 **外戚政治**　権門貴族が娘を天皇の後宮に入れ、娘が生んだ皇子が即位して天皇になることによって、外祖父《がいそふ》として政治権力をふるうこと。

『源氏物語』の文章表現の特質はどのようなものか

『源氏物語』の文章の特徴

『源氏物語』の文章・文体は、かつて自然主義小説家*2正宗白鳥《まさむねはくちょう》が〝悪文説〟を唱えたように、すこぶる難解で、読みにくくわかりにくい。もし、文章というものが内容をわかりやすく相手に伝えることを目的とする〝平明さ〟を良しとする立場に立つならば、『源氏物語』の文章は悪文であるといってよいだろう。

*2 **正宗白鳥**　明治・大正・昭和の三代にわたって活躍した自然主義小説家であるとともに、辛辣《しんらつ》な評論家でもあった。

『源氏物語』の文章は、一読して誰でも気づくことであろうが、主語がほとんど省略されていること、一センテンスが長く、途中に挿入語句があり、くねるような文脈であること、かなり強引な語法によって凝縮《ぎょうしゅく》されて書かれていること、全体としておぼめかした書き方による朧化的《ろうかてき》・暗示的な表現法によっていることなどの点で、著しくわかりにくい文章となってしまっている。

ちなみに、『源氏物語』の難解な文章を苦労しながら読んだ後で、『更級《さらしな》日記』

や『徒然草《つれづれぐさ》』の文章を読むと、そのあまりの平易さに驚いてしまうほどである。だから、『源氏物語』の文章がある程度読めるようになれば、『枕草子』も、『平家物語』も、『徒然草』も比較的簡単に読めてしまうはずである。

それでは、なぜ、『源氏物語』の文章は、他の古典文学に比較して難解なのであろうか。かつて正宗白鳥が言ったように、『源氏物語』の文章は本当に悪文なのであろうか。〝難解さ＝悪文〟という視点だけで、『源氏物語』の文章を判断してしまってよいものであろうか。

もとより、『源氏物語』の文章を擁護《ようご》するつもりはないが、〝難解さ＝悪文〟という単純な視点だけでは処理できない問題があるようにも思える。

『源氏物語』の文体に関する研究の中に、〝「文体」とは「文」の「身体」だ〟という考え方があるが、その視点は、〝作品のテクストの「身体」である「文体」〟というとらえ方を越えて、〝「文体」とは作者の「身体」の反映である〟と置きかえることも不可能ではないであろう。

古いことわざに、〝文は人なり〟というものがあるが、作品の文体は、作者の人間性から生み出されるものなのである。良し悪しはともかく、文体は、作者の身体に内在する人間性・精神性から言葉として表出されるものなのである。したがって、文章・文体のさまざまなありようは、その作者のさまざまな人間性・精神性の鋭い反映であるといってよい。

そういう意味で、『源氏物語』の文章・文体の難解さは、作者紫式部の人間性の屈折、精神性の晦渋《かいじゅう》としてとらえることができる。言い換えれば、『源氏物語』の文章の難解さを、紫式部の人間性や精神性の屈折・晦渋さの如実な反映としてみるならば、そこには作家としての奥深さ、人間としての高さをみることも不可能ではないはずである。我々は、紫式部の精神の奥深さを読みとるために、『源氏物語』の文章の難解さを越えなければならないのである。

『源氏物語』の文章は、難解で奥深さをもった、よくいえば高度の芸術性を示すものであるが、

『源氏物語』の表現法の特色

そこには洗練されたさまざまな表現技法が見られる。たとえば、枕　詞《まくらことば》・掛　詞《かけことば》（懸詞）・縁語《えんご》などの和歌的な修辞法を文章に応用した技法のほか、引歌《ひきうた》の技法、語りの技法などが主なものである。

まず、引歌の技法とは、和歌における本歌取《ほんかど》りの技法を文章表現に応用したものと考えられ、誰でも知っているような有名な古歌を文章の一部に組みこむことによって、その文章に重層的な奥行きをもたらし、複数の歌の交錯《こうさく》による余情・余韻《よいん》をただよわせるという方法である。

たとえば、『源氏物語』の「賢木《さかき》」巻で、光源氏との愛のもつれを清算して伊勢への都落ちを決意して嵯峨《さが》の野宮《ののみや》にこもる傷心の六条御息所《ろくじょうのみやすどころ》を、若き光源氏が慰問する有名な場面、

*遙《はる》けき野辺を分け入り給ふより、いとものあはれなり。秋の花みな衰へつつ、浅茅《あさぢ》が原もかれがれなる虫の音《ね》に、松風すごく吹き合はせて、そのこととも

「遙けき野辺」以下の訳　（光源氏は）はるばると広がる野辺をお分け入りになると、たいそうしみじみとした風情がただよっている。秋の花はみんな色あせて、雑草の生えている野原も枯れ枯《が》れで、とだえがちな虫の音《ね》に、松吹く風がもの寂しく響き合い、何の曲とも聞き分けられぬほどのかすかな楽の音が絶え絶えに聞こえてくるのは、たいそう優美な風情である。

聞き分かれぬほどに、ものの音《ね》ども絶《た》え絶《だ》え聞こえたる、いと艶《えん》なり。

において、傍線部分の表現は、『拾遺集《しゅういしゅう》』の斎宮《さいぐう》の女御《にょうご》の歌「琴*の音《ね》に峰の松風通ふらしいずれのをより調べそめけむ」を引歌としており、その背後に、重層的・余情的に歴史的な故事を匂わせている。

斎宮の女御とは、村上天皇（『源氏物語』の中では冷泉帝のモデルとされている）の女御であった徽子《きし》女王（朱雀朝の斎宮）のことであり、その娘（規子《きし》内親王）が斎宮（円融朝斎宮）になったのにともない、付き添って伊勢に下ったことは、六条御息所が娘の斎宮に付き添って伊勢に下ったことの先例と考えられている。

このように、『源氏物語』における引歌は、文章の表現技法として実に巧妙に駆使されており、しかも、文章のいたるところに見出される。『源氏物語』の引歌を全部抽出した引歌の事典まで作られているが、ある文章の表現に対して、引歌かどうかという判定は、相当に困難であり、岩波書店の新日本古典文学大系の『源氏物語』と、小学館の新日本古典文学全集の『源氏物語』とを比べてみても、かなり異なっており、少なからず揺れをともなっているようである。

次に語りの技法とは、老女房の語った物語という形式をとる『源氏物語』の表現方法であるが、それが難解な文章をさらに複雑にしている。

一般的な理解からすれば、『源氏物語』は、さまざまな人物や事件を見聞し、筆録した老女房（侍女）が語って聞かせるという形式をとっている。そのような語り手は、物語中に自由自在に入りこみ、すべてを見とおせる神のような高い立場

「琴の音に」の歌の訳
琴の音色に峰の松を吹く風が響き合うらしい、どの緒（尾）より弾きはじめたらこんなすばらしい響きが生まれるのであろうか。

で、登場人物をコントロールし、作者（作品）と読者をつないでいるという点において、作者が作り出した表現技法としての便宜的な存在である。

『源氏物語』作者の分身ともいえる語り手たる老女房は、登場人物や場面に対して、しばしば聞き手（読者）の立場に立って、批評（批判・肯定・賛美など）・状況説明・省略をことわる弁明などを述べている。たとえば、「賢木」巻において、重病の桐壺院は、朱雀帝《すざくてい》・光源氏・皇太子（のちの冷泉帝《れいぜいてい》）らの息子たちに遺言し、崩御《ほうぎょ》するが、

＊あはれなる御遺言《ゆいごん》ども多かりけれど、女のまねぶべきことにしあらねば、この片端《かたはし》だにかたはらいたし。

と、草子地《そうしじ》において、語り手（作者）は、政治のことは女性が口だしすべきではないという弁明を語って、くだくだしい遺言の内容を省略している。

このように、『源氏物語』の〝女房語り〟の方法は、女性の人生体験の告白（語り）である女流日記文学、あるいは老尼の昔語り（歴史語り）という形式をとる歴史物語（『今鏡《いまかがみ》』や『増鏡《ますかがみ》』）に継承されていった。

「あはれなる御遺言ども」以下の訳　切実なご遺言が多くあったけれども、女の立場として政治向きのことは口だしすべきことではないので、ここに一部分を記すことさえ気がとがめる思いである。

文学史の中の『源氏物語』

『源氏物語』の素材・典拠

『源氏物語』における『竹取物語』の摂取

『竹取物語』は、九世紀後半に成立した、わが国最古の物語であり、『源氏物語』の「絵合《えあわせ》」巻に「物語の出できはじめの親《お》」と記されている。

『竹取物語』は、かぐや姫の発見・生い立ち・月への旅立ちという伝奇的部分と、五人の貴公子および帝の求婚という写実的部分との二重構造となっている。

紫式部は、『竹取物語』を愛読していたらしく、『源氏物語』において、広い範囲で、さまざまな形でそれを取りこんでいる。たとえば、*『竹取物語』の書名は、「蓬生《よもぎう》」「絵合」「手習《てならい》」などの各巻にみえるが、そのほかさまざまな影響が指摘されている。

『竹取物語』は、「蓬生」巻では時代遅れの末摘花《すえつむはな》が読む作品として紹介され、また「絵合」の巻では源氏方の最初の出し物として選ばれているが、ともに古風

『源氏物語』の中の『竹取物語』

○「蓬生」巻　（末摘花は）かぐや姫の物語の絵に描きたるをぞ時々のまさぐり物にし給ふ。

○「絵合」巻　物語の出で来はじめの親なる竹取の翁に宇津保《うつほ》の俊蔭を合はせて争ふ。

○「手習」巻　（浮舟を発見した僧都の妹の尼は）かぐや姫を見つけたりけん竹取の翁よりもめづらしき心地するに……。

な物語の代表としてのイメージをもっている。さらに、宇治十帖の「手習」巻では、横川《よかわ》の僧都《そうず》の妹尼が突然のごとく現われた浮舟をかぐや姫にたとえているが、ともに異郷をさすらう女性としてのイメージが重ねられている。

次に、『竹取物語』が、『源氏物語』の人物形象や構想に大きな影響を与えている点についてみておきたい。たとえば、玉鬘十帖《たまかずら》のように、玉鬘が、母・夕顔の急死後、乳母《めのと》一家とともに九州をさすらうという点、彗星《すいせい》のごとく宮廷社会にデビューし、多くの貴公子たちから求婚されるという点などは、月世界から地上世界にさすらい、多数の貴公子から求婚された『竹取物語』のかぐや姫の影響を受けた構想である。

さらに、宇治十帖のヒロイン大君《おおいぎみ》が薫君《かおるぎみ》の求愛を拒絶するという禁欲的な女性像は、『竹取物語』のかぐや姫が誰とも結婚せずに月の都へ旅立つという、〝白鳥処女説話型〟の女性像の多大な影響によって形象されている。

*白鳥処女説話
二八頁の注参照

『源氏物語』における『伊勢物語』の摂取

『伊勢物語』は、〝昔男《むかしおとこ》〟と称された風流な貴公子在原業平《ありわらのなりひら》の恋愛譚を中心とした一代記的な歌物語であり、『竹取物語』以上に、『源氏物語』の表現・構想・人物などに多大な影響を与えている。

まず、『伊勢物語』は、『源氏物語』の「絵合」巻で、光源氏方が、『竹取物語』に続いて『伊勢物語』を出すが、その『伊勢物語』が負けそうになると、主役の藤壺が「在五中将の名をばえ朽《くた》さじ」と擁護《ようご》し、格別な評価を与えている。

また、『源氏物語』の中心をなす、光源氏と藤壺との禁じられた愛の物語は、『伊勢物語』における、在原業平と二条の后《きさき》（藤原高子《たかいこ》）との許されざる恋、業平と伊勢の斎宮《さいぐう》との禁忌《きんき》の恋などをふまえて構想されたものである。

さらに『源氏物語』の有名な垣間見《かいまみ》の場面—光源氏が北山で少女若紫（紫の上）を垣間見る場面（「若紫」巻）、薫君が宇治の山荘で大君・中の君姉妹を垣間見る場面（「橋姫」巻）は、いずれも『伊勢物語』の「初冠《ういこうぶり》」の段で、業平が奈良の都で美しい姉妹をのぞき見する場面をふまえて描かれている。

しかし、『伊勢物語』が『源氏物語』に与えた最も顕著な影響は、主人公光源氏像の形象においてであろう。もとより、光源氏像には、＊源高明《みなもとのたかあきら》・藤原道長など、歴史上のさまざまな人物が投影されているが、文学的という点では、『伊勢物語』における在原業平像に負っているところが多大である。高貴な血筋・理想的男性像・奔放《ほんぽう》で情熱的な愛・流離放浪・みやびの精神などを包括する業平像は、桐壺帝の皇子として生まれ、美貌に恵まれた理想的な男性として生き、藤壺や紫の上などの紫のゆかりの女性たちを愛し、須磨・明石に流浪した光源氏像に豊かに活用され、発展させられているのである。

『源氏物語』における『宇津保物語』の摂取

『宇津保物語』は、『源氏物語』以前に成立した長編物語で、清原俊蔭《きよはらとしかげ》—俊蔭の娘—仲忠—犬宮《いぬみや》と続く一族の音楽（琴）伝承物語を主軸とし、貴宮求婚譚《あてみやきゅうこんたん》をそこにはめこんだ点から、構想的統一性に欠けるが、社会と人間への広がりをもっている作

源高明 醍醐帝の皇子で、母の身分が低かったために臣籍に降下して「源氏」の姓を名のり、「西宮の左大臣」といわれた。有能な政治家であったが藤原氏によって太宰府に左遷された。

品として注目される。その作者としては、*源順《みなもとのしたごう》が有力であるが、漢学に秀でた男性知識人と考えられている。

『源氏物語』の「絵合」巻において、内大臣方が、源氏方の『竹取物語』に対するものとして『宇津保物語』を出しているが、この組み合わせは、なかなかおもしろい。『宇津保物語』の貴宮求婚譚は、『竹取物語』におけるかぐや姫求婚譚の影響を受けて構想されており、それがさらに、『源氏物語』の玉鬘《たまかずら》物語における玉鬘求婚譚に多大の影響を与えている。

また、『源氏物語』の玉鬘物語において、光源氏が蛍の宮と玉鬘が逢引《あいび》きをしているのを盗み見しながら蛍を放つという点は、『伊勢物語』とも関連するが、『宇津保物語』の中で、帝が典侍《ないしのすけ》になった仲忠の母を垣間見る場面からの影響とみられる。

さらに、『源氏物語』における、光源氏の栄華を象徴する豪壮な六条院は、四町を占め四季を配する極楽浄土《じょうど》のごとき大邸宅であるが、『宇津保物語』にみられる、四町を占める貴宮の父・源正頼《まさより》の大邸宅や、四季を配した神南備種松《かんなびのたねまつ》の邸宅などの影響を受けたものである。

『宇津保物語』の作者は、漢学にすぐれた俊蔭・仲忠を主人公としてクローズアップし、苦学した大学衆藤英《だいがくのしゅうとうえい》を高く評価し、儒者《じゅしゃ》の理想を書いているが、平安時代の著名な漢学者の一人であった藤原為時《ためとき》の娘・紫式部も、『宇津保物語』の儒者の理想を継承し、『源氏物語』の中で、光源氏の長男夕霧が大学の学生《がくしょう》として苦学する姿を描き出している。

源 順　平安時代中期の漢学者で歌人。梨壺《なしつぼ》の五人の一人として『後撰集』の選者となる。和歌・詩文にすぐれた有力な文人であった。

『源氏物語』における女流日記文学の摂取

『源氏物語』は、それに先行する唯一の女流日記文学『蜻蛉《かげろう》日記』から多大の影響を受けている。『蜻蛉日記』は、中流階級出身の女性・道綱《みちつな》の母（藤原倫寧《ともやす》の娘）が上流階級の権力者藤原兼家《かねいえ》*（道長の父）と結婚し、一夫多妻制の現実の中での苦悩の多い結婚生活を描いた作品であるが、結婚生活における愛のあり方に苦悩する女性の一生を描いたという点で、『源氏物語』の女性像の形象に多大な影響を与えているとみられる。

宮廷社会は狭い血縁関係によって成り立っているが、『蜻蛉日記』の作者・道綱の母の孫娘にあたる宰相《さいしょう》の君《きみ》は、中宮彰子の女房であったから紫式部と同僚であり、道綱の母自身も、紫式部にとって義理の大伯母《おおおば》の妹にあたる。

『蜻蛉日記』の上巻において、夫である兼家が訪問したのに道綱の母が怒っていて門を開けなかった場面は、『源氏物語』の「若紫」巻で、光源氏が訪れても傷心の六条御息所《ろくじょうのみやすどころ》が会わないで拒絶する場面と類似している。また日記の中巻では、夫（兼家）との関係に疲れた道綱の母が幼い息子に出家の決意を話すと、道綱が飼っていた鷹を逃がしてしまうという場面は、『源氏物語』の「賢木《さかき》」巻で、窮地に立った藤壺が息子の東宮（冷泉帝）に出家の決意をほのめかす場面に類似している。そのような両者の場面の類似は、『源氏物語』が『蜻蛉日記』から影響を受けたものといってよいだろう。

さらに、『蜻蛉日記』の中で、中流女性である道綱の母が上流の権力者藤原兼家

藤原北家の系図

正妻時姫 ＝ 兼家
- 道隆—定子
- 道兼
- 道長—彰子

道綱の母 ＝ 兼家
- 道綱

道綱の母—娘（養女）—宰相の君

と結婚し、〝玉《たま》の輿《こし》〟に乗るという点は、『源氏物語』において、地方豪族の娘である中流女性の明石の君が上流階級の権力者光源氏と結婚して栄華を極めるという構想に多大の影響を与えていると考えられる。

『源氏物語』における和歌の摂取

『源氏物語』は、先行する物語類とともに、当時の正統的な文学であった和歌をさまざまな形で活用している。紫式部の時代には、勅撰集として『古今集』『後撰集』『拾遺集』の三代集[*1]や、多くの私家集がもてはやされており、『源氏物語』もそれらから大きな影響を受けている。

『源氏物語』が和歌を利用する場合、①和歌から物語を構想する方法、②人物や場面の表現において引歌《ひきうた》[*2]として利用する方法、③場面や趣向において有名な歌語や歌人を利用する方法などが主なものである。

まず、①の和歌から物語を構想する方法としては、『源氏物語』の中では空蟬物語があげられる。「帚木《ははきぎ》」「空蟬《うつせみ》」「関屋《せきや》」の三巻にわたる空蟬物語は、歌物語的であるといわれているように、主人公の人妻・空蟬は、貴公子光源氏に心ひかれながらも悲しく拒絶せざるをえなかった悲しみを、

　空蟬[*3]の羽《は》に置く露の木隠《こがく》れてしのびしのびに濡るる袖かな

という歌に詠むが、その歌は、著名な歌人伊勢の私家集『伊勢集』の歌であり、空蟬物語の構想に大きな役割を果たしているとみられる。

次に②の『源氏物語』の引歌については、さまざまな表現・人物描写などにお

*1 **三代集**　平安時代前期の勅撰集で、『古今集』『後撰集』『拾遺集』をいう。

*2 **引歌**　文章または和歌に古歌の一部を取りこんで、重層的・余情的な効果を出す技法。

*3 **「空蟬の」**の歌の訳　蟬のぬけがらの羽に置かれた露が落ちて木の陰に隠れて見えないように、私（空蟬）は、あなた（源氏）から姿を隠して人目を忍んで涙で袖をぬらしていることです。

いて膨大な数の引歌が指摘されており、作者紫式部の和歌的素養の高さがうかがい知られ、物語に立体的な奥行きをもたらす効果を果たしている。

さらに、③『源氏物語』において著名な歌人や歌語を生かして場面構成や人物形象をするという方法もあちらこちらに見出される。たとえば、『源氏物語』の宇治十帖の「総角《あげまき》」巻で、父の一周忌を前に悲嘆に沈む大君《おおいぎみ》・中の君姉妹の姿を描く場面において、先に述べた伊勢や紀貫之の歌を引き、その歌の*詞書《ことばがき》をふまえた心情表現によって、姉妹の悲しげな様子を描き出している。

『源氏物語』における神話・伝説の摂取

日本の古典文学における神話・伝説の影響は、すこぶる広範囲にわたっており、さまざまな形で多大な影響をもたらしている。特に神話・伝説の時代といわれる上代（大和・奈良時代）や中世（鎌倉・室町時代）は、神話・伝説につらなる種々の説話文学を生み出している。

『源氏物語』は、それらの説話時代の文学に比べると、神話・伝説の影響は少ないようであるが、それでもさまざまな形であらわれ、あちらこちらに影を落としている。

たとえば、『源氏物語』の夕顔物語は、浪漫的な世界を形成しているが、その背景には神話・伝説の世界が広がっている。光源氏は、自らの素性《すじょう》を知らせないで覆面《ふくめん》姿で夕顔の所へ通ってゆき、あるとき「なにがしの院」という廃院に夕顔を連れこむが、彼女は物《もの》の怪《け》（六条御息所？）のために取り殺されてしまう。

詞書　和歌の前に置き、その和歌が詠まれた事情や状況を記した前書きの文章。

そのような怪奇的な夕顔物語は、三輪山《みわやま》神話と河原院《かわらのいん》伝説とによって構成されている。すなわち、三輪山神話とは、崇神《すじん》天皇の時代、イクタマヨリビメのもとに毎夜正体不明の男が通ってくるので、彼女の両親が糸をつけた針を男の着物に刺させて追いかけてゆくと、その男は三輪山の神・大物主神《おおものぬしのかみ》であったというもので、『源氏物語』において、光源氏が自らの正体を隠して夕顔のもとに通うという構想に何らかの影響を与えている。

また、河原院伝説は、平安時代に〝河原の左大臣〟といわれた源融《みなもとのとおる》*1の豪邸河原院が荒廃した後、宇多帝《うだてい》が京極御息所《きょうごくみやすどころ》をともなって行ったところ、源融の霊が出現して抗議したというもので、夕顔物語における「なにがしの院」に物の怪が出現したという構想の背景になっているものとみられる。

『源氏物語』における漢詩文・中国史書の摂取

『源氏物語』の作者紫式部は、父・為時から漢学を教えられていた弟よりも早く覚えてしまったというエピソードが語るように、漢詩文や中国史書に関する素養に富んでいた。とりわけ、紫式部は、中国の白楽天《はくらくてん》*2（白居易《はっきょい》）の『白氏文集《はくしもんじゅう》』を愛好し、叙情詩的な「長恨歌《ちょうごんか》」を『源氏物語』の構想に利用し、また「新楽府《しんがふ》」を中宮彰子《しょうし》に講義している。

たとえば、「長恨歌」は、唐の玄宗《げんそう》皇帝と楊貴妃《ようきひ》の愛の物語であるが、「桐壺」「葵《あおい》」「幻《まぼろし》」巻などに引かれており、それぞれ桐壺の更衣《こうい》・葵の上・紫の上の死を哀傷する場面に活用されており、物語に奥行きと広がりをもたらしている。

*1 **源融**　平安時代前期の貴族で、嵯峨帝の皇子。「源氏」の姓を賜って臣籍に降下し、風流な大邸宅「河原の院」を構えた。

*2 **白楽天**　中国（唐）の詩人。その詩風は、平易通俗で風刺に富み、広く愛誦された。詩文を集めたものを『白氏文集』という。

紫式部は、「日本紀の御局《にほんぎのみつぼね》」[*1]とあだ名されたように、日本の歴史の知識が豊かであったが、また中国の歴史に関しても造詣《ぞうけい》が深かった。中国の史書の中では、『史記』[*2]や『後漢書《ごかんじょ》』[*3]などのさまざまなものが指摘されているが、とりわけ漢の司《し》馬遷《ばせん》の著わした、中国最初の正史『史記』は、『源氏物語』に与えた影響はすこぶる多大なものがあり、あちらこちらで活用されている。

たとえば、『源氏物語』の「薄雲《うすぐも》」巻において、光源氏と藤壺との密通の結果として生まれた冷泉帝が即位するという構想は、『史記』の「后妃伝《こうひでん》」にみえる、秦《しん》の始皇帝《しこうてい》が荘襄王《そうじょうおう》の子として即位したが、実は臣下の呂不韋《りょふい》の子であったという点と関わっている。

また、「賢木《さかき》」巻で、光源氏が不遇な文人たちを集めて作文《さくもん》[*4]などをやっていた時、「文王《ぶんのう》の子、武王《ぶおう》の弟」という、『史記』の「魯周公世家《ろしゅうこうせいか》」の周公旦《しゅうこうたん》の言葉を口ずさむ場面があるが、文王＝桐壺院、武王＝朱雀帝《すざくてい》、周公旦＝光源氏になぞらえたりしている点など、さまざまな場面で多くの影響を受けている。

『源氏物語』の古典文学への影響

『源氏物語』の平安後期物語への影響

『源氏物語』の成立以後の平安後期物語は、文章から人物に至るまでのさまざまな点で広範囲に『源氏物語』の影響を受けており、とりわけ宇治十帖からの影響が圧倒的に

[*1] **『日本紀』** 日本最初の漢文正史である『日本書紀』の略称であるが、ここでは六国史などの日本の歴史をいう。

[*2] **『史記』** 漢の司馬遷の手になる中国最初の正史で、日本の物語や歴史に多大の影響を与えた。

[*3] **『後漢書』** 中国正史の一つで、後漢の歴史を記す。その「東夷伝《とういでん》」は日本に関する記事をのせている。

[*4] **作文** 漢詩文を作ること。漢詩文を作ることは知識人にとって重要なことであった。

多いようである。

「伊勢・源氏・狭衣《さごろも》」と称賛されて人気のあった『狭衣物語』[*1]は、全編が『源氏物語』の換骨奪胎《かんこつだったい》といってもよいような物語であり、いわば『源氏物語』のミニチュア版（縮小版）ともみられる。たとえば、人物をみても、主人公の狭衣大将は、光りかがやく理想性をもっている点では光源氏の影響を受けているが、憂愁を秘めた人間という点では薫君《かおるぎみ》の影響を受けて描かれている。狭衣にとっての永遠の恋人・源氏の宮は、藤壺と宇治の大君《おおいぎみ》を合成した女性、狭衣の不本意な結婚相手である一品《いっぽん》の宮は葵《あおい》の上、飛鳥井《あすかい》の姫君は夕顔と浮舟を合成した女性というように、『狭衣物語』の人物は、何らかの意味で『源氏物語』の人物をふまえて形象されているとみられる。

また、『浜松中納言物語』[*2]は、『源氏物語』とは異なって、日本から中国に及ぶ広い世界を舞台とし、夢と転生《てんせい》をからませた異色の物語であるが、主人公が唐の后《きさき》と契りを交わすのは『源氏物語』における光源氏と藤壺の密通をふまえているなど、さまざまな点で『源氏物語』の影響を受けている。

さらに、心理描写の深化によって新しい世界を開いた『夜《よる》の寝覚《ねざめ》』[*3]、男女交換という新機軸を打ち出した『とりかへばや』[*4]、短編的な新しい方法による『堤《つつみ》中納言物語』[*5]なども、文章・場面・人物などの種々の点において、『源氏物語』の多大な影響のもとに成立した作品である。

もっとも、『源氏物語』の圧倒的な影響のもとに成立し、その亜流《ありゅう》とさえ見なさ

---

*1 **『狭衣物語』**　平安時代後期の物語で、作者は、禖子《ばいし》内親王宣旨《せんじ》ともいう。主人公狭衣大将をめぐる苦悩の多い恋愛物語であるが、『源氏物語』の亜流といわれるほどその多大な影響を受けている。

*2 **『浜松中納言物語』**　平安時代後期の物語で、作者は菅原孝標《たかすえ》の娘ともいうが未詳。日本及び中国を舞台とし、夢や転生を軸とした幻想的な恋愛物語である。

*3 **『夜の寝覚』**　平安時代後期の物語。主人公中の君が数奇な運命に翻弄される恋愛物語で、心理描写にすぐれているといわれる。『夜半《よわ》の寝覚』とも。

*4 **『とりかへばや』**　平安時代末期の物語。男女をチェンジした兄妹の物語で、退廃的な世界を描く。現存のものは改作本という。

れる平安後期物語ではあるが、いくつかの物語は、『源氏物語』からの離脱をもくろみ、新しい方法的な試みをしている点が注目される。

『源氏物語』の鎌倉時代物語への影響

鎌倉時代物語は、擬古《ぎこ》物語・中世王朝物語とも呼ばれ、ほぼ鎌倉時代から南北朝時代に及ぶ中世前期に、斜陽の宮廷社会における公家たちの手によって作られた物語で、現存するものは約三十編弱、散逸《さんいつ》したものは多数に及ぶという。政治的実権を失いつつあった斜陽公家は、遠い祖先の栄光の時代を象徴する『源氏物語』を聖典として文学的伝統を追い求め、模倣を越えて積極的に『源氏物語』摂取をはかり、多くの擬古的な物語を作ったのであった。

まず、『源氏物語』との直接的な関係からいえば、『山路《やまじ》の露《つゆ》』『巣守《すもり》』（散逸）『桜人《さくらひと》』（散逸）『雲隠《くもがくれ》六帖』などは、『源氏物語』の擬作（補作）であるが、鎌倉時代物語としての性格をも備えている。

また、『あさぢが露』『海人《あま》の刈藻《かるも》』『苔《こけ》の衣《ころも》』『岩清水《いわしみず》物語』『小幡《こわた》の時雨《しぐれ》』『小《さ》夜衣《よごろも》』『しのびね物語』なども、表現や人物などにおいて、『源氏物語』の影響を受けた物語であるが、その方法は、概して表面的・類型的・断片的なものに終始しているかのようである。もとより、鎌倉時代物語の、そうした『源氏物語』の摂取の方法は、作者の創造性の弱体化による模倣というマイナス面もあろうが、斜陽公家であった読者の願望や期待に応えるべき積極的な創作技巧の一つであったともみられる。

＊5 **『堤中納言物語』** 平安時代後期から鎌倉時代に書かれた短編物語を集めた物語集で、『虫めづる姫君』など、特異な人物を奇抜な構想によって描き出している。

さらに、鎌倉時代物語における『源氏物語』の影響の特徴としては、光源氏が北山で少女紫の上を垣間見《かいまみ》る場面をはじめとする有名な場面とか、宇治十帖における薫君や浮舟のような厭世的《えんせいてき》人間像とかが中世の読者の好みに合ったらしく、くりかえし意図的に使われているということである。

もっとも、そうした『源氏物語』の類型的な摂取の方法は、中世の日記文学や歴史物語などの公家文学に共通するものである。

『源氏物語』の室町時代物語への影響

室町時代物語＊は、御伽草子《おとぎぞうし》・中世小説・物語草子などの名称で呼ばれ、南北朝時代から江戸時代初期にかけて作られた約四〇〇編の短編物語群である。その作者や読者は、公家《くげ》だけではなく僧侶・武家・庶民にも広がり、絵本や絵巻物として広く流布するに至ったが、物語としては類型的・通俗的・断片的であることは否定できないだろう。

室町時代物語における『源氏物語』の影響は、鎌倉時代物語以上に表面的・類型的・断片的であり、〝聖典〟であるより〝通俗的な知識〟として利用されるという特徴をもっている。

たとえば『猿源氏草紙《さるげんじぞうし》』は、伊勢の国（三重県）の鰯《いわし》売りが京都五条の遊女に一目惚《ひとめぼ》れし、身分を偽って結ばれるという内容で、『源氏物語』の中の柏木と女三の宮の物語が引かれており、『源氏物語』の卑俗なパロディといった短編物語である。

室町時代物語　従来「御伽草子」と呼ばれてきた短編の物語群は、決して子供の童話ではなく、庶民を対象とした通俗物語であり、松本隆信編『室町時代物語大成』（全五巻、角川書店）に集大成されている。

また、室町時代物語は、『源氏物語』の部分的な趣向や事件を卑俗化・梗概化《こうがい》したものが多い。たとえば、『源氏物語』の宇治十帖の浮舟物語の影響による『若草物語』『音なしの草子』、雨夜《あまよ》の品定《しなさだ》めの趣向を利用した『四十二番の物あらそひ』『窓の教《おしえ》』、空蟬《うつせみ》物語の影響による『十本扇《じっぽんおうぎ》』、六条御息所《ろくじょうのみやすどころ》と葵《あおい》の上《うえ》の車争い事件を扱っている『火桶《ひおけ》の草子《そうし》』などがあるが、いずれも、物語の中に例話や関連事件として断片的・知識的に『源氏物語』が利用されているにすぎないのである。

そうした室町時代物語における『源氏物語』の影響は、室町時代から江戸時代にかけて、『源氏物語』が和歌や連歌《れんが》の参考書として利用されたこと、膨大《ぼうだい》で奥深い『源氏物語』を読むことが困難な庶民などの初心者のために、啓蒙的な梗概本が多く作られたこととも関わるものである。

『源氏物語』の歴史物語への影響

歴史物語は、平安時代後期から南北朝時代にかけて成立した歴史の物語であり、『栄華物語《えいがものがたり》』『大鏡《おおかがみ》』『今鏡《いまかがみ》』『水鏡《みずかがみ》』『増鏡《ますかがみ》』の五作品をいう。

歴史物語五作品のうち、『源氏物語』の影響という点からみると、『大鏡』『水鏡』は意識的ともいえるほどに『源氏物語』の影響の痕跡《こんせき》を残していないが、『栄華物語』『今鏡』『増鏡』は、さまざまな点で『源氏物語』の大きな影響を受けている。

まず、平安時代後期に成立した『栄華物語』は、中宮彰子《しょうし》に仕えた紫式部の同僚であった赤染衛門《あかぞめえもん》の作と伝えられているだけに、『源氏物語』の多大な影響を受けている。光源氏のモデルとされる藤原道長の栄華を中心的に描いていること、

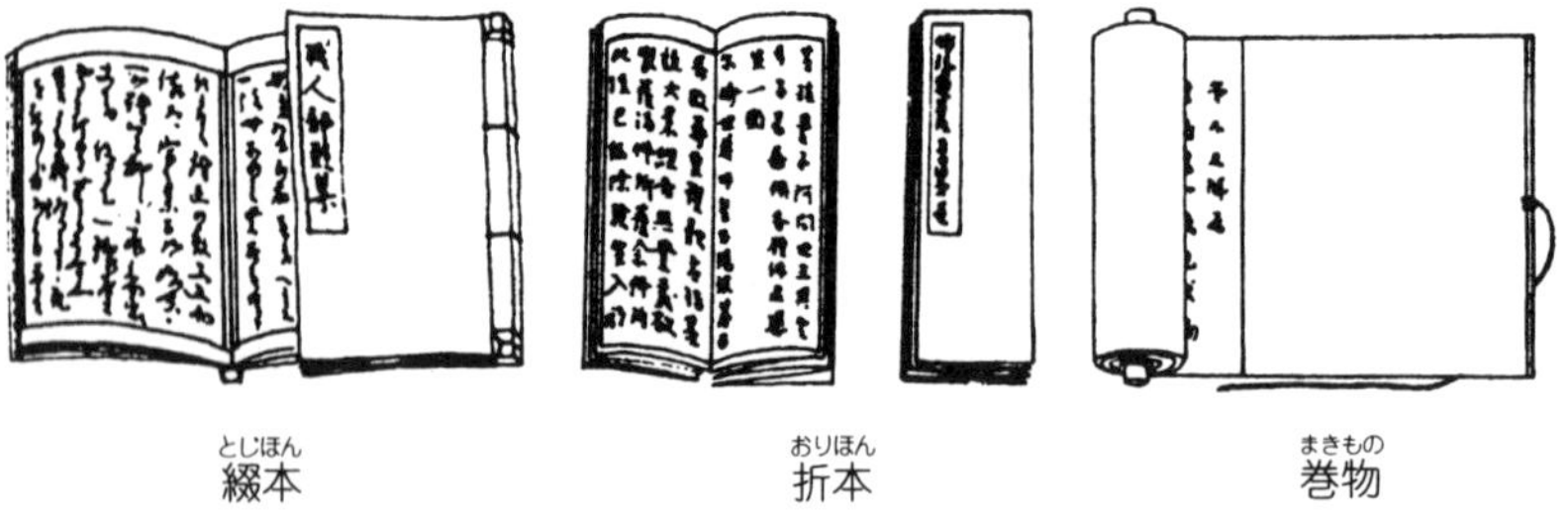

巻物《まきもの》　折本《おりほん》　綴本《とじほん》

本の形態

『源氏物語』風の優雅な巻名を付けていること、正編に続編を立てるという構成法の類似のほか、表現・人物・構想などの点において、『栄華物語』は『源氏物語』の多大の影響を受けて書かれている。

次に、平安時代末期に成立した『今鏡』は、語り手の老女を大宅世継《おおやけのよつぎ》の孫で紫式部に仕えた侍女《じじょ》として設定しており、当時流行したらしい紫式部堕獄《だごく》伝説への反論として〃紫式部観音化身《かんのんけしん》伝説〃を伝えているほか、表現や趣向において『源氏物語』の影響を少なからず受けている。

さらに、『源氏物語』から最も遠い南北朝時代に成立した『増鏡』は、〃『源氏物語』の眼をもって書いた鎌倉時代の歴史〃ともいわれるように、平安時代の『栄華物語』に次いで、『源氏物語』の著しい影響を受けている。和歌から取った優雅な巻名、『源氏物語』を思わせるような優雅な擬古文《ぎこぶん》、人物や場面の描出に『源氏物語』を巧妙に利用している点など、『源氏物語』から影響を受けた点は著しく多大である。

『源氏物語』の軍記物語への影響

平安時代末期から南北朝時代にかけての中世戦乱の時代に、『保元《ほうげん》物語』『平治《へいじ》物語』*1『平家《へいけ》物語』*2『太平記《たいへいき》』などの軍記物語が、中世の新しい物語文学として成立した。それらの軍記物語と『源氏物語』の関係についてみると、表現や人物形象などに、断片的・表面的・知識的な影響を見られるが、歴史物語などの公家文学に比べると、その影響はきわめて薄弱であるといわざるをえない。

*1 **『平家物語』**　鎌倉時代に成立した軍記物語の代表作で、平曲《へいきょく》として平家琵琶によって語られた。仏教的無常観によって貫かれた雄大な叙事詩的な物語で、平家一門の滅びの美と武士たちの勇ましさが描かれている。

*2 **『太平記』**　南北朝時代に成立した軍記物語で、儒教思想の影響が強い。後醍醐帝・足利尊氏・楠木正成《まさしげ》らの活躍を中心にした南北朝の動乱を描いている。

もっとも公家文化（王朝文化）と武家文化と僧侶文化の融合である『平家物語』は、そうした軍記物語の中では例外的に『源氏物語』の影響を受けた部分も少なくない。

たとえば、『平家物語』巻五の「月見」の段は、平清盛《たいらのきよもり》が強引に遷都《せんと》した福原（神戸市）が須磨《すま》に近いことから、都人たちがその名所の月を見ようと出かける場面で、「源氏の大将の昔の跡をしのびつつ、須磨より明石の浦づたひ」と『源氏物語』の「須磨」巻をふまえた表現があり、また徳大寺実定《とくだいじさねさだ》が大宮御所を訪れる場面に「源氏の宇治の巻には、優婆塞《うばそく》の宮の御娘、秋の名残りを惜しみつつ」と、宇治十帖の「橋姫」巻をふまえた表現もあるが、それらは、『源氏物語』の表面的・断片的な引用にとどまるものである。

さらに、『平家物語』の巻六の「小督《こごう》」の段は、平清盛に宮廷を追放された、高倉帝の恋人小督が嵯峨《さが》に隠れ住んでいたのを源仲国《みなもとのなかくに》が探し求めに行くという有名な場面であるが、『源氏物語』の「桐壺」巻で、桐壺帝の命を受けた靫負《ゆげい》の命婦《みょうぶ》が更衣《こうい》の実家を訪問する場面や、「賢木《さかき》」巻で、都落ちを決意して娘の斎宮《さいぐう》とともに嵯峨の野宮《ののみや》に籠《こも》っている傷心の六条御息所《ろくじょうのみやすどころ》を光源氏が訪問する場面などがふまえられて構想されている。

『源氏物語』の日記文学への影響

『源氏物語』の成立以後、平安時代後期から鎌倉時代において、『更級《さらしな》日記』『讃岐典侍《さぬきのすけの》日記』『たまきはる』『うたたね』『とはずがたり』などの女流日記文学が続出したが、特に『源氏物語』の大きな影響を受けているのは『更級日記』と『とはずがたり』である。

まず、菅原孝標《たかすえ》の娘の手になる『更級日記』は、『源氏物語』の成立からあまり隔らない時代（約五十年後）に書かれているが、『源氏物語』への耽溺《たんでき》と夢と信仰によって自らの人生を描き出している。東国《とうごく》に育った作者は、物語に強くあこがれ、ようやく十三歳のときに帰京して『源氏物語』全巻を贈られ、「后《きさき》の位《くらゐ》も何にかはせむ」と耽溺し、夕顔や浮舟にあこがれている。そして青春期を迎えると、年に一度でよいから光源氏のような高貴な男性を通わせ、浮舟のように山里に隠しすえられたいという願望をもち続けた。

しかし、三十代になって宮仕えをする頃になると、そうした青春期の『源氏物語』的世界から離脱し、理想的な光源氏のような男性は現実にいるはずもなく、薫君《かおるぎみ》が宇治に隠し住まわせた浮舟のような果報者もいなかったと思うようになってゆくのである。作者の人生は、『源氏物語』への没入と離脱の軌跡《きせき》であったといってよいかもしれない。

鎌倉時代になると、阿仏尼《あぶつに》の『うたたね』[*1]などにも『源氏物語』の少なからぬ影響をみることができるが、近時脚光を浴びつつある『とはずがたり』[*2]は、『源氏物語』の著しい影響のもとに成立した異色の日記文学である。鎌倉時代後期に成立した『とはずがたり』は、作者後深草院《ごふかくさいん》二条と数人の男性との愛と修行の波乱に富んだ人生を、表現・人物・構想などのさまざまな点で、『源氏物語』の多大な

*1 **『うたたね』** 鎌倉時代中期に書かれた女流日記文学で、阿仏尼の若き日の失恋を描いた日記である。

*2 **『とはずがたり』** 鎌倉時代後期に書かれた女流日記文学の代表作で、後深草院に仕えた二条の波乱に富んだ宮廷生活と、旅における修行生活を描いており、近時注目を集めている。

影響のもとに書かれたもので、そこには『源氏物語』を理想的なものとみる〝聖典化〟が見出されるといってよいだろう。

『源氏物語』の和歌・連歌《れんが》への影響

『源氏物語』は、さまざまな言葉・場面・趣向・人物などの点において、平安後期から中世に及ぶ和歌文学に多大な影響を与えている。

『源氏物語』をふまえた和歌は、早くに中宮彰子《しょうし》の宮廷で紫式部と同僚であった、同時代の赤染衛門《あかぞめえもん》の私家集《しかしゅう》にみられるが、院政期あたりから一般化し、[*1]本歌取り《ほんかどり》の手法が盛んになった鎌倉初期の『新古今集』には〝源氏取り〟の歌が多く見られるようになる。

平安時代末期の有力歌人藤原俊成《しゅんぜい》は、『六百番歌合』の中で、[*2]「源氏見ざる歌詠みは遺恨《いこん》の事なり」と、『源氏物語』を歌人必読の書と規定し、彼の編纂による勅撰集『千載集《せんざいしゅう》』には「寄㆓源氏物語㆒恋といへる心を詠める」という歌二首を入れ、積極的に〝源氏取り〟の詠歌法を示している。

その俊成の息子藤原定家《ていか》は、歌人帝王と称される後鳥羽院《ごとばいん》の勅命により勅撰集『新古今集』の中心的な選者となり、歌壇の大御所《おおごしょ》として君臨するが、『源氏物語』を和歌に積極的に取り入れている。たとえば、『百人一首』にも収められている[*3]「見わたせば花も紅葉もなかりけり浦の苫屋《とまや》の秋の夕暮」という歌は、『源氏物語』の「明石」巻の情景をふまえたものである。定家は、「紫式部の筆を見れば、心も澄みて、歌の姿・詞《ことば》、優《いう》に詠まるる」と、『源氏物語』によって優艶《ゆうえん》な歌の世界を

*1 **本歌取り**　和歌における表現技法の一つで、有名な古歌を取りこんで歌を詠むことで、立体的・余情的な世界を築く効果がある。

*2 **「源氏見ざる」以下の訳**　歌を詠む人が『源氏物語』を読まないのは残念なことだ。

*3 **「見わたせば」の歌の訳**　あたりを見わたすと、春の桜の花も秋の紅葉もないことであるなあ。この海辺の苫ぶきの小屋のあたりの夕暮れは。

築いたのであった。

その後、中世の歌人・連歌師たちは、〝定家崇拝〟ともあいまって、『源氏物語』の大きな影響のもとに和歌・連歌を詠んだ。定家の子孫である二条家・京極家《きょうごくけ》・冷泉家《れいぜいけ》の歌人たちはもとより、南北朝時代の歌人・連歌師であった二条良基《よしもと》、良基の影響を受けた今川了俊《りょうしゅん》、室町時代の連歌師宗祇《そうぎ》・心敬《しんけい》らは、『源氏物語』を尊重して和歌や連歌に活用したほか、その注釈書やダイジェスト版を作り、『源氏物語』の普及に貢献した。

『源氏物語』の謡曲への影響

南北朝期から室町時代に大成された日本最初の演劇である能楽《のうがく》の脚本を謡曲というが、謡曲の中で『源氏物語』を題材にしている現行曲は、次のとおりである。

○三番目物（鬘物《かずらもの》）～女性中心の夢幻能《むげんのう》*
　夕顔・半蔀《はじとみ》・住吉詣《すみよしもうで》・野宮《ののみや》・源氏供養・落葉《おちば》
○四番目物（狂物《くるいもの》）～女性の妄執《もうしゅう》を描くもの
　葵上《あおいのうえ》・玉葛《たまかずら》・浮舟
○五番目物（切能物《きりのうもの》）～霊魂が登場するもの
　須磨源氏

右の現行曲は、シテ（主役）が紫式部自身である『源氏供養』以外、『源氏物語』の作中人物をシテとし、シテの亡霊が自らの生前の有様を旅の僧に語るという構成法をとる複式夢幻能であり、『源氏物語』の世界を過去のものとして再構成した

夢幻能　能楽の一般的な形式で、主人公（シテ）が前半（土地の者として登場）と後半（霊として登場）に異なった形で登場するのを旅人（ワキ）が見た夢として語るもの。

劇的世界である。

それらの現行曲に対して、廃曲や上演まれな曲は、おびただしい数にのぼり、『明石上』『総角《あげまき》』『空蟬《うつせみ》』『柏木』『桐壺』『澪標《みおつくし》』『紫上』などが知られている。なかでも傑作と評される『野宮』は、『源氏物語』の「賢木《さかき》」と「葵」巻をふまえ、六条御息所を主人公としているが、高貴な女性が人間の内在させる官能と怨《おん》念《ねん》の闇を美しく引きずってゆく姿において、『源氏物語』を越えて、『源氏物語』の中世化・演劇化を果たした世界といえるであろう。

このように、謡曲の中の『源氏物語』物《もの》は、その作中人物の亡霊が現われるという夢幻能の形式において、物語の劇的葛藤《かっとう》をそのまま舞台で演ずるのではなく、物語の人物と場面の交響がかもし出す情趣性を凝縮《ぎょうしゅく》して再構成している。そこでは、『源氏物語』を十分に生かしながら、それを高度に立体化・幻想化・劇化することによって、原作とは異なる中世的な世界を構築することに成功しているといえるであろう。

『源氏物語』の近世文学への影響

近世文学は、ジャンルの分化・多様化によって、『源氏物語』の影響も拡散し、概して形式化・知識化・通俗化されていった。

まず、散文では、井原西鶴《さいかく》*の浮世草子《うきよぞうし》『好色一代男』で、主人公世之介《よのすけ》が七歳で色事《いろごと》を始め、五十四歳までの好色の一生を描いたという点は、『源氏物語』が五十四帖において光源氏の愛の遍歴を描いている点をふまえて構想されているが、

井原西鶴　江戸時代の元禄期の浮世草子作家。最初は談林派《だんりんは》の俳諧師《はいかいし》であったが、後に浮世草子を書き、好色物・町人物などにおいて、新しい時代の人間像を生き生きと描いた。

『好色一代男』は、『源氏物語』を通俗的にパロディ化したにすぎないものである。

次に、上田秋成《あきなり》の読本《よみほん》の代表作『雨月《うげつ》物語』の中の「浅茅《あさじ》が宿《やど》」や「吉備津《きびつ》の釜《かま》」は、『源氏物語』の末摘花《すえつむはな》や六条御息所《ろくじょうのみやすどころ》の物語を部分的にふまえて構想されている。

また、江戸末期の合巻本《ごうかんぼん》、柳亭種彦《りゅうていたねひこ》の『偐紫田舎源氏《にせむらさきいなかげんじ》』は、『源氏物語』の世界を室町時代のこととして設定し、原典を忠実に追いながら描いた長編翻案《ほんあん》[*1]小説であるが、[*2]天保《てんぽう》の改革で中絶させられた。

近世の韻文《いんぶん》の中心は俳諧であるが、『源氏物語』の注釈書として著名な『湖月抄《こげつしょう》』の著者で俳諧師であった北村季吟《きぎん》の弟子松尾芭蕉《ばしょう》は、早くから『源氏物語』に親しみ、それを座右《ざゆう》の書《しょ》としていたことから察せられるように、俳諧や俳文の創作に『源氏物語』を多く活用している。たとえば、『奥の細道』では、

[*3]ア弥生《やよひ》も末の七日、あけぼのの空朧々《ろうろう》として、イ月は有明にて光をさまれるものから、富士の峰幽《かす》かに見えて、上野谷中《やなか》の花の梢《こずゑ》、ウまたいつかはと心細し。（中略）エ前途三千里の思ひ胸にふさがりて、幻《まぼろし》の巷《ちまた》に離別の涙を注ぐ。

と、ア＝「須磨」巻、イ＝「帚木《ははきぎ》」巻、ウ＝「須磨」巻、エ＝「須磨」巻など、『源氏物語』の巻々の情趣をふまえているように、芭蕉芸術の完成に『源氏物語』は大きな役割を果たしている。

*1 **翻案小説**　原作の内容をもとにしながら、人物・場面・趣向等を脚色して作った小説。

*2 **天保の改革**　江戸時代後期、老中水野忠邦によって行なわれた政治改革で、政治や社会のタガを締め直そうとしたが、三年で失敗。

*3 「**弥生も**」以下の訳　三月二十七日、折から明け方の空はおぼろにかすんで、有明の月は光が薄らいではいるものの、富士の峰がかすかに見えて、上野や谷中の桜の梢もまたいつ見ることができるだろうかと、長旅に出る心細さを感じる。（中略）三千里の長い旅路への思いに胸もふさがって、夢幻《ゆめまぼろし》のようにはかない人の世に別れの涙を流した。

『源氏物語』の近代文学への影響Ⅰ〔明治時代〕

『源氏物語』を近代文学の出発の中で位置づけようとした坪内逍遙《しょうよう》は、『小説神髄《しんずい》』の中で『源氏物語』を「上流の情態を写せる好《す》き世話物語」と、人情小説として考えている。

明治時代において、『源氏物語』に関心を寄せた人は、樋口一葉《ひぐちいちよう》・尾崎紅葉《おざきこうよう》・与《よ》謝野晶子《さのあきこ》らである。まず、樋口一葉の小説『たけくらべ』は、美登利《みどり》と正太の幼馴《おさな》染《じ》みの恋を『伊勢物語』と関わらせて描いているが、また、『源氏物語』の光源氏と紫の上との恋もふまえられている。

次に、明治の流行作家尾崎紅葉の『多情多恨《たじょうたこん》』は、主人公鷲見《すみ》柳之助が妻のお類《るい》を亡くした悲しみにくれ、友人の妻お種《たね》に心ひかれるという場面で、『源氏物語』の「桐壺」巻をふまえている。が、いずれも、『源氏物語』の影響は表面的・断片的・知識的であるにすぎない。

それらに対して、明治時代の『源氏物語』享受史《きょうじゅし》で重要な役割を果たしたのは、明星《みょうじょうは》*派を代表する浪漫主義の歌人与謝野晶子であろう。与謝野晶子は、若き日より『源氏物語』に親しみ、二度にわたって現代語訳を刊行し、〝与謝野源氏〟として現代まで読みつがれている。また、『源氏物語』を題材にした短歌を詠んだり、物語の各帖ごとに短歌を詠んだ『源氏物語礼讃《らいさん》』を著わしたりしている。

さらに、『源氏物語』や紫式部に関する研究評論において、『源氏物語』の成立・構想や紫式部の伝記に関して、女性作家としての立場から論じているのが注目

明星派　明治時代後期、与謝野鉄幹《てっかん》・晶子夫妻を中心に集まった文学流派で、浪漫主義の明るい世界を築いた。

される。明治時代において、最初に本格的に『源氏物語』に正面から取り組み、『源氏物語』を社会的に意味づけて普及させたのは与謝野晶子であったといえよう。

『源氏物語』の近代文学への影響Ⅱ〔大正・昭和時代〕

近代も大正時代・昭和時代になると、太平洋戦争中の一時期を除いて、『源氏物語』は、古典文学・女流文学の代表として、さまざまな近代文学に多大の影響を与えるようになる。

まず大正～昭和の長い期間に活躍した*耽美《たんび》主義の作家谷崎潤一郎《じゅんいちろう》は、〝谷崎源氏〟といわれる現代語訳に象徴されるように、『源氏物語』への造詣《ぞうけい》が深く、古典主義的な作品に『源氏物語』を広く活用している。たとえば、『痴人《ちじん》の愛』は、光源氏と幼な妻・紫の上の関係がふまえられた小説であり、また戦後発表された『細雪《ささめゆき》』は、『源氏物語』の王朝的雰囲気を背景にして書かれた小説である。

太平洋戦争後は、自由平和な文化国家の建設の中で古典復興が叫ばれ、歴史上かってないほどの『源氏物語』ブームが到来する。そうした戦後の文学の中で、川端康成《かわばたやすなり》は、『千羽鶴』『山の音』などの小説において、『源氏物語』を背景にし、「あはれ」の伝統を自覚し、「日本古来の悲しみ」の心情を描いている。

また、戦後派文学を代表する三島由紀夫は、『源氏物語』についてさまざまに発言しており、戯曲『近代能楽集』の中に『源氏物語』に取材した「葵上《あおいのうえ》」を収め、また遺作『豊饒《ほうじょう》の海』の主人公に光源氏のイメージを重ねている。

耽美主義　自然主義に対する浪漫主義の一つで、真実や道徳ではなく、美や芸術を人生の最高の価値とする主義。

さらに、国文学者の娘として生まれた円地文子《えんじふみこ》は、〝円地源氏〟の現代語訳で知られるように、『源氏物語』への造詣《ぞうけい》が深い作家で、その影響によって『花散里《はなちるさと》』『女面《おんなめん》』を書いているが、特に『女面』は、六条御息所の物語をふまえて、女性の執念を描いている。

そのほか、近時、田辺聖子・竹西寛子《ひろこ》・瀬戸内寂聴《せとうちじゃくちょう》・橋本治《おさむ》らが、『源氏物語』の評論・現代語訳を続々と発表し、『源氏物語』の大衆化に貢献している。

『源氏物語』の現代語訳

『源氏物語』は、奥深く難解な文章による長大な物語であり、「須磨返り」[*1]という言葉があるように、全編を原文によって読みとおすのはなかなか困難なものである。そこで、江戸時代以来、ダイジェスト（要約）化や現代語訳化がくりかえしなされてきた。

近代になって、『源氏物語』を最初に現代語訳化したのは、明治時代の明星派歌人与謝野晶子であった。与謝野晶子は、『新訳源氏物語』（大正二年）と『新々訳源氏物語』（昭和十四年）の二度にわたって現代語訳をしており、〝与謝野源氏〟[*2]として今日まで読みつがれてきたが、意訳や省略も少なくなく、必ずしも忠実な現代語訳とはいえないようである。

次に、昭和になって、作家谷崎潤一郎《たにざきじゅんいちろう》は、三回にわたって『源氏物語』の現代語訳を行なっており、独得の文章による〝谷崎源氏〟[*3]として読みつがれてきた。最初の現代語訳は、昭和十三年（一九三八）に完成したもので、軍国主義の社会情勢を考慮して皇室のスキャンダルである藤壺密通事件を削除している。次は昭

*1 **須磨返り**　複雑な長編物語である『源氏物語』を読む場合、多くの人は、全体の四分の一くらいの「須磨」巻あたりで投げ出してしまうことをいう。

*2 **与謝野源氏**　何種類も出ているが、最も入手しやすいのは、角川文庫『全訳源氏物語』（上・中・下の三巻、一九七一～一九七二）である。

*3 **谷崎源氏**　何種類も出ているが、最も入手しやすいのは、中公文庫『源氏物語』（全十一巻、一九七九～一九八〇）である。

和二十九年（一九五四）に刊行終了したもので、原文に忠実に訳し、女房言葉風の「ございます調」に統一している。三回目は昭和三十九年（一九六四）に現代仮名づかいに変更したものである。

　また、作家円地文子は、昭和四十八年（一九七三）に『源氏物語』の現代語訳を刊行し、〝円地源氏〟[*1]として広く読まれているが、部分的な記事の取捨選択をしており、必ずしも忠実な訳とはいえないようである。

　そのほか、作家・評論家・研究者などがさまざまな現代語訳を試みているが、近時注目されているのは、橋本治の『窯変《ようへん》源氏物語』[*2]（光源氏の視点で訳したもの）と瀬戸内寂聴の『源氏物語』[*3]である。

『源氏物語』の外国語訳

　『源氏物語』は、日本ばかりでなく、世界の古典文学として、傑出した長編小説として、各国で翻訳されている。

〈英訳〉　明治十五年（一八八二）、政治家であり、評論家でもあった末松謙澄《すえまつけんちょう》は、「桐壺」巻から「絵合」巻までを英訳している。またイギリスの東洋学者であったアーサー・ウェイリーは、一九三五年、ロンドンとニューヨークで英訳『源氏物語』を刊行している。それは、一部に加筆・省略がみられるものの、ほぼ完訳であり、『源氏物語』を世界に広めるのにすこぶる大きな役割を果たした。

さらに、一九七六年、現代を代表する日本文学研究者サイデンステッカーは、ウェイリー訳を批判的に継承し、『源氏物語』を忠実に英訳しており、主として

*1 **円地源氏**　新潮文庫『源氏物語』全五巻、一九八〇。

*2 **橋本治**『**窯変源氏物語**』全十四巻、中公文庫、一九九五～一九九六。

*3 **瀬戸内寂聴**『**源氏物語**』全十巻、講談社、一九九七～一九九八。

若い読者層に読まれている。

〈独訳〉 一九八五年に出版された、オスカー・ベンルの独訳は、和歌の訳に工夫をこらしたすぐれたものである。

〈仏訳〉 一九八五年に出版された、ルネ・シフェールの仏訳は、やや古風なフランス語訳といわれるが、フランスで広く愛読されている。

〈ロシア語訳〉 一九八五年に、タチアナ・ソコロウ・デリューシナによる『源氏物語』の完訳が出版されている。

〈中国語訳〉 豊子愷《ほうし》の『源氏物語』（上・中・下）が一九八〇～一九八二年に北京で出版されているが、和歌を漢詩風に訳した文語体的なものである。また、林文月の『源氏物語』（上・下）が一九八二年に台湾で出版されている。

〈韓国語訳〉 柳呈の『源氏イヤギ（物語）』（上・下）が一九七五年に出版されている。

『源氏物語』とマンガ

一般的に、古典文学が難解でアカデミックなものであるのに対して、マンガは、主として子供の娯楽の目的で書かれた通俗的なものであると考えられてきた。だが、昭和五十年代末から六十代前半にかけて、難解な古典文学と平易なマンガがドッキングし、古典文学に関わる学習マンガが続々と登場した。その古典文学に関わる学習マンガは、必ずしも古典文学のもっている風趣を伝えてはいないが、高校などの学校教育における古典離れの著しい若い世代に古典を親しませたという大きな効果をもたらした。

『源氏物語』に関わるマンガは、物語を忠実にマンガ化したものから、ダイジェスト風にマンガ化したものまで、二十種近くに及ぶという。特に古典文学の中で『源氏物語』のマンガが他の古典文学より圧倒的に多いのは、『源氏物語絵巻』や「源氏絵」の伝統を継承しているという点もあるが、『源氏物語』が若い世代、特に女性に好まれる愛の文学であるという点によるのであろう。

『源氏物語』のマンガとしては、大和和紀《やまとわき》の『あさきゆめみし』（講談社、一九八〇～一九九三）、牧美也子《みやこ》『源氏物語』（小学館、一九八八～一九九一）、岸田恋『マンガ源氏物語』（河出書房新社、一九九五）などが知られている。そのうち、最も広く読まれている『あさきゆめみし』が没個性的な、いかにも少女マンガ風であるのに対して、牧源氏は個性的な特徴があるが、いずれにしても、少女趣味的な美男美女が登場し、メルヘンチックな愛の世界を展開させている。

『源氏物語』のマンガは、神聖な古典文学を通俗化してしまったという批判があるものの、女子学生を中心とする若い女性たちに『源氏物語』を親しませることができたという点で、計り知れない役割を果たしているといえるであろう。

『源氏物語』の伝本・注釈・研究など

『源氏物語』の伝本

古典文学の伝本には、写本《しゃほん》（絵巻本・奈良絵本を含む）・古活字本《こかつじぼん》・板本《はんぽん》などがある。『源氏物語』の写本としては、紫式部が書いた原本は残っていないが、それから次々と書写された伝本が多数残っており、次のように三種類に分けて考えられている。

①青表紙本《あおびょうしぼん》　鎌倉時代初期、著名な歌人であった*藤原定家《ていか》が多数の写本を比較して校訂《こうてい》した伝本で、青い表紙の本であったので〝青表紙本〟という。現在、『源氏物語』の正統的な伝本とされ、広く活字化されて読まれている。

②河内本《かわちぼん》　鎌倉時代初期、河内《かわち》の守《かみ》・源光行《みつゆき》・親行《ちかゆき》父子が二十一の伝本を比較して校訂した本であるが、文章の意味をわかりやすくするために諸本を適当に取捨選択したもので、混合本とされてきたが、近時、再評価しようとする動きもある。

③別本《べっぽん》　①の青表紙本にも、②の河内本にも属さない、その他の系統の伝本を一括して〝別本〟と呼ぶが、①や②以前の別本は、かなり原本に近いものも含まれている可能性があり、近時注目されつつある。

さて、『源氏物語』の伝本としては、右の青表紙本と河内本の二大系統の伝本が歴史的に対立してきた。鎌倉時代から南北朝時代にかけては河内本が有力であって、『源氏物語』の注釈書に多大な影響を与えているが、室町時代に入ると、連歌師たちの藤原定家崇拝もあって、次第に青表紙本が尊重されるようになり、正統的な伝本として現在に至っている。

もっとも、『源氏物語』の伝本は、中世の『平家物語』や御伽草子《おとぎぞうし》などの伝本と比較すると、三種類に分けられているとはいえ、その差異がごく僅少であって、

藤原定家　鎌倉時代初期の歌人で、藤原俊成の子。後鳥羽院に認められ、『新古今集』の中心的な選者となった。歌壇の大御所《おおごしょ》として尊崇されるとともに、『源氏物語』などの古典を書写し、現代に伝えた。

ほぼ同じものと考えることができる。

『源氏物語』は、「蛍」巻の物語論の場面から察すると、絵をともなって享受されていたらしいが、その物語絵の伝統は、絵巻・屏風《びょうぶ》・画帖《がちょう》・絵本などへと発展していった。

『源氏物語』の絵巻・源氏絵

まず最古の絵巻である国宝『源氏物語絵巻』（徳川美術館・五島美術館蔵）は、十二世紀初め（院政期）に制作された最高のものであり、人物は引目《ひきめ》鉤鼻《かぎばな》で、斜め正面顔・横顔・後ろ姿などによって描かれ、花鳥風月*の四季折り折りの自然情趣が添えられて、〝もののあはれ〟を感じさせる王朝美にあふれた世界を現代に伝えている。

鎌倉時代から室町時代にかけて、『源氏物語』絵巻が続々と制作される一方で、さまざまな源氏絵が生み出されている。鎌倉時代中期成立の『白描絵入《はくびょうえいり》源氏物語』（徳川美術館・大和文華館蔵）は、淡墨色で繊細に描かれており、古雅な情趣性に富んだものである。また、室町時代末期成立の『源氏物語絵詞《えことば》』（大阪女子大学蔵）は、『源氏物語』の各帖から一〜十五ヵ所の場面を選定し、人物に本文を配したもので、中世における源氏絵の代表作としての評価が高い。

近世に入ると、『源氏物語』絵巻から発展し、物語の各帖から主要な情景を選び出して色紙に描き、画帖仕立てにした源氏物語画帖や、屏風仕立てにした源氏物語屏風が多数制作された。画帖としては、『源氏物語画帖』（京都国立博物館蔵）、屏風としては、『源氏物語貼交屏風《はりあわせびょうぶ》』（東京国立博物館蔵）などが有名であるが、

花鳥風月　四季ごとの自然の風物の美しさを示す語で、和歌を詠む場合の対象とされた。

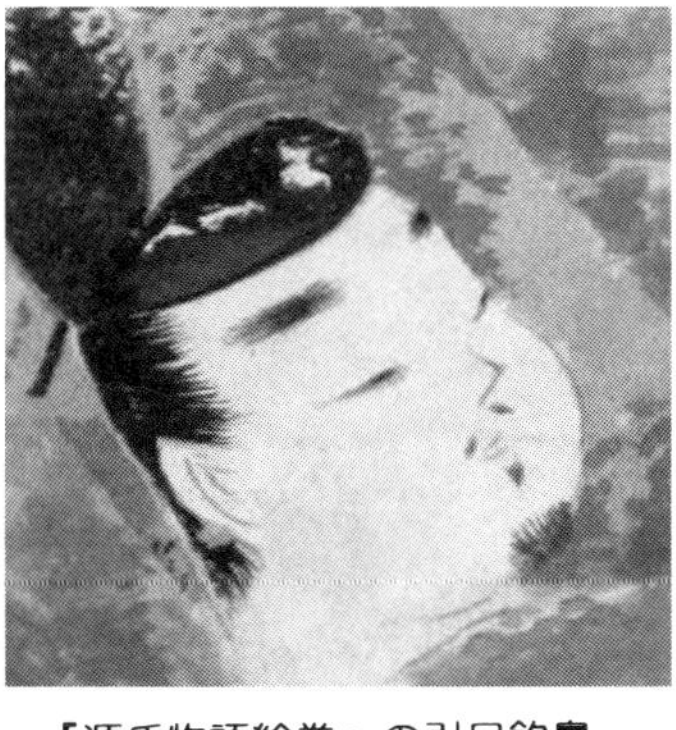
「源氏物語絵巻」の引目鉤鼻

そのほか、大和絵《やまとえ》の正統を伝える土佐派の絵師たちの制作によるものが多数残っている。

室町時代の源氏絵が物語の筋の展開を絵によって示そうとしたのに対し、江戸時代の源氏絵は、華麗な装飾性に富んだ飾り物としての調度的なものであった。

『源氏物語』の梗概（ダイジェスト）

『源氏物語』は、古典文学の中でも膨大な分量を誇る長編物語であり、筋も相当に複雑である物語であるから、誰でもが簡単に短時間に読めるものではなかった。そこで、平安時代末期から現代にいたるまで、『源氏物語』のダイジェスト本（要約本）がくりかえし作られ、広く享受されてきた。

まず、南北朝時代に成立した『源氏大鏡《おおかがみ》』は、各巻ごとのあらすじを示し、すべての和歌を取りあげており、歌人・連歌師《れんがし》たちの「源氏取り」という和歌の技法のための実用書的な性格をもったダイジェスト本であった。

また、同じく南北朝時代の連歌師・二条良基周辺の人の手になる『源氏小鏡』は、各巻ごとのダイジェストのほか、連歌に関する用語を収めていることから、連歌師たちの『源氏物語』ハンドブックであったとみられ、江戸時代まで広く読まれた。

さらに、室町時代中期に成立した『源氏物語提要《ていよう》』は、巻々のダイジェストのほか、すべての和歌に注釈が付されたユニークなもので、すこぶる実用性に富んでいる。

江戸時代になると、『源氏物語』のダイジェスト版は、俳諧師《はいかいし》の手引書として作られたもののほか、一般の婦女子や庶民のための入門書的・啓蒙的な性格をもつようになり、さらに挿絵を入れた装飾的なものも作られ、次第に娯楽的な性格を強めていった。

たとえば、野々口立圃《ののぐちりゅうほ》の『十帖《じゅうじょう》源氏』や『をさな源氏』は、挿絵入りで、婦女子のための娯楽的なダイジェスト版である。また、著名な俳諧師北村季吟《きぎん》の息子北村湖春《こしゅん》の*『源氏物語忍草《しのぶぐさ》』は、平明流麗な文章によって、原典の風趣を巧みに生かした、『源氏物語』ダイジェスト版の傑作といえるものである。

『源氏物語』の擬作（補作）

『源氏物語』は、現在五十四帖（巻）であるが、近代小説のように緊密な構成法をとっていないこと、全体的に中途半端な感じや矛盾点が少なくないことなどから、さまざまな擬《ぎ》作《さく》（補作）が作られてきた。現在の五十四帖の『源氏物語』においても、正編（光源氏の物語）と続編（宇治十帖）をつないでいるような「匂宮《におうのみや》」「紅梅《こうばい》」「竹河《たけかわ》」の三帖はかなり早い時期の擬作（補作）である可能性があるという説もある。

『源氏物語』の擬作の中で散逸してしまったものとしては、『桜人《さくらひと》』（玉鬘《たまかずら》十帖の補作か）、『巣守《すもり》』（宇治十帖の補作か）、『狭蓆《さむしろ》』（宇治十帖の補作か）などがあげられるが、『源氏物語』の本筋には直接的な影響を及ぼさなかったものとみられる。

『源氏物語』の擬作として現存するものは次のとおりである。

『源氏物語忍草』　『源氏物語』の原典の趣を生かしたダイジェスト版として最も一般的なものである。西沢正二編『早わかり源氏物語忍草』（桜楓社）が手に入る。

○**『山路《やまじ》の露《つゆ》』**　鎌倉時代初期の女流歌人・建礼門院右京大夫《けんれいもんいんうきょうのだいぶ》の作と考えられており、宇治十帖の後日譚《ごじつたん》である。

○**『雲隠《くもがくれ》六帖』**　室町時代に『源氏物語』の五十四巻を六十巻にしようとして補作された六巻をいう。そのうち、「雲隠」巻は、現在の「幻《まぼろし》」巻の後を受けて光源氏の死を描き、「巣守」（散逸本とは別）「桜人」（散逸本とは別）「法師《のりのし》」「雲雀《ひばり》子《こ》」「八橋《やつはし》」の巻々は、宇治十帖の「夢の浮橋」の後日譚で、匂の宮は帝となり、中の君も皇后となり、さらに薫君《かおるぎみ》は還俗《げんぞく》した浮舟と結婚するが、最後に匂の宮・薫君・浮舟が出家してしまうという内容である。

○**『手枕《たまくら》』**　江戸時代中期の国学者＊本居宣長《もとおりのりなが》の擬作で、現在の『源氏物語』には描かれていない、光源氏と六条御息所の出会いから逢瀬《おうせ》までを描いたものである。

『源氏物語』の注釈史Ⅰ（旧注）〈平安末期～江戸初期〉

『源氏物語』は、複雑難解な長編物語であるゆえに、それを読むために早くからさまざまな注釈書が作られ、研究されてきた。『源氏物語』成立後のまもない時期、平安時代末期から、北村季吟《きぎん》の『湖月抄《こげつしょう》』までを〝旧注〟といい、主要なものは次のとおりである。

○**『源氏釈《しゃく》』**　最初の注釈書で、平安時代末期の歌人で書道の名手であった世尊《せそん》寺《じ》（藤原）伊行《これゆき》の作で、『源氏物語』本文に書き入れてあった注をまとめたものである。

本居宣長　江戸時代中期の国学者。国学者賀茂真淵《かものまぶち》に入門して古道研究を志す一方で、『源氏物語』などの古典研究を進め、江戸時代の代表的な学者となった。『古事記伝』『源氏物語玉の小櫛《おぐし》』『玉勝間《たまかつま》』などを著わした。

○**『源氏物語奥入《おくいり》』**　鎌倉時代初期の代表的な歌人藤原定家の作で、『源氏物語』の本文（語句）の出典・故事などの考証が中心であるが、巻名・構想・成立などにも言及されており、その後の物語に関わる成立・構想論の出発点となったという意味で大きな役割を果たしている。

○**『水原抄《すいげんしょう》』『原中最秘抄《げんちゅうさいひしょう》』**　『源氏物語』の河内本《かわちぼん》を校訂した源光行《みつゆき》・親行《ちかゆき》父子の作で、膨大な『水原抄』はいま散逸して伝わらないが、その秘説を集めたのが『原中最秘抄』である。また、河内本系では、源親行の弟・素寂《そじゃく》の手になる『紫明抄』もある。

○**『河海抄《かかいしょう》』『珊瑚秘抄《さんごひしょう》』**　南北朝時代、四辻善成《よつつじよしなり》の作で、特に『河海抄』は、『源氏物語』における漢詩文の引用・引歌《ひきうた》・素材典拠の指摘において後世に多大な貢献をしている。

○**『花鳥余情《かちょうよせい》』**　室町時代中期の碩学《せきがく》・*一条兼良《かねら》によって著わされたもので、文章・文脈についての注釈がなされている点に特色がある。一条兼良の源氏学は、連歌師宗祇《そうぎ》を経て、三条西家《さんじょうにしけ》の源氏学に多大な影響を与え、三条西実隆《さねたか》の『細流抄《さいりゅうしょう》』、三条西公枝《きんえだ》の『明星抄《みょうじょうしょう》』、三条西実枝《さねき》の『山下水《やましたみず》』などを経て、中院通勝《なかのいんみちかつ》の『岷江入楚《みんごうにっそ》』によって集大成された。

○**『岷江入楚《みんごうにっそ》』**　室町時代末期から江戸時代初期に活躍した中院通勝の作で、三条西家の源氏学を継承し、武将歌人として有名な細川幽斎《ゆうさい》の協力のもとになったもので、従来の諸注・諸説を集大成するとともに、日本・中国の文献をはじ

一条兼良　室町時代後期の政治家で学者。摂関家《せっかんけ》に生まれて、関白太政大臣として政治の中心にありながら、学問を好み、古典・和歌・仏教に長じ、室町時代随一の文化人であった。

め仏典に至るまで、広い範囲の文献を引証し、また儒教的・道徳的な精神によって解釈しようとしている。

○『**湖月抄**《こげつしょう》』 江戸時代初期、俳諧師として著名な北村季吟《きぎん》が著わしたもので、『源氏物語』の〝旧注〟を総合的に集大成し、〝旧注〟の最後を飾っている。『湖月抄』は、おおむね三条西家などの中世源氏学の伝統を受け継ぎ、仏教的・儒教的立場をとりつつも、『源氏物語』を「風雅な媒《なかだち》」という視点で考えており、物語本来の文学性を提言した本居宣長《もとおりのりなが》の源氏学を発展させる端緒をひらき、近代にいたる『源氏物語』研究に多大の影響をもたらしている。

『源氏物語』注釈史Ⅱ
〈新注〉〔江戸時代〕

『源氏物語』の注釈史において、『湖月抄』以後の注釈を〝新注〟というが、〝新注〟は、注釈に評論的・研究的要素が加わったものが多く、儒学者の道徳的な論と、国学者の考証をふまえた論とに分けて考えられる。

○『**源氏外伝**《がいでん》』 江戸時代前期に活躍した儒学者熊沢蕃山《ばんざん》の著わしたもので、『源氏物語』は、表向き好色の書であるが、その裏側に儒教的な教えがあるとする寓意説《ぐうい》を内容とする、いかにも儒教が盛んであった江戸時代らしいものである。

○『**紫家七論**《しかしちろん》』 江戸時代中期の儒学者安藤為章《ためあき》の『源氏物語』評論であるが、『紫式部日記』から紫式部を道徳的な女性として捉えることにより、『源氏物語』を儒教道徳的な勧善懲悪思想《かんぜんちょうあく》*から考えて、〝婦人への教えと戒めの書〟とするという諷諭説《ふうゆ》を提唱している。

勧善懲悪思想 儒教思想の影響を受けた思想で、善を勧め、悪を懲《こ》らしめること。

○**『紫文要領《しぶんようりょう》』『源氏物語玉《たま》の小櫛《おぐし》』**　江戸時代中期の国学者本居宣長《もとおりのりなが》の著わしたもので、『源氏物語』に関する従来の説（「好色淫乱の書」「道徳的教戒の書」）を排除し、和歌における文学観を応用して、『源氏物語』の文学性は、そこに描かれた人間の心情を通して、「もののあはれ」（ものに触れて起こる感動）を知ることであるという、宗教や思想に毒されない新しい考え方を提示し、近代源氏学の基礎を拓《ひら》いた。

○**『ぬば玉の巻』**　江戸時代後期の読本《よみほん》＊作者として有名な上田秋成《あきなり》が著わした作で、『源氏物語』における虚構性の意味を説き、人間像形象に女性作者としての特質を論じたもので、小説家としての鋭さが認められる。

○**『源氏物語評釈』**　江戸時代末期の国学者萩原広道《はぎわらひろみち》の著作で、実証的・分析的・客観的な視点に立って作品を構造論的に捉える近代的な方法で書かれた異色の評論・研究書であるが、「花宴《はなのえん》」巻までで中絶しているのが惜しまれる。

『源氏物語』の注釈史Ⅲ
〔近代～最近の主なもの〕

○**『源氏物語評釈』**全十四巻　玉上琢弥《たまがみたくや》　角川書店　一九六四～一九六九

『源氏物語』の各巻について、語釈・現代語訳のほか、詳細でユニークな評釈があり、物語の内容（特に人物や心理）読解のためにすこぶる有益なものである。

○**新潮日本古典集成『源氏物語』**全八巻　石田穣二《じょうじ》・清水好子《よしこ》　新潮社　一九七六～一九八五

読　本　江戸時代後期に書かれた中国の歴史を背景にした歴史小説で、上田秋成のほか、滝沢馬琴などが作者として有名。

『源氏物語』の本文と頭注であるが、本文の右横に赤字で現代語訳が施されている点に特色があり、たいへん使いやすい。頭注や現代語訳は、校注者の研究的姿勢からか、実証的で手がたいもので、参考になる。

○新日本古典文学大系　全六巻　柳井滋ほか五名　岩波書店　一九九四～

『源氏物語』の本文と脚注であるが、岩波書店の刊行物らしくきわめて学問的である。たとえば、底本の本文を尊重するという方針によっているために、本文は、ひどく読みにくくて、あまり一般的ではない。全体として旧版（山岸徳平校注）より特色のないものとなってしまっている。

○新編日本古典文学全集『源氏物語』　全六巻　阿部秋生《あきお》ほか三名　小学館　一九九四～

『源氏物語』の頭注・本文・現代語訳であり、最も読みやすい一般向きの注釈書であるが、現代語訳は、本文に忠実であろうとしたためか、日本語としてわかりにくい部分も少なくなく、初心者・学生には難解すぎるようである。

役に立つガイドブック

○早わかり『源氏物語』（金沢春彦・大学書院）
○光源氏の人間関係（島内景二・新潮社）
○『源氏物語』を楽しむ（山口仲美・丸善）
○源氏物語の女性たち（瀬戸内寂聴・日本放送出版協会）
○女たちの『源氏物語』（西沢正史・光文社）

物語の舞台：平安時代を知る

平安時代の政治と社会

平安時代のことを〝王朝時代〟というが、〝王朝〟とは、天皇を中心とする政治が行なわれることをいう。

平安時代の天皇制はどのようなものであったか

現代の天皇は、一度即位すると崩御《ほうぎょ》（死去）するまで天皇の地位にとどまり、譲位することはないが、〝君臨《くんりん》すれども統治せず〟といわれているように、政治には直接関与しない、いわゆる〝象徴〟としての存在である。

それに対して、*平安時代の天皇は、一生涯にわたって天皇の地位にとどまるのではなくて、譲位を美徳と考える風潮の中で、長期在位を避け、比較的に短い期間で交代した。しかも、現代の天皇が一代一年号であるのに対して、平安時代（古典の時代はほぼ同じ）の天皇は、在位中に、一〜十年ぐらいの単位で年号をたびたび変えていたので、古典の時代には現代のような何十年という長い年号はない

天皇家と藤原道長

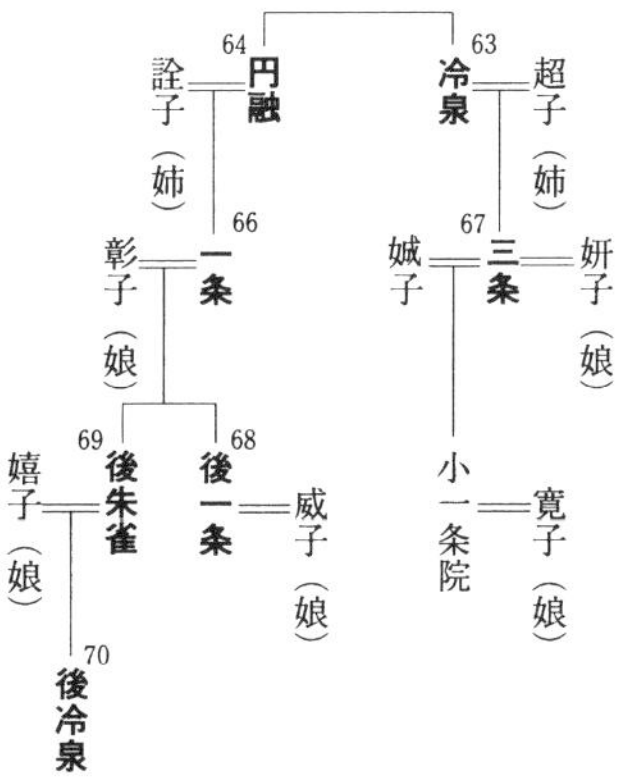

※数字は天皇の即位順序を示す。第65代は花山帝であるが道長と関係ないため、系図にあらわれない。

わけである。

さて、皇位の継承は、現代のように長男から順序が決められているのとは異なり、平安時代の場合は、兄弟・叔（伯）父・甥《おい》などの中から、政治的・社会的な状況によって、次のような二つの方法で選定された。その一つは、親子関係を重視する方法（嫡々相承主義《ちゃくちゃくそうしょう》）、もう一つは、政治能力や人物を重視して皇族の中から選ぶ方法（選定相続主義）である。

平安時代の中期以降は、藤原道長を頂点とする摂関《せっかん》政治全盛期であり、相対的に天皇の権威は低下し、天皇制がやや形骸化しつつあった時期であった。それゆえ、紫式部は、『源氏物語』の時代背景を、天皇制が最も理想的に機能していた〝延喜《えんぎ》・天暦《てんりゃく》の治《じ》〟といわれる醍醐帝・村上帝の時代に設定している。

平安時代末期になると、天皇をさしおいて、譲位した上皇《じょうこう》（院）が政治を行なう院政が行なわれ、天皇制は大きな変質をとげた。

平安時代の摂関制はどのようなものであったか

摂関制《せっかん》とは、天皇が幼少の間は〝摂政《せっしょう》〟として政治を代行し、天皇が成人した後は〝関白《かんぱく》〟として政治を補佐する制度であるが、実際は、天皇の権威を借りて実質的に政治を行なう摂政や関白は、太政大臣や左大臣を越えて国家の最高機関となっていった。

平安時代の政治は、天皇制と摂関制とが密接な関係のもとに共存関係をとって行なわれた。そもそも、摂関制は、*大化《たいか》の改新の時、天智天皇（中大兄皇子《なかのおおえのおうじ》）を

大化の改新　大化元年（六四五）、中大兄皇子が中臣《なかとみの》（藤原）鎌足らの協力により、蘇我氏を滅ぼし、律令制中央集権国家の確立をめざした古代政治史上の一大政治改革。

助けた中臣《なかとみの》（藤原）鎌足《かまたり》以来の藤原氏の中でも、北家の藤原良房《よしふさ》が皇族以外で初めて〝摂政〟に任じられ、また藤原忠平《ただひら》が〝関白〟に任じられてから、確立したものである。

さらに、藤原氏の他の氏族に対する優位性を決定づけた安和《あんな》の変＊（九六九）以後、藤原兼家《かねいえ》が摂政となるに及んで、摂政・関白は、太政大臣を越えて、政治の最高権威として歴史的に大きな意味を有した。

光源氏のモデルの一人とされている藤原道長は、摂関制最盛期を築きあげ、兄の藤原道隆《みちたか》（中宮定子の父）や藤原道兼《みちかね》らの急逝という好運にも恵まれ、栄華を極めた。その後、摂政・関白の職は、道長の子孫に継承され、鎌倉時代になると、〝五摂家《ごせっけ》（一条・二条・九条・近衛《このえ》・鷹司《たかつかさ》）〟が交代で就任した。

もっとも、道長は〝御堂関白《みどうかんぱく》〟といわれるが、実際には関白にはなっておらず、〝内覧宣下《ないらんせんげ》〟を受けて、摂政になっただけであった。

摂関制の特徴は、天皇制との相互依存関係において成り立っている点にあるが、その基盤である外戚関係が、すぐれた女子が生まれるという偶然性に左右されがちであるという点でもある。平安時代末期になると、偶然性から見放された摂関制は、次第に衰退し、院政に取って代わられることになる。

平安時代の荘園制はどのようなものであったか

荘園《しょうえん》（庄園）とは、貴族や寺院などが私的に所有していた、課税免除の私有地のことで、もとは国家から賜ったものであったが、後には寄進《きしん》・開墾《かいこん》など

安和の変　安和二年（九六九）、右大臣藤原師尹《もろただ》を中心とした藤原一族が左大臣源高明《たかあきら》に陰謀があったとして九州太宰府《だざいふ》に左遷《させん》し、藤原政権を確立した事件。

によって増大していった。

平安時代は、奈良時代以来の律令《りつりょう》*制度による土地国有制が建て前であったが、摂関制の時代になると、貴族の私有地である荘園が大幅に増加した結果、国有地と私有地が共存することになる。

奈良時代以来の律令制度では、国家（朝廷）が律令（法律）によって全国を一律に支配するために国司を派遣し、国民の戸籍を作って、土地（班田《はんでん》）を耕す人に国税を掛けて国庫に収納するというものであって、現代の土地制度とやや類似している。

それに対して、平安時代になると、律令制度は、自給自足経済の発達、農民の貧富の差による逃亡などのさまざまな矛盾《むじゅん》を露呈させ、次第に変質していった。

そうした、律令制度による国家の土地支配の変化の中で、国有地（公田《こうでん》）を有力な農民に請け負わせて耕作させ、徴税する方法（負名田堵制《ふみょうたとせい》）や、中央貴族・社寺・地方豪族による土地の開発経営などによって、私有地としての荘園は、ますます増大し、貴族制を支えるものとなっていった。

国家から地方に派遣されて徴税を請け負った国司《こくし》（受領《ずりょう》）、藤原道長などの中央の特権的な権門貴族、地方の有力な豪族などは、土地に対する課税権を持っている場合もあったので、莫大な富を蓄積することが可能であった。

『源氏物語』の中で、中央の権門貴族・光源氏と結婚した明石の君は、明石の地方豪族であった父の明石の入道の莫大な財力を背景にして玉《たま》の輿《こし》に乗ることがで

律令制度　古代の奈良時代から平安時代初期に及ぶ時期における、律（刑法）と令（行政法）を中心にした法律による諸制度。

きたわけである。いつの時代においても、結婚には、愛情と財力との二つが不可欠なのであろう。

平安時代の給与制度はどのようになっていたか

律令制度を基盤とする平安時代には、貴族たちは、秩序ある位階《いかい》制度・官職制度によって規定されており、給与もそれに応じて支給された。

平安時代の貴族たちの給与（俸禄《ほうろく》）制度を〝食封制《じきふ》〟というが、その食封制は、位階・官職によって土地や給与（米などの現物支給もある）を与えるものである。

まず、位階による給与としては、たとえば、正二位の貴族は六十町の土地、以下段階的に少なくなってゆき、従五位の貴族は八町の土地というように、位階に応じた〝位田《いでん》〟が給与される。また、三位以上の上流貴族には、そのほか、管理職手当のような〝位封〟も与えられた。

次に、官職による給与としては、職務手当のような〝職分田《しきぶんでん》〟や〝職封《しきふ》〟などの土地が給与され、そこから収納される米などの作物が収入となった。もっとも、中納言とか蔵人とかの官職数には限りがあるので、位階だけあって官職のない貴族（散位《さんい》の貴族という）は、官職給をもらえないことになる。

一方、四位・五位あたりの中流貴族には、〝位禄制〟によって、〝位禄〟〝季禄〟という、国家に収納された綿や布などが現物支給された。

中央貴族は、いわば国家公務員であるから、右のような種々の給与のほかに、さまざまな権益に関わっており、莫大な財産を築くことも可能であった。

それに対して、地方の国司（受領）は、地方公務員にあたるが、なかには中央貴族以上に莫大な富を得る者もおり、没落貴族の領地を買収して広大な邸宅を構え、『源氏物語』の明石の君の父のように地方豪族化してゆく場合も少なくなかった。

平安時代の身分制度はどのようになっていたか

平安時代の身分制度は、天皇を中心とする皇族、貴族（公家《くげ》）、その他の庶民（諸民）などの階級による序列を形成している。

皇族としては、天皇（帝《みかど》＝御門《みかど》）を中心とし、譲位した天皇である太上天皇（上皇＝院）、出家した上皇である法皇、東宮（春宮とも表記する。皇太子）、皇子（宮）などがあり、女性皇族としては、皇太后《こうたいごう》（天皇の生母）・皇后・中宮・女御《にょうご》・内親王などがある。平安時代は天皇が摂関職の助けをかりて政治を行なう〝天皇親政〟が原則であるが、平安時代末期から鎌倉時代においては、上皇（院）が政治を行なう〝院政〟が主流をなした。

次に、貴族は、上中下の三段階に区分され、厳然とした序列社会を形成していた。まず上流貴族である公卿《くぎょう》（上達部《かんだちめ》）は、大臣・大納言・中納言・参議および三位以上の者である。公卿（上達部）は、貴族の中で最高級の者で、国政の重要事項を審議する二十人程度であるから、現在の大臣クラスにあたる。公卿のうちの大臣としては、太政大臣・左大臣・右大臣・内大臣などがあり、最高官である太政大臣は、〝則闕《そっけつ》の官《かん》〟といわれ、その時に適任者がいなければ空席のままとした。

次に、中流貴族である殿上人《てんじょうびと》は、四位・五位の人及び六位の蔵人《くろうど》で、清涼殿の殿上の間に昇殿を許されたので、〝雲《くも》の上人《うえびと》〟とも称された。その数は、四十人～百人程度であり、現代の各省の次官・局長クラスにあたる。

さらに、下級貴族である地下人《じげにん》は、殿上人に対して、清涼殿に昇殿を許されない、主として六位・七位・八位・初位《そい》の位にある者で、貴族社会を下から支えていた。

なお、官職名に付けられる〝権《ごん》中納言〟の〝権〟というのは、〝仮りの〟とか〝臨時の〟とかいう意味で、現代風にいえば、〝張出大関〟の〝張出〟に近いものである。

平安時代の御所（宮廷）はどのようになっていたか

平安時代中期以降、奈良時代以来大極殿《だいごくでん》で行なわれていた宮廷の政務・儀式・行事などは、次第に宮廷の正殿である紫宸殿《ししんでん》で行なわれるようになる。紫宸殿の母屋《もや》中央に天皇の御座である〝高御座《たかみくら》〟があり、その中央正面の階段を降りると、前面に左近《さこん》の桜、右近《うこん》の橘《たちばな》が植えられた南庭が広がっている。

天皇の日常生活は、紫宸殿の北西にある清涼殿《せいりょうでん》を中心として営まれた。清涼殿の母屋中央には御帳台《みちょうだい》や大床子《だいしょうじ》（腰掛）が置かれ、東廂《ひがしびさし》の中央に、天皇の日常の御座所となる〝昼《ひ》の御座《おまし》〟があり、その南には、天皇が伊勢神宮や賢所《かしこどころ》を拝する石灰《いしばい》の壇《だん》がある。また、東廂の東、広廂の外にある東庭は、日常の行事が

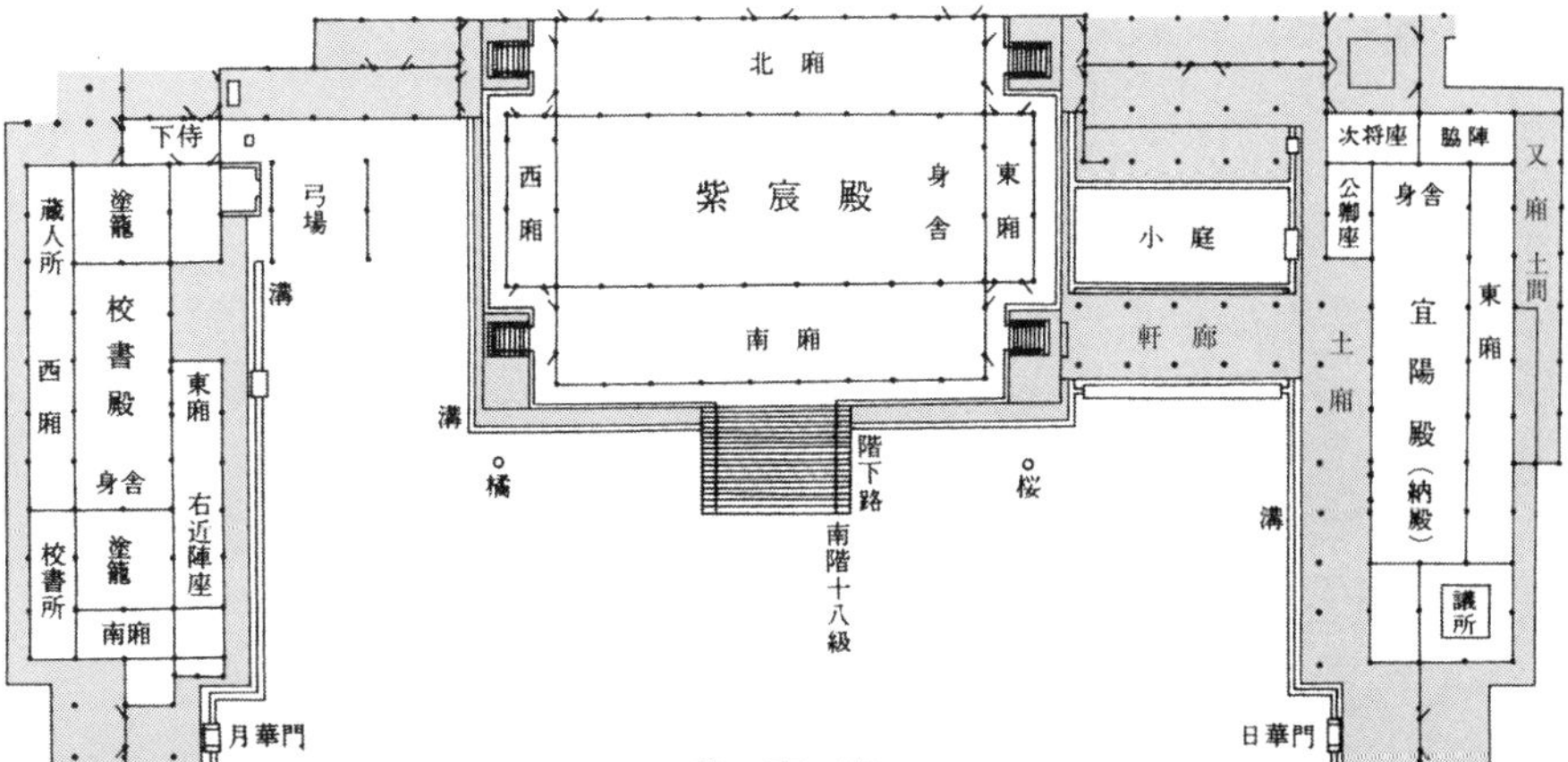

紫宸殿

行なわれる場所であった。

清涼殿の昼の御座の北には天皇の寝所《しんじょ》である〝夜《よる》の御殿《おとど》〟があり、その隣には夜居僧《よいのそう》が祈禱《きとう》するための二間がある。さらに、その北側には后妃《こうひ》の控室である弘《こ》徽殿《きでん》の上《うえ》の御局《みつぼね》や藤壺の上の御局が置かれ、そのはずれの場所に宮廷警護の侍の詰所である滝口《たきぐち》がある。

清涼殿の西廂には、天皇が朝食を召しあがり、服装を整える〝朝餉《あさがれい》の間〟、食膳の用意などをする〝台盤所《だいばんどころ》〟（現在の台所の語源）、調髪し手を洗う〝御手水《みちょうず》の間〟、入浴をする〝御湯殿《おゆどの》〟などの部屋が並んでいる。

清涼殿の南廂《みなみびさし》には、殿上人たちの詰所である〝殿上《てんじょう》の間《ま》〟があり、出勤を表示する〝*日給簡《にっきゅうのふだ》〟（現在のタイムカード）が置かれていた。

現在の京都御所は、いわゆる〝里内裏《さとだいり》〟であって、平安時代の内裏そのものではないが、壮大な敷地に偉容を誇る紫宸殿・清涼殿などを見ると、右に述べたような平安時代の内裏の雰囲気を十分に感じることができ、〝みやび〟の伝統に彩られた、千年あまり昔の宮廷文化の面影をうかがうことができる。

平安時代の後宮はどのようになっていたか

後宮《こうきゅう》は、平安時代の内裏の中で、天皇の住む仁寿殿《じじゅうでん》の後ろにあった建物の総称で、天皇の后妃およびそれに仕える女官が住む場所で、江戸時代の〝大奥〟に当たる。*後宮の建物は、承香殿《しょうきょうでん》・弘徽殿《こきでん》・登花殿《とうかでん》・貞観殿《じょうがんでん》・宣耀殿《せんようでん》・麗景殿《れいけいでん》・常寧殿《じょうねいでん》の七殿《でん》、飛香舎《ひぎょうしゃ》（藤壺）・凝花舎《ぎょうかしゃ》（梅壺）・襲芳舎《しゅうほうしゃ》（雷鳴壺《かみなりのつぼ》）・昭陽舎《しょうようしゃ》（梨壺）

日給の簡　清涼殿《せいりょうでん》の「殿上《てんじょう》の間《ま》」に出仕する者の氏名・当直日を表示した札で、その西北の壁に立てかけられた。〝殿上の簡《ふだ》〟ともいう。

後宮　一一五頁参照

清涼殿・後涼殿

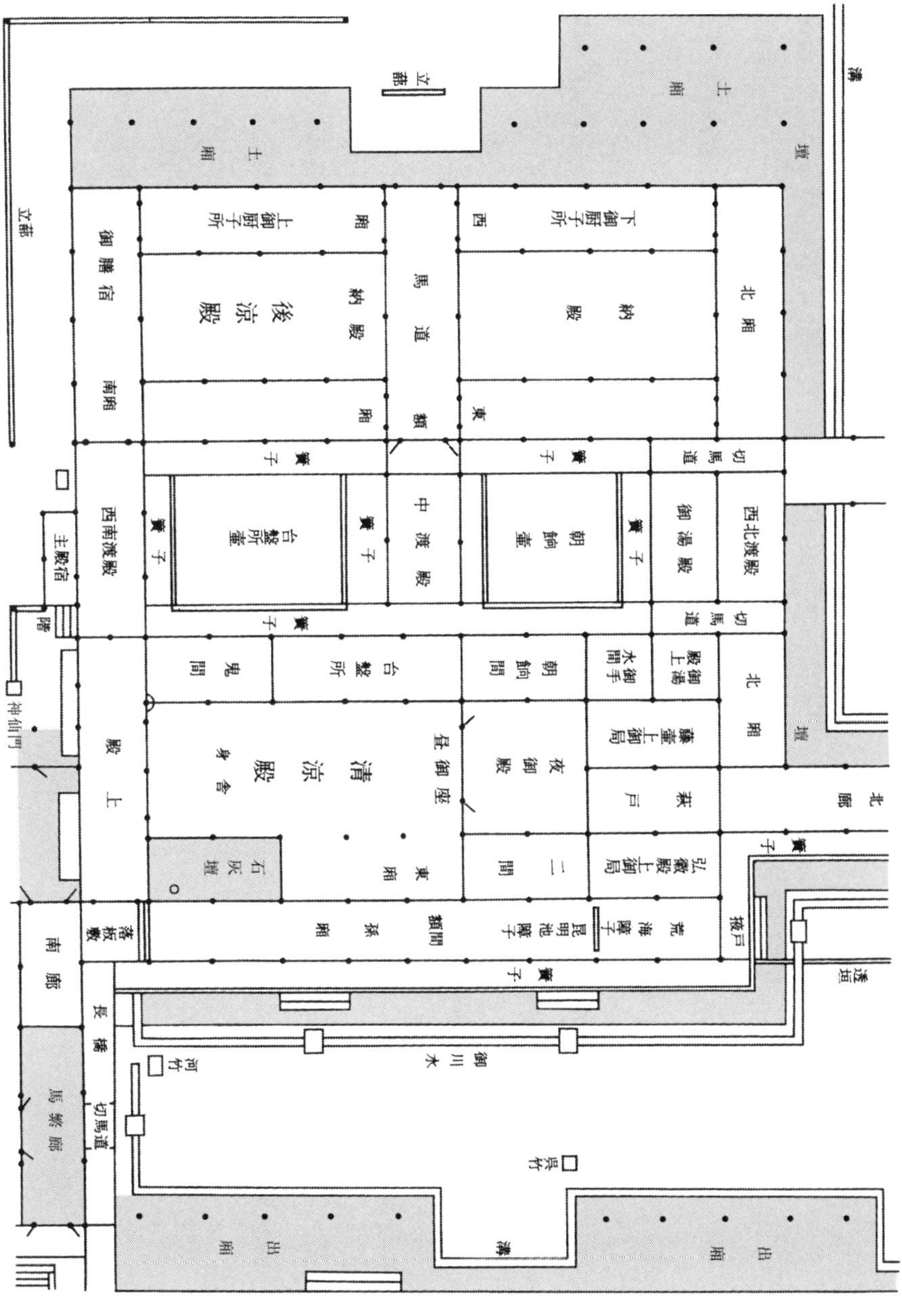

清涼殿
後涼殿
台盤所
朝餉
中渡殿
西南渡殿
西北渡殿
御湯殿
主殿宿
神仙門
御膳宿
上御厨子所
下御厨子所
納殿
馬道
鬼間
殿上
石灰壇
昼御座
夜御殿
藤壺上御局
萩戸
弘徽殿上御局
二間
荒海障子
昆明池障子
孫廂
落板敷
南廊
長橋
馬繋廊
切馬道
御川水
河竹
呉竹
透垣
北廊
北廂
立蔀
土廂
出廂
溝
垣
簀子
東廂

・淑景舎《しげいさ》（桐壺）の五舎、合計十二殿舎から成り立っている。

後宮の主人公は、天皇の后妃（妻）であり、后妃としては、正式な妃である皇后、それと同格の中宮、次に大臣家出身の女御《にょうご》（三位相当）、その次に大納言家以下の家出身の更衣《こうい》（五位相当）などのほか、天皇に近侍して奏上や宣下を伝え、内侍所に勤務する尚侍《ないしのかみ》・典侍《ないしのすけ》・掌侍《ないしのじょう》などがおり、尚侍（三位相当）は、次第に女御に準ずる后妃的な存在になっていった。

天皇を中心とする愛の物語である『源氏物語』は、さまざまな美しい女性たちが華麗に競い合う後宮が舞台となっている物語世界であるが、おもしろいことに、主人公光源氏の母である桐壺の更衣《こうい》の〝更衣〟という職は、紫式部の生きた一条天皇の時代にはすでに廃止されていたのであった。

後宮《こうきゅう》において、多くの女御《にょうご》・更衣が競い合ったのは、紫式部の時代より一時代前の、宇多・醍醐・村上天皇の時代であった。したがって『源氏物語』は、醍醐・村上天皇の時代の後宮を舞台としている、一種の歴史の物語であったといえよう。

後宮の后妃たちは、その一族を代表して、美貌・教養・人柄などを武器にして、天皇の寵愛《ちょうあい》を競い合い、その一族が外戚政治を行なうために皇子を生むことを要求され、紫式部や清少納言などの才知に富んだ女房（女官）を集め、そこに宮廷文学の花を開かせたのだった。

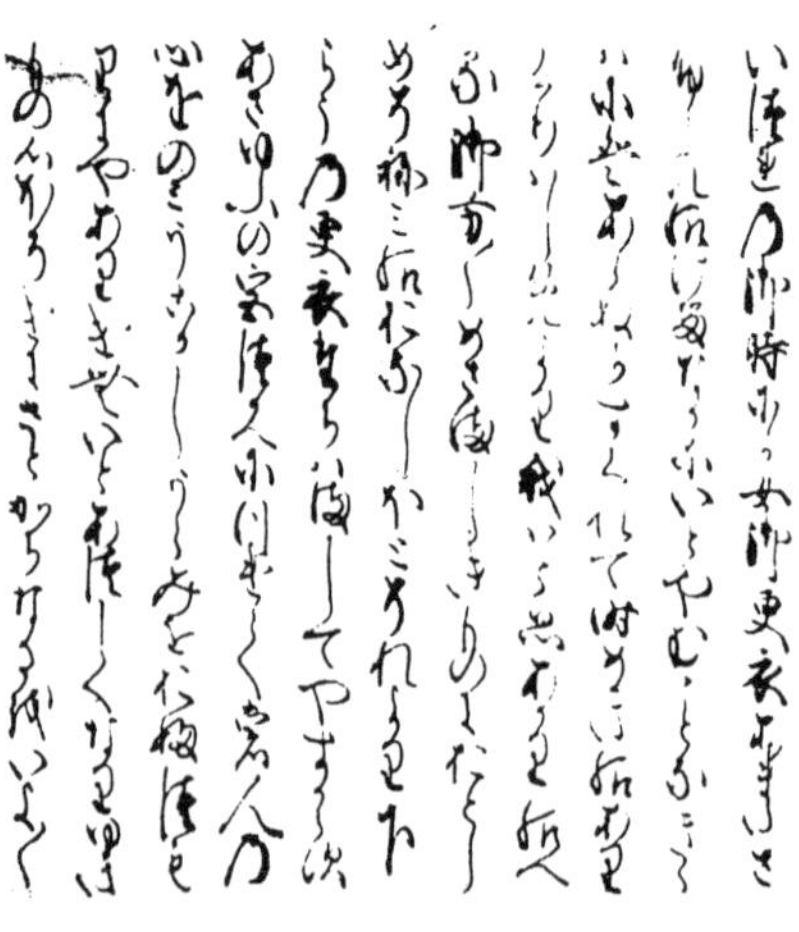

『源氏物語』「桐壺」巻の冒頭

平安時代の儀式・年中行事にはどんなものがあったか

平安時代の宮廷を中心にして行なわれた年中行事や儀式は、本来中国の行事が日本化されたものが多く、移り変わる自然（季節）と人間の融合によって、日本独自の美しさをもった風雅なイベントであった。『源氏物語』などの王朝文学には、はなやかさやみやびに彩られた行事・儀式が描かれているが、おもなものは次のごとくである。

○**四方拝**《しほうはい》　元旦の早朝、天皇が清涼殿の東庭で、平和や豊作を祈って四方を拝した。

○**元日**《がんじつ》**の節会**《せちえ》　元日、朝賀《ちょうが》（朝拝《ちょうはい》）の後、天皇が紫宸殿で貴族たちと新年を祝う宴。

○**歯固**《はがため》**・屠蘇**《とそ》　正月三か日の長寿を願う行事で、歯固は鏡餅・猪肉・鹿肉・大根・瓜《うり》・鮎《あゆ》を食べ、また屠蘇は、現代の〝お屠蘇〟（酒）とは異なり、酒にひたした漢方薬を飲む。

○**大**《だい》　**饗**《きょう》　正月に宮中で行なわれた盛大な宴会で、二宮《にぐう》大饗（中宮と東宮〈皇太子〉）・大臣大饗がある。

○**白馬**《あおうま》**の節会**《せちえ》　正月七日に天皇が紫宸殿で白馬《あおうま》をご覧になって一年の邪気を払う。もとは青馬だったが後に白馬《しろうま》となったという。

○**子**《ね》**の日の遊び**　正月の最初の子の日、野外に出て若菜を摘んだり、小松を採ったりして長寿を祈った。

○**踏歌《とうか》の節会《せちえ》**　正月の十四日（男踏歌）と十六日（女踏歌）に、足を踏みならし、歌い舞いながら宮中を行進し、豊年・繁栄を祈った。

○**除目《じもく》（叙位《じょい》）**　大臣以外の貴族の諸官職を任命する行事で、京都および宮中の官吏を任命するのが秋の〝司召《つかさめし》の除目〟、地方官を任命するのが春の〝県召《あがためし》の除目〟であった。

○**曲水《きょくすい》の宴《えん》**　三月三日の上巳《じょうし》の節句に、流水に酒杯を浮かべて詩歌を作った宴。

○**賀茂《かも》の祭《まつり》（葵《あおい》祭）**　四月の第二の酉《とり》の日（現在は五月十五日）に行なわれる賀茂神社の祭礼。

○**端午《たんご》の節会《せちえ》**　五月五日、菖蒲《しょうぶ》・薬玉《くすだま》・武者《むしゃ》人形を飾り、ちまき・柏餅を食べて、邪気を払う、男の子の節句。騎射《きしゃ》・競馬《くらべうま》なども合わせて行なった。

○**重陽《ちょうよう》の節《せち》（菊の節会）**　天皇は、紫宸殿で貴族たちと詩作し、菊酒を飲んで、邪気を払い、長寿を祈った。菊の露を含んだ綿で体をぬぐう風習もあった。

○**新嘗会《しんじょうえ》（新嘗祭《にいなめさい》）**　十一月の中の卯《う》の日、天皇がその年の新穀を神々に供え、自らも食し、豊作を感謝した。

○**豊《とよ》の明かりの節会《せちえ》**　十月の中の辰の日（新嘗祭の翌日）、天皇が、紫宸殿に出御《しゅつぎょ》し、新穀を食し、貴族たちにも新穀と白酒・黒酒を与えて、五節《ごせち》の舞姫が舞い、宴が行なわれる。

○**御仏名《おぶつみょう》**　十二月十九日から三日間、宮廷の清涼殿で、僧侶たちに過去・現在・未来の三世《さんぜ》の三千の仏名を読ませ、罪を滅し、仏の加護を祈る法会《ほうえ》。

競馬

○荷前《のさき》　年末に諸国からの献上物の初穂を天照大御神《あまてらすおおみかみ》をはじめとする諸神、代々の天皇の墓に献上する儀式で、その使いを〝荷前の使〟という。

○追儺《ついな》（鬼やらい）　十二月の大晦日《おおみそか》の夜、舎人《とねり》が疫病《えきびょう》の鬼にふんし、大舎人が鬼を追い払う儀式で、現代の節分の豆まきに引き継がれている。

平安時代の貴族の一生

平安時代の出産はどのように行なわれたか

女性は、懐妊すると、出産の穢《けが》れを避けるために、別棟に建てられた〝産屋《うぶや》〟に籠《こも》り、そこで出産する。出産前の儀式としては、妊娠五か月頃に〝着帯の儀《ちゃくたいのぎ》〟が行なわれ、妊婦は、着帯（岩田帯《＊いわたおび》）をする。そして、出産の時期が近づくと、安産を願って、産屋や装束はすべて白色のものに変えられ、さまざまな祈願・呪法《じゅほう》が行なわれた。

当時の出産は、産婦が懐抱と腰抱の二人によりかかり、座ったままで生む〝座産《ざさん》〟であった。生まれた赤児は、竹刀《しない》で臍《へそ》の緒を切り、まず生母が自ら哺乳《ほにゅう》させ、それから乳母が授乳させるいう〝乳付《ちつ》け〟を行なった。

その後、赤児を入浴させる〝湯殿始めの儀〟が吉日を選んで行なわれ、産湯《うぶゆ》を使わせる役の御湯、介添えの迎湯《むかえゆ》の人が選ばれた。特に皇子・皇女の場合は、誕生に際して宮中から使者が立てられ、御剣が与えられ、また皇子の場合は、漢籍

岩田帯　〝斎肌帯《いはだおび》〟が転化したもので、妊娠した女性が胎児の保護のために腹に巻く白布。五ヵ月目の戌《いぬ》の日からするものという。

を音読して聞かせる〝読書の儀〟も行なわれた。

赤児の誕生の夜から三・五・七・九日目の夜には〝産養《うぶやしない》の儀〟が行なわれる。親族から衣服や食物などの祝い物が贈られ、参集して祝宴が催され、和歌管弦の遊びに及んだ。さらに赤児誕生後の五十日《いか》・百日《ももか》にも祝宴が行なわれたが、特に五十日には、重湯の中に餅を入れて赤児に含ませる儀式が行なわれた。

医学が発達していなかった当時の出産は、しばしば生命の危険をともなうことも少なくなかった。たとえば、『源氏物語』の宇治十帖の中で、宇治の八の宮の北の方は、次女中の君を産んだ後に死去しているし、『更級《さらしな》日記』の作者菅原孝標《たかすえ》の娘は、仲良しの姉が二番目の女児を生んだ後に死んでしまったので、その二人の遺児の親代わりとなって育てている。

平安時代の成人式はどのようであったか

現代の成人式は男女とも一律に二十歳に行なわれているが、平安時代の成人式は、肉体的・精神的な発達段階に従って、人間的・社会的に重要な通過点に行なわれた。

男子の成人式である元服《げんぷく》は、十二歳～十六歳頃の正月の吉日を選んで行なわれる。元服の儀式は、今までの少年の髪型である〝びんづら〟（みづら）を解き、元結《もとゆい》で髻《もとどり》を結んで髪末を切り、加冠人が初冠《ういこうぶり》を行なうもので、加冠人は身分の高い者が行なうのが通例である。

男子の元服後は、添い寝をして性教育を行なう年長の女性として〝副臥《そいぶし》〟が選ばれるが、その女性がそのまま正妻になることも多かった。『源氏物語』では、「桐

びんづら

壺」の巻で、十二歳で元服した光源氏は、左大臣の娘で、十六歳の葵の上を副臥とし、やがて彼女を正妻とすることになる。なお、元服と同時に命名・位階も進められた。

女子の成人式である裳着《もぎ》（初笄《はつこうがい》）は、十二〜十四歳の頃、結婚前に〝髪上げ《かみあ》〟の儀式と同時に、吉日《きちじつ》を選んで行なわれた。〝裳《も》〟は、表着《うわぎ》の上につけ、腰から下後方をおおうために八幅の裂《きれ》に襞《ひだ》を入れて裾《すそ》開きとしたもので、正装の時に着用する。

裳着の儀式の時、裳の腰ひもを結ぶ〝腰結《こしゆい》の役〟は、身分の高い者が果たした。また、〝髪上げ〟は裳着と同時に行なわれる、男子の〝初冠〟と同様であり、それまでの女児の髪型（振り分け髪）を改め、頭の頂部に結び上げてから後ろに垂らすものであるが、次第に裳着の儀式の一部に吸収されていった。

『源氏物語』では、光源氏の一人娘・明石の姫君（のちの明石の中宮）が、秋好《あきこのむ》中宮《ちゅうぐう》を腰結の役として、十一歳の東宮への入内《じゅだい》前に、盛大な裳着の式を行なっている。

平安時代の結婚はどのように行なわれたか

平安時代の結婚制度の大きな特徴は、招婿婚*《しょうせいこん》（婿取《むことり》婚）と一夫多妻制との二点である。

まず、現代の結婚形式は、嫁入婚または、独立婚（男女がともに親から独立して結婚生活をする）であるが、平安時代の結婚形式は、招婿婚（婿取婚）であり、男女はそれぞれ別々に生活し（夫婦別居制）、夫が妻の

招婿婚　参考　高群逸枝『招婿婚の研究』一九五三年、講談社。

家へ通う〝通い婚〟が一般的であるが、妻が孤児同然であったような場合は夫の家に同居する場合もあった。

また、現代は一夫一婦制であるが、平安時代は一夫多妻制であり、夫は多数（数人の場合が多い）の妻妾《さいしょう》を持つことが公認されていた。多くの妻妾のうち、正妻（本妻）は、地位や権威が比較的高く、他の妻たちとの間で愛憎をめぐる陰湿な対立が起こりやすかった。『源氏物語』において、弘徽殿《こきでん》の女御《にょうご》対桐壺の更衣《こうい》、葵の上対六条御息所《ろくじょうのみやすどころ》の対立も、正妻対他の妻の対立であった。

現代では晩婚現象が急速に進んでいるが、平安時代は概して早婚で、一般的に、男性は十七、八歳前後、女性は十三歳前後であった。

まず、男女の出会いは、当時の女性は顔を見せないから、男性は〝＊垣間見《かいまみ》〟（のぞき見）や世間の噂《うわさ》などから、意中の女性に〝懸想文《けそうぶみ》〟（恋文）を贈り、相手の女性から承諾の手紙をもらった後、女性付きの女房に手引きを頼み、吉日を選んで夜に女性の部屋を訪れ、一夜を共にした後、翌朝〝後朝《きぬぎぬ》の歌〟を贈答する。その後、男性は、三日間続けて女性の所に通い、三日目に〝露　顕《ところあらわし》の儀〟（披露宴）、〝三日夜《みかよ》の餅の儀〟などが行なわれて、婚姻が成立する。

平安時代の結婚は、役所に届けたりする現代とは大きく異なり、男性も女性も経済的に独立していたから、比較的おおらかに自由に行なわれていたようで、むしろ愛情が重要な意味をもっていたといえよう。

垣間見

『伊勢物語』第一段

むかし、男、初冠《うひかうぶり》して、奈良の京春日《かすが》の里に、しるよしして、狩にいにけり。その里に、いとなまめいたる女はらから住みけり。この男、垣間見てけり。

〈昔、ある男が元服して、奈良の都の春日の里に、所領の縁があって、鷹狩りに行った。その里に、たいそう優美な姉妹が住んでいた。この男は、物のすきまから、姉妹の姿をのぞき見した。〉

『源氏物語』の垣間見の場面は、右の『伊勢物語』の第一段の影響によって描かれている。

平安時代の教育はどのように行なわれたか

平安時代の貴族の男子は、少年時代には、主として家庭教師によって、『蒙求《もうぎゅう》』『千字文《せんじもん》』などの初歩的な漢文学を学び、青年時代に大学（大学寮）で教育を受けた。

大学の入学者（学生《がくしょう》）は、平安時代初期では五位以上の貴族の子供であったが、次第に中流・下流の貴族の子供が多くを占めるようになり、彼らの官吏（公務員）就職への道になっていった。『源氏物語』の時代には、上流貴族の男子、それに多くの女子は、家庭教師による個人指導を受けていた。それは、上流貴族は、*蔭位《おんい》の制によって大学に行かなくても高位に昇進できたからである。

『源氏物語』の中で、光源氏は、長男夕霧を大学で厳しく教育しているが、そこには、上流階級の子供なら馬鹿でも昇進できる蔭位《おんい》の制に対する紫式部の批判を読み取ることができる。

大学寮は、式部省に属し、その学生（大学の衆）が教科として明経道《めいけいどう》（修身・政治・経済）、明法道《みょうぼうどう》（法律）、紀伝道《きでんどう》〈文章道《もんじょうどう》〉（歴史・文学）、算道《さんどう》（算術）などを学び、官吏登用のための国家試験にチャレンジした。また、地方には、地方の有力豪族の子供を教育する学校である国学、藤原氏の勧学院《かんがくいん》などの中央の有力貴族のための私学などもあった。

現代の一律の学校教育とは異なって、平安時代の教育は、さまざまな方法・コースによって行なわれているが、特に中流階級において教育・学問が出世の道具

蔭位の制　父祖のお蔭によって子孫が位階を賜わる制度。律令制では、五位以上の者の子孫が二十一歳になると各位に応じた位階を賜わった。

となっている点は、現代の中産階級における教育熱と類似している。

『紫式部日記』によれば、学問（漢学）を教わっていた弟の惟規《のぶのり》よりも紫式部の方が早く覚えてしまったので、父の為時を嘆かせたというエピソードは、中流貴族は、学問によってしか出世できないという、当時の教育の意味を物語るものであろう。

平安時代の長寿の祝い（算賀《さんが》）はどのように行なわれたか

長寿社会の現代においても、還暦《かんれき》（六十一歳）・古希《こき》（七十歳）・喜寿《きじゅ》（七十七歳）・傘寿《さんじゅ》（八十八歳）・白寿《はくじゅ》（九十九歳）などの祝いがあるが、平均寿命が四十歳ぐらいであった平安時代にあっては、四十歳から十年ごとに、不老長寿を願った長寿の祝賀が行なわれた。

平安時代の貴族は、医学の未発達・流行病の蔓延《まんえん》・運動不足などにより、現代からみるとかなり短命であったが、なかには長寿の人もおり、平安末期の歌人藤原俊成（藤原定家の父）は九十の賀を盛大に祝ってもらっている。

祝賀の主催者は、肉親が主体で、その主催者別に何度か行なわれるのが通例であり、長寿を祝って、写経・誦経《ずきょう》・法会《ほうえ》などを行ない、貧者・隠者・病人に米を与える賑給《しんごう》をした。祝われる者は、祝宴のために、装束《しょうぞく》・杖《つえ》（竹の杖・鳩の杖）・挿頭《かざし》・酒食、それらを納める調度品が贈られた。

祝宴の当日は、子供・親戚・知人などが参集し、饗宴《きょうえん》・奏楽《そうがく》・作詩・作歌などの行事が行なわれ、参会者には、長寿の年数に合わせて祝儀の品が贈られた。

『源氏物語』の「若菜の上」の巻における光源氏四十《しじゅう》の賀は、正妻女三の宮の六条院への降嫁を背景に盛大に行なわれ、正月十三日の子《ね》の日に玉鬘《たまかずら》が長寿を祝う*若菜を献上したのをはじめ、紫の上、冷泉帝の代理としての夕霧、秋好中宮《あきこのむちゅうぐう》がそれぞれに賀宴を催した。それは、六条院栄華の崩壊への道を歩みはじめた光源氏の最後のフィナーレであった。

このように、長寿の賀は、王朝社会の華麗さを誇示するだけではなく、物語の登場人物たちの政治力や政治的な関係を示唆するものであった。

平安時代の葬式と法要はどのように行なわれたか

平安時代において、人の死が近づくと僧侶が呼ばれ、この世に妄執《もうしゅう》が残らないように、臨終念仏を唱えさせた。栄華を極めた藤原道長は、臨終に際して阿弥陀仏の五色《ごしき》の幡《はた》を手に結び、極楽往生を願いながら死んでいったという。

人が死ぬと、物の怪などが取りついて死んだ場合は生き返ることもあるので、何日かそのままにして死体の様子を見るが、死者として確定した時点で、死体を魂殿《たまどの》に北枕で安置する。その後、陰陽師《おんようじ》が葬式の日取り・葬場などを決め、死体を沐浴《もくよく》させ衣服を改めた後、調度・形代《かたしろ》（人形）などと一緒に入棺させた。

出棺後、近親者や僧侶らが野辺《のべ》送りをし、火屋《ひや》と呼ばれる場所で火葬（土葬の場合もある）にする。火葬は、洛中《らくちゅう》で行なわれることが禁じられていたので、郊外の鳥辺野《とりべの》・蓮台野《れんだいの》・化野《あだしの》などで行なわれた。火葬が終わると、葬式に参列した人々は、死の穢《けが》れを清めるために河原で身体を洗い、禊《みそぎ》をした。当時の人々は、

若菜 正月の初めの子《ね》の日に、宮中で内蔵寮《くらづかさ》や内膳司《ないぜんじ》から七種の若菜のあつもの（お吸い物）を献上する。健康・長寿を願うもので、現代の春の七草粥《がゆ》に引き継がれている。

死の穢れを特に忌《い》み、三十日間外出を慎んだ。

人は、死んでから来世に生を受けるまでの四十九日間（中陰《ちゅういん》という）、魂が中有《ちゅうう》の闇《やみ》をさまようと考えられていたので、近親者は、死者の魂の極楽往生を願って、七日目ごとに盛大に仏事を行なった。

死者の冥福を祈って喪に服する期間は、父母・夫の死は一年間、父方の祖父母・養父母は五か月間、妻・兄弟姉妹・嫡子《ちゃくし》などは三か月とされた。服喪期間中は、調度《ちょうど》・衣服などを黒っぽい色にするが、重服《じゅうぶく》（父母などの死）の場合は黒色・鈍《にび》色《いろ》（濃いねずみ色）、軽服《きょうぶく》（妻子・兄弟などの死）の場合は薄墨色とした。また、命日（忌日）には、毎月毎年、仏事を行ない、追善供養のための〝法華八講《ほけはっこう》〟を盛大に催したりした。

平安時代の貴族の生活

平安時代の服装はどのようなものであったか

平安時代の男性貴族は、儀式・行事には正装である衣冠束帯《いかんそくたい》で臨んだ。束帯として、袍《ほう》とよばれる表衣は、身分（位階）によって色が決められており、位袍《いほう》という。また、袍には文官用の縫腋《ほうてき》束帯と、武官用の闕腋《けってき》束帯とがあった。その表衣の下に着る下襲《したがさね》は、裾《すそ》を後ろに長く垂らして引くものである。

頭には冠《かんむり》をかぶり、腰には石帯《せきたい》（宝石で装飾した革帯）・太刀をつけ、手には

衣冠束帯姿

笏《しゃく》・檜扇《ひおうぎ》を持った。衣冠とは束帯を略した服装であったが、後には束帯の代用ともなった。

男性貴族の平常服としては、直衣《のうし》とよばれるもので、冠《かんむり》（烏帽子《えぼし》）・直衣・衣・単衣《ひとえ》・指貫《さしぬき》・浅沓《あさぐつ》・檜扇などを着用した。物語などによく出てくる狩衣《かりぎぬ》は、略式の私服（日常服）で、お忍びの外出などに着ることが多かった。

女性貴族の正装は、〝十二単衣《ひとえ》〟といわれる唐衣裳姿《からぎぬもすがた》であり、唐衣・裳・表着・打衣《うちぎぬ》・袿《うちき》・単衣（肌着）・打袴《うちばかま》・襪《しとうず》（クツ下）などを着し、檜扇を持った。とりわけ、袿は、何枚も重ね着することによって、季節による寒暖の差を調節するとともに、襲《かさね》の色目《いろめ》の工夫によって華麗な美しさを誇示した。

女性貴族の平常服は、小袿《こうちぎ》であり、正装の唐衣裳姿から唐衣と裳を省いたもので、重ね袿の上に小袿を着るのが普通であった。さらに、女性の略装（日常服）として、衣と袴だけを着る袿袴、夏の暑さを避けるための単衣袴、旅行や外出の時、市女笠《いちめがさ》をかぶり、後ろの髪を小袖の中に入れ、衣の前の両褄《りょうつま》を折って前腰帯にはさんだ壺装束《つぼしょうぞく》、衣《きぬ》を頭からかぶる衣かづき姿、笠にベールのような薄衣《うすぎぬ》をかぶった虫の垂れ姿などがある。

当時の女性が楽器演奏・物合わせなどの室内遊戯を好み、あまり活発にスポーツなどをやらないのは、そうした重々しい服装のためとも考えられる。

直衣姿

狩衣姿

平安時代の食事・病気はどのようであったか

平安時代の食事は、朝昼晩の三回である現代の食事とは異なって、一般的に朝と夕の二回であった。しかも、公式（晴れ）の場における食事は極めて豪華であったが、日常的な食事は、粥《かゆ》や湯漬《ゆづ》けといったような簡略なものであった。

まず、主食である米についてみると、蒸した米である強飯《こわいい》（現在のおこわ）、現在のご飯にあたる固粥《かたかゆ》、現在のお粥にあたる汁粥《しるかゆ》、干した飯を水に浸した水飯《すいはん》、旅などに携帯した乾飯《ほしいい》（餉《かれい》）などがあり、また餅は、結婚式などの儀礼的なお祝いとして用いた。

次に、副食としては、魚類・貝類・海藻・鳥類・野菜（山菜）などを食べた。菓子としては、米粉を甘葛《あまずら》で固めた粉熟《ふずく》、揚げた菓子などがある。果物としては、病気の時などに食べた橘や柑子《こうじ》（いずれもミカン類）、栗・胡桃《くるみ》・梅などがある。野菜では、一般的なもののほかに、瓜・野老《ところ》・筍《たけのこ》などがある。

食事に関わることとして病気についてみると、『源氏物語』では、病気のことを「やまひ（病）」「なやみ（悩）」「みだりごこち（乱心地）」などと称している。現在では、人は病気になると、病院に入院し、投薬や手術を受けるが、平安時代には、物《もの》の怪《け》が病気を起こすと信じられていたので、験者《げんざ》（僧侶）が加持祈禱《かじきとう》を行なう一方で、医師《くすし》が漢方薬を飲ませた。

病気の種類としては、現代と同じように、風邪《かぜ》（乱風邪・風病・咳病とも）が多いが、栄養欠乏症である脚気《あしのけ》（乱脚病《みだりかくびょう》・乱脚とも）、周期的に発熱する瘧病《わらわやみ》（お

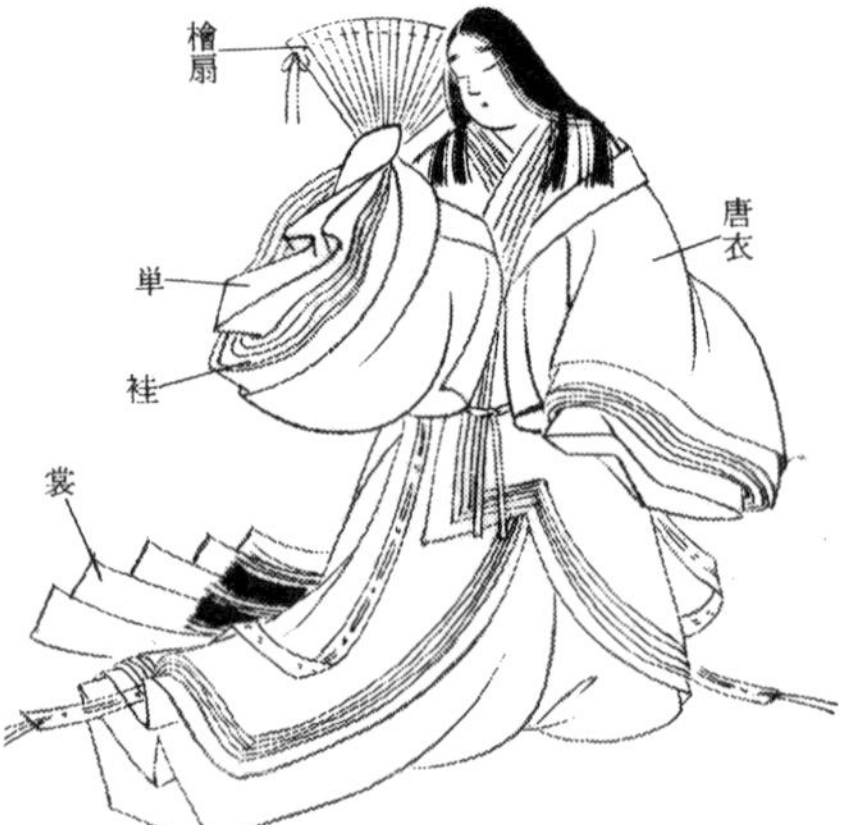

唐衣裳姿

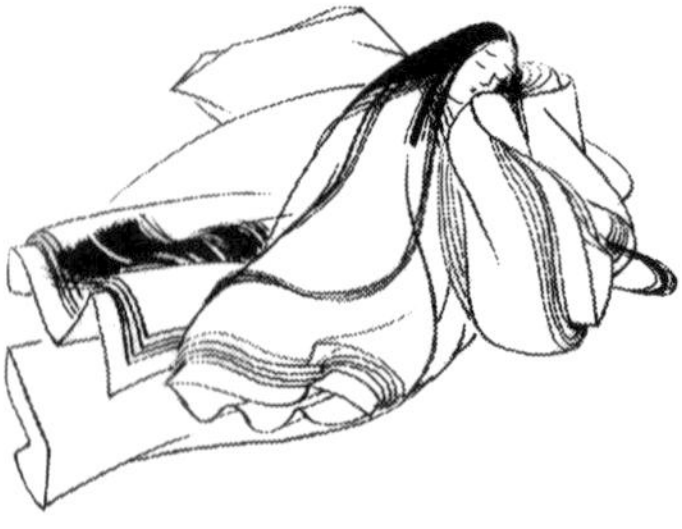
袿　姿

こり）などがある。しかし、意外に多いのが、運動不足とストレスから起こるといわれる心臓病であり、『源氏物語』の中では、藤壺・紫の上・明石の中宮・宇治の中の君などの女性たちが胸の病を患っている。

平安時代の住居・調度（道具）はどのようであったか

平安時代の貴族の住居は、一般的に寝殿造りとよばれる。寝殿造りの構図は、正殿である寝殿を中心に、母屋《もや》・廂《ひさし》・簀《す》の子《こ》などが配されている。寝殿の東・西・北側に対屋《たいのや》があり、それらが渡殿《わたどの》（廊）でつながれ、対屋《たいのや》の南に釣殿《つりどの》がある。

寝殿の南の階段（階）を降りると前庭が広がっており、前栽《せんざい》（植木）・池・遣水《やりみず》・築山《つきやま》などが配されている。その他の付属建物として、御堂（仏堂）・下屋（使用人の住居・台所・湯殿・樋殿〈便所〉）・倉・泉殿（納涼所）などがある。

建物の周囲には、まず東西または南北に門を設けたが、身分によって門構えもさまざまに規制され、四つ足門（六脚門）は、大臣以上の貴族に限定されていた。建物の周囲には、築地《ついじ》（土塀《どべい》）・切懸《きりかけ》（板塀）などの塀、檜垣《ひがき》・柴垣《しばがき》（小柴垣）・葦垣《あしがき》・透垣《すいがい》・板垣などの垣根などがめぐらされていた。

また、建物の屋根は、檜皮葺《ひわだぶき》（檜《ひのき》の皮で葺いた高級なもの）・板葺（槇《まき》・杉などの板で葺いた一般的なもの）・瓦葺（中国伝来の舶来品で超高級品）などによって葺《ふ》かれた。

部屋のなかの建具類

入口の妻戸から廂《ひさし》の間《ま》に入ると、中は障子（現在の襖《ふすま》）・屏風《びょうぶ》・几帳《きちょう》（移動式カーテン）・簾《すだれ》などで仕切られている。母屋には、奥に御帳台《みちょうだい》（広いベッド）が置かれ、寝室や物置として利用する塗籠《ぬりごめ》がある。客用の敷物として茵《しとね》や円座《わろうだ》を使用し、また夜具として衾《ふすま》や衣《きぬ》を用いた。

部屋の中の調度としては、衣架《いか》・御衣掛《みぞかけ》（衣服を掛ける物）、唐櫃《からびつ》・御衣櫃《みぞびつ》（衣類などを入れるケース）、手箱・厨子《ずし》・二階棚（日常用具を入れるケース）、下机《したづくえ》・花机・花足《けそく》・脇息《きょうそく》（ひじ掛け）、火桶《ひおけ》・炭櫃《すびつ》（暖房用）、灯台《とうだい》（室内照明具）、紙《し》燭《そく》（移動式照明具）など、さまざまな物が使用された。

平安時代の娯楽にどのようなものがあったか

平安時代の貴族（特に女性）は、重々しい服装やスタイルから、室内的な娯楽に興じることが多かったようである。しかも、貴族たち（特に女性）は、直接生産的労働に携わっていなかったので、相当に暇人《ひまじん》であり、雨や雪の日、炎暑の夏の日、厳寒の冬の日などの外出のままならない時には大いに室内娯楽に興じた。

当時の貴族の娯楽の最たるものは、〝遊び〟と称された音楽であった。まず、歌謡としては、催馬楽《さいばら》・朗詠・今様《いまよう》などが歌われ、また〝管弦の遊び〟（楽器の演奏・合奏）も日常的にしばしば行なわれた。楽器は、管楽器（横笛・篳篥《ひちりき》・笙《しょう》など）、弦楽器（六弦の和琴《わごん》・七弦の琴《きん》・十三弦の箏《そう》・琵琶《びわ》）、打楽器（太鼓・鼓《つづみ》）などが組み合わせて演奏された。

『源氏物語』の中で管弦の遊び（合奏）として有名なのは、「若菜の下」巻にお

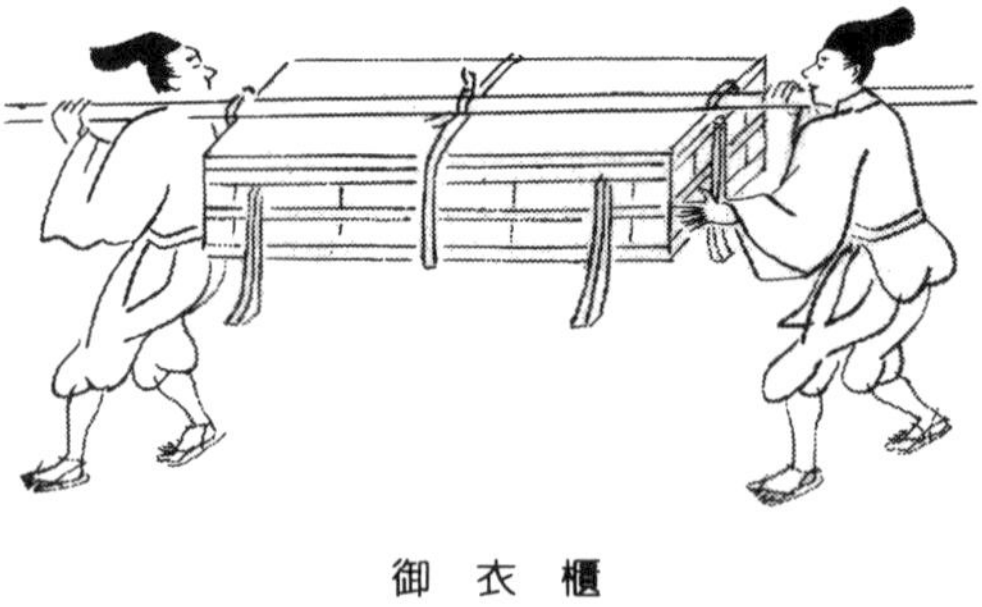

御衣櫃

ける六条院の女楽《おんながく》（女性だけの演奏会）で、正妻女三の宮をはじめ、紫の上・明石の君など光源氏をめぐる女性たちの演奏会が盛大に行なわれた。

そのほかの室内娯楽としては、物語の享受《きょうじゅ》・絵画の制作・書道などもあるが、囲碁《いご》・双六《すごろく》・弾棊《たぎ》などの勝負事もよく行なわれた。また、勝負を競い合う娯楽として、現代にあまり見られないのは、さまざまな物合せ（コンテスト）で、歌合せ・絵合せ・物語合せ・根合せ・貝合せ・薫物《たきもの》合せなどが行なわれた。さらに、文字遊戯（偏《へん》つぎ・韻塞《いんふた》ぎなど）、女児の雛《ひいな》遊びなどもあった。

また、男性貴族が中心であったが、屋外の娯楽としては、鷹狩り・競射《きょうしゃ》・相撲《すまい》・競馬《くらべうま》・賭弓《のりゆみ》・蹴鞠《けまり》なども行なわれた。さらに、寺社への物詣《ものもう》でも、信仰上の理由のほか、気晴らしの行楽的な娯楽の一つであった。

平安時代の信仰・俗信はどのようであったか

平安時代の宗教は、比叡山延暦寺《ひえいざんえんりゃくじ》を拠点として最澄《さいちょう》が開いた天台宗と、高野山金剛峯寺《こんごうぶじ》を拠点として空海が開いた真言宗《しんごんしゅう》とが二大宗教であったが、次第に呪術《じゅじゅつ》的《てき》な密教性を帯びるようになる。

平安時代後期になると急速に末法《まっぽう》思想が広がり、浄土教が新たに台頭してくる。浄土教は、源信《げんしん》（恵心僧都《えしんそうず》）の『往生要集《おうじょうようしゅう》』（九八五年）を契機とし、末法における救済のために、極楽往生を祈る観想念仏を主唱したが、特に女人《にょにん》往生思想に特色がある。

また、貴族から庶民に及ぶ多くの人々に信仰されたのは、現世利益《げんせりやく》を追求する

楽器をひく女性たち

観音信仰や地蔵信仰である。特に観音信仰は、いわゆる三観音（清水《きよみず》観音・石山観音・初瀬《はつせ》観音）信仰に代表され、文学作品に多大な影響を与えている。『源氏物語』の中でも、薄幸の玉鬘《たまかずら》は初瀬観音のご利益《りやく》で光源氏のもとに引き取られ、また紫式部は石山観音のご利益で『源氏物語』を書いたとされている。

科学的・合理的な社会に生きる現代人とは異なり、平安時代の人々は、陰陽道《おんようどう》による俗信を本当に信じ、天変地異・疫病《えきびょう》・怪異などの出来事の吉凶《きっきょう》を占い、不幸を回避しようとする迷信深い生活をしていた。たとえば、方違《かたたが》え・物忌《い》み・行《ゆき》触《ぶれ》・弦打《つるうち》・庚申《こうしん》などが、貴族の生活の中に密接に関わっていた。

『源氏物語』の中では、物《もの》の怪《け》・生霊《いきりょう》などが重要な役割を果たしている。物の怪は、御霊《ごりょう》信仰の影響によるもので、人間に取りついて、苦しめたり、病気にしたり、死なせたりする霊魂で、〝生霊《いきりょう》〟と〝死霊《しりょう》〟がある。『源氏物語』の中で、〝物の怪〟の人として著名なのは、美貌の未亡人六条御息所である。御息所は、生霊として、葵の上・夕顔を取り殺し、死霊として女三の宮・紫の上を苦しめて出家させており、物の怪に取りつかれた怨念《おんねん》の人としてすさまじく描かれている。

平安時代の暦はどのようになっていたか

平安時代の暦は、現代の太陽暦とは異なり、月の運行を中心とした太陰《たいいん》太陽暦で、一年が三五四日（現在の太陽暦より十一日少ない）となるので、五年に二回または十九年に七回とかの閏《うるう》年を設けて、太陽の運行との調整をはかる。閏年とは、現代の暦とは異なり、一年を十三か月として、同じ月を二回（たとえば〝四月〟

と〝閏四月〟）つくって差を調整するものである。

次に、当時の季節の分け方は、春が一・二・三月、夏が四・五・六月、秋が七・八・九月、冬が十・十一・十二月となり、現在の季節より一か月以上早いことになる。したがって、閏年で、たとえば四月が二回ある場合は、夏は、四月・閏四月・五月・六月の四か月となる。

また、二十四節気は、立春・春分・夏至・立冬・大寒など、二十四の季節の区切れを示すもので、現代の生活にも深い関わりがあるが、当時の暦である太陰太陽暦から離れて、太陽暦に近づいた生活的なものである。

さらに、年月日を記すのに、六十干支《かんし》を用いる方法が慣習的に生活の中で多く用いられた。干支とは、十干《じっかん》（甲《こう》・乙《おつ》・丙《へい》・丁《てい》・戊《ぼ》・己《き》・庚《こう》・辛《しん》・壬《じん》・癸《き》）と十二支（子《ね》・丑《うし》・寅《とら》・卯《う》・辰《たつ》・巳《み》・午《うま》・未《ひつじ》・申《さる》・酉《とり》・戌《いぬ》・亥《い》）と組み合わせて、〝甲子《きのえね》〟〝丙午《ひのえうま》〟とかの六十通りの年の表記をするものである。

また、時刻・方角なども十二支を用いて表わしている。時刻は、現代の二十四時間を十二支によって十二分するわけであるから、一時《いっとき》は二時間となり、それをさらに四等分するから、たとえば〝丑三つ時〟というのは、丑（午前一時～三時）の第三刻であるから、現在の午前二時～二時半頃の真夜中をさすことになる。

なお、具注暦《ぐちゅうれき》が朝廷から配布されたが、それは、一年分を二巻の巻物とし、毎日の暦の後に覚え書が書きこめる空欄があり、日記文学を書く時などに活用された。

方角と時刻

『源氏物語』ゆかりの旅

『源氏物語』京都周辺関係地図

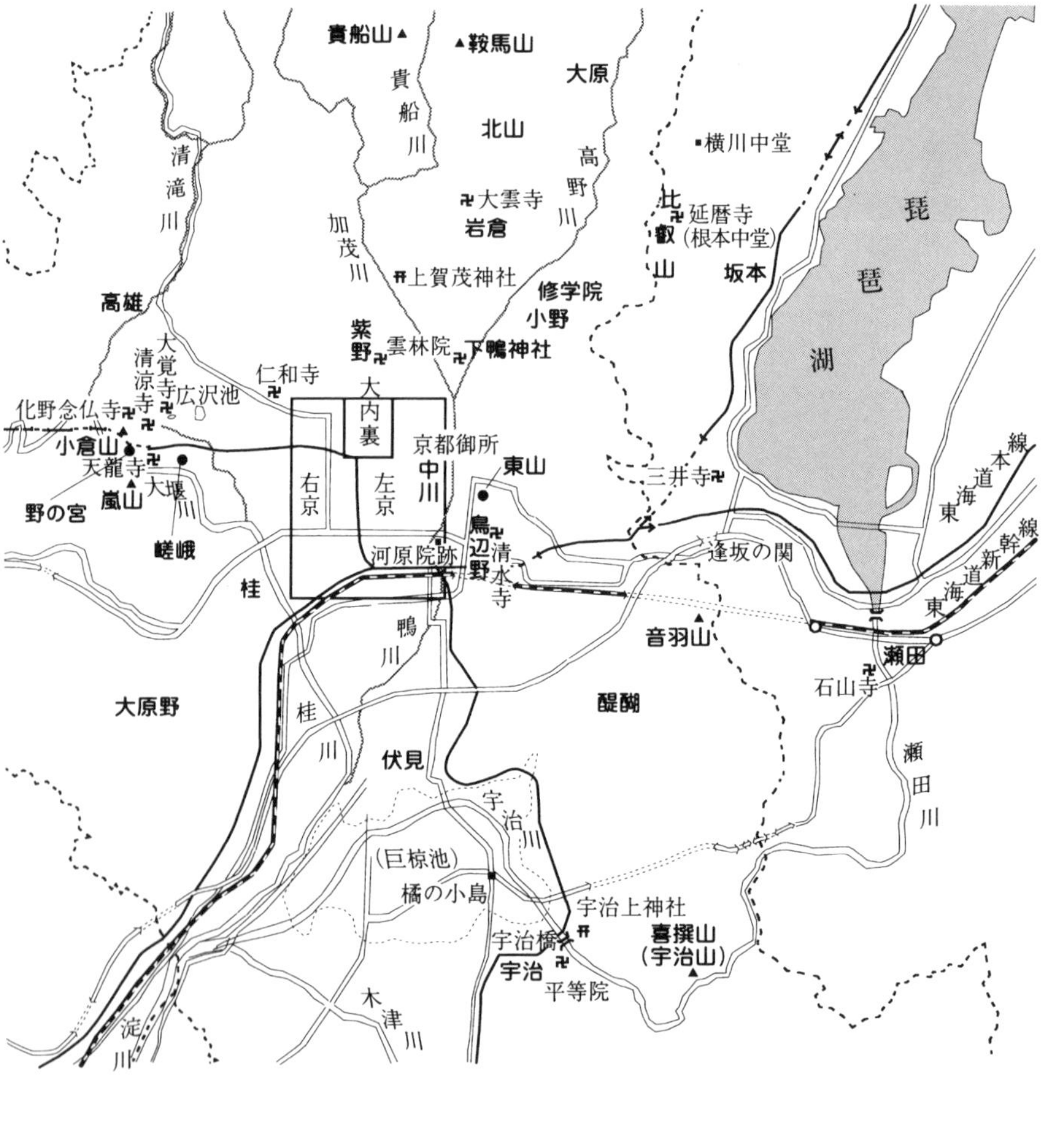

京都御所

平安京（京都）の中心部に広大な地域を占有している京都御所は、約千年の間、わが国の政治・経済・文化の中心として君臨してきた。『源氏物語』もまた、宮廷における天皇や貴族たちの華やかな生活を背景とし、御所を主たる舞台として展開されている。

御所とは、広く中央官庁群から成り立っている大内裏《だいだいり》をさすが、その中心の内裏の中に、正殿である紫宸殿《ししんでん》、天皇の常の御在所である清涼殿《せいりょうでん》、その北側にある後宮《こうきゅう》などがある。『源氏物語』の舞台は、藤壺（飛香舎《ひぎょうしゃ》）・桐壺（淑景舎《しげいさ》）・梨壺（昭陽舎《しょうようしゃ》）・弘徽殿《こきでん》などと呼ばれる後宮群が中心になっている。

おもしろいことに、作者紫式部は、宮廷（内裏）を舞台にした『源氏物語』を執筆しながら、当時の内裏を見ていなかったようである。紫式部が仕えた時に中宮彰子《しょうし》（藤原道長の娘）の夫であった一条帝は、内裏が火災で消失したために一条院を内裏の代わりに使っていたからである。

さて、御所（内裏）は、歴史上、何度も火災にあい、安元三年（一一七七）に焼失して以来、平安時代の正式なものは再建されていないのである。いま平安時代の正式な内裏の面影を残すのは、千本丸太町の公園に立つ大極殿跡の碑だけであろう。

紫宸殿

御所（内裏）の図

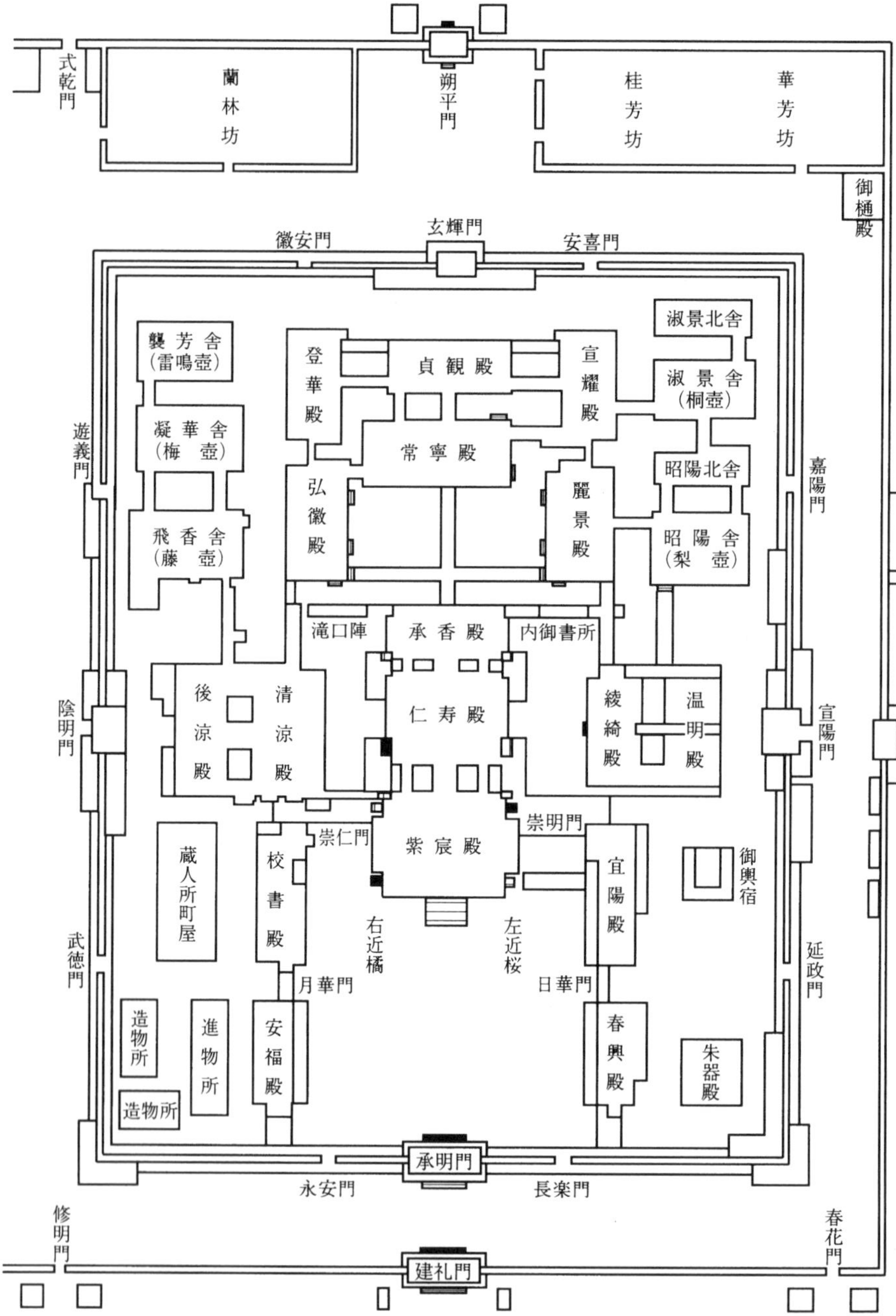

（『新訂増補故実叢書』による）

現在の京都御所は、貴族の屋敷を内裏の代わりに使う〝里内裏《さとだいり》〟であり、それも江戸末期の安政二年（一八五五）に再建されたものである。しかし、現在の御所でも、紫宸殿や清涼殿の前にたたずむと、そのどっしりとした構え、優雅な風姿などから、王朝的世界の雰囲気にひたることができ、『源氏物語』の世界にタイムトンネルしてしまいそうになる。

藤原道長邸

『源氏物語』の背景である摂関《せっかん》政治の中心人物は、いうまでもなく藤原道長である。王朝文化のパトロンとして栄華をきわめた道長は、いくつかの広大な邸宅を構えていたが、その代表的なものは、『紫式部日記』に出てくる土御門殿《つちみかどどの》である。土御門殿は、当時の大内裏の東寄りの上東門《じょうとうもん》から東にのびる土御門大路を北に接していたというから、現在の京都御所の一部に当たる法成寺《ほうじょうじ》の向かい側あたりにあった。

この豪壮な土御門邸は、もともとは道長の所有ではなく、＊源　雅信《みなもとのまさのぶ》の邸宅であったのを、その娘源倫子《りんし》が伝領したので、倫子と結婚した道長のものとなったという。源倫子は、紫式部の再従姉妹《またいとこ》にあたり、また御所に近い住居（現在の廬山《ろざん》寺《じ》という）に住んでいた紫式部と何らかの交渉をもっていたとも推測され、そこから道長や娘彰子との関係が生じたのかもしれない。

源雅信（九二〇〜九九三）　宇多天皇の第八皇子・敦実《あつみ》親王の子で、左大臣。藤原穆子《ぼくし》との間に、道長室となる源倫子や時通《ときみち》をもうける。管弦にすぐれた人物として知られ、『新古今集』にも歌が採られている。

清涼殿

藤原道長の土御門殿復原図

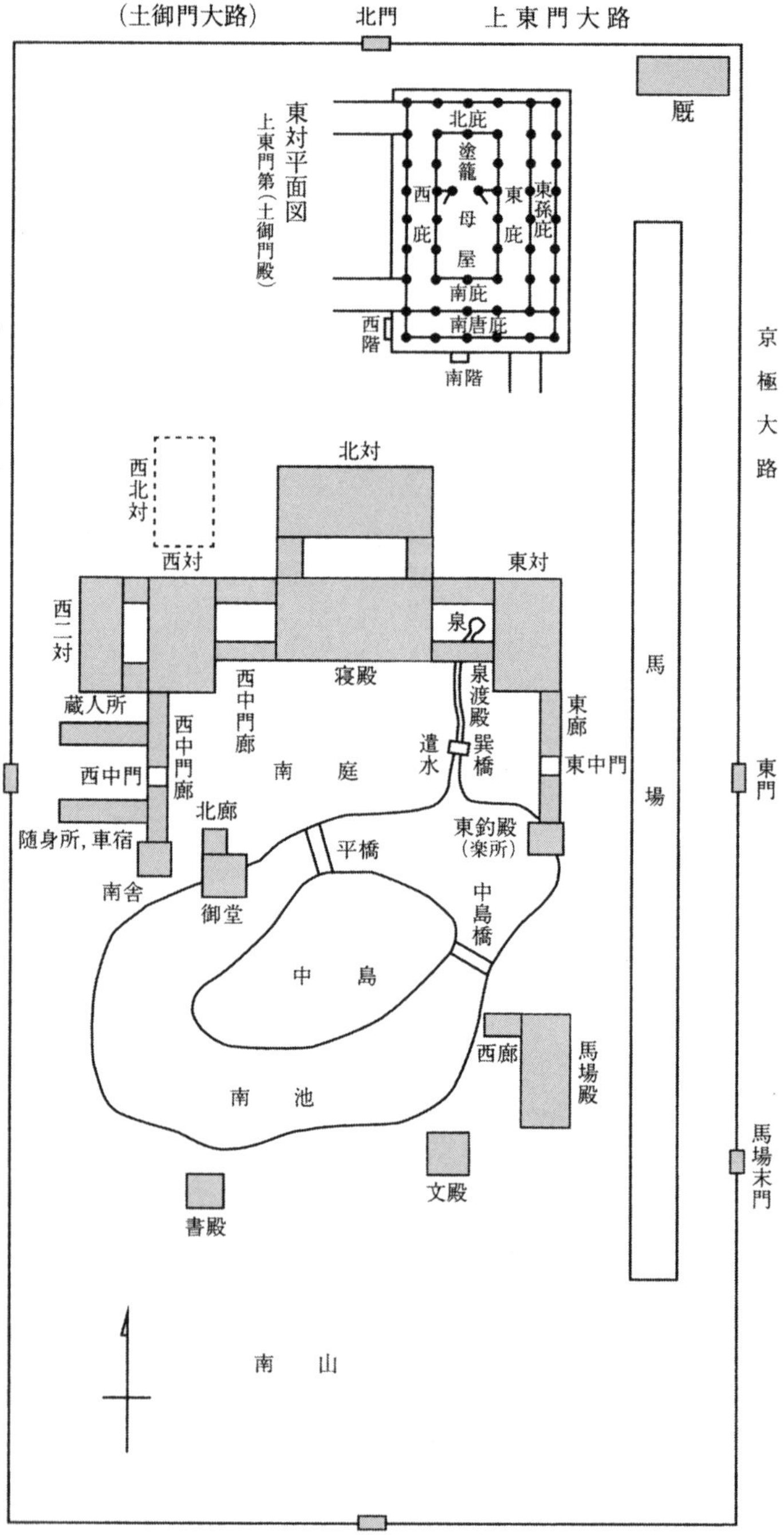

(太田静六『寝殿造の研究』による)

道長は、土御門邸を手に入れたのが正暦《しょうりゃく》二年（九九一）、二十六歳の時であったが、中関白家《なかのかんぱくけ》（兄の道隆の家）の没落した後、栄華を獲得するにつれて邸宅を拡大し、東西四十丈（一二一メートル）、南北八十四丈（二五四メートル）の広大な敷地を占めた大邸宅を完成した。『紫式部日記』の有名な冒頭部分

*秋のけはひ入り立つままに、土御門殿のありさま、いはむかたなくをかし。池のわたりの梢《こずゑ》ども、遣水《やりみづ》のほとりの草むら、おのがじし色づきわたりつつ、おほかたの空も艶《えん》なるに、もてはやされて、不断《ふだん》の御読経《みどきやう》の声々、あはれまさりけり。

という秋色《しゅうしょく》ただよう土御門邸の風情《ふぜい》は、『源氏物語』の中にも生かされているとみてよいであろう。

土御門邸は、上東門邸とも呼ばれていたことから、道長の娘、中宮彰子のことを上東門院と称したが、長元四年（一〇三一）に焼失した。

「秋のけはひ」以下の訳　秋の風情があたりに立ちそめるにつれて、この土御門邸の様子は、言いようもなく趣がある。池の岸辺の木々の梢や、遣水のほとりの草むらなどはそれぞれに一面に色づいて、空一帯の様子もあでやかな美しさに引き立てられて、僧侶たちの不断経の声々も、しみじみと心にしみ入ることであった。

六条院―光源氏の邸宅

六条院《ろくじょういん》は、光源氏の壮大な栄華を象徴する豪壮な邸宅である。光源氏が住んだ最初の邸宅は、母の桐壺の更衣《こうい》から伝領した二条院であったが、須磨《すま》・明石《あかし》の流浪から帰還した後に二条東院《ひがしのいん》を増築する。その後、光源氏は、絶大なる権勢を獲得し、六条御息所の娘・秋好中宮を養女のような形で後見した縁で、六条の地

に、極楽浄土のごとき六条院の大邸宅を造築した。

六条院は、四町の広大さを誇り、東西と南北がそれぞれ約二四〇メートルというから、道長の土御門邸の二倍の規模であった。その豪壮な邸宅を四つに区切り、光源氏をめぐる重要な女性たちをそれぞれ個性にあった四季にあてはめて住まわせている。まず、東南の町（春の町）は、春の景物をこよなく愛した、女主人紫の上が光源氏とともに住む邸である。それと反対側に位置する西南の町(秋の町)は、もともと六条御息所の邸であったが、いまその娘・秋好中宮が住み、秋の風情が配された邸である。夏の風情の漂う東北の町（夏の町）は、花散里《はなちるさと》（夏の御方）の邸で、その東側に競馬《くらべうま》をする馬場がある。さらに、冬の景物を配した西北の町（冬の町）は、冷厳な人生を生きた明石の君（冬の御方）の住む邸で、その北側に倉が並んでいる。

このように、春夏秋冬の季節が美しくめぐりゆき、この世の極楽浄土のごとき六条院は、光源氏の絶大な栄華の世界を象徴するが、また、紫の上の発病や女三《おんなさん》の宮《みや》の出家の時などに現われる六条御息所の死霊《しりょう》が示唆《しさ》するように、光源氏の光と影を並存させていたのであった。

六条院は、物語的に仮構された理想的世界であるが、そのモデルとなったのが*源融《みなもとのとおる》が住んだという河原院《かわらのいん》で、その跡地は枳殻邸《きこくてい》と呼ばれ、現在は東本願寺の別院となっている。

源融（八二二〜八九五）嵯峨天皇の第十二皇子で、河原の院のほかに、光源氏が嵯峨野に造る御堂のモデル棲《せい》霞観《かかん》（現在の清涼寺）や、宇治十帖の背景である、現在の宇治平等院《びょうどういん》（創建は藤原頼通《よりみち》）の地などを所有していた。

『源氏物語』の六条院想定平面図

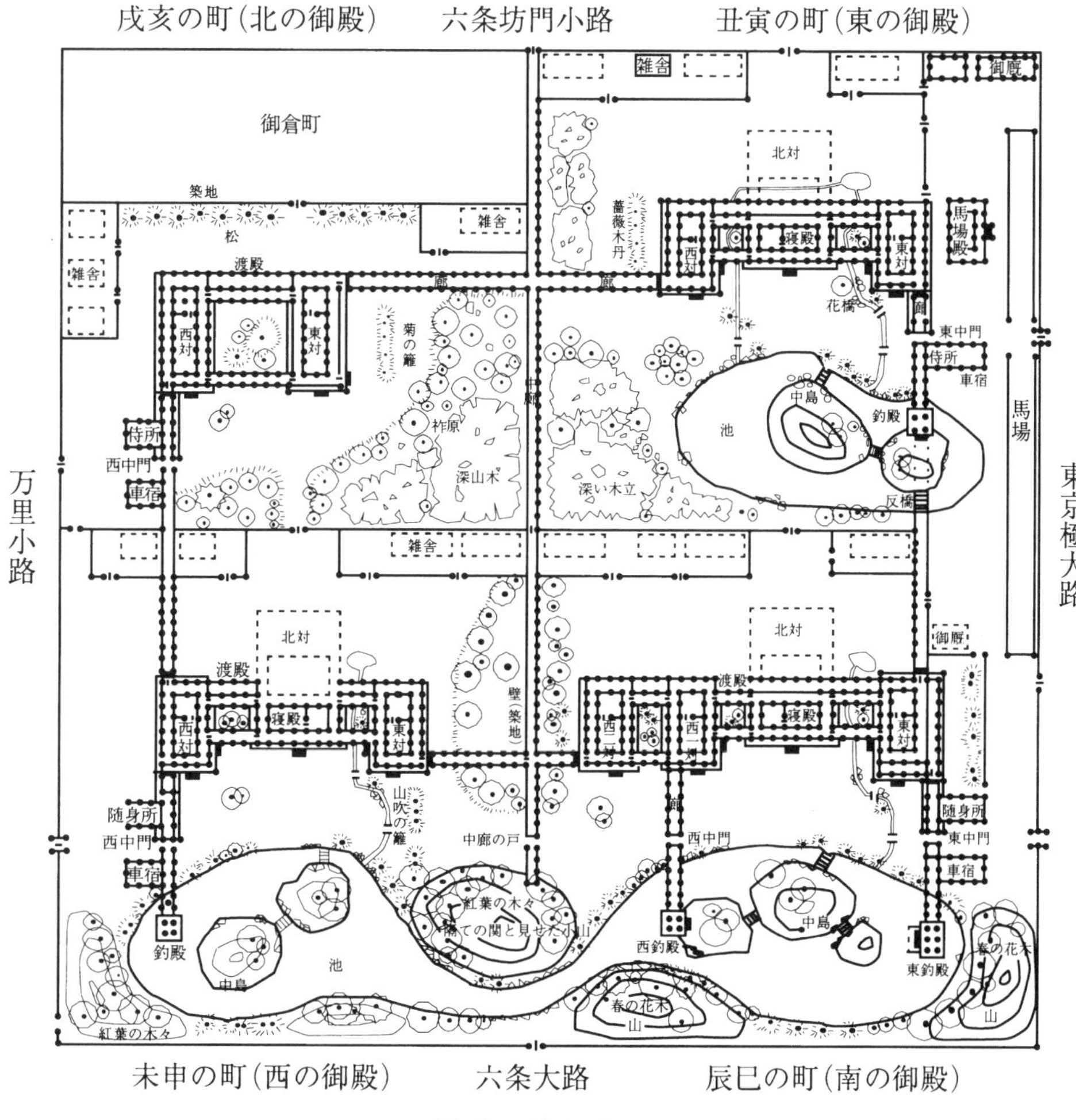

(池浩三『源氏物語』―その住まいの世界―による)

廬山寺――紫式部邸跡

廬山寺《ろざんじ》は、現在京都御所の東築地《ついじ》に相対し、京都府立大学に隣接している寺であるが、古くから紫式部邸宅跡と考えられてきた。紫式部邸は、曽祖父堤中納言《そうそふつつみちゅうなごん》兼輔《かねすけ》の名高い邸宅を引き継いだものという。兼輔は、『古今集』『後撰集《ごせんしゅう》』時代の風流文化人として、紀貫之《きのつらゆき》らの歌人たちのパトロン的役割を果しているが、御所に隣接し、後の道長の大邸宅土御門殿にも近い一等地に邸宅を構えていた。

しかし、曽祖父兼輔邸を継承した紫式部邸は、『紫式部日記』によれば、自分の部屋は「あやしう黒みすすけたる曹司《ぞうし》」であり、庭も「見所《みどころ》もなきふるさとの木《こ》立《だ》ち」と表現しているように、かなり古びた旧邸であったらしいことが知られる。おそらく、紫式部は、藤原宣孝《のぶたか》と結婚した後も、さらには中宮彰子に宮仕えに出た頃も、父祖伝来の荒れた旧邸に住み続けたのであろうが、そのことは、彼女の暗い人生観と深く関わっているものとみられる。

紫式部邸のあたりは、中川（京極川《きょうごくがわ》）が流れていたことかから、当時は〝中川のわたり〟と呼ばれていたとともに、賀茂川《かもがわ》の堤に接していたことから、彼女の曽祖父兼輔が〝堤中納言〟と称されたゆかりの地であった。現在は中川はないけれども、御所に接した閑静な住宅地の中にある廬山寺は、紫式部が物語の構想を練り、執筆した邸宅跡にふさわしい風情のある場所である。

紫式部邸跡の碑

『源氏物語』の中では、人妻空蟬《うつせみ》の物語の舞台となっている〝中川のわたり〟の紀《き》伊の守《かみ》邸や、花散里《はなちるさと》の物語にみえる中川の女の家などは、曽祖父堤中納言兼輔邸を受け継いだ紫式部邸をモデルにしたものという。紫式部のイメージを引いた空蟬や花散里が、紫式部邸を背景としている〝中川わたり〟と関わって登場するのは興味深いことである。

野宮神社

皇室にゆかりのある伊勢神宮と賀茂《かも》神社*に、天皇の代理として奉仕する未婚の内親王《ないしんのう》（または女王）を、それぞれ斎宮《さいぐう》と斎院《さいいん》というが、その斎宮と斎院は、一年目は宮中で、二年目は斎宮が嵯峨《さが》の野宮《ののみや》で、斎院が紫野《むらさきの》の野宮で精進潔斎《しょうじんけっさい》し、任地に赴くことになる。

野宮は、本来は一つの固定された場所ではなく、斎宮や斎院が交代するたびに造られたという。現在の嵯峨の野宮神社は、物語的な風情をよく伝えているといわれるが、仮宮《かりみや》であっただけに、意外に狭く簡素な造りであるのに驚かされる。

『源氏物語』の中では、前皇太子妃であった、誇り高き美貌の六条御息所は、七歳も年少の愛人光源氏との愛に苦しんでいたが、いわゆる生霊《いきりょう》事件を契機として、斎宮に任命された娘（後の秋好《あきこのむ》中宮）とともに、伊勢に下る決意をし、嵯峨の野宮で、娘とともに精進潔斎の日々を送っていた。光源氏は、晩秋の一日、落ちゆ

賀茂神社　平安遷都によって京都守護の神としてあがめられる。賀茂別雷命《かもわけいかずちのみこと》を祭る通称上賀茂神社と、賀茂《かも》建角身《たけつのみの》命《みこと》と玉依姫命《たまよりひめのみこと》を祭る下賀茂神社からなる。斎院の制度は弘仁元年（八一〇）に始まるが、そこは一つの文芸サロンでもあった。この神社の祭礼が「葵祭り」で、「葵」巻などの背景に用いられている。

野宮神社

く愛人六条御息所を嵯峨の野宮に訪問する。「賢木《さかき》」の巻の野宮訪問の場面は、後に『平家物語』における、高倉天皇の命令を受けた源 仲国《みなもとのなかくに》が月下の嵯峨野に小督《こごう》をさがすという有名な場面に継承されているように、『源氏物語』の中でも最も美しい文辞によって情趣的に綴られている。その中で、野宮は、

*ものはかなげなる小柴垣を大垣にて、板屋《いたや》どもあたりあたり、いとかりそめなり。黒木《くろき》の鳥居ども、さすがに神々しく見わたされて……。

と、晩秋の風情《ふぜい》の中で神々《こうごう》しく描かれていて、男女の哀愁の漂う別離の背景となっている。

現在の野宮神社は、『源氏物語』における王朝的風情を伝える代表的な場所の一つであり、小柴垣や黒木（本来は皮付き丸木であるが、現在はコンクリート製の模造品）などがそれなりに往時の面影を伝えている。

「**ものはかなげなる**」以下の訳　頼りなさそうな小柴垣を外囲いにして、板葺《ぶ》きの家があちこちに、仮作りといったふうに立ち並んでいる。丸太で作った鳥居は、さすがに神々しく見わたされて……。

大堰川

京都の西郊・嵯峨野を流れる大堰川《おおいがわ》は、淀川の支流桂川の分流であるが、嵐山《あらしやま》や小倉山を背景にした渡月橋《とげつきょう》あたりを中心に、古来から風光明媚《めいび》な場所とされてきた。たとえば、平安時代の、紀貫之《きのつらゆき》らの歌人が供奉《ぐぶ》した宇多法皇の大堰川御幸《みゆき》、藤原公任《きんとう》の「三舟《さんしゅう》の才《ざえ》」の逸話で有名な道長の大堰川遊覧、『平家物語』における小督《こごう》物語など、大堰川は、文学や歴史の背景となってきた名勝の地であった。

『源氏物語』では、父・明石の入道の一族再興の宿願と住吉明神の加護によって、明石の君は、貴公子光源氏と結婚し、一人娘（のちの明石の中宮）を生み、娘を后がね（后候補）とするために上京を勧められるが、自分が田舎娘にすぎないという身分意識から、なかなか決意しかねていた。娘の思案をみかねた父・明石の入道は、妻の祖父中務《なかつかさ》の宮から伝領した大堰川のほとりにある旧邸宅を改修して、明石の君母子に妻の尼君を付き添わせて住まわせた。

*これは（大堰川の邸は）、川面《かはづら》に、えもいはぬ松蔭に、何のいたはりもなく建てたる寝殿のことそぎたる様も、おのづから山里のあはれを見せたり。

と描写されている。大堰川の周辺は、「あたりをかしうて、海づらに通《かよ》ひたる所のさま」と描かれ、また明石の尼君も「身をかへてひとり帰れる山里に聞きしに似たる松風ぞ吹く」と詠んでいるように、海辺の明石の地にも似た、河畔《かはん》の風趣があったという。

現在の大堰川にかかる渡月橋の周辺は、タレントショップや美空ひばり記念館などで賑わっている観光地であるが、渡月橋に立って亀山や小倉山を見あげると、現在の亀山公園あたりに想定されている明石の君の邸で、光源氏の訪れを待ちこがれていたであろう彼女の悲しみを思いうかべることができる。

「これは川面に」以下の訳　大堰川の邸は、川に面していて、なんともいえぬほどのみごとな松の木陰に無造作に建ててある寝殿の簡素な様子も自然に山里のしみじみとした情趣を漂わせている。

渡月橋

北　山 ―― 鞍馬寺と大雲寺

光源氏十八歳の晩春、わらわ病（現在のマラリアか）の治療のために、北山の高徳の聖《ひじり》の僧坊を訪れる。

　＊やや深う入る所なりけり。三月《やよひ》のつごもりなれば、京の花、盛りはみな過ぎにけり。山の桜はまだ盛りにて、入りもておはするままに、霞のたたずまひもをかしう見ゆれば……。

と描写されているのが北山である。光源氏は、病気の治癒《ちゆ》のための加持祈禱《かじきとう》をしてもらった後、聖《ひじり》の僧坊をのぞき見し、つねに思慕してやまない藤壺に酷似《こくじ》した十歳ほどの少女（若紫）を発見するという、後に正妻格として六条院の世界の女主人公となる紫の上との劇的な出会いを遂げる。

『源氏物語』の中で重要な役割を果している北山は、古来鞍馬山《くらまやま》の鞍馬寺と考えられてきたが、さらに岩倉の大雲寺《だいうんじ》ではないかという考え方もある。岩倉の大雲寺は、天禄二年（九七一）に藤原文範《ふみのり》が創建した由緒《ゆいしょ》ある寺である。その藤原文範は、紫式部の母方の曽祖父にあたり、長徳二年まで存命しているから、彼女との関係も深かったのではないだろうか。しかし、古来からの有力な説であった鞍馬寺も、先に引用した北山の情景描写のイメージに加えて、光源氏が藤壺への禁じられた愛を罪と自覚するのに、古くから歌などに詠まれてきたように、〝鞍馬〟

鞍馬寺

「やや深う入る所」以下の訳　その寺は少し山深く入る所にあった。三月の末であるから、京都の桜の花はみな盛りを過ぎてしまっていた。山の桜はまだ花盛りで、源氏がだんだんと山深くお入りになるにつれて、霞の立つさまも趣深くながめられるので……。

が〝暗〟い心に通じ、その暗い心の贖罪《しょくざい》の意味がこめられているという点で、大雲寺以上にふさわしいともいわれる。

新幹線の京都駅に降りると、正面の京都タワーのはるかかなたに北山連峰が美しく横たわっている（ただし、最近は高層ビルが建ってしまい、かなり見にくくなってしまった）。鞍馬寺の場合、電車の終点から鞍馬寺までケーブルを利用する方法もあるが、『枕草子』の「近うて遠きもの」の条にあげられている「鞍馬のつづら折りといふ道」を実際に歩いてみる方が『源氏物語』の北山の実際の風情《ふぜい》を知ることができよう。

比叡山延暦寺

京都の東北にそびえる比叡山《ひえいざん》は、古くから〝南都北嶺《なんとほくれい》〟*1の〝北嶺〟とか〝山門《さんもん》〟とか称され、政治・歴史・文学などに大きな役割を果たしてきた。古くから山岳信仰の山であった比叡山には、延暦四年（七八五）、最澄《さいちょう》（伝教大師《でんぎょうだいし》）によって延暦寺《えんりゃくじ》が創建された。その後、比叡山延暦寺は、平安京の鬼門《きもん》*2に位置する鎮護国家の霊山《れいざん》霊寺としてすぐれて重要な役割を果たしてきた。古典文学の中でも、平安末期から中世における代表的な作品である『今昔《こんじゃく》物語集』『平家物語』『太平記』などは、比叡山との深い関わりの中で成立した大作である。

延暦寺の寺院は、東塔《とうとう》・西塔《さいとう》・横川《よかわ》の三塔十六谷の壮大な堂塔を誇っている。

＊1 **南都北嶺**　京都の南方の南都（奈良）の大寺院（東大寺・興福寺など）に対して、京都の北にそびえる比叡山にある延暦寺を北嶺という。

＊2 **鬼　門**　古代の陰陽道にもとづく考え方で、鬼が出入りするという避けるべき方角で、艮《うしとら》（東北）がそれに当たる。

比叡山延暦寺横川中堂

なかでも、老杉の大木に抱かれた東塔の根本中堂《こんぽんちゅうどう》は、いくたの歴史の重みを感じさせる荘重な偉容を誇っており、歴史や文学の背景として一見の価値を有する重要な存在である。

『源氏物語』との関係では、宇治十帖に登場する横川僧都は、三塔の一つの横川に住み、『往生要集』*を著わし、浄土思想の祖とされる源信《げんしん》（恵心僧都《えしんそうず》）をモデルとしているが、愛執《あいしゅう》の苦悩の中で宇治川に身を投げようとした浮舟を救済し、さらに薫君《かおるぎみ》の要請で彼女の還俗《げんぞく》を勧奨《かんしょう》しようとする。その浮舟物語は、浄土思想を背景とした女人発心《にょにんほっしん》物語・女人往生物語として捉えられる。作家の瀬戸内寂聴《じゃくちょう》氏は、宇治十帖、特に浮舟物語を執筆していた頃の作者紫式部は、瀬戸内氏自身の切実な体験から、すでに出家していたであろうという卓見《たっけん》を示されているが、その晩年に比叡山と深い関わりをもったのであろうか。

現在、比叡山延暦寺を訪れる場合、東塔に行くことが多いようであるが、『源氏物語』との関連でいえば、円仁《えんにん》（慈覚《じかく》大師）によって開かれた閑寂《かんじゃく》な宗教的聖地である横川をぜひ訪れてみたいものである。

石山寺と逢坂の関

石山寺《いしやまでら》は、近江国《おうみのくに》（滋賀県）の大津市郊外、琵琶湖《びわこ》に瀬田川が流れる岸辺の小高い石山に建っているが、平安時代に盛んであった現世利益《りやく》の観音信仰における

石山寺

『往生要集』 源信の著。寛和元年（九八五）成立。地獄の恐ろしさを説き、人間世界も「不浄」「苦」「無情」の世の中であるとして「厭離穢土《おんりえど》」（汚れた現世を嫌って離れる）、「欣求浄土《ごんぐじょうど》」（浄土を喜んで求める）を勧める。そのために念仏を体系的に整理し、浄土教史上重要な役割をはたした。

三大霊場（他は清水寺《きよみずでら》・長谷寺《はせでら》）の一つとして、多くの人々の信仰を集めたという。石山参詣《さんけい》は、道綱の母（『蜻蛉《かげろう》日記』の作者）や菅原孝標《たかすえ》の娘（『更級《さらしな》日記』の作者）を初めとする多くの王朝の人々のあこがれであった。

『源氏物語』との関係でいえば、紫式部が石山寺で『源氏物語』を執筆したという伝承がある。中宮彰子《しょうし》から物語創作を依頼された紫式部は、石山寺に参籠《さんろう》し、観音に祈願したとき、折しも琵琶湖に映った八月十五夜の月を見ながら、「須磨」「明石」の巻を書いたという伝承である。「須磨」の巻には、

＊月のいとはなやかにさし出でたるに、今宵は十五夜なりけりとおぼし出でて、殿上《てんじゃう》の御遊び恋しく……。

と望郷の念にとらわれる光源氏が描かれているが、それは、いかにも石山寺伝説にふさわしい幻想的な場面であるといえよう。

現在、その石山寺起筆伝説によって、本堂の左側に「紫式部源氏の間」があり、紫式部が侍女《じじょ》のかかげる灯火のもとで物語を執筆している姿をかたどった人形が置かれており、彼女が使ったという硯や筆が陳列されている。しかし、現在の石山寺からは琵琶湖は見えないので、『源氏物語』ファンが作りあげた伝説の一つにすぎないのかもしれない。

逢坂《おうさか》の関《せき》は、京都と東国を結びつける交通の要衝《ようしょう》であり、歌などにおいて、「逢ふ」（男女の出会い）の意味の懸詞《かけことば》として用いられることが多い。『源氏物語』の中では、光源氏が若き日に愛した思い出の人妻・空蝉《うつせみ》と十二年ぶりに再会するの

「月のいとはなやかに」以下の訳　月がたいそう明るく輝き出てきたので、光源氏は、今夜は十五夜であったなあと思い出されて、中秋の名月のもとで行なわれた宮中の管弦の御遊びが恋しく思われて……。

逢坂の関の碑

が逢坂の関である。現在は、国道一号線沿いに関所跡の碑が立ち、その下を新幹線の新逢坂山トンネルが抜けている。

長谷寺 ― 初瀬観音

奈良県桜井市初瀬にある長谷寺《はせでら》は、石山寺《いしやまでら》・清水寺《きよみずでら》とともに、いわゆる現世利益《げんせりやく》をもたらす観音信仰のメッカとして、多くの人々の信仰を集め、『蜻蛉《かげろう》日記』の作者・道綱の母や、『更級《さらしな》日記』の作者・菅原孝標《たかすえ》の娘なども参詣《さんけい》している。

『源氏物語』の中では、夕顔の遺児玉鬘《たまかずら》が光源氏のもとに引き取られるきっかけとなる場面に用いられている。急死した夕顔の行く方がわからないまま、乳母《めのと》は、残された幼い玉鬘をともなって、大宰《だざい》の少弐《しょうに》に任じられた夫とともに九州に下るが、その夫の死後、二十歳に成長した玉鬘を京都に連れて帰る。帰京したものの、玉鬘一行は、なすすべもなく、

*仏の御なかには、初瀬なむ、日《ひ》の本《もと》のうちには、あらたかなる験《しるし》あらはし給ふと、唐土《もろこし》にだに聞こえあんなり。ましてわが国のうちにこそ、遠き国の境とても、年経《へ》給《たま》ひつれば、若君(玉鬘)をばまして恵み給ひてむ。

と、唐土《もろこし》(中国)まで評判が伝わっている長谷寺の初瀬観音に救いを求めて参詣する。そこで、ちょうど玉鬘との再会を祈願に来ていた夕顔の侍女・右近と再会した玉鬘は、やがて光源氏の六条院に引き取られ、「幸ひ《さひは》人」への道を歩むことに

「仏の御なかには」以下の訳
仏様の中では初瀬観音が、日本国中で最もあらたかなご利益をあらわされると、中国でさえ評判が高いそうです。まして、姫君(玉鬘)は、遠い九州(筑紫)の田舎とはいっても、同じ日本の国に長年お住みになっていらっしゃるので、観音は、姫君を特別にお恵みなさることにちがいありません。

長谷寺

なる。また、宇治十帖において、横川《よかわ》の僧都《そうず》が失踪《しっそう》した浮舟を発見し、救済するのも、母尼君らの初瀬詣での帰途であり、浮舟は、その後、小野の山里で新しい人生を発見し、再スタートする。

このように、長谷寺は、初瀬観音の現世利益《りやく》によって、人と人との出会い、運命の転換の舞台として設定されることが少なくないようである。

現在の長谷寺には、「＊二本《ふたもと》の杉」と伝える大杉がそびえ立ち、また玉鬘の庵《いおり》跡・玉鬘の塔など、玉鬘ゆかりの遺跡が残されている。

伊勢神宮と斎宮

伊勢神宮《いせじんぐう》は、皇室の氏神ともいうべき存在で、天照大御神《あまてらすおおみかみ》を祭る内宮《ないくう》と、豊受《とようけ》大御神を祭る外宮《げくう》とからなり、「神風の伊勢」と言われるように、神々《こうごう》しい偉容を誇っている。特に文学と関わりの深い斎宮《さいぐう》は、天皇の代わりに奉仕する未婚の内親王（または女王）で、天皇が即位のたびに占いによって決定され、神に仕える巫女《みこ》（神子《みこ》）性をもつゆえに恋愛も結婚も禁止されていた。

斎宮の文学として有名なのは、昔男《むかしおとこ》（在原業平《ありわらのなりひら》）と伊勢の斎宮との禁じられた恋を描いた『伊勢物語』の「狩の使い」である。その斎宮物語は、『源氏物語』の中では、光源氏と藤壺との禁じられた恋の背景になっているが、六条御息所《ろくじょうのみやすどころ》の物語とより深く関わっている。前皇太子妃であった六条御息所は、七歳も年少の愛

二本の杉　『古今集』巻十九の旋頭歌《せどうか》による。「初瀬川古川の辺《べ》に二本ある杉、年を経てまたもあひ見む二本ある杉」（初瀬川、そこに年月をへて流れこむ布留《ふる》川の岸辺に二本立っている杉、その杉のように年月を経てもまた再び会おうよ）。長谷寺が再会の場面に用いられるのは、この歌を踏まえてもいる。

伊勢神宮

人光源氏との苦しい愛を清算するために、朱雀帝《すざくてい》即位によって新斎宮に選ばれた娘（後の秋好《あきこのむ》中宮）とともに、遠く伊勢の地へと都落ちしてゆく。ところが斎宮の任期が切れ、その娘とともに帰京した六条御息所は、仏教的に「罪深き所」である伊勢神宮で過ごしたために重病に倒れ、光源氏に見とられながら波乱に富んだ三十六年の生涯を悲劇的に閉じる。伊勢神宮は、仏教を忌避《きひ》するので、個人を救済する仏教からみると「罪深き所」とされるという。

伊勢神宮は、いわゆる〝伊勢神道《しんとう》〟として、鎌倉時代の元寇《げんこう》から太平洋戦争中の軍国主義に至るまで、国家主義的に利用されてきたので、現代でも何かと政治的な話題になることも少なくない。斎宮制度は、南北朝時代に廃《すた》れてしまう。現在、近鉄の斎宮駅近くにある斎宮跡は発掘中であるが、その一部が〝斎宮の森〟として復元されており、また斎宮自然史博物館もあって、歴史の風情《ふぜい》を伝えている。

住吉大社

住吉大社《すみよしたいしゃ》（大阪市住吉区）は、軍神・船の守護神として漁師や海運業者の信仰を集めた海の神であった。『源氏物語』の中では、須磨で暴風雨におそわれた光源氏は、

*住吉の神、近き境《さかひ》をしづめ守り給ふ、まことに迹《あと》を垂《た》れ給ふ神ならば、助け

住吉大社

給へ。

と祈願する。また、対岸に住む明石《あかし》の入道《にゅうどう》も、一族再興の願いを託した娘を年に二度も住吉詣でさせている。そうした住吉明神の加護によって、光源氏は、京都に帰って宮廷社会に返り咲き、結婚した明石の君との間に姫君が誕生して、栄華への道を歩むことになる。

物語の中では、難波《なにわ》（大阪）の住吉大社への参詣が、「澪標《みおつくし》」巻と「若菜下」巻の二か所において、華々しく描かれている。すなわち、「澪標」巻では、明石から帰京後、権勢を獲得した光源氏は、数々の宿願成就《じょうじゅ》の御礼のために住吉大社に参詣するが、明石の君一行も、ちょうど住吉に来合わせる。そして、明石の君は、豪勢な源氏一行の行列を遠くから仰ぎ見て、身分差をつくづくと痛感させられたのであった。一方、「若菜下」巻では、明石の女御の生んだ皇子が皇太子になったとき、光源氏は、明石の君をはじめ、明石の女御、明石の尼君・養母紫の上らの一族をともなって、盛大に住吉大社に参詣した。すなわち、

*（光源氏は）浦伝ひのもの騒がしかりしほど、そこらの御願ども、みな果たし尽くし給へれども、なほ世の中にかくおはしまして、かかるいろいろの栄えを見給ふにつけても、神の御助けは忘れがたくて、対《たい》の上《うへ》（紫の上）も具《ぐ》しきこえさせ給ひて詣でさせ給ふ響《ひび》き、世の常ならず。

と、華々しく描出されている。

当時の住吉大社は、海岸に臨んだ広大な社領を有していたというから、現在の

「住吉の神」以下の訳　住吉の神よ、この近辺一帯を鎮め守っていらっしゃいます、もし本当に本地《ほんじ》垂迹《すいじゃく》の神でおいでならば、お助け下さい。

「浦伝ひの」以下の訳　光源氏は、須磨から明石に流浪していた事変の当時、お立てになった数多くの御願は、すっかり全部お礼をすまされているけれども、その後もこうして世の栄華をお極めになって、明石の女御や東宮などのお栄えをごらんになるにつけても、住吉明神のご加護は忘れがたく、紫の上も一緒にお連れ申しあげなさって、ご参詣になされたが、世間の騒ぎは並々ではなかった。

住吉公園を含む壮大な威容を誇っていたはずである。

須磨・明石

『源氏物語』の舞台として、須磨《すま》（神戸市）・明石《あかし》（明石市）は、古くから風光明媚《めいび》な名勝の地として有名であった。須磨は、

*（光源氏が）おはすべき所は、（在原）行平《ゆきひら》の中納言の、藻塩垂《もしほた》れつつわびける家居《いへゐ》近きわたりなりけり。海づらからはやや入りて、あはれにすごげなる山中なり。垣《かき》の様《さま》よりはじめてめづらかに見給ふ。茅屋《かやや》ども、葦《あし》ふける廊《らう》めく屋など、をかしうしつらひなしたり。

と、伝説をふまえてひなびた風情に描かれている。須磨ですぐに連想されるのは、初心の読者が長編で難解な『源氏物語』を読んでゆく場合、全体の四分の一くらいの「須磨」の巻あたりでダウンしてしまう、いわゆる〝須磨返り〟ということわざであろう。

また、明石は、現在〝日本標準時子午線《しごせん》〟（東経一三五度）が通過していることで有名であり、その名称から明るいイメージをもった土地である。光源氏が須磨に下ったのは、敵方右大臣家の朧月夜《おぼろづきよ》とのスキャンダルが露顕した結果、その罪（さらに藤壺との密通の罪）を償《つぐな》うためであった。そのように、須磨が贖罪《しょくざい》の地であるのに対して、明石は、父桐壺院の夢告に導かれた新しい運命との出会い

須磨寺

「おはすべき所」以下の訳　光源氏がお住まいになられるはずの所は、在原行平の中納言が涙を流しながら悲しい思いで住んだ家の近いあたりであった。その場所は、海辺から少し奥へ入って、しみじみとした寂しい山の中である。光源氏は、垣根の様子をはじめ、すべてを珍しくご覧になる。茅造りの小屋や葦葺きの廊めいた小屋など、風情ある様子でしつらえてあった。

の土地であり、明石の君が生んだ明石の中宮に象徴される光源氏の栄華の基盤となった回生《かいせい》の地であった。その明石は、

*1播磨《はりま》の明石の浦こそ、なほことにはべれ。何の至り深き隈《くま》はなけれど、ただ海の面《おもて》を見わたしたるほどなむ、あやしく異所《ことどころ》に似ず、ゆほびかなる所にはべる。

と描写されている。

現在、須磨寺（福祥寺）には、源平の一の谷の合戦で熊谷直実《くまがいなおざね》に討たれた美少年・平敦盛《たいらのあつもり》の遺品とともに、光源氏手植えの若木が残されている。また、明石は現在〝明石大橋〟で注目されているが、明石城跡や柿本《かきのもと》神社のあたりに、明石の君が住んだ岡辺の邸をイメージすることができるようである。

宇治 ― 宇治平等院・宇治上神社

京都の南、宇治は、現在〝宇治茶〟の産地として有名であるが、古くは応神《おうじん》天皇の皇子であった*2菟道稚郎子《うじのわきいらつこ》が兄仁徳《にんとく》天皇に位を譲って自殺した政争のイメージをもった地である。また、『古今集』の「*3さむしろに衣片敷《ころもかたし》き今宵《こよひ》も我を待つらむ宇治の橋姫」の歌で有名な橋姫伝説、さらに『百人一首』の「*4わが庵《いほ》は都の東南《たつみ》しかぞ住む世を宇治山と人は言ふなり」の歌で知られる喜撰《きせん》法師の宇治山隠棲《いんせい》説話など、宇治は、京都から南都奈良へ赴く交通の要衝《ようしょう》として、政治的・軍事的な

*1 **「播磨の明石の浦」**以下の訳
播磨の国（兵庫県）の明石の浦こそ、やはり格別の趣のある所でございます。特にどこどこが著しくすぐれているというわけではありませんが、ただ海面をはるかに見わたせる風景が、不思議によその場所と異なって、ゆったりとした所でございます。

*2 **菟道稚郎子**　『日本書紀』『古事記』に見える人物。応神天皇は兄の大鷦鷯《おおさざきの》尊《みこと》（後の仁徳天皇）よりも弟の菟道稚郎子が愛しく、天皇の位を譲ることにした。しかし、弟の菟道稚郎子は、長幼の序を考え、兄に帝位に就くべきだとして受け入れず、即位を辞退、兄に位を譲るために自害したという。

*3 **「さむしろに」**の歌の訳
独りむしろに自分の衣を片側だけ敷いて独り寝をしながら、今宵も私を待ってくれているのであろうか、宇治の橋姫は。

拠点となり、また歴史的・文学的な背景となってきた重要な地点である。

『源氏物語』の宇治十帖の世界は、そうした歴史的・文学的な背景の中で、政争に敗れた敗残者の隠棲《いんせい》の地、男女の愛執《あいしゅう》の悲しさを伝える橋姫伝説などのイメージを漂わせた幻想的な世界である。光源氏が須磨・明石に流浪していた頃、弘徽《こき》殿《でん》の大妃《おおきさき》一派にかつがれた宇治の八の宮（桐壺帝の第八皇子で、光源氏の異母弟にあたる人）は、光源氏が栄華を獲得した後はすっかり没落し、婚期を過ぎた二人の娘とともに宇治に隠棲し、敗残の身をかこっている。

宇治十帖では、光源氏晩年の子とされる薫君《かおるぎみ》（実は柏木の子）と、ライバル匂《におう》の宮《みや》（明石中宮の皇子）、そして、八の宮の美しい姉妹である大君・中の君との複雑な恋愛模様が展開する。薫君は、初めて月光の中で美しい姉妹を垣間見《かいまみ》た後、「橋姫の心をくみて高瀬さす棹《さほ》のしづくに袖ぞ濡れぬる」[*1]と詠んで姉妹に同情を寄せたのに対し、大君は、「さしかへる宇治の川長《かはをさ》朝夕のしづくや袖を朽《くた》し果《は》つらむ」[*2]と答えている。恋の始まりであるこの贈答歌は、橋姫伝説を背景にして詠まれているが、橋姫は、宇治橋の守護神として信仰を集め、現在も橋姫神社として祭られている。

薫君のライバル匂の宮は、皇子という身分柄なかなか宇治通いができないが、長谷寺参詣を口実に、「川よりをちに、いと広く面白く」と書かれている、宇治川畔の夕霧の別荘に滞在し、管弦の遊びをしていると、対岸の八の宮邸から歌が送られ、姉妹との交遊が始まる。光源氏から伝領された夕霧の別荘は、現在の宇治

*4 **「わが庵は」**の歌の訳
一九五ページ参照

*1 **「橋姫の」**の歌の訳
姫君たちのさびしいお心を察して、宇治川の浅瀬を漕ぐ舟人の袖がしずくで濡れるように、私（薫）も涙で袖を濡らしております。

*2 **「さしかへる」**の歌の訳
朝夕に棹をさしかえては行き来する宇治川の渡し守の袖がしずくで濡れるように、私（大君）も袖が朽ちるほど悲しみの涙を流しているのです。

宇治平等院（上）と宇治上神社（下）

の平等院《びょうどういん》（藤原道長の息子頼通《よりみち》の別荘を寺とした建物）とされ、宇治川をはさんだ対岸の八の宮の山荘は、現在の宇治上神社《うじがみ》と推定されている。極楽浄土に擬《ぎ》したともいわれる豪壮な平等院は、広く明るい雰囲気に包まれて、訪れる人も多いが、対岸の宇治上神社は、緑濃い樹木に抱かれた山際《やまぎわ》にひっそりと建っており、まさに八の宮隠棲の場所にふさわしいようである。そのきわ立った対照性は、光源氏・夕霧・明石の中宮（匂の宮）一族と、八の宮一族との、光と影を象徴的に示すものといってよいだろう。

その後、薫君と匂の宮の恋のかけひきは、八の宮の妾腹《めかけばら》の浮舟をめぐって、波乱のうちに展開される。匂の宮は、薫君に内緒で宇治に行き、浮舟を抱いて小舟に乗せ、名所「橘《たちばな》の小島」のそばを通過するとき、「年経《ふ》とも変はらむものか橘の小島の崎に契る心は」[*1]と愛を誓ったのに対し、浮舟は、「橘の小島の色は変はらじをこの浮舟ぞ行く方知られぬ」[*2]と、愛のはざまをたゆたう悲しみを詠んだ。橘の小島は、宇治川の中州《なかす》であって、平等院の北東とされているが、現在はかなり広い中ノ島にその面影を見ることができる。

その後、浮舟は、薫君と匂の宮との愛のはざまの中で窮地に立ち、ついに宇治川へ身を投げようとして横川僧都《よかわのそうず》一行に救われ、比叡山の西麓《せいろく》・小野の山里に隠れ住むことになる。浮舟の一生は、宇治川に浮かび漂う浮き小舟のように、宇治の暗いイメージを引きずっているさすらい人である。

*1
「年経とも」の歌の訳
年月が経っても、変わらない橘の緑のように、橘の小島が崎であなた（浮舟）にお約束する私（匂宮）の愛の心は変わったりはしません。

*2
「橘の小島」の歌の訳
橘の小島の緑のようにあなた（匂宮）の愛の心は変わらないとしても、この宇治川に漂う浮き舟のような私（浮舟）はどのようになってゆくのかわかりません。

小野

比叡山の西麓《せいろく》、洛北の修学院離宮《しゅがくいんりきゅう》から八瀬《やせ》・大原《おはら》にかけての一帯が小野《おの》である。小野は、古代の豪族小野氏＊1の領地であるが、『伊勢物語』に登場する悲劇の人・惟《これ》＊2喬親王《たかのみこ》隠棲の地としても有名であり、

＊3（在原業平が惟喬親王を）正月《むつき》に拝みたてまつらむとて、小野にまうでたるに、
比叡の山のふもとなれば、雪いと高し。

と美しくも哀しく描かれている。

『源氏物語』では、「夕霧」の巻において、柏木の未亡人落葉《おちば》の宮を愛してしまった夕霧は、霧深い小野を訪れ、「山里のあはれを添ふる夕霧に立ち出でむ空もなき心地して」＊4と山里の風情《ふぜい》を借りて自らの恋情を訴える。さらに、小野を舞台としているのは、宇治十帖の浮舟物語である。二人の貴公子の愛のはざまで窮地に立った浮舟は、宇治川に身を投げようとして行き倒れになっていたところを、横川僧都一行に助けられ、小野で療養生活を送った後、ついに出家し、読経《どきょう》と手習《てならい》に静かな修道生活を送る。

＊5昔の山里（宇治）よりは、水の音もなごやかなり。造りざま、ゆゑある所の、木立ちおもしろく、前栽《せんざい》などもをかしく、ゆゑを尽くしたり。秋になりゆけば、空のけはひあはれなるを、門田《かどた》の稲刈るとて、所につけたるものまねび

＊1 **小野氏**　和珥《わに》氏と同族の古代豪族。遣隋使で有名な小野妹子《いもこ》、歌人・学者として著名な小野篁《たかむら》や、その娘と伝える小野小町、そして書道の三蹟の一人・小野道風《とうふう》などの人物がこの一族に属する。

＊2 **惟喬親王**（八四一～八九七）　文徳天皇の第一皇子。母は紀名虎の娘静子。静子の兄・紀有常《きのありつね》の娘と結婚したのが在原業平であり、『伊勢物語』には「昔男」との主従の交流が描かれる。貞観十四年（八七二）に病気のため出家して小野に住んだが、出家の理由として、第一皇子なのに藤原良房の娘明子の産んだ惟仁《これひと》親王（清和天皇）に皇太子の地位を奪われたことへの不満があったという。

＊3 **「正月に」**　以下の訳　在原業平が正月に年始のご挨拶に行こうとして、惟喬親王の住む小野に参上したところ、比叡山の麓なので、雪がたいそう高く積もっていた。

しつつ、若き女どもは歌うたひ興じあへり。引板《ひた》ひき鳴らす音もをかし。

と、のどかな山里の風物が浮舟の人生と重ねられて描かれている。

現在の八瀬・大原一帯も、観光地化されつつあるとはいえ、まだ山里の風情が残っており、比叡山の隣接地として宗教的な雰囲気を漂わせて、古来の隠棲地としての面影を今に伝えている。

＊4 **「山里の」**の歌の訳
山里のさびしい思いをつのらせる夕霧が立ちこめて、立ち去る方向もわからないので、おそばを去ることもできない気持ちです。

＊5 **「昔の山里よりは」**以下の訳
昔住んだ宇治の山里よりは水の音もおだやかである。住まいの造りざまも風情ある所で、木立ちもおもしろく、庭木なども趣があり、手入れが行きとどいている。秋になってゆくにつれて空の様子も心にしみるようであるが、門田の稲を刈るとて、田舎なりに人まねをして若い女たちが歌をうたっておもしろがっている。鳴子《なるご》を鳴らす音も情趣がある。

○収録図版出典一覧

『源氏物語』国立国会図書館所蔵
65ページ、143ページ、254ページ、267ページ
『源氏物語絵巻』国立国会図書館所蔵
235ページ
『源氏物語絵巻』写　国文学研究資料館所蔵
109ページ、133ページ

あ　行

か　行

さ 行

た　行

な行

ま　行

や 行

ら 行

わ 行

索　引

＊この索引のおもな収録項目は『源氏物語』の登場人物・歴史上の実在の人物・地名・書名・主要語句などである。

＊『　』は書名、「　」は巻名を示す。たとえば「明石」は巻名で、カギのない明石は地名である。

＊「源氏物語」および「光源氏」は、著しく頻繁に出てくるため省略した。

＊登場人物は、たとえば紫の上など頻繁に出てくるのでやや恣意的に採録している。なるべく全体を通して読み把握していただきたい。

◉編者略歴

西沢正史（にしざわ・まさし）

東京大学大学院修士課程修了。昭和女子大学教授、駒沢女子大学教授などを歴任。主な編著書に『中世日記紀行文学全評釈集成・とはずがたり』『中世王朝物語・御伽草子事典』『人物で読む『源氏物語』』（勉誠出版）、『日本の古典30を読む　あらすじダイジェスト』（幻冬舎）『古典文学の旅の事典』『古典文学を読むための用語辞典』『古典文学作中人物事典』『源氏物語作中人物事典』（東京堂出版）など多数。二〇一九年没。

◉共同執筆者

熊谷義隆　東北文教大学短期大学部名誉教授

濱橋顕一　源氏物語研究者

源氏物語を知る事典　新装版

*本書は、一九九八年五月に小社から刊行した『源氏物語を知る事典』（四六判）の新装版です。新装に際し、A5版に拡大しています。

二〇二三年　七月一〇日　初版印刷
二〇二三年　七月二〇日　初版発行

編　　者　西沢正史
発 行 者　郷田孝之
発 行 所　株式会社東京堂出版
〒一〇一-〇〇五一
東京都千代田区神田神保町一-一七
電話　〇三-三二三三-三七四一
http://www.tokyodoshuppan.com/

印刷製本　中央精版印刷株式会社

ISBN978-4-490-10938-2 C0591